반려

반려

초판 1쇄 찍은 날 § 2004년 5월 3일
초판 1쇄 펴낸 날 § 2004년 5월 13일

지은이 § 연두
펴낸이 § 서경석

편집장 § 문혜영
편집 § 이종민 · 신혜미
마케팅 § 정필 · 강양원 · 이선구 · 김규진 · 홍현경

펴낸곳 § 도서출판 청어람
등록번호 § 제1081-1-89호
등록일자 § 1999. 5. 31
어람번호 § 제5-0018호

주소 § 경기도 부천시 원미구 심곡1동 350-1 남성B/D 3F (우) 420-011
전화 § 032-656-4452   팩스 § 032-656-4453
http://www.chungeoram.com
E-mail § eoram99@chollian.net

ⓒ 연두, 2004

ISBN 89-5831-094-4 03810

※ 파본은 본사나 구입하신 서점에서 교환하여 드립니다.
※ 저자와 협의하여 인지를 붙이지 않습니다.

반려

연두 지음

도서출판 청어람

프롤로그	7
1 … 미약	11
2 … 골목	76
3 … 묵은김치	129
4 … 태동	190
5 … 전화	237
6 … 은빛 날	310
7 … 신발	367
에필로그	417
작가후기	424

프롤로그

"**내** 아이죠?"

이미 알고 있는 걸 확인해 보는 사람처럼 도준의 목소리엔 확신이 깃들어 있었다. 그의 질문을 못 들었는지 은수는 눈을 감고 아무 말도 하지 않았다. 메슥거리는 속이 괴로운 듯 얼굴을 찡그리고 벽에 등을 기대고 있을 뿐이었다. 그녀의 얼굴은 방금 있었던 구역질에 창백하게 변해 있었다. 콧잔등에 희뿌옇게 나 있던 주근깨가 어두운 조명 아래에서 도드라졌다. 그녀가 침묵을 지키자 그가 다시 물었다.

"내 아이 맞죠?"

침착하고 차분한 그의 목소리에 은수가 짜증난다는 얼굴로 눈살을 찌푸렸다. 그리곤 심드렁할 정도의 무심한 얼굴로 그를 똑바로 응시했다.

"맞아요."

그에 대한 대답을 다 마쳤다는 듯 그녀가 벽에 기대고 있던 몸을 일으켰다. 그리곤 손끝으로 잡고 있어 바닥에 닿아 있는 가방을 챙겨 올리곤 엘리베이터가 있는 쪽으로 걸어나갔다. 그녀의 발걸음이 비상구 계단을 다 벗어나기도 전에 그가 성큼성큼 뒤를 따라와 그녀의 팔을 잡았다. 가뜩이나 어지러운 그녀가 더 어지러울까 부드럽게 자신을 바라보게 만들었다. 그녀가 무표정한 얼굴로 그를 바라보자 도준이 힘없이 처져 있는 그녀의 손에 자신의 손가락을 얽었다.

"얘기 좀 합시다."

은수는 자신의 손을 잡고 있는 도준의 손을 바라보고는 주위를 두리번거렸다. 다행히도 복도에는 아무도 없었다. 그녀가 손을 풀어내며 작은 한숨을 토해냈다.

"며칠 있다가 해요. 지금은 당신이랑 여유있게 앉아서 이야기할 시간이 없어요. 이거 다 마무리되면 제가 연락할게요."

도준이 창백한 그녀의 안색을 살피듯 잠시 말없이 바라보더니 이내 꽉 다문 입술에 힘을 주었다. 다른 일을 처리하고 나서 이야기하자는 그녀의 말속에서 정리된 듯한 가벼움의 느낌이 전해져 와 그가 유심히 그녀의 눈빛을 응시했다. 그녀의 눈빛은 혼란보다는 가라앉은 평온함이 더 짙게 감돌고 있었다.

"마음을 정리했군요?"

그게 어떤 쪽의 정리인지는 확실히 알 수 없었지만 이미 어느 정도 그녀가 마음을 굳혔음을 느낄 수 있었다.

그녀가 입술을 깨물며 무언가를 떠올리듯 생각에 잠겨들었다. 며칠째 바쁜 일정으로 비집고 들어오지 못했던 생각들이 다시금 수면 위로 떠오르고 있었다. 이상하게도 어두워 보이는 복도 끝을 멍하니 바라보던 그녀가 고개를 가로저으며 혼란을 잠재우곤 침묵을 깨뜨렸다.

"그래요, 정리했어요."

"그럼 며칠 후에 할 이야기는 통보가 되겠군요?"

다그치듯 말하는 그의 태도에 그녀가 조금은 사납게 대꾸했다.

"당신이 알 필요도 없었어요. 지울 생각이니까요."

순간적으로 거칠게 뱉어버린 말을 후회하듯 그녀가 얼른 입을 다물었다. 그러나 이미 그녀가 뱉어버린 말을 들어버린 도준은 말 그대로 딱딱한 얼굴이 되어 그녀를 노려보았다. 그리곤 깊은 숨을 들이키곤 천천히 내쉬며 부드럽게 말했다.

"일단은 나랑 이야기하고 결정합시다."

"달라질 거 없어요. 당신이……."

시니컬하게 되받아치고 있던 그녀가 복도에 있는 엘리베이터에서 사람들이 나오자 말을 멈추었다. 그중 한 명이 다가와 그에게 인사를 건네며 말을 걸자 그녀가 고개를 숙여 가볍게 목례를 했다.

"그럼 다음에 또 뵙겠습니다."

도준이 옆에 있는 부하 직원의 말을 들으면서 눈으론 그녀의 뒤를 따라갔다. 이내 엘리베이터가 열리고 그녀가 사라졌다.

1 ... 미약

"아, 젠장."

힘차게 페달을 밟고 있던 두 발이 순간 멈추어지자 회전을 하며 땅바닥 위를 튕기듯 굴러가던 바퀴가 쇳소리를 내며 멈추어섰다. 신나게 도로를 내달리던 은수가 입으로 욕을 중얼거리며 자전거에서 내려섰다. 그리곤 익숙한 시선으로 자전거 기어가 있는 곳을 쳐다보았다. 역시나 체인이 톱니바퀴에 있지 않고 옆으로 빠져나가 있었다. 그녀가 신음 소리 같은 한숨을 짜증스럽게 삼키며 가방 안에 있는 휴지를 꺼내 기어 체인을 만지기 시작했다. 얼마 전에 체인을 맨손으로 만졌다가 두 손에 기름때가 묻어 꽤 고생했던 적이 있는지라 그 후부턴 휴지를 꼭 챙겼다.

톱니바퀴 안쪽으로 들어간 체인은 다른 부속과 얽혀 잘 빠져나오지 않았다. 어르듯 달래듯 낑낑거리며 체인을 간신히 빼낸 그녀가 톱니바퀴에 체인을 걸었다. 그리곤 다시 자전거를 타고 페달을 조심스럽게 밟았다.

가을 햇살을 받으며 자전거를 타는 것만큼 기분 좋은 일이 있을까? 상쾌하다 못해 짜릿할 정도로 맑은 공기가 그녀의 얼굴을 스쳐 지나갔다. 그냥 걸을 땐 전혀 느낄 수 없었던 공기의 또 다른 자태였다.

오십여 미터 떨어진 거리에서 횡단보도가 보였다. 그 횡단보도만 넘으면 시장이다. 이내 횡단보도 가장자리에 서 있던 사람들이 움직이는 게 보였다. 파란불이 켜진 것이다. 순간적으로 횡단보도를 건너야 한다는 생각에 그녀가 힘을 주어 페달을 밟았다.

철커컥—

자전거는 횡단보도 앞에서 다시 기어가 빠진 채 멈추어 섰다. 기어가 빠지면 아무리 페달을 밟아도 바퀴가 움직이지 않는다. 그녀를 태운 자전거는 그전에 밟아놓았던 가속도로 앞으로 서서히 가면서 힘을 잃었다. 결국엔 병든 닭처럼 비실거리더니 횡단보도 앞에서 딱 멈추어 서버렸다. 그녀의 눈앞에서 파란불이 빨간불로 바뀌는 순간이었다. 은수는 욕을 뇌까리는 것만으로도 진정이 안 되는지 고개를 젖혀 숨을 뱉어내며 이를 바득바득 갈기 시작했다.

"으… 그 새끼들을 어찌해야 하나."

그동안 평상심을 유지하려고 달래놓았던 마음이 다시 부글부글 끓기 시작했다. 그녀가 눈앞에 보이는 때깔이 선명한 자신의 자전거를 물끄러미 노려보았다. 이놈의 자전거를 산 게 한 달도 안 됐다. 게다가 타고 다닌 건 세 번에서 네 번 정도? 문제는 탈 때마다 한 가지씩 속을 썩는 일이 생기는 것이다.

처음 자전거가 도착했을 때는 조립이 되어 있지 않아 그녀가 직접 조립하느라 힘이 들었고, 두 번째는 아무래도 속도가 잘 안 나 자전거포에 가봤더니 기어가 엉망으로 조절되어 있어 돈을 주고 손을 봤다. 세 번째는 잘 달리다 펑크가 났고, 네 번째는 기어 체인이 빠져 안쪽에 콕 박히는 바람에 다시 자전거포에 갔다. 후회막급이었다. 정말 마우스로 '결제하기'를 눌렀던 자신의 손가락이 미울 정도였다. 특가판매 어쩌고 할 때부터 알아봤어야 하는 건데. 누굴 탓하랴. 그녀 자신의 순진함을 탓해야지.

겉으로 보면 윤기가 좔좔 흘러 새것의 고고함을 풍기고 있지만 어디 하나 실한 곳이 없는 그녀의 자전거. 물끄러미 자전거를 쳐다보고 있던 은수가 씁쓸한 웃음을 흘리며 자전거에서 내려왔다. 그리고 방금 전처럼 다시 체인을 만졌지만 이번엔 안쪽으로 단단히 파고들었는지 기를 쓰고 빼내려 해도 빠지질 않았다.

"흠……."

부드러운 한숨을 삼키며 그녀가 벌떡 자리에서 일어나더니 자전거를 잡고 방향을 돌렸다. 코앞에 보이는 횡단보도를 그대로 내버려 두고 다른 길로 걷기 시작했다.

잠시 후 그녀가 도착한 곳은 자전거 가게였다. 이젠 단골이 되어버려 아저씨는 또 왔냐는 얄궂은 웃음을 띠며 그녀를 반겼다.

"그러게 바꾸라니까요. 이거 앞으로도 계속 애를 먹일 텐데."

나사를 풀고, 기어를 빼내던 아저씨가 저번에도 했던 얘기를 다시 들먹거렸다.

"그렇겠죠, 아무래도?"

그녀가 가게 안에 있는 작은 의자에 앉아 공중에 매달려 있는 수많은 자전거들을 슬쩍슬쩍 둘러보았다. 아무리 물건이 지랄 같아도 처음 마음을 준 거라 다른 자전거를 사는 게 내키지가 않았다. 은수는 정말 다른 자전거를 사야 되는 건가 싶어 조금은 침울한 얼굴로 전에 아저씨가 추천해 준 여행용 자전거를 유심히 뜯어보았다. 그녀의 귓가로 아저씨의 연장 소리가 뚜닥뚜닥 정겹게 들려왔다.

"아저씨, 이걸로 전국 여행하는 건 아무래도 무리겠죠?"

미련을 버리지 못하고 말을 흘리는 그녀의 질문에 연장으로 한참 기어를 손보고 있던 아저씨가 벌컥 흥분에 찬 목소리로 외쳤다.

"아이구, 몇 번이나 얘기해요? 이건 안 된다니까. 아가씨만

죽어나."

아저씨의 강한 어조에 은수는 입술을 부루퉁하니 내밀고 기어들어 가는 목소리로 중얼거렸다.

"그래도 마음을 줬더니 쉽게 버리기가 그래요. 이걸 업그레이드시킬 순 없을까요?"

아저씨가 피식 기가 막힌 듯 웃음을 흘렸다.

"이게 컴퓨턴가, 업그레이드를 하게? 아닌 건 끝까지 아닌 거요. 아니라고 생각됐을 땐 과감히 바꿔줘야 사람이 편한 법이지. 괜히 붙잡고 미련 떨면 사람만 골탕 먹소."

"후우, 그렇긴 하죠."

은수가 수긍한다는 얼굴로 고개를 끄덕이며 씁쓸한 미소를 입가에 머금었다.

〈그래요, 맞아요. 아니라고 생각됐을 때 과감히 버려야 돼요. 안 그럼 사람만 골탕 먹죠.〉

"됐다. 손을 꽤 봤으니까 그런대로 탈 수는 있을 거요."

이 말썽 많은 자전거를 끈질기게 타박하는 아저씨였지만 자전거를 만지는 그의 손은 애정이 깃들어 있었다. 다른 곳에서 바퀴를 손봤다가 나중에야 이 아저씨가 나사가 제대로 조이지 않았다는 것을 발견하지 않았던가. 아저씨는 허리를 투덕거리며 일어나더니 이를 드러내며 웃었다.

"아가씨도 참 끈질기요, 이걸 타겠다고 그렇게 계속 고치러 오니. 어째 사도 이런 걸 샀소? 여행 간다는 사람이……."

은수가 지갑에서 만 원짜리 지폐를 꺼내며 민망하면서도 씁쓸한 웃음을 머금었다.

"싸게 팔아도 사람들이 기본은 지킬 줄 알았거든요."

아저씨는 가게 안쪽으로 걸어가더니 그녀에게 건네받은 지폐를 통에 넣고 천 원짜리 몇 장을 그녀에게 건네주었다.

"요즘 사람들이 기본을 지키나? 사람들이 다 내 맘처럼 살면 문제가 없지."

아저씨는 차마 순진하게 속고 샀던 그녀를 탓하지는 못하고 그녀의 맘처럼 속상해했다.

은수가 자전거를 타고 원래 가려고 했던 시장으로 다시 방향을 잡고 페달을 밟았다. 자전거는 약 먹은 사람처럼 꾸역꾸역 소리를 내며 가긴 갔지만 어째 불안했다. 눈물이 날 만큼 환한 햇살이 그녀에게 쏟아져 내리고, 비단 자락같이 부드러운 바람이 그녀를 스쳐 지나갔지만 금방이라도 또 체인이 빠지고 탈이 날까 조심스러워 그녀는 마음껏 달릴 수가 없었다. 그녀가 쭉쭉 뻗어 나가지 못하는 자전거 페달을 연신 밟으며 아까 전에 왔었던 횡단보도 앞에 멈춰 섰다. 빨간불이라 사람들이 북적였다.

〈기본은 지킬 줄 알았거든요. 내 맘까지는 아니더라도, 그래도 기본은 지켜줄 줄 알았거든요.〉

"아무래도 새 자전거를 사야겠다. 그치? 널 데리고서는 마음껏 다닐 수 없을 거야. 너도 힘들 테고."

빨간불이 파란불로 바뀌기를 기다리던 그녀가 묘한 미소를 지으며 자전거에게 말을 건넸다.

※

"아이구, 이게 누구야."

그가 공항에 도착한 걸 알고 있음에도 그의 할머니는 전혀 몰랐다는 듯 눈을 휘둥그레 뜨고 도준에게 달려왔다. 온다고는 생각했지만 그건 생각일 뿐 정말 손자가 눈앞에 보이자 유씨는 어안이 벙벙할 정도로 이 상황이 생경했다. 유씨가 손자에게 달려가기 전엔 분명 입가에 반가움과 기쁨으로 웃음을 머금고 있던 얼굴이었는데 정작 도준을 끌어안고는 침묵을 지켰다. 너무나 많은 감정들이 북받쳐 말을 잇지 못한 것이다.

"건강하시죠?"

그를 두 팔 가득 끌어안고 말을 잇지 못하는 할머니에게 도준이 마치 어제도 만났던 사람 같은 얼굴로 천연덕스럽게 물었다.

"그럼, 건강하지. 늙은 게 건강해서 오히려 그게 민망스럽지."

실없는 웃음을 터뜨리려던 그가 귓가로 들려오는 할머니의 목이 메는 듯한 꺽꺽거림에 소리 내어 웃음 짓지 못했다. 그의 할머니는 그동안 풀어내지 못했던, 아니, 당사자의 얼굴을 볼 수 없어 밖으로 끄집어내지 못했던 감정들이 한꺼번에 북받쳐 올랐던 것이다.

"할머니, 저 집 안에 안 들여놓으실 거예요?"

그가 무표정한 얼굴로 자신의 어깨밖에 안 오는 할머니를 물끄러미 응시하다가 이내 객쩍은 웃음을 흘리며 장난스럽게 말을 건넸다. 그제야 유씨가 눈가를 훔치며 그를 놔주었다.

"점심은 먹었니?"

아직도 손자가 같은 공간에 있다는 게 믿기지 않다는 듯 유씨가 도준의 얼굴을 이리저리 살피며 살갑게 끼니를 챙겼다.

"아뇨."

비행기 안에서 가볍게 샌드위치와 음료수를 먹었지만 공항에서 짐 찾고 다시 차를 타고 오는지라 배는 이미 꺼져 있었다. 시차 때문에 잠을 자고 싶긴 했지만 할머니가 직접 만든 음식을 먹을 수 있다는 생각에 그가 얼른 대답을 했다. 유씨가 급히 주방으로 총총걸음을 옮겼다.

"내 얼른 상 차리마."

"천천히 하세요. 샤워하고 짐도 좀 풀고 내려올게요."

할머니는 알았다는 의미로 손사래를 치며 주방 안으로 들어갔다. 아마도 집 안에 있는 모든 음식 재료를 꺼낼 판인가 보다. 도준이 귀국한다는 소식에 이것저것 사다 놓긴 했지만 금세 해야 맛있는 음식들은 재료 그대로 놔두고 있었다. 유씨의 채근에 가정부가 허둥지둥 냉장고에서 야채들을 꺼내기 시작했다.

"그럼 이번에 아주 오신 거예요?"

야채를 묶고 있는 끈을 풀어내면서 가정부가 도준의 상황을 물었다.

"아주 오긴, 한 이삼 년 있다가 다시 외국으로 가야 돼."

"어디로요?"

할머니는 가정부가 던지는 질문이 답답하다는 듯 약간의 짜증을 섞어 대답했다.

"그걸 어떻게 아나, 이 사람아. 그때 가면 국가에서 어디로 가라고 정해주는 거지."

사실 별 짜증날 질문이 아니었는데 할머니는 도준이 몇 년 간격으로 계속 외국을 떠돌아다녀야 하는 게 안타깝기도 하고 못마땅하기도 해 벌컥 감정이 묻어 나왔다.

유씨가 가정부와 도준에 대한 이야기를 주저리주저리 하고 있는 동안 도준은 실로 오랜만에 마주한 자신의 방을 멍하니 쳐다보고 있었다. 부모님이 돌아가셨을 때 한 번 다녀가긴 했지만 그땐 대사관 일정 때문에 급하게 왔다가 급하게 돌아가느라 여타의 감정을 느낄 새도 없었다. 완전히는 아니지만 어쨌든 다른 활동 공간을 정리하고 돌아오니 그 기분이 또 남달랐다. 일 년 전엔 눈에 들어오지 않았던 가구들이 그의 시야를 파고들었다. 하얀색으로 도장이 되어 원목 자체를 조각한 가구들이 그를 떠난 사람의 손길과 체취를 고스란히 간직하고 있는 듯했다.

그는 한숨을 토해내며 가방을 탁자에 올려놓았다. 베란다로 연결된 창문은 여전히 한쪽 벽을 가득 차지하고 있었고, 가구들은 여전히 윤기있게 빛나고 있었다. 아마도 할머니가 계속 신경 쓰고 청소했던 것 같다.

그가 천천히 방 안의 풍경을 둘러보며 고국에 돌아왔다는, 그리고 집에 돌아왔다는 것에 적응해 갔다. 어느 순간 그의 시선이 한쪽에 비워져 있는 공간으로 향했다. 화장대 있던 자리가 휑하니 비워져 있었다. 그의 얼굴에 묘한 웃음기가 묻어 나왔다.

〈잊으라는 거야, 말라는 거야?〉

그가 모든 걸 잊고 새 출발했으면 하는 마음과 그의 아내를 끔찍이도 아꼈던 할머니의 애정이 뒤섞인 채 방 또한 어중간하게 비워 있었다.

도준이 양복 상의를 벗어 침대에 놓았다. 그의 등에 흐른 땀으로 셔츠가 젖어 있었다. 가을이라 사람들은 쌀쌀하다고 이제야 따스한 옷들을 꺼내 입고 있었지만 러시아 기후에 적응이 된 그의 몸은 이곳 날씨가 후텁지근하게 느껴졌다. 모직으로 만들어진 그의 양복은 공항에 도착했을 때 몸 안에서 열기를 뿜어내게 만들 정도였다. 그가 몸에 걸치고 있는 옷들을 훌훌 벗어 던지고 욕실로 성큼성큼 걸어갔다. 그리곤 몸에 남아 있는 열기를 식히기 위해 찬물을 몸에 쏟아 부었다. 차가운 물로 머리를 감으니 마치 다른 땅에서 스며든 공기가 털어지는 느낌이었다.

〈아…… 돌아왔구나. 다시 돌아왔구나.〉

도준이 젖은 머리로 일층으로 내려왔을 땐 상차림이 한창이었다. 손수 챙기지 못한 세월을 보상받기라도 하듯 꼼꼼하게 반찬들을 접시에 담아내는 할머니를 보며 그는 할머니의 원풀이를 받아줘야겠다는 생각에 말없이 의자에 앉았다. 그가 앉자마자 유씨가 금세 한 따끈한 밥을 사기그릇에 오롯이 담아 그 앞에 놓고는, 어제저녁부터 푹 고운 사골국을 그릇에 떴다. 도준이 국을 한입 떠먹고는 시원하다는 표정을 짓자 그 모습만으로도 기분이 좋은지 유씨가 눈을 뗄 줄 몰랐다.

"출근은 언제부터니?"

"일주일 정도 쉬고요."

유씨가 고개를 끄덕이자 도준이 퍼뜩 생각난 게 있는지 고개를 들었다.

"내일 그 사람 부모님 좀 뵙고 오려고요."

"지금 지방으로 내려가 계신데."

"그래요?"

"전북 어디로 발령이 나셨다는데."

도준이 말없이 고개를 끄덕였다. 어느새부턴가 연락이 띄엄띄엄하더니 지방으로 가셨다는 말은 아예 듣지도 못했었다. 새삼스레 사람의 끈이 이토록 가는 건가 싶어 도준은 기분이 묘했다. 한때는 한가족이다 싶을 정도로 가깝게 지냈던 사람들인데 확실히 연결해 주는 매개체가 없으니 연락하는 것도 애매하긴 했다.

"내일 전화해 봐야겠네요."

"그래."

유씨는 다른 말을 하려다가 이내 입을 다물었다.

다음날, 늦게까지 자고 일어난 그가 한낮이 되어서야 어딘가로 전화를 걸었다. 전화번호는 예전 번호 그대로 살아 있었다. 통화를 마친 후 늦은 아침 겸 점심을 먹고는 그가 차에 올라탔다. 그의 할머니는 그 먼 길을 이리 서둘러 갈 필요 있냐고 잔소리였지만 그는 인사를 한다는 건 작은 이유였고, 쉬엄쉬엄 가면서 바람을 쐬고 싶었다. 해외로 다니는 외교관이니 여행을 많이 할 거라는 생각들을 하지만 오히려 빡빡한 일정 때문에 대사관과 집을 오가는 날이 허다했다. 아니면 다른 나라의 영사관들을 방문하거나 약속된 방문에 치였다. 자유롭게 혼자의 시간을 가진 지가 꽤 오래되었다. 인사를 드리러 가는 참에 하룻밤은 산장 같은 곳에서 머무르며 혼자만의 시간을 가지고 싶었다.

시내로 진입한 그의 차가 어느새 고속도로를 달리고 있었다. 많이 변해 있을 거라고 생각했던 산과 들, 그리고 도시는 생각보다 그대로였다. 유리창 밖으로 빠르게 지나가는 풍경들과 앞서가는 차들의 뒤태마저 정겹게 보여 그가 빙그레 미소를 머금고 차를 몰았다.

✱

〈수건, 칫솔, 치약, 팬티, 로션과 스킨, 썬크림, 모자, 드라이

버, 후레쉬, 바지, 잠바, 핸드폰 충전기, 양말, 샴푸, 린스, 폼 클린징, 수첩……〉

물건을 챙기고 있던 은수가 어느 순간 멍한 얼굴로 가방을 쳐다보더니 이내 자조했다.

"아주 이사를 해라, 이사를."

최소한의 것만 가져가자고 생각했는데 일상의 편안함을 영위하고 싶다는 욕심 때문인지 물건이 하나씩 늘어가고 있었다. 어느새 가방은 임산부처럼 배가 불룩했다. 그녀가 가방 안에 있는 걸 죄다 꺼내더니 하나씩 손에 쥐고 고개를 갸웃거렸다. 물건 하나씩 정말 필요한지 따져 가며 다시 짐을 쌌지만 결과는 마찬가지였다.

〈젠장.〉

가방 안에 견본으로 받아 모아두었던 얼굴 관련 화장품들이 그득했다. 샴푸와 린스도 한몫을 차지하고 있었다. 그녀가 머뭇거리며 견본이 들어 있는 봉지를 손에 쥐고는 한참 동안 가만히 서 있더니 이내 봉지 꾸러미를 방바닥에 던져 놓았다. 스스로의 결단이 맘에 드는지 그녀가 홀가분한 얼굴로 씨익 웃고는 가방을 어깨에 둘러멨다.

벌써부터 발이 근질거렸다. 두 달 이상 떠나겠다고 계획을 세워놓고 계속 일이 꼬여갈 수 없었기에 그동안 꽤 애가 탔다. 훌쩍 바람을 쐬고 싶다는, 그리하여 모든 걸 잊고 싶다는 욕구가 치밀어서 일을 하다가도 짜증이 났다. 현관으로 가기 전 작은 방에 모셔놓은 부실한 자전거를 잠시 쳐다보고는 그녀가 문을 열고 밖으로 나갔다.

여행을 가는 건 계획한 걸 실천에 옮기는 그런 의미는 아니었다. 예전엔 막연히 여행을 가고 싶다는 생각뿐이었지 강렬한 욕구를 느껴본 적이 없었다. 그래서 구체적인 계획을 잡기도 전에 돈이 아깝다는 생각을 했었다. 굳이 먼 곳에 가서 고생할 필요가 뭐 있겠냐는 그런 생각이랄까. 특히나 차 타는 걸 싫어해 여행 같은 건 생각도 안 하고 있었다. 그러나 지금은 달랐다. 가고 싶다는 생각보다 몸이 먼저 움직인다고나 할까. 자신도 모르게 여행에 필요한 물품들을 꼼꼼히 알아보고, 자전거 바퀴가 펑크 났을 때 타이어 갈아 끼우는 방법을 알아서 배우려 하게 되고, 자신도 모르게 여행 사이트를 뒤져 준비를 하고 있었다. 슬금슬금 시간날 때마다 자전거를 타고 경기도 근처를 갔다 오면서 무의식 중에 체력 단련을 하는가 싶더니 그저께 마감을 끝내고 한숨 늘어지게 나고 일어나 짐을 쌌다. 무언가가 말하고 있었다. 이제 가도 된다고, 지금 가야 한다고. 새로 산 여행용 자전거를 타고 경기도 근처를 두어 번 갔다 온지라 자전거는 이제 그녀의 몸에 맞게 균형을 이루고 있었다.

그녀가 페달을 밟으며 가쁜 숨을 몰아쉬고 있을 때쯤 오르막길이 보였다. 서울과 경기도의 경계였다. 오를 수 있는 데까지 숨이 턱에 닿도록 페달을 밟던 그녀가 어느 지점에서 멈춰 섰다. 오르막길에서 한 번에 열을 올리면 금세 지치는 법인지라 조절을 하면서 가야 한다. 전문가가 아닌 이상 계속 달리는 건 하루도 못 가 나자빠질 일이다. 가쁜 숨을 내쉬며 그녀가 자전거를 몰고 천천히 오르막길을 걷기 시작했다. 서울과 경기도 경계를 에두르고 있는 산에서 맑은 바람이 불어왔다. 아침 일찍 출발했기에 여기저기 운동을 나온 사람들과 약수를 뜨러 온 사람들이 하나둘씩 산에서 내려오고 있었다. 지나가던 강아지가 그녀 주변을 맴돌다 주인을 찾아갔다.

어느새 오르막길을 다 오른 그녀가 다시 자전거를 탔다. 산을 끼고 있는 내리막길. 자전거로 달려본 적이 있는가, 페달을 밟지 않아도 오르막을 올라선 자에게 서비스하듯 가속도가 붙어 내려가는 그 길을. 두 손으로 자전거 손잡이를 굳게 잡고 두 다리를 벌려 은수는 마음껏 내리막길을 뻗어 나갔다. 산에서 불어오는 맑은 바람은 이제 속도가 붙어 시리도록 싱싱한 바람을 그녀에게 주기 시작했다.

"와아아아아~"

그녀 자신도 모르게 목구멍에서 터져 나오는 감탄을 외치며 은수는 서울을 벗어났다. 누군가가 운전하는 차에 의한 것도 아니요, 누군가가 관리하는 전철에 의한 것도 아닌 오로지 그녀 자신의 다리와 그녀 자신의 인내로 그렇게 서울을 벗어났다.

서울을 바로 넘어 조금만 달리면 샛길 도로가 있다. 그 도로를 한참 달리니 드디어 선택의 순간이 왔다. 커브를 돌면 춘천이고, 앞으로 달리다 옆길로 새면 대전이었다. 그녀가 네 갈래로 나누어진 도로에서 멈춰 섰다. 횡단보도가 있는지라 선택의 상황을 음미할 시간도 충분했다. 파란불이 켜진 순간 그녀가 지체없이 대전 쪽으로 길을 잡았다. 춘천에 있는 찻집 하나가 마음을 당기기는 했지만 처음 시도하는 전국 여행이니 무작정 일정없이 달릴 수는 없는 일이었다. 일단 하루 이틀은 목적지를 정해놓고 달리는 게 마음이 편하리라. 춘천은 여행길에 익숙해져 있는 돌아오는 길에 들러야겠다는 생각을 하며 그녀는 대전에 있는 친구를 떠올렸다. 대전으로 발령나서 선생을 하고 있는 그녀의 친구는 혼자 자취를 하며 힘들다고 한 번 안 내려오겠냐고 자주 앵앵거렸다. 그때마다 항상 바쁜 일이 있어 내려갈 수 없던 은수였기에 내일 그녀가 나타났을 때 친구가 지을 표정을 상상하니 벌써부터 마음이 흥겨웠다. 도로를 달리기를 한 시간 여쯤 조금씩 낮아졌던 건물들이 이제 거의 사라졌다.

얼마나 달렸을까. 힘들면 내려서 걷다가 다시 달리고, 달리다 힘들면 또 걷기를 몇 번. 벌써 온몸이 땀으로 범벅이 되었다. 초가을 날씨기에 그나마 자전거를 탈 때는 바람에 열기가 순간적으로 식었지만 조금만 속도를 늦추어도 온몸의 열기가 후텁지근했다. 얼굴이 벌겋게 사과처럼 익어가고, 땀방울은 송골송골 맺히는 걸 넘어 이제 이마에서 줄줄 흘렀다. 가도 가도 끝도 없이 눈앞에는 회색 도로, 옆에는 산과 나무, 그리고 가끔 가다 지나가는 차들뿐이었다. 평일 낮, 모두가 각자의 공간에서 할 일을 하고 있는 아주 평범한 한낮, 도로는 한산했다. 은수는 샛길이 나오기를 고대하며 마지막 힘을 쏟아 부었다. 휴게소에서 파는 커피보다는 샛길로 빠져 자연적인 음식을 먹고 싶었다. 그리고 자연 속에서 쉬고 싶었다.

다행스럽게도 조금 달리다 보니 샛길이 나왔다. 물 만난 고기처럼 그녀가 신나게 샛길로 자전거를 몰았다. 나무들로 꽁꽁 숨겨져 있던 작은 길에 가까이 가니 웬만한 차들 두 대가 동시에 지나가도 될 법한 길이 보였고, 멀리 주택들이 보였다. 맛있는 커피를 나무 아래 그늘에서 마실 수 있다는 생각에 그녀의 발에 힘이 절로 들어갔다.

좁은 길로 들어서니 바로 작은 구멍가게가 보였다. 은수는 자전거 열쇠를 채울 생각도 안 하고 바로 달려가 시원한 물을 샀다. 그리곤 그 자리에서 한 병을 다 마셔 버렸다.

벌컥벌컥.

땀으로 얼룩져 벌겋게 달아올라 있던 얼굴에 화색이 돌기 시작했다.

"으아아아~ 시원하다."

"어디서 오셨기에 그렇게 땀투성이에요?"

"예? 아하핫, 서울이요."

그녀의 모습이 신기했는지 아줌마는 친근하게 호기심을 내보이더니 그녀의 대답에 가게 문밖에 있는 그녀의 자전거를 힐끔 쳐다보았다.

"혼자요?"

"예."

시원한 물로 갈증을 해소한 기분에 그녀가 활짝 웃으며 시원하게 대답했다. 아줌마는 입을 벌리고 그녀를 감탄 섞이면서도 동시에 신기한 동물 보듯 쳐다보았다. 그러나 그런 시선을 한두 번 받은 일이 아닌지라 그녀는 신경 쓰지 않고 대뜸 길을 물었다.

"저, 그런데 이 근처에 개울가 있어요?"

"저쪽으로 조금만 가면 있어요."

아줌마는 손가락으로 한쪽 방향을 가리켰다. 은수는 꾸벅 인사를 하곤 가게 밖으로 나갔다. 그리곤 아줌마가 가리킨 쪽을 향해 자전거 페달을 밟았다.

이백여 미터 정도 갔을까. 개울가가 눈앞에 보였다. 그녀가 자전거를 한쪽에 세워두고 개울가를 향해 뛰어가다시피 급한 발걸음으로 걸어갔다. 생각보다 작은 개울가였지만 지금 그녀는 그런 거 가릴 처지가 아니었다. 얼른 찬물로 세수를 하고 싶었다. 개울가에 다다른 그녀가 잠시 주저하는가 싶더니 운동화와 양말을 벗어 던졌다. 그리곤 첨벙첨벙 소리를 내며 물 안으로 걸어가 세수를 하기 시작했다. 그 꿀맛이란, 발갛게 달아오른 살결에 찬물이 닿으니 완전 극락에 들어선 느낌이었다. 그녀가 허리 숙여 머리를 풍덩 물속으로 넣었다. 얼음 알갱이가 머리 속으로 들어오는 것처럼 쭈뼛할 정도로 소름 돋게 상쾌했다.

손으로 머리 안쪽에 들어차 있는 흙먼지들을 박박 긁어대며 물로 헹궈내고는 두 손으로 물기를 쪽 짜냈다. 도로를 달린 게 의외로 먼지가 많았는지 머리 속이 온통 흙투성이같이 가려웠다.

"후우......"

대충 머리며 발이며 다 씻은 은수는 가방이 있는 쪽으로 걸어가 수건을 꺼내려는데 누군가의 시선이 느껴졌다. 그녀가 주위를 두리번거리니 한 남자가 개울가에 서서 담배를 피우고 있었다. 그녀와 시선이 마주치자 그는 쳐다보고 있었다는 걸 숨기듯 다른 쪽으로 고개를 돌렸다.

이런 평일 한낮에 개울가에서 머리 감고 있는 그녀도 웃겼지만 멀쩡하게 생긴 남자가 차 세워놓고 개울가에서 담배를 피우고 있는 것도 웃겼다. 대부분의 사람들은 휴게소에 들러 간단하게 요기를 하고 방광의 물을 뺀 다음 목적지를 향해 달리기가 다반사지 이렇게 샛길로 빠져 여유작작 시간을 보내지는 않는다. 여행을 가기엔 옷차림이 너무 정장이고, 그렇다고 일하러 가는 사람치곤 태도가 너무 여유로웠다.

한없이 뻗어 나가는 상상의 나래를 짚고 있던 그녀가 수건으로 머리를 탈탈 털어내며 남자에 대한 호기심도 같이 털어냈다. 혼자 밖을 싸돌아다니는 지금 말을 걸어서라도 누군가와 이야기하는 것도 마음이 동하긴 했지만 그러기엔 배가 너무 고팠다. 그녀가 머리를 닦은 수건으로 발에 있는 물기를 닦아내고는 양말을 신은 후 수건을 목 언저리에 걸치고 운동화를 신었다. 그리곤 자전거가 있는 곳으로 걸어갔다. 상관없는 사람이기에 그저 무심히, 아주 무심히 제 갈 길 가면 된다고 생각은 하고 있지만 누군가 미동없이 서서 담배를 피우고 있고, 그녀는 그 앞을 지나가야 한다고 생각해 봐라. 얼마나 은근히 긴장되는가. 물론 대머리 할아버지가 서 있으면 빨리 지나가고 싶다는 생각에 긴장되지만 말이다.

그녀가 식당이 있었던 곳을 떠올리며 자전거를 타고는 그 남자 앞을 순식간에 지나쳐 갔다.

도준은 개울가 앞에 차를 세워놓고 담배를 꺼냈다. 그가 불을 붙이려고 주머니에 있는 라이터를 찾다가 어디선가 들려오는 첨벙이는 물소리에 고개를 들었다. 어떤 여자가 머리를 감고 있는 게 아닌가. 여름도 아니고 가을 끝자락에. 바지를 무릎까지 걷어 올리고 머리를 아예 물속에 풍덩 넣더니 달군 쇠를 식히는 것처럼 잠시 물속에서 머리를 빼내질 않았다.

〈동네 사람인가?〉

그가 주위를 둘러보니 자전거 한 대가 세워져 있었다. 그는 아무 생각 없이 담배를 피우며 머리 감는 여자를 구경했다. 여자는 한껏 팔과 다리를 씻더니 가방이 있는 곳으로 걸어갔다. 그러다 어느 순간 그녀와 눈이 정면으로 마주쳤다.

〈어?〉

몰래 쳐다본 게 되는 건가? 그냥 눈앞에 보이기에 시선을 두고 있었는데 여자와 시선이 마주치자 흠칫했다.

아무래도 훔쳐본 거였나 보다. 도준이 다른 곳, 그러니까 온통 푸르디푸른 산으로 시선을 돌리면서도 스스로의 당황에 어이없는 웃음이 나왔다.

그가 손에 들고 있는 담배를 끄려고 바닥으로 허리를 숙였다. 그런데 눈앞에서 자전거 바퀴가 휙 지나가는 게 아닌가. 몸을 일으켜 고개를 돌려보니 여자는 빠른 속도로 그를 스쳐 지나가 멀찍감치 사라지고 있었다. 정말 그가 훔쳐본 느낌이 드는 순간이었다. 쌩하니 달려가는 자전거 뒤 꼭지를 멍하니 쳐다보던 그가 눈을 껌벅거리다가 차 안에 있는 재떨이에 꽁초를 버렸다.

운전을 하는 내내 머리가 아파왔다. 그가 헝클어져 있는 머릿속을 느끼며 눈앞에서 흐르고 있는 개울을 무심히 응시했다. 처음엔 그저 인사를 드리러 가는 게 당연하다고 생각해 출발을 했지만 시간이 지날수록 난감해졌다. 반가워하실까 하는 생각도 들었고, 과연 다시 만나서 끈을 확인하는 게 현명한 짓일까 회의가 들었다. 이미 그의 아내가 죽은 지 삼 년이 흘렀다. 두 사람 사이에 아이도 없는 상황에서, 이제는 거의 연락도 없이 지내고 있는데 갑자기 그가 나타나 돌아왔다고 말하는 게 무슨 의미가 있을까. 아니, 어쩌면 그가 죽은 딸을 떠올리게 만들어 아픈 가슴 헤집는 존재가 아닐까 하는 생각이 들면서 가는 길이 점점 더 난감해졌다. 마음이 편치 않았다.

그가 주머니에 있는 담배를 꺼내 입에 물곤 다시 피워댔다.

미약 31

그리곤 식당을 찾아 핸들을 돌렸다. 늦게 일어나 가볍게 밥을 먹어서인지 서울에서 출발한 지 두 시간도 안 돼 배가 고팠다. 가벼운 면이라도 먹어야겠다는 생각에 주위에 있는 식당으로 운전을 한 그가 어느 냉면집 앞에서 차를 세웠다. 그리곤 차에서 내리려는데 가게 앞에 자전거가 세워져 있었다. 누가 훔쳐갈까 굵은 쇠줄로 친친 감겨져 열쇠로 채워진 모습이 눈에 들어왔다. 개울가에서 머리를 감는 거 보면 꽤 경계가 없는 사람인 것 같은데 열쇠는 그야말로 튼튼하니 의외였다.

가게 안으로 들어서자 여자는 상에 앉아 물수건으로 손을 닦고 있었다. 점심때를 지나서인지 가게 안은 다른 손님이 없었다. 그가 의자가 있는 식탁에 앉자 아줌마가 주방에서 소리쳤다.

"뭐 드실래요?"

"회냉면 주세요."

자신의 공간이 아니어도 당연한 듯 들려오는 우리말이 어딘가 가슴 한구석을 편안하게 했고, 게다가 냉면을 쉽게 사 먹을 수 있는 곳에 돌아왔다는 게 새삼스레 기뻤다. 그가 컵에 물을 따르고 있는데 어디선가 핸드폰 벨소리가 들려왔다. 곧 이어 여자의 목소리도 들려왔다.

"예, 실장님."

도준은 무심히 가게 밖으로 지나가는 아이들을 쳐다보았다. 서너 살 되어 보이는 아이들이 뒤뚱거리며 엄마로 보이는 여자의 주변을 걸어가고 있었다. 그가 그 뒤뚱거리는 작은 발과 아이가 입에 물고 있는 작은 손에서 시선을 떼지 못했다.

〈그 아이가 태어났다면 지금 저 아이들 정도 컸겠지.〉

그의 눈이 흐르는 강물을 응시하는 사람처럼 은은한 빛을 담고 있었다. 그가 한쪽 입꼬리를 올리며 자조하고 있는데 비집고 들려오는 여자의 말에 아이들에게 가 있던 시선이 그녀에게로 향했다.

"외교부요?"

그의 한쪽 눈썹이 살짝 올라갔다가 내려왔다. 시선을 다시 유리창 밖으로 가져갔지만 '외교부'라는 말 때문인지 여자의 말소리가 귓가를 파고들었다.

"아…… 여권 관련해서요. 언제까지 해달라는데요?"

귓속으로 들려오는 말을 듣고 있으려니 그는 문득 여자의 직업이 궁금해졌다. 분명 공무원 쪽 관련 일을 하는데 이런 평일 자전거를 타고 돌아다닐 수 있다니. 휴가라면 업무로 전화하는 일은 없을 텐데 말이다. 그가 호기심 어린 생각을 떠올리고 있는데 여자의 웃음 섞인 비아냥거림이 들려왔다.

"내 그럴 줄 알아서. 쳇. 내 팔자에 무슨 전국 여행이야. 어쩐지 날짜가 너무 많이 빈다 싶더라구요."

상대방이 무슨 소리를 했는지 여자가 기분 좋은 웃음을 크게 터뜨리더니 다시 차분하게 말을 이었다.

"일단 웹하드에 자료 좀 올려주세요. 오늘 저녁 때 피시방에 가든지 해서 확인할게요. 급한 거 아니니까 며칠 후에 회사로 갈게요."

그녀가 통화를 마치고는 김샜다는 얼굴로 작은 한숨을 뱉어내는데 그에게까지 들려왔다. 그러나 식당 아줌마가 냉면을 들고 걸어가자 언제 그랬냐는 듯 아무렇지도 않은 얼굴이었다. 익숙한 패턴인지 여자는 그리 속상해하는 것 같지 않았다. 기대에 찬 얼굴로 아줌마가 냉면을 내려놓기만을 기다리던 여자는 냉면 그릇이 상에 놓이는 순간 미간을 찌푸렸다. 멍하니 그릇을 쳐다보고 있던 여자가 돌아서 가는 아줌마를 향해 주춤주춤 손을 뻗었다.

"아줌마, 저 물냉면 시켰는데요."

"그래요? 회냉면 아니었어요?"

여자는 입술을 굳게 다물곤 고개를 저었다.

"아닌데요."

순간 가게 안에 작은 정적이 감돌았다. 두 사람이 그를 쳐다보는 게 느껴졌다. 이 회냉면을 먹으라는 무언의 시선. 그가 압박에 못 이겨 입을 열었다.

"그럼 저 주시죠."

아줌마는 다행스럽다는 듯 여자에게 미안한 표정을 짓고는 그에게 냉면을 가져왔다. 그가 있는 쪽은 쳐다보지도 않던 여자는 냉면 그릇이 움직이는 걸 빤히 쳐다보더니 결국에는 도준을 짧은 순간 응시했다.

〈배고픈데. 배고픈데 왜 당신께 먼저 나오는 거야?〉

뭐, 그런 눈빛이랄까. 분명 무표정한 얼굴임에도 눈빛은 속에 있는 생각을 그대로 드러내고 있었다. 그녀가 고개를 돌리는 걸 보곤 그가 무심한 태도로 냉면을 비벼 한 젓가락을 뜨려는데 그 순간에도 여자의 눈과 마주쳤다. '맛있겠다. 맛있겠다. 그냥 먹을 걸 그랬나' 그런 눈빛이었다. 도준은 정말 평소라면 하지 않았을, 어쩌면 오랜 외국 생활을 마치고 돌아와 모르는 사람임에도 고국의 사람이라는 생각에 불쑥 호의 어린 말을 건넸다.

"배고프면 이거 먼저 나눠 먹을래요?"

말을 내뱉고 나서도 그는 스스로가 당황스러웠다. 나눠 먹자니, 처음 보는 사람한테. 여자가 눈을 소처럼 끔벅이며 그를 한참 동안 멍하니 쳐다보더니 이내 너털웃음을 터뜨리며 손사래를 쳤다.

"하하하, 아니에요. 드세요. 쳐다봐서 죄송해요."

그 여자가 대답하며 짓는 웃음이 어찌나 시원한지 도준은 순간 대꾸하지 못하고 여자의 얼굴을 응시했다. 젓가락에 냉면을 대롱대롱 매달고 말이다.

잠시 후 그가 반 정도를 먹고 있을 때 물냉면이 나왔다. 직업 때문인지, 아니면 아까 들었던 여자의 웃음소리 때문인지 그는 그녀에게 관심을 끊지 못하고 냉면을 먹으면서도 계속 여자를 주시했다. 여자는 더웠는지 육수를 벌컥벌컥 들이키고는 살 것 같다는 얼굴로 큰 숨을 내쉬었다. 잠시 그녀에 대한 호기심이 일어 말을 붙일까 하다가 도준이 고개를 설레설레 젓고는 남은 냉면이나 먹었다.

그가 값을 치르고 가게 문을 나설 때쯤 아주머니를 부르는 여자의 목소리가 들려왔다.

"아줌마, 여기 밥 한 공기 주세요!"

먼 길을 가려면 든든하게 먹어야 한다는 건 사실 핑계고, 오랜만에 운동을 해서인지 밥맛이 좋았다. 그녀가 밥 한 숟갈을 떠 김치를 올려 맛있게 먹고는, 주머니에 있는 담배를 꺼내 피웠다. 꿀맛이었다. 몸에 안 좋은 담배이건만 밥 먹은 후에 피우는 건 왜 이리 맛이 좋은지.

옆에 있는 재떨이에 담뱃재를 털면서 그녀가 전국 지도를 꺼내 펼쳤다. 생각보다 속도가 느렸다. 대전 정도면 넉넉잡고 이틀이면 갈 수 있을 거라고 생각해서 일단은 마음을 편하게 먹고 있었는데 아직 반도 못 갔다. 벌써 한낮이 다 지나가고 있었다. 몇 시간 있으면 해가 떨어질 테고, 그러면 무조건 숙박을 해야 한다. 은수는 해가 떨어지기 전에 도착할 수 있는 지점을 예상하며 지도를 찬찬히 살폈다. 괜히 무작정 달리다가 해가 뉘엿거리면 큰일이었다. 국도에는 가로등도 없으려니와 자전거 한 대는 눈에 잘 안 띄기 때문에 위험 요소가 훨씬 컸다.

그녀가 천안을 유심히 쳐다보곤 다시 지도를 접어 가방에 넣었다. 천안 정도면 해가 떨어지기 전에 도착할 것이다. 그쪽은 꽤 큰 지역이니까 숙박 시설도 잘 갖춰져 있을 것이다. 예상대로 풀리지 않는 일정에 그녀는 잠시 집으로 돌아갈까 망설였다. 게다가 조금 있으면 일을 처리해야 할 텐데 녹초가 된 몸으로 과연 그 과정을 감당할 수 있을까 하는 걱정도 들었다.

"아…… 몰라, 몰라."

고개를 저으며 대충대충 말을 뱉어내는 그녀였지만 머리 속으론 무의식적으로 일정을 짜고 있었다. 다 타 들어가 꽁초가 된 담배를 그녀가 재떨이에 비벼 끄곤 가방을 챙겨 들었다. 배가 부르니 지친 마음에 다시 파릇파릇한 생기가 돋아났다. 역시 사람은 먹고 볼 일이다. 짧은 시간 동안 머물렀던 어느 작은 동네 풍경을 그녀가 잠시 서서 바라보고는 자전거에 올라탔다. 가다가 요기를 할 음식과 음료수를 슈퍼에 챙기고는 곧장 국도를 달렸다.

체인이 쉴 새 없이 휘돌고, 그녀의 발이 연이어 페달을 밟았다. 서늘한 바람이 머리카락 속으로 파고들고, 서울과는 또 다른 알싸한 자연의 냄새가 코끝을 스쳐 지나갔다. 끝도 없이 펼쳐진 도로는 그녀의 머리 속을 하얗게 비워가게 만들더니 어느새 깊은 곳에 숨겨져 있었던 마음이 스멀스멀 움직이게 만들었다. 아침도 저녁도 아닌 어중간한 한낮의 국도엔 차가 거의 없었다. 반대 편으로 가끔씩 차들이 빠른 속도로 지나쳐 가고, 그녀의 뒤에 오던 차도 그녀의 자전거를 빠른 속도로 제치고 사라져 갔다. 은수는 앞에 보이는 길만을 응시하며 페달을 밟아 차근차근 길을 나아갔다. 그녀의 눈빛이 작게 흔들리는가 싶더니 눈물을 흘리고 있었다. 눈가에서 맺힌 눈물은 볼을 타고 흐를 새도 없이 바람에 날려가듯 말라갔다.

 마음을 들여다보지 않으려고 발버둥 치며 지내왔던 몇 달, 홀로 새벽을 맞을 때마다 불안스레 방황하던 그 마음이 조용한 국도에서 모습을 나타냈다. 달려도 달려도 끝나지 않을 것 같은 길. 그 한가운데서 그녀가 페달을 밟으며 조용히 뜨거운 눈물을 삼켰다.

 "하아······. 그냥 사는 거야. 은수야, 살다 보면 이런 일 저런 일이 생기는 것뿐이야. 뭘 그렇게 우니?"

 그녀가 무표정한 얼굴로 앞에 있는 길을 응시하며 누군가에게 말을 건네듯 조용히 중얼거렸다. 그러나 그녀가 말을 내뱉는 순간 눈물은 자취없이 메말라 갔다. 눈물을 흘리던 녀석은 그녀가 거는 말에 몸을 움츠리고 어딘가로 숨었다.

 세 시간 후, 그녀가 천안에 도착했을 땐 해가 뉘엿뉘엿 산 너머로 넘어가려고 준비를 하고 있었다. 누가 오렌지 껍질을 으깨 하늘에 뿌려놓은 것처럼 하늘은 어두운 밤이 찾아오기를 기다리는 듯했다. 은수는 천안에 도착하자마자 제일 먼저 피시방을 찾았다. 그리곤 회사에서 올려놓은 자료를 출력하고 다시 인터넷으로 천안에 있는 산장을 검색했다.

 한참 동안 책상에서 일어나지 않았던 그녀가 이내 마음을 결정했는지 자리에서 일어나 출력비와 인터넷 사용비를 계산하고 피시방을 나왔다. 배가 고파 식당을 먼저 갈까 하다가 일단은 묵을 곳을 먼저 정해두는 게 마음이 편할 것 같아 곧장 도로 쪽으로 걸어가 택시를 잡았다. 어느덧 시내를 금방 벗어나더니 택시는 구불구불한 인적 드문 도로를 달렸다. 그나마 아직 해가 떨어지지 않아 불안함이 덜했다. 그녀가 산장에 전화를 걸어 미리 방이 있는지를 알아보고 넌지시 잠시 후에 그녀가 도착할 거라는 걸 알려 그녀의 위치를 다른 사람도 알게 만들었다. 가는 길이 불안했다. 혹시나 이놈의 택시기사가 딴마음을 먹고 달려들면 어쩌나 싶어 택시기사의 얼굴과 신분증을 힐끔힐끔 확인했다. 그녀의 행동이 불안해 보였는지 택시기사 아저씨가 말을 걸어왔다.

"쉬러 가시나 봐요?"

은수가 바로 대답하지 않고 잠시 망설이듯 입술을 깨물었다. 여자 혼자 여행 가는 걸 알리는 건 그리 현명한 행동이 아닐 것 같았다.

"아뇨, 그 근처에 아는 분이 사시거든요. 뵐 분이 있어서요."

택시 아저씨가 고개를 끄덕였다. 다시 침묵이 잦아들었지만 조금 더 가니 산장 입구에 도착했다.

"감사합니다."

은수가 인사를 하곤 내리려는데 아저씨가 내려 뒤에 있는 자전거를 꺼내주었다. 그리곤 어두워진 길을 운전하며 사라져 갔다. 초저녁이라 조금은 으슬으슬한 어둠이 내려와 있었지만 불빛이 반짝이는 산장이 보이자 마음이 안정되었다. 그녀가 잠시 맑은 산 기운을 들이마시고는 자전거를 끌고 길로 만들어진 흙바닥을 걸어 올라갔다. 오랜만에 걸어보는 흙길이었다. 시멘트와는 전혀 다른 탄력이 발바닥을 타고 느껴져 왔다. 자전거 바퀴와 운동화 바닥에 흙이 잔뜩 묻기 시작했지만 기분은 좋았다. 정신이 맑아질 정도로 깨끗한 공기가 살갗 속으로 스며들었다.

그녀의 발자국 소리가 들렸는지, 아니면 여자 혼자 늦은 저녁에 도착하는 게 걱정스러웠는지 고맙게도 산장 앞에 주인 부부가 나와 있었다. 그녀가 고개 숙여 인사를 하자 아저씨가 다가와 그녀의 자전거를 건네받더니 차가 주차된 곳에 세워주었다. 괜히 낙동강 오리알처럼 지내는 건 아닌가 싶었는데 운 좋게도 마음 넉넉하고, 배려 깊은 곳에 오게 됐다는 사실에 은수는 입가에 미소가 절로 떠올랐다.

주인을 따라 산장 바로 앞에 있는 정원에 들어서니 몇 명의 사람들이 야외에서 저녁을 먹고 있었다. 아마도 단체로 온 손님 같았다. 나이대가 다 다른 남녀인 걸 보니 회사에서 야유회를 온 듯했다. 이렇게 혼자 여행을 떠날 땐 집단으로 모인 사람들과 함께 있는 건 그리 반가운 일이 아니었다. 괜히 이상한 소외감을 느끼며 자신의 집단을 그리워하게 되니 말이다.

〈오히려 잘된 일인가?〉

산장 주인이랑 그녀 혼자만 있으려면 신경 쓰일 수 있는데 단체 손님이 그 시선을 깨뜨려 놓을 테니 어쩌면 그녀에겐 더 잘

된 일일지도 모른다. 바빠서 그녀에게 말을 붙이지 않을 것이고 그만큼 혼자 이곳저곳 다녀도 신경 쓰지 않을 테니 말이다.

떠들썩하니 시끄러운 쪽에 잠시 시선을 주고는 그녀가 산장 안으로 들어갔다. 이층으로 되어 있는 산장은 멀리서 보면 그냥 주택 같았지만 안쪽엔 나무를 원목으로 만들어 자연적인 냄새가 물씬 풍겼다. 그녀가 흙투성이가 된 운동화를 벗고, 나무로 된 마룻바닥에 발을 들여놓으려는데 누군가가 이층 계단에 내려오는 소리가 삐걱거리며 들려왔다. 그녀가 무심히 고개를 들어 소리가 나는 쪽을 쳐다보다가 두 눈이 휘둥그레졌다. 낮에 보았던 그 남자가 계단에서 내려오고 있는 게 아닌가. 남자도 그녀를 알아봤는지 계단에 멈춰 서서 눈을 가늘게 뜨고 그녀를 응시했다. 도착한 지 꽤 되었는지 남자는 편안하게 셔츠 소매를 걷어 올리고 목 근처의 칼라도 풀어져 있었다.

"여기서 또 뵙네요."

남자가 반가운 듯 입꼬리를 올리며 인사를 건넸다. 은수가 멋쩍은 표정을 지으며 피식 웃었다.

"예, 그러네요."

내심 반가웠다. 낮에는 혼자였기에 모르는 이의 시선이 부담스러웠는데, 낯선 이곳에서, 그것도 단체로 친목을 과시하는 사람들 속에서 아는 얼굴이 있다는 게 반가움 감정을 만들어냈다. 그러나 딱히 반가움을 표현하며 다가서기엔 낯설기는 마찬가지의 남자였다. 두 사람이 어색하게 서 있는데 아주머니가 다가와 남자에게 말을 건넸다.

"어디 나가시게요?"

"커피 좀 마시려고요."

"아, 네. 이분한테 방 안내해 드리고 드릴게요."

"예."

주인 아줌마가 계단 쪽으로 걸어가자 그녀가 어정쩡하게 서 있다가 뒤를 따랐다.

"이층인데 괜찮죠? 일층은 지금 밖에 있는 손님들이 쓰고 있어서요."

"예, 괜찮습니다."

뒤에서 그녀를 쳐다보는 시선이 느껴져 은수는 걸음을 옮기면서도 미간을 찌푸렸다. 그러나 남자를 신경 쓰고 자시고 할 상태가 아니었다. 하루 종일 자전거를 끌고 다닌 효과가 숙식을 할 장소를 찾았다는 안도감에 한꺼번에 튀어나오고 있었다. 멀쩡했던 온몸이 후들거리고, 허리는 뻐근했으며, 눈은 졸음으로 자꾸만 감겨왔다.

샤워로 정신이 잠깐 말짱해지는가 싶더니 아줌마가 차려준 저녁을 먹고 다시 졸리기 시작했다. 침대에 잠시 누워 있다가 짐을 풀어야겠다 생각하던 은수는 어느새 잠이 들었다.

바스락, 바스락.

그의 발걸음에 나뭇잎들이 소리를 내며 자신의 존재를 드러냈다. 저녁을 먹은 그는 커피 한 잔을 마시고 숲길을 걸었다. 어둠이 내려앉은 밤길을 산책할 수 있도록 산장 주인이 곳곳에 작은 전등을 설치해 마치 숲 속에 사는 반딧불처럼 빛을 발했다. 그가 밤이슬을 맞아 촉촉하게 젖어 있는 나뭇잎들을 손으로 만지작거리며 숲의 향기를 들여 마시는가 싶더니 주머니에 있는 핸드폰을 꺼냈다. 몇 번의 발신음이 울린 후 한때는 그의 장모였던 박씨의 목소리가 들려왔다.

"저, 도준입니다."

[자넨가? 그렇잖아도 내 전화를 하려고 했는데.]

저녁에 찾아뵙기로 약속을 해놓고 중간에 이 산장으로 왔기에 도준은 내일 가겠다는 말을 하려고 전화를 한 것이다. 그가 내일 아침에 도착한다는 말을 하자 박씨가 잠시 뜸을 들이며 망설이더니 가느다란 한숨과 함께 말을 이었다.

[괜찮네. 일부러 시간 내서 올 거 없어. 자네도 자네 인생을 살아야지. 언제까지 그 아이 그림자를 따라다닐 수는 없는 거 아닌가. 나중에 이쪽으로 올 일 있으면 들르든지 하게.]

도준은 긍정도, 부정도 하기 어려운지라 침묵을 지키고 있었다. 그가 그의 길을 갈 바란다는 말이 왜 비난처럼 느껴지는 걸까. 아내를 먼 타국에 데려가 지키지 못한 그의 행동을 탓하는 것만 같아 그는 무표정한 얼굴로 눈앞에 있는 적막한 공간을 응시할 뿐이었다. 갑자기 깔깔했던 입 안이 쓰게 느껴졌다. 그가 마른 입술을 축이며 잠긴 목소리로 대답했다.

"그럼 나중에 기회 되면 뵙겠습니다."

[그러세. 그럼 들어가게.]

미련없이 대답하는 박씨의 목소리를 무심히 듣고 있던 그가 핸드폰을 주머니에 넣었다. 그가 다시 걸음을 옮기며 사박거리는 흙 소리에 귀를 기울였다.

〈어쩌겠는가. 이것으로 그분들과의 인연이 다라면 받아들여야지.〉

그는 아내와는 별개로 그분들과의 관계가 있었다고 생각했지만, 아내가 죽고 나서야 알았다. 사람과의 관계란 처음 시작했을 때의 관계가 잘 변하지 않는다는 걸. 사위로서 그를 대했고, 이제 죽은 딸의 남편으로서 그를 떠올리는 게 괴로우시다면 잊혀져 주어야지 그가 어쩌겠는가. 그러나 이것이 너무나 당연한 결과이고, 사실이라는 걸 잘 알고 있음에도 가슴 한구석 씁쓸한 마음이 드는 건 어찌할 수가 없었다. 아내의 친구나 아내의 가족들이 더 이상 연락하지 않고, 일 년이란 결혼 생활은 마치 꿈을 꾼 것처럼 아득하게 느껴졌다. 산다는 것이 순간 순간 그 찰나만이 존재한다는 걸 논리적으론 받아들였어도 가슴으로 느끼지는 못했나 보다. 생각했던 것보다 시간과 인간관계가 갖는 진실은 잔인하도록 덧없었다. 이젠 아내의 얼굴마저 흐릿하다. 어떻게 웃었는지, 어떻게 울었는지 얼굴이 떠오르지 않는다.

"으으음."

몸 이곳저곳이 쑤시는지 잠들어 있는 은수가 신음을 뱉어내며 몸을 뒤척였다. 몸이 무거워 더 자려고 베개에 얼굴을 묻고 다시 잠을 청했지만 정신은 점점 더 또렷해질 뿐이었다. 너무 일찍 잠들어 버린 것도 있었고, 으레 이 시간이면 깨어 있었기에 몸은 더 자는 걸 거부했다. 그녀가 잔뜩 헝클어져 있는 머리카락을 손으로 긁적이며 자리에서 일어났다. 그리곤 눈을 떠 자신이 어디에 와 있는지 주변을 둘러보았다. 왠지 몸이 개운하다고 생각했는데 방 안에도 숲의 기운이 들어왔는지 공기가 맑았다. 삐걱거리는 목과 허리를 이리저리 돌리며 잠을 털어내곤 그녀가 욕실로 들어가 간단하게 세수를 했다.

일층에 묵고 있는 사람들은 한참 낮이었다. 편을 먹고 고도리를 치는지 딱딱거리는 화투 소리와 이곳저곳에서 웃음 섞인 불평 소리가 새어 나왔다. 모두가 잠들어 있으면 움직이는 게 신경 쓰일 텐데 환하게 불빛이 켜져 있는 일층을 보니 그나마 다행이었다. 한숨 자고 나니 새벽까지 잠이 안 올 듯싶었다.

그녀가 주방으로 들어가 커피 메이커에 커피 몇 숟갈을 넣고 있는데 삐걱 나무 소리가 들려왔다. 고개를 들어보니 낮에 본 그 남자가 들어오고 있었다. 그녀가 살짝 고개 숙여 인사를 건네곤 커피 메이커에 물을 부었다.

"저도 한 잔 주실래요?"

물을 붓는 데 집중하고 있던 그녀가 남자를 멀뚱히 쳐다보고는 고개를 끄덕였다.

"예."

남자는 커피를 기다리듯 어정쩡하게 서 있더니 그녀 곁으로 다가와 머그잔 두 개를 옆에 갖다 놨다. 은수는 커피 물이 내려지기를 기다리며 거실 한쪽에 있는 창가로 다가갔다. 새까만 어둠 속에서 연한 불빛이 눈에 들어왔다. 그녀가 고개를 이리저리 움직이며 숲길을 살폈다. 산장에 사람이 있긴 하지만 인적이 드문 곳이라 위험하지 않을까 재고 있었다. 설혹 위험하지 않다 하더라도 자그만 소리에도 괜히 놀라 맘 편히 산책을 할 수 없을 거라는 생각에 한숨이 새어 나왔다. 홀로 존재한다는 건 이런 게 불편한 것일 게다. 자유로우면서도 동시에 자유롭지 못한, 모든 걸 혼자 감당해야 하는 부담감이 사람을 편치 못하게 한다. 은수가 눈을 가늘게 뜨고 어두운 숲길을 빤히 바라보다가 작은 한숨을 내쉬려는데 남자가 양손에 머그잔을 들고 걸어오더니 그녀에게 한쪽 잔을 내밀었다. 은수는 고맙다는 말을 웅얼거리곤 커피 잔을 들고 이층으로 올라갔다.

도준은 따스한 커피를 마시며 차가운 몸을 달랬다. 추운 곳에 있다가 따스한 곳에 들어오자 몸이 녹는 듯 풀어졌다. 그가 하품을 하며 이층으로 올라가 자신의 방으로 들어갔다. 그녀의 방을 지나칠 때 잠시 걸음이 느려졌지만 그가 고개를 저으며 다시 걸음을 떼었다. 보면 볼수록 호감이 가는 여자였지만 이런 곳에서 불장난을 할 마음도 없었고, 되레 평온한 시간을 깨뜨리는 짓이 될 것 같았다. 여자 또한 누군가에게 관심을 쏟으며 친해지기보단 혼자만의 시간을 갖고 싶어하는 것 같았다. 만약 다른 곳에서 만났다면 친해지지 않았을까, 잠시 그런 생각이 들었지만 저 여자를 만난 게 다른 곳은 아니지 않은가. 스쳐 지나갈 인연을 스치지 못하는 것만큼 어리석은 게 없다.

그의 방문이 조용히 닫힌 후 얼마 지나지 않아 은수가 니트 위에 담요를 두르고 방을 나왔다. 아무래도 추울 것 같아 침대에 있는 담요를 둘렀다. 추운 건 딱 질색이었다. 괜히 추워서 산책도 못하고 산장으로 다시 종종걸음 걷기는 싫었다. 혹시라도 위험한 일이 있을까 핸드폰을 챙긴 그녀가 커피 잔을 들고 일층으로 내려갔다.

떠들썩한 일층을 지나쳐 그녀가 현관문을 열고 산장 밖으로 나갔다. 차가운 밤 공기가 폐 속으로 깊숙이 파고들어 와 잠 기운에 멍해 있던 정신이 순간적으로 깨어났다. 그녀가 산장 앞에 있는 정원에 서서 눈을 감고 공기를 힘껏 들이마셨다. 살 것 같았다. 가슴을 짓누르고 있던 무언가가 이 순간만큼은 잠시 뚫린 것처럼 시원해 깊은 숨을 쉴 수가 있었다.

산장을 둘러싸고 있던 나무들과 수많은 수풀, 그리고 꽃의 은은한 향기가 선명하게 느껴져 왔다. 모두가 여자 혼자 가는 자전거 여행을 말렸고, 스스로도 위험할까 싶어 오랫동안 망설였는데 이 순간만큼은 정말 잘 왔다는 생각이 들었다. 기차도, 버스도 싫었다. 정해진 코스에 맞춰 정해진 공간에 머무르고, 정해진 일정에 쫓기는 게 싫었다. 그녀의 마음은 정해진 코스를 따라갈 수 있을 정도로 평온하지 못했다. 그때그때 발길 닿는 대로 움직이고 싶었다. 한참을 그 자리에 서서 산 공기와 마주하던 그녀가 천천히 길이 난 쪽으로 걸음을 옮겼다. 산장 아저씨가 설치했는지 작은 불빛이 반짝여 왠지 무섭지 않았다.

길을 따라, 그리고 불빛을 따라 한 발씩 걸음을 옮기던 그녀가 어디선가 들려오는 물소리에 근처에 개울이라도 있는 걸 깨닫고는 큰 폭으로 걷기 시작했다. 그리워했던 무언가를 찾듯 그녀는 걸었다. 따스한 담요가 그녀의 몸을 안아주고 맑디맑은 밤공기가 그녀의 볼에 닿았다.

한참을 걸으니 눈앞에 개울이 있었다. 넋을 잃은 사람처럼 그녀가 물가로 다가갔다. 그리고 물소리에 귀를 기울였다. 적막 속에서 그녀를 보호해 주듯 전등이 불빛을 발하고 있어 마음이 편했다. 아마도 산장 주인은 밤에 물가에 나오는 걸 좋아하나 보다. 아니면 밤에 물가에 나오는 이들의 마음을 이해하나 보다. 그렇지 않고서야 이리 신경 쓸 수 있을까. 이런저런 생각을 떠올리던 그녀는 물소리를 들으며 서서히 비워져 갔다. 그녀가 근처에 있는 바위가에 앉아 옆에 커피 잔을 내려놓은 후 담배 한 개비를 입에 물었다.

그래, 바로 이것 때문에 길을 떠난 것일 게다. 마음을 비우고 아무 생각도 하지 않기 위해 그저 소음없이 존재하는 자연을 보고 싶었던 것일 게다. 마음속의 여백이 남아 있지 않은데 꾸역꾸역 다른 생각을 밀어 넣어야 하는 서울을 벗어나고 싶었던 거겠지. 이렇게 자연의 소리에 마음도 따라 들어가 무심해지고 싶을 뿐이다.

뻐꿈. 뻐꿈.

그녀의 입에서 담배 연기가 하얀 입김과 함께 흘러나와 공중으로 흩어져 갔다. 사고를 정지하고 눈앞에 흐르는 물길을 멍하니 바라보고 있는 은수의 눈에서 눈물이 흘러나와 볼을 타고 흘러내렸다. 그녀가 담배를 한입 빨아들여 시큰하게 뜨거운 코를 잠재웠다.

〈뭘 그리 새삼스럽다고 이토록 끝없이 눈물을 흘리는 걸까.〉

그녀가 목구멍으로 치밀어 오르는 뜨거운 무언가를 꿀꺽 삼키곤 공중으로 흩어지는 담배 연기를 멍하니 응시했다. 분명 담배 잎으로 실체가 있었던 쑥색의 조각들이 하얀 연기로 허망하게 사라지고 있었다. 마치 그녀가 살아온 시간들처럼, 그리고 그녀가 맺어온 사람들처럼 그렇게 사라져 갔다.

잦아들었던 눈물이 다시 솟구쳐 올라 이젠 거둬들일 틈도 없이 방울이 되어 툭툭 떨어졌다. 이제야 숨어 있던 마음의 실체가 그 모습을 드러내며 그녀 앞에서 오열했다. 그녀가 해야 할 일들과 그녀가 책임지고 있는 많은 것들 때문에 몇 달 동안 무시당하며 홀로 빈방에 갇혀 있던 마음이 문을 열고 나와 그녀 앞에 엎드렸다. 지난 시간의 기억들이 그녀의 머리 속을 빠르게 스쳐 가기 시작했다. 그녀가 떠오르는 기억의 손길을 가만히 시체처럼 받아들이며 앉아 있다가 어느 순간 인상을 찌푸리며 숨을 헐떡였다.

〈죽자. 죽는 거야. 살아야 할 이유가 없어. 살아갈 의미가 없어.〉

그녀가 벌떡 일어나더니 물가로 다급하게 걸어갔다. 거친 물살에 그녀의 몸이 흔들려 은수는 팔을 내저으며 더 깊은 곳으로 걸어가기 시작했다. 그러나 냉기가 서린 물은 정신을 잃은 그녀를 후려치며 맨정신으로 돌아오게 만들었다. 그녀가 문득 물속을 응시하니 그녀의 허리를 비켜가며 물살은 유유히 흘러가고 있었다. 뼛속 깊은 곳까지 냉기가 타고 올라와 춥다는 마음이 생겼다. 그녀가 멍하니 고개를 들어 하늘에 걸린 달을 응시했다. 무슨 일이냐고 묻는 것처럼 달은 태연히 그 자리에서 빛을 뿜어내고 있었다. 쏟아져 내릴 것 같다고 말해지는 별들이 정말 쏟아져 내릴 것처럼 그녀의 시야에 들어왔다.

〈죽으려면 더 휘몰아쳐야 돼. 더 정신이 돌아야 돼. 아직은 부족해.〉

무심히 하늘을 쳐다보던 그녀가 물가에서 천천히 걸어나왔다. 물속에서 나오자 몸이 심하게 떨려왔다. 그녀가 바닥에 놓인 커피 잔을 입가에 가져가다 이미 식어버린 커피를 마시곤 더 추워서 입술을 깨물었다. 그녀의 입술 사이로 바르작거리는 웃음소리가 새어 나오는가 싶더니 옆에 있는 담배를 집어 들었다. 그리곤 담요를 두르고 담배에 불을 붙였다.

〈너 살 생각이었지?〉

그녀가 경련하듯 떨리는 입술 사이로 담배를 물고는 자조 어린 웃음을 내뱉었다. 그러다 다시 담요를 꼭 여며쥐고 얼굴을 묻었다. 웃음을 뱉어내는 그녀의 얼굴에 눈물이 툭툭 떨어졌다. 물소리와 바람 소리만 그녀에게 화답하며 울고 있는 그녀를 위로했다.

  그녀의 울음이 거의 잦아지고 어느새 다시 멍한 얼굴로 어둠 속을 응시하고 있는데 어딘가에서 바스락거리는 발소리가 들려왔다. 혼자 있다는 불안함에 그녀가 고개를 휙 돌려 소리가 난 쪽을 살폈다. 그 남자였다. 남자는 예상치 못하게 그녀와 마주쳤다는 듯 그 자리에 우뚝 서서 그녀를 바라보았다.

  "바람 쐬러 나오셨나 봐요?"

  "예."

  그는 한 손에 커피를 들고, 다른 손엔 담배를 들고 있었다. 김이 모락모락 나는 그의 커피 잔을 은수는 물끄러미 쳐다보다가 고개를 돌려 물가를 바라보자 그가 가까이 다가왔다. 그녀의 옷이 젖어 있다는 걸 알아차렸는지 그가 잠시 멈칫하더니 말을 건넸다.

  "물에 빠졌어요?"

  은수가 피식 웃으며 고개를 끄덕였다.

  "예. 시원할 것 같아 들어가 봤는데 얼음장이네요."

  도준이 고개를 끄덕이며 손에 들고 있는 커피를 내밀었다.

  "추울 텐데 이것 좀 마셔요."

낮에 보았던 낯선 이가 밤엔 고즈넉이 마주하게 되니, 은수는 기분이 묘했다. 그러나 여전히 낯선 건 마찬가지라 잠시 머뭇거리며 그를 쳐다보고 있다가 자신 앞에 내밀어져 있는 커피를 조심스럽게 받아 들었다. 따스한 기운이 몸을 타고 흘러 들어와 온기가 스며들었다. 결정처럼 알알이 맺힌 무언가가 달무리처럼 흐드러졌다.

도준은 조용히 여자를 응시했다. 여자는 두 손으로 커피 잔을 쥐고 조심스레 마시더니 그에게 되돌려 주었다. 그가 건네받은 커피를 한 모금 마시곤 옆에 내려놓았다. 자꾸만 그녀에게 가는 시선을 제어하고 싶어 그는 커피 잔을 내려놓으며 땅바닥에 있는 이름 모를 풀들을 괜스레 쳐다보았다. 여행길이라 그런 걸까, 자꾸만 저 여자에게 시선이 갔다. 그의 침묵에 여자가 일어나려고 하자 그는 그만 그녀를 조금이라도 붙잡고 싶어 말을 건넸다.

"여행 중이세요?"

여자는 잠시 침묵을 지켰다. 그러더니 주춤주춤 다시 앉았다.

"네."

"자전거로요?"

낮에 보았던 자전거를 떠올리며 그가 조금은 놀랍다는 듯 묻자 그녀가 빙그레 장난스런 미소를 지었다.

"네."

"어디로 가는데요?"

그의 연이은 질문에 그녀는 다시 침묵을 지켰다. 그리곤 두 눈동자를 위로 치켜 한참 동안 허공을 응시하더니 띄엄띄엄 대답했다.

"그냥… 발길… 닿는 데로요. 가다가 힘들면 대전에 있는 친구네로 갈 생각이에요."

"아……."

목적이 분명치 않은 여행길이라는데 여자의 목소리는 사뭇 단호했고, 시원했다. 그가 고개를 끄덕이며 별다른 대꾸를 못하고 있는데, 여자는 문득 무언가가 궁금해진 사람처럼 그를 쳐다보았다.

"그쪽도 여행 중인가요?"

전혀 동의할 수 없다는 의미의 시선을 보내며 여자는 눈썹을 살짝 찌푸렸다. 그도 그럴 것이 은수는 여행길이기에 정말 가장 편한 복장인 청바지와 잠바를 입고 다녔고, 그는 누가 봐도 회사에 갈 사람처럼 보였다.

"뭐, 여행은 아니고 그냥 바람 쐴 겸 나왔어요."

그의 가벼운 대답에 그녀가 묵묵히 고개를 끄덕이며 젖어 있는 바지를 걷어 올렸다. 그리곤 축축하게 물기를 머금은 운동화도 벗고는 바닥에 탈탈 치며 물기를 털어냈다.

"힘들지 않아요, 자전거로 다니려면?"

너무 당연한 걸 물어온다는 듯 그녀는 입가에 묘한 웃음을 지으며 눈을 껌벅거렸다.

"힘들죠. 오르막길 오를 땐 입에서 단내가 날 정도니까요."

힘든 순간이 기억났는지 그녀가 코를 찡그리며 살짝 몸서리를 치더니 이내 혼자만의 즐거움에 빠진 사람처럼 눈을 반짝였다.

"근데 내리막길을 내려갈 때 기분이 너무 좋아서 다 잊게 돼요."

어느새 둘은 걷고 있었다. 누가 방향을 결정하지 않고, 자연스럽게 산장 주인이 매달아놓은 작은 불빛을 따라 숲길을 걸었다. 남자는 여자가 길에서 겪은 일을 궁금해했고, 여자는 마치 이야기를 들려주듯 그렇게 대답했다. 오르막길도, 내리막길도 없었던 평지의 국도에서 달리다 달리다 어느 집의 대문이 너무 예뻐 잠시 쉬었던 이야기, 분위기있는 카페에서 차를 마시고 싶었지만 보이는 건 모두 가든이나 모텔이라 나중엔 '가든'이란 글자만 봐도 짜증났던 이야기들을 여자는 때로는 시니컬하게, 때로는 아이처럼 이야기했다. 그리고 남자는 그녀의 이야기에 따라 웃음을 터뜨리기도 하고 진지하게 그녀를 응시하기도 했다.

"처음엔 그냥 털 조각인 줄 알고, 웬 털이 이렇게 많나 했어요. 차에서 털을 버릴 일이 뭐가 있지 그러면서 계속 달렸죠."

은수의 말에 도준이 쿡쿡거리며 낮은 웃음을 흘렸다. 은수는 자기 얘기에 흥에 겨워 눈을 동그랗게 뜨고 대단한 발견을 한 사람처럼 외쳤다.

"근데 잠시 쉬려고 내렸다가 무심히 자세히 봤는데 토끼인 거 있죠. 털 안에 조그만 발톱이 있는 거예요, 글쎄."

그녀가 낮에 보았던 수많은 동물 시체를 떠올리며 얼굴을 찡그렸다. 그리곤 두 손을 너덜거리듯 앞으로 약간 빼고는 혀를 옆으로 쑥 내밀며 말했다.

"이렇게요. 이렇게 죽어 있었어요, 뱀 한 마리가."

웃음을 짓고 있던 도준이 과장되고 희극적인 그녀의 행동을 무표정한 얼굴로 응시했다. 그가 그녀의 장난기 어린 얼굴을 한참 동안 말없이 응시하더니 조용히 말했다.

"은수 씨, 참 매력적인 사람이네요."

순간 헤실거리며 풀어져 있던 그녀의 얼굴이 딱딱하게 굳어졌다. 별다른 내색 없이 그저 무덤덤한 얼굴이었지만 짧은 순간 그녀의 눈빛이 유리에 패인 흠집같이 날카로워졌다.

'네가 너무 매력적이라 눈을 뗄 수가 없었어.' 그도 이렇게 말했었다.

엷은 미소를 짓고 진지한 눈으로 자신을 바라보고 있는 도준을 그녀가 꿰뚫듯 서늘한 시선으로 응시하는가 싶더니 이내 비틀린 미소를 지으며 가볍게 응수했다.

"그런 얘기 많이 들어요."

거만한 표정을 일부러 지어 보이며 말하는 은수의 반응에 도준이 커다란 웃음을 터뜨렸다.

"아…… 그러세요? 몰라봬서 죄송합니다."

그의 비꼬는 반응에 은수가 너털거리며 웃었다. 둘은 다시 걸음을 옮겼다. 이제 불빛은 다시 산장으로 이어져 있었다. 멀리 산장에서 빛이 새어 나왔다.

"그런데 공무원이라면서 이렇게 평일에 시간이 나요?"

지나가는 말처럼 그녀가 물었고, 지나가는 말처럼 그가 대답했다.

"몇 년 동안 외국에 있었어요. 이번에 귀국한 거라 며칠 쉬는 겁니다."

"와아~ 외국물 먹은 사람이군요. 갑자기 대단해 보이네요."

그녀가 신기한 사람을 보는 것처럼 위아래를 그를 훑었다. 도준이 다시 웃음을 머금었다.

"그런 소리 많이 듣습니다."

그가 방금 전 그녀가 했던 말을 따라하며 똑같이 잘난 척하듯 어깨를 으쓱이자 은수가 땡감 씹은 얼굴로 눈살을 찌푸리며 말했다.

"아, 네. 어련하시겠어요."

그의 웃음소리가 조금 더 짙어졌다.

멀리에 있던 산장이 이제 가까워져 환한 빛이 두 사람에게까지 닿았다. 둘은 잠시 찾아온 침묵을 있는 그대로 내버려 두고 발 아래 밟히는 흙의 촉감에 귀 기울였다. 귀뚜라미 소리, 개구리 소리, 알 수 없는 이름의 풀벌레 소리가 그들이 걷는 길을 따라 울었다.

산장 앞에 있는 마당에 들어서자 은수가 젖은 바지와 운동화를 얼른 갈아입으려 걸음을 재촉했다. 그녀가 현관문을 열려는데 뒤에서 느긋하게 따라오던 그가 그녀를 불러 세웠다.

"은수 씨……."

그녀가 현관문 손잡이를 잡고 고개를 돌렸다.

"네?"

그녀는 부드럽지만 진지한 두 눈동자와 시선이 마주쳤다.

"강물엔 또 들어가지 말아요."

사방에서 들려오던 풀벌레 소리가 잠잠해졌다. 찌르르 소리를 내며 불을 밝히던 전등도 침묵을 지켰다. 나뭇잎을 흔들며 싸라락거리던 바람 소리도 고요히 가라앉았다. 울컥, 금방이라도 눈물이 쏟아질 것만 같은데 눈물은 전혀 흐르지 않는 상태. 단지 목에 무언가가 걸려 쓴물이 느껴졌다. 그녀가 목 안으로 그 쓴 덩어리를 힘겹게 삼켰다.

그녀가 메마른 눈빛으로 그를 응시하더니 의미를 알 수 없는 미소를 지어 보였다. 도준은 그녀가 짓는 작은 표정 하나하나를 놓치지 않겠다는 듯 유심히 바라보았다. 결국 은수가 먼저 시선을 돌려 현관문을 열고 안으로 들어갔다. 도준은 잠시 정원에 서서 걸어온 숲길을 응시했다. 마당 한가운데를 비춰주는 전등으로 수많은 불나방들이 모여들어 땅바닥에 그들의 날갯짓이 너울거렸다. 그가 주머니에 있는 담배 한 개비를 꺼내 입에 물었다. 빨간 담배 끝이 타 들어가면서 그의 입에서 하얀 연기가 구름처럼 떠돌며 주변을 넘실거렸다.

〈빛을 보면 매혹되어 다가가는 불나방이 아직 그의 속에도 살고 있을까.〉

어느 정도의 시간이 흘렀을까. 묵묵히 마당을 거닐던 그가 산장 안으로 들어갔다. 일층에서 소란스럽게 놀던 손님들은 이제 모두 잠이 들었는지 거실은 적막감이 감돌고 있었다. 거실을 환하게 비추던 형광등도 꺼지고, 벽에 붙어 있는 불빛만 은은히 거실 주변을 맴돌고 있었다.

그는 곧장 주방 쪽으로 걸어가 커피를 만들었다. 커피 향이 퍼지며 유리 포트 안에 커피가 쪼로록 내려지는 모습을 의미없이 쳐다보고 있는데 삐걱거리는 나무 소리가 들려왔다. 고개를 들어 소리가 나는 계단을 쳐다보니 그녀가 내려오고 있었다. 샤워를 했는지 머리카락이 물기에 젖어 있었다.

그를 발견한 은수는 걸음을 멈칫하더니 이내 그가 있는 곳으로 다가왔다. 그리곤 컵 하나를 더 가져와 옆에 섰다. 활기 차게 떠들던 아까와는 달리 은수는 말이 없었다. 도준이 그녀의 컵에 커피를 따르곤 자신의 컵에도 따랐다. 둘은 말없이 커피를 마셨다.

그녀가 반쯤 남은 커피를 주방에 두고 걸음을 옮기려다 그에게 고개를 돌려 꾸벅 인사를 건네듯 고개를 숙였다. 그도 얼떨결에 그녀를 따라 고개 숙여 인사를 건넸다. 둘은 나무 계단을 따라 걸어 올라갔다. 정적이 감도는 실내에 두 사람의 걸음 소리만 삐거덕거렸다. 그녀가 먼저 자신의 방 앞에 도착하자 그가 말했다.

"서울에서 볼 수 있을까요?"

눈앞엔 은색으로 빛나는 광택 어린 손잡이가 있었다. 그가 건넨 말에 대답을 하고 이 손잡이를 돌려 안으로 들어가야 한다는 걸 알면서도 은수는 손잡이 손을 가져가지 못하고 길 잃은 아이처럼 문 앞에 우두커니 서 있었다.

남자는 호감을 표시하며 연애를 하자고 제안한다. 강에 들어가지 말라는 걱정 어리면서도 진지한 부탁을 하며. 그녀가 고개를 올려 옆에서 그녀의 대답을 기다리고 있는 그를 마주 보았다. 은수의 눈빛이 애잔해졌다. 지나가는 강아지라도 그녀 옆에 다가오면 그 작은 다가옴에 매달려 눈물을 쏟아낼 것 같은 그런 순간들이 있었다. 스스로를 감당할 수 없어 그냥 모르는 누군가에게라도 미친년처럼 수다를 떨어버릴 것 같은 아슬아슬한 순간들. 담배를 사며 옷을 사며 쓰레기 봉투를 사며 울컥 치밀어 오르는 눈물을 참으며 꿋꿋하게 돌아서 나오며 스산한 바람을 잔뜩 어깨에 이고 길을 걸었다. 지금, 지금이 그랬다. 선명하게 마음속의 소용돌이를 느끼며 그녀가 눈앞에 있는 도준을 응시했다. 그러나 이런 만남은, 이런 시작은 가망이 없다.

그녀가 대답없이 고개를 돌리곤 문을 열고 안으로 들어갔다. 등 뒤로 문을 닫은 그녀는 눈앞에 보이는 공간을 뚫어지게 응시했다. 숨통을 끊어올 것 같은 무거운 정적이 감돌아 그녀가 급히 숨을 들이켰다. 시야 가득 빈 공간이 가슴속을 파고들더니 가슴을 뚫고 터지려 했다. 미세한 기척조차 없는 적막, 숨통이 조여왔다.

〈나는 버려졌다.〉

피할 수 없는 진실이 그녀 내부로 가차없이 파고들어 와 굵은 손아귀가 그녀의 가슴을 죄었다. 그녀가 부들부들 몸을 떨더니 눈을 감았다. 적막을 견딜 수 없었다. 내부의 소리를 직면할 수도, 견딜 수도 없었다. 은수는 감은 눈을 퍼뜩 뜨곤 다시 문을 열고 나가려다 눈을 휘둥그레 떴다. 그가 문 앞에 여전히 서 있었던 것이다. 막 걸음을 옮기려던 찰나였는지 비스듬히 옆으로 서서 그녀에게로 고개를 돌리고 있었다. 그녀의 가쁜 숨이 조금씩 차분해졌다. 그러나 방금 전 그녀를 휩쓸고 지나간 진실이 그녀의 밑바닥에 남아 밖으로 치고 올라오려고 했다. 그녀가 무언가에서 도망치듯 급하게 손을 뻗어 도준의 목에 팔을 감았다. 순간 미동없이 바위처럼 서 있던 그가 품 안으로 들어오는 은수를 두 팔로 꽉 껴안았다. 그가 그녀의 뒷머리를 손으로 강하게 감싸더니 거칠고도 깊은 키스를 퍼붓기 시작했다.

〈거부할 수 없다.〉

〈차마 떨칠 수 없다.〉

두 사람의 입술이 거칠게 마주쳤다. 그는 그녀를 안은 두 팔에 더 힘을 주었다. 그리곤 거침없이 그녀의 부드러운 입 안으로 파고들었다.

〈이 여잔 스쳐 지나갈 수가 없다.〉

낯선 창문틀 안에 달빛이 어색하게 흘러 들어왔다. 그녀의 귓불을 그가 물기 어린 혀로 섬세하게 핥더니 입 안에 넣고 잘근잘근 깨물었다. 그녀가 고개를 살짝 들어 그의 애무를 받아들이며 유리창에 어른거리는 달 그림자를 물끄러미 응시했다. 그는 이제 그녀의 목과 쇄골을 따라 자잘한 입맞춤을 흩뿌리며 그녀의 허리에 팔을 둘러 품 안으로 끌어당겼다. 그녀가 두 손을 들어 올려 그의 머리카락을 손가락 끝으로 매만졌다.

〈달빛이 참 예쁘구나.〉

〈너도 참 예뻤었지.〉

그가 천천히 그녀의 가슴 하나를 베어 물었다. 검붉은 유두가 움찔 긴장하며 그녀가 작은 반동으로 몸을 떨었다. 그러자 그가 고개를 들어 그녀의 눈을 마주 보았다. 둘은 말없이 상대를 응시했다. 무표정하고 차분한 은수의 얼굴을 한참 동안 바라보던 그가 나지막이 속삭였다.

"그만 할까요?"

그녀가 엷은 미소를 입가에 그리며 고개를 저었다. 그리곤 두 손으로 그의 얼굴을 감싸 그의 입술에 머뭇머뭇 키스를 하곤 그의 아랫입술을 살짝 깨물었다. 그의 목 안에서 억눌린 신음이 삼켜졌다. 도준은 자신의 온기 어린 몸으로 서늘한 그녀의 몸에 열기를 전해주려는 듯 손으로 그녀의 허벅지를 쓰다듬었다. 어느새 그가 그녀의 중심에 자리를 잡아 둘의 몸이 맞닿아 서걱거리는 피부가 느껴졌다. 두 사람의 입술이 떨어지지 않고 끊임없이 서로의 혀를 잡아채는 동안 그의 중심이 서서히 그녀 안으로 들어가기 시작했다.

"하아……."

그녀의 입에서 탄식 어린 신음이 가늘게 흘러나와 그의 입가에서 맴돌았다. 그녀를 가득 채우는 그의 몸을 느끼며 그녀가 천천히 눈을 감았다. 무심결에 자조 어린 피식거림이 미약하게 터져 나올 뻔했다. 우스웠다. 자신이, 그리고 그녀를 둘러싼 이 모든 일들이 우습게 느껴졌다. 그가 떠나고 익숙했던 체취와 육체 관계가 그리워 가끔은 몸살을 앓았는데, 웃기게도 그런 상태에 길들여져 있었나 보다. 그녀의 몸은 오랜만에 가지는 육체 관계를 버거워하며 마치 처음처럼 아픔을 느꼈다. 천천히 그녀 안으로 들어오던 그가 더 깊은 곳으로 맞닿기 위해 강하게 몸을 움직였다. 순간 그녀의 미간이 찌푸려졌다. 그녀의 아픔에 그가 잠시 당황스러워하며 움직임을 멈추었다. 그는 아무것도 묻지 않고 기다려 주었다. 에이듯 묵직하게 아파오던 그곳이 서서히 부드럽게 풀리며 그녀를 간질거렸다. 끈적끈적한 투명한 액체가 맞닿은 부분을 감싸며 두 사람을 재촉했다.

그녀가 다리를 들어 그의 허리를 감쌌다. 달빛이 그녀의 살결을 어루만지며 도준을 유혹했다. 그는 숨을 멈추고 천천히 그녀 안에서 몸을 뺐다가 감질날 정도로 느리게 그녀 안으로 들어갔다. 그가 그녀 안으로 들어갈 때마다 눈을 감고 있는 은수의 얼굴이 붉은빛으로 진해져 갔다. 그가 그녀의 두 눈꺼풀을 차례로 입맞추었다.

〈은수…… 정은수…….〉

느릿느릿 그녀를 애태우듯 그렇게 움직이던 그가 조금씩 거칠어져 갔다. 땀으로 등이 번들거렸다. 발끝으로 짜릿한 전율이 흘러 몸 안을 휘돌았다. 그가 은수의 양손에 자신의 손을 얽더니 격렬한 움직임으로 남김없이 그녀를 가졌다. 그녀가 가쁜 숨을 토해내며 그의 몸짓에 부응하듯 몸을 움직였다. 달빛이 둘의 움직임에 부서져 침대 시트 위에 작은 조각으로 흐트러졌다. 허허로운 가슴 안으로 한 조각의 온기가 스며들어 온다. 그녀가 몸 안으로 타고 흐르는 감각적인 전율에 움찔 몸을 떨었다.

〈상관없다, 그가 왜 나와 관계를 맺는지. 그저 육체가 탐이 났다면 그거라도 상관없다. 모든 게 덧없는 작은 미약일 뿐이다. 미약을 마실 뿐이다. 잠시 이 건강하지 못한 미약에 기댄들 무슨 상관이랴.〉

새벽, 동이 터오르기 직전이라 밤하늘은 까맸다. 얼핏 잠이 들었나 보다. 그녀가 눈을 떠 고개를 돌려보니 그녀 바로 옆에서 그가 잠들어 있었다. 혼자 잠드는 게 익숙했던 사람인지 그는 베개에 얼굴을 묻고 멀찍이 떨어져 있었다. 짙은 어둠 속에서 그의 등이 달빛을 받아 서늘한 빛을 뿜어냈다. 그녀가 그의 어깨에 닿아 있는 적막한 공기를 응시하다가 천천히 시트를 올려 그의 어깨를 덮어주었다. 그는 미동없이 규칙적인 숨을 쉬었다. 그녀가 가느다란 한숨을 내뱉으며 멍하니 유리창으로 고개를 돌렸다. 달빛이 애달프다.

〈꼭 그런 식으로 떠나야 했니?〉

목 안에 걸려 있는 무언가를 그녀가 힘겹게 삼켰다. 멍하니 침대 한쪽에 앉아 어두운 공간을 바라보던 그녀가 조심스레 침대에서 내려왔다. 그리곤 조용한 발걸음으로 욕실로 들어갔다.

간단하게 이를 닦고 세수를 마친 그녀가 방으로 나와 옷을 입었다. 새벽길이니 추울 것이다. 그녀가 옷에 있는 단추를 다 채우고, 모자를 가방에 걸었다. 핸드폰과 이런저런 물건을 가방 안에 넣고는 어깨에 메던 그녀가 문득 무슨 생각이 났는지 가방을 다시 내려놓고 안에 있는 칼을 꺼냈다. 자전거를 타니 평소엔 그리 거치적거리지 않았던 옷의 상표가 계속 목 근처를 쓰라리게 했다. 그녀가 잠바를 벗어 안쪽에 붙어 있는 상표를 조심스레 떼어냈다. 그리곤 다시 잠바를 입었다. 탁자 위에 올려놓은 칼을 집어 들어 가방에 넣으려던 은수가 물끄러미 칼날을 응시했다. 그녀의 손이 달빛이 들어오는 허공에서 천천히 움직이며 칼날의 각을 세워보았다. 예리한 칼날이 달빛을 받아 반짝였다. 달빛이 은은하게 공기 안으로 스며드는 것처럼 그녀가 무심한 움직임으로 칼날을 내려 왼쪽 손목 위에 가져다 댔다. 정지. 손목 위에 날 선 칼이 잠시 정지했다. 그녀가 무표정한 얼굴로 자신의 손목을 응시하곤 오른손에 쥐어져 있는 칼을 다시 가방 안으로 넣었다.

 달칵.

 모두가 잠들어 있는 새벽, 밤의 공기가 물러간 바깥은 안개가 자욱했다. 아니면 산에서 흘러나온 입김인가? 그녀가 자전거 안장에 내려앉은 이슬을 잠바 소매로 쓱쓱 닦아내곤 자전거 위에 올라갔다. 그리고 숲길을 내달렸다. 싸늘한 새벽바람이 불어왔다. 너무 추워서 춥다는 생각이 안 들 정도로 격렬하게 추운 바람이 불어왔다. 새벽바람이 아프다.

 무언가에 쫓기듯 그는 항상 어디론가를 향해 뛰고 있다. 그가 숨이 턱에 닿아 가쁜 숨을 뱉어내면서도 다리를 멈추지 못했다. 멈추면 안 된다고 마음속 깊은 곳에서 이상한 목소리가 들려온다. 그 목소리를 거역할 수 없어 그는 금방이라도 꺾여 버릴 것 같은 다리를 재촉하며 계속 달렸다. 어느 순간 그가 발길을 멈추자 하얀 가운을 입은 중년의 남자가 그에게 다가왔다.

 『왜 이렇게 늦게 오셨습니까?』

 그를 책망하는 걸까, 아니면 안타까워 그러는 걸까? 남자는 굳은 얼굴로 미간을 좁혔다. 의사의 뒤로 문이 보였다. 기분이 묘하다. 그 문을 열고 싶기도 하고, 열고 싶지 않기도 했다. 그가 그 문을 뚫어지게 응시하고 있는데 문이 삐걱 열리며 간호사 두 명이 나왔다.

 그가 의사와 간호사를 제치고 홀로 문 안으로 들어갔다. 그러나 공간 안에 들어서자마자 그의 발길이 우뚝 멈춰졌다. 하얀 천을 뒤집어쓰고 있는 무언가가 수술용 침대 위에 누워 있었다. 수술실 바닥엔 피가 흥건했다. 피는 마치 금방 쏟은 선지국처럼 희번덕거렸다. 그가 무표정한 얼굴로 침대 옆에 있는 작은 그릇 안으로 시선을 가져갔다. 알루미늄으로 만든 작은 그릇 같은 용기 안에 회색 빛의 아이가 쓰레기처럼 널브러져 있었다. 멀리서 보았다면 작은 돌덩이로 보았을 것 같은 무채색의 아이였다. 아이는 작았다. 아직 칠 개월밖에 안 된 아이니 오죽할까.

그가 천천히 걸음을 옮겨 침대 근처로 다가갔다. 그리곤 하얀 천을 젖혔다. 그의 아내는 잠을 자는 사람처럼 눈을 감고 그렇게 누워 있었다. 그가 그녀의 뺨을 손으로 쓰다듬자 아내가 눈을 떴다.

『사고를 당했어요.』

죽은 게 아니다. 그의 아내는 살아 있다. 그가 눈물을 떨어뜨리며 고개를 끄덕였다. 어느 순간 아내의 얼굴이 촛농처럼 흘러내린다. 거죽이 줄줄 흐르더니 피와 근육이 투두둑 바닥으로 떨어진다.

『당신을 기다렸어요.』

그의 아내가 너덜거리는 살을 입가에 대롱대롱 매달고 그에게 다가온다.

"으으으······."

자고 있던 도준이 얼굴을 일그러뜨리며 괴로운 신음을 뱉어냈다. 그리곤 퍼뜩 눈을 떴다. 그가 거친 숨을 뱉어내며 침대에서 일어나 앉았다. 땀으로 온몸이 축축했다.

"하아……."

또 그 꿈을 꿨다. 꽤 오랫동안 꾸지 않았는데 낯선 곳에서 잠이 들어서 그런 걸까? 그가 손으로 얼굴을 쓸어 내리며 천천히 현실로 돌아왔다. 그제야 어젯밤 함께 잠들었던 은수가 떠올랐다. 그가 고개를 돌려 비어 있는 옆 자리를 응시했다. 그리곤 욕실 문을 응시했다. 아무 소리도 들려오지 않았다. 방 안은 그가 혼자 있는 걸 알려주듯 정적만 감돌고 있었다. 스윽 주변을 둘러보니 방 안엔 아무것도 없었다. 가방이나 옷가지 하나도 없이 작은 흔적조차 남아 있지 않았다.

〈꿈을 꾼 건가.〉

갑자기 모든 게 혼란스러워졌다. 사실은 은수라는 여자가 꿈이고 그의 아내가 살아 있는 게 아닐까 하는 순간적인 착각이 머리 속을 스쳤다. 여긴 아내와 함께 여행을 온 게 아닐까. 피식, 헛웃음이 튀어나왔다. 새벽에 나누었던 감촉을 그의 몸이 기억하고 있었다. 오랜만에 가진 육체 관계로 그의 몸이 뻐근했다. 그가 침대에서 일어나 셔츠와 바지를 입었다.

〈하룻밤의 섹스를 원했던 걸까?〉

그녀는 흔적없이 사라졌다. 일부러 그런 것처럼 작은 물건 하나도 남겨두질 않았다. 그가 셔츠 단추를 채우며 입술을 일그러뜨렸다. 신발을 챙겨 신고 대충 와이셔츠를 걸친 도준이 문을 열고 방을 나갔다. 그리곤 곧장 자신의 방으로 가 샤워를 했다.
 잠시 후 수건으로 머리를 털며 나와 탁자 위에 있는 담배를 집어 들었다. 머리 속에 꽉 들어차 있는 그녀의 눈빛이 떨쳐지질 않았다. 다른 어딘가를 맴도는 것 같은, 반쯤은 멈춰 있는 것 같은 그런 서걱한 눈빛, 그 눈빛이 잔상처럼 머리 속에서 너울거렸다.

"외교부요?"

 은수의 눈빛을 떠올리며 혼란스러운 자신의 마음을 살펴보고 있던 그가 어제 그녀가 통화하면서 했던 말을 기억해 냈다.
 끈이 남아 있다. 그가 담배를 재떨이에 비벼 끄고는 창밖으로 시선을 가져갔다. 어쩌면 그녀가 지나갔을 흙길이 그의 시야 안으로 들어왔다. 그의 눈이 가늘어졌다. 흙길은 조용했다. 아침 햇살을 받아 축축했던 흙들이 말라 있었다. 그가 흙길을 한참 동안 응시하는가 싶더니 짐을 챙기기 시작했다.

※

 해는 느린 것 같아도 알게 모르게 빠르다. 새벽인가 싶어 여유를 부리며 이곳저곳 구경을 하면 어느새 머리 위로 열기가 지글거리고, 덥다 싶어 잠바를 벗으면 어느새 뉘엿뉘엿 식어 있었다. 한 번 휴게소나 식당을 스쳐 지나가면 어김없이 지루한 길이 계속된다. 길 위엔 사람이 없었다. 죽어 있는 동물의 육신만이 길가에 핀 꽃처럼 도로 위에 자리 잡고 있었다. 흙길을 보다가 옆으로 흐르는 실개천을 보았다가 강아지풀이나 이름 모를 잡초를 보며 그렇게 길을 달렸다. 눈앞에 있는 건 여러 겹으로 겹쳐져 그윽하니 빛이 바랜 산등성이들. 드문드문 길 위엔 돌멩이처럼 작은 집들이 덩그러니 놓여 있었다.

길은 그랬다. 길은 공기처럼 놓여 있었다. 공기처럼 인식되지 못한 채 그녀 안으로 스며들어 왔다. 어느 이름 모를 시골길, 개 한 마리가 어슬렁어슬렁 도로 위를 한가롭게 지나가고, 허리가 구부정한 노인네들이 밭에서 무언가를 뒤적거리며 텃밭을 매만졌다. 그들은 그 밭의 일부처럼 보였다.

잡념이 들어설 곳이 없다. 오로지 머리 속엔 오르막길을 올라가야 한다는 목표 의식과 지도에 있는 길을 제대로 가는 것인지에 대한 집요한 관찰뿐. 그러나 제대로 된 방향임을 알고 나서 그녀 앞에 완만한 굽이조차 없는 평탄한 길이 보이자 잡념은 뱀처럼 그녀의 머리 속으로 기어들어 왔다. 평탄한 길과 굽이 길을 오르락내리락 그렇게 내달리는 동안 그녀의 등은 땀이 배어 나다 못해 이제 따갑기 시작했다. 연락을 위해 챙겨 넣은 핸드폰 충전기 하나가 돌덩이처럼 느껴져 어깨가 시큰거리는 걸 넘어 딱딱하게 굳어갈 때쯤 대전 근처에 도착했다.

어느 순간, 모든 게 귀찮아졌다. 나머지 길을 달리려면 밤에

나 도착할 텐데 밤은 공포다. 불빛 하나 없는 국도 위에서 자신이 내는 소리만큼 더 무서운 게 있을까. 은수는 친구에게 전화를 걸었다. 친구는 학교에서 마지막 수업 시간이었다. 얼추 택시를 타면 친구의 퇴근 시간과 맞아떨어질 것이다. 시내에서 가볍게 햄버거를 사 먹고 그녀가 손님을 기다리며 느긋하게 세워져 있는 택시 쪽으로 다가갔다.

"은수야야야야~"

무리지어 지나가는 어린 학생들의 시선을 받으며 그녀가 학교 교문 앞에서 두리번거리고 있을 때 멀리서 그녀의 친구가 성큼성큼 달려오고 있었다. 은수는 지예를 발견하곤 아이처럼 손을 흔들며 어슬렁어슬렁 자전거를 몰며 다가갔다. 자전거를 달리며 마주한 맞바람에 모자 아래로 나온 머리카락은 바깥을 향해 뻗쳐 있었고, 얼굴은 땀으로 얼룩져 붉은 은수였다. 그뿐이랴. 걸치고 있는 옷들은 흙길에서 이틀을 지내 탁 하고 털어내면 뿌연 먼지를 날릴 것 같은 그런 상태였다. 지예는 그녀 앞에 서더니 잠시 그녀를 위아래로 훑으며 혀를 찼다.

"너도 참 못 말린다."

걱정 반, 부러움 반. 그녀를 기다리고 있던 친구의 웃음 어린 타박에 은수가 너털거리며 따라 웃었다.

"하하하. 노숙자 같지?"

지예가 은수 옆에서 키득거리며 교무실이 있는 곳으로 걸었다. 지나가는 아이들 몇 명이 친구에게 꾸벅 인사도 하며 선생님 옆에 있는 낯선 그녀를 호기심 어리게 힐끔거렸다.

"여기서 어디로 갈 거야?"

"내일 서울로 올라가려고. 갑자기 회사 일이 생겨서."

운동장 한쪽에 수돗물이 있어 은수가 자전거를 세워놓고 씻었다. 모자 안에서 숨 쉬지 못하고 눌려져 있던 머리카락들이 바깥 공기를 쐬자 가렵다고 아우성이었다. 그녀가 대충 머리와 얼굴을 물로 씻고 손으로 탈탈 털어냈다.

"아, 살 것 같다."

그녀가 씻는 동안 지예는 교무실에서 가방을 챙겨오기로 하고 안으로 들어갔다. 친구를 기다리며 은수는 멍하니 운동장을 응시했다. 바람이 금세 그녀에게로 다가와 물기를 걷어냈다.

〈재밌다. 대학 동창, 서울에서 나고 자란 두 사람이 몇 년 후에 어느 시골 학교에 있는 건 상상해 본 적이 없었다. 재밌다, 삶이란 건. 어디로 어떻게 흘러갈지 아무도 모른다.〉

한 무리의 아이들이 줄지어 교문 밖으로 걸어가는가 싶더니 어느새 학교 운동장은 한적했다. 원래는 이곳에 있는 지예가 은수의 결혼식 겸 서울에 올라오기로 했었다. 그 얘기를 가끔씩 전화로 주고받으며 기정사실인 것처럼 여겨왔는데, 지금 이 순간 현실은 반대였다. 그리고 이제 또 다른 것도 반대였다. 오랫동안 유부녀 아닌 유부녀였던 은수에 비해 딱히 사귀는 사람 없이 홀로 꿈을 향해 내달리던 지예가 이젠 한 남자를 사귀기 시작했다. 그리고 은수는 혼자가 되었다.

학교 운동장 가장자리를 빼곡히 채우고 있는 나무들 아래로 황톳빛 잎사귀들이 수북이 쌓여 있었다. 너무나 예뻤다. 서울에 있는 나무들이 학교라는 건물 안에 끼워 들어간 느낌이라면 이곳은 나무들 사이로 학교가 끼워 들어간 느낌이다. 집으로 가는 길이 안전한지 나무들이 줄지어 아이들의 걸음을 지켜보는 것처럼 그렇게 정다웠다.

물끄러미 이 아름다운 시골 학교를 쳐다보고 있는데, 지예가 누군가와 함께 멀리서 걸어왔다. 표정을 보아하니 아마도 친구의 남자인 것 같았다. 친구는 민망하다는 듯 살짝 코를 찡그렸고, 남자는 애인의 친구가 궁금했는지 관심 어린 얼굴로 다가왔다.

"이 사람이 너 보고 싶다고 따라오네."

남자는 머리를 긁적이며 편한 웃음을 지었다.

"안녕하세요. 오형석입니다."

은수가 꾸벅 고개 숙여 인사를 건넸다.

"아, 네. 안녕하세요."

말씀 많이 들었다는 의례적이지만 편한 대화가 오가고, 은수는 형석이 안내하는 어느 음식집으로 향했다. 직접 키우는 닭으로 만든다는 백숙을 셋은 맛있게 뜯어 먹었다.

이상하게 서울을 벗어나니 밤은 더 빨리 찾아오는 것 같았다. 익숙하지 못한 곳이라 주변의 변화에 더 예민한 건지, 그녀가 식사를 마치고 지예와 함께 길을 걸었을 땐 이미 해가 사라지고 없었다. 친구는 학교 근처에 있는 어느 집에서 하숙을 하고 있었다.

"좋아 보이더라, 사람이."

"그래?"

"응."

은수가 고개를 끄덕이자 지예는 '그런가?' 하는 얼굴로 머리를 갸우뚱거리다가 이내 시니컬한 목소리로 말했다.

"글쎄, 알 수 없지 뭐. 사람 속을 어떻게 알겠어."

누군가를 겨냥한 말이었고, 그녀 또한 그 일로 마음에 흠집이 패였음을 알려주는 말이었다. 은수가 그 뜻을 알아듣고 피식 웃었다.

"그래, 누가 알겠니, 그 속을."

밤 공기가 시원했다. 발길에 닿는 흙은 까칠했다. 말없이 걷던 지예가 흙처럼 중얼거렸다.

"무섭더라, 은수야. 네 소식 듣고…… 남자가 무서워졌어."

친구가 사는 동네라 참아왔던 담배를 은수가 주머니에서 꺼냈다. 그녀가 지예를 보며 괜찮냐고 묻자 친구는 당연하다는 듯 고개를 끄덕였다. 이토록 좋은 친구다. 사람들이 보면 그녀에게 화살이 날아올 게 뻔한데, 친구는 그녀를 자유롭게 해주었다. 담배에 불을 붙인 은수가 터벅터벅 친구의 걸음에 맞추어 걸었다.

"남자라서 그랬겠니? 남자인 걸 이용한 그냥 그 인간 자체의 문제지."

무심히 말하는 은수를 보며 지예가 걸음을 멈추었다. 친구는 물끄러미 그녀를 쳐다보더니 샐쭉한 얼굴로 되뇌듯 말했다.

"살아 있어줘서 고마워. 그 꼴까진 보고 싶지 않단 말이야."

"그 꼴?"

친구는 다소곳하면서도 가끔씩 저렇게 익히지 않은 날고기 같은 단어를 사용해 은수를 웃게 만들었다. 피식, 헛웃음을 머금던 은수가 입술을 비틀었다.

"고마울 거 없어. 너 때문에 산 거 아니니까. 칼이 안 들었을 뿐이야."

"싸가지없는 년. 말을 해도 꼭……."

친구는 화난 사람처럼 눈을 흘기더니 큰 걸음으로 앞서 걸어갔다. 은수가 어깨를 으쓱이며 능청을 떨었다.

"지랄, 칼이 안 들었다는 데 웬 난리야?"

이럴 때 보면 은수는 꼭 능글맞은 아저씨였고, 지예는 새침데기 아가씨다.

다음날, 은수가 일어났을 땐 친구는 이미 출근을 한 뒤였다. 그래도 친구라고 방 안엔 밥상이 차려져 있었다. 일어나자마자 갈 거라는 은수의 말 때문이었는지 친구는 어제 새벽 늦게까지 깨어 있었다. 어젯밤 친구가 세탁기를 이용해 빨아준 옷들이 한쪽에 잘 말라 있었다.

온기, 아주 작은 온기가 손끝으로 매만져지는 듯했다. 그녀가 옷걸이에 있는 옷을 꺼내 입고는 친구가 차려준 밥상에 앉았다.

숟가락을 들고 밥을 뜨려는데 밥상 위에 작은 쪽지가 딱지처럼 접혀 있었다. 노란빛 종이가 친구처럼 화사했다.

[견디기 힘들었을 텐데 그래도 잘 버텨내는 널 보면서 장하단 생각이 들더라. 은수야, 널 보면서 어떤 말을 해줘야 할지 모르겠다만 그래도 잘 이겨내. 응? 이런 말이 지금 너에게 상처가 될 수도 있겠지만 그래도 난 너에게 이겨내라고 하고 싶다. 은수야, 우리 행복해지자.]

종이 위에 써 내려간 친구의 글씨를 무심히 읽어 내려간 은수가 무표정한 얼굴로 종이를 원래의 모양대로 접었다. 그리곤 가방 주머니에 넣었다. 챙기는 김에 핸드폰 충전기까지 챙긴 그녀가 다시 밥상으로 더 가까이 다가와 밥을 먹기 시작했다. 우적우적, 주인집 아주머니가 가져다 주었다는 반찬과 친구가 해놓은 밥을 입 안에 넣고 오랫동안 씹었다. 요즘 들어 밥 한 숟갈을 한 번에 넘기지 못했다. 천천히 조금씩 목구멍 안으로 음식을 넘기며 언젠가 전화로 이야기해 준 친구의 방 안 풍경을 다시 눈으로 훑었다. 아무도 모르는 시골 학교에서 교직 생활을 하느라 가끔은 외로워서 돌아버릴 것 같다고 말했던 지예.
〈그래, 외롭다. 외롭구나, 친구야. 나는 이제 행복을 꿈꾸거나 무언가를 이겨낼 생각 같은 건 없단다.〉

2 ··· 골목

광화문 사거리, 손바닥으로 하늘이 가려질 만큼 높은 건물들이 거리를 메우고 있었다. 사람의 길과 차의 길이 일정하게 나뉘어져 끊임없이 걸어야 할 길과 걷지 말아야 할 길을 생각해야 하는 시내 거리, 그러나 늦가을이라는 자연의 시간을 받아들인 노란 나뭇잎들이 그런 경계와는 상관없이 거리 가득 흩뿌리고 있었다. 지난밤 내린 비에 물기로 축축하게 젖은 잎들을 밟고 사람들이 제각기 바쁜 걸음으로 건물 안으로 들어갔다. 거리는 다시 스산해졌다. 아마도 점심 시간이 되어야 우르르 몰려와 잠시라도 자연이 주는 감흥에 젖어 바쁜 휴식을 취할 것이다. 한산한 그 거리 한쪽에 외교부 건물이 자리 잡고 있었다. 항상 전경들과 비자 신청으로 줄 서 있는 사람들로 웅성거리는 미국 대사관과는 다르게 외교부 건물 주위는 조용했다.

"현재 진행되고 있는 프로젝트랑 협의하고 있는 단체들 최근 걸로 정리해서 자료 좀 준비해 줘요."

"예."

도준과 이야기를 끝낸 직원이 자기 자리로 돌아갔다. 그가 다음 일정을 살펴보다가 머리가 아픈 듯 한쪽 이마를 꾹꾹 눌러댔다. 과장 자리는 칸막이로 돼 있는 게 다행이었다. 신임 과장이 맡은 일 때문에 머리 아파한다는 걸 내색하는 건 그리 좋은 일은 아니리라.

다자통상국에 내정되어 이곳에 온 게 벌써 한 달이 지났다. 한 달이면 어느 정도 업무 파악을 할 수 있을 거라고 생각했지만 문제는 그리 간단하지 않았다. 통상 쪽이 해당 각 부처와 민간인들과 함께 조율해 나가야 하는 문제라 혼자서만 뚝딱 내용을 정하고 진행할 수 없는 문제였다. 게다가 기업들과 농어민의 이해가 첨예하게 대립돼 기준을 잡기가 쉽지 않았.

그가 4차까지 개최되었던 WTO 협상 과정을 다시 검토하기 위해 문건을 집어 드는데, 전화를 받고 있던 직원이 그에게 다가왔다.

"과장님, 국장님이 부르십니다."

그가 짧은 순간 무슨 용건이냐고 묻는 듯 물끄러미 부하 직원을 쳐다보았지만 부하 직원은 눈만 동그랗게 뜨고 알 수 없다는 얼굴만 하고 있었다. 도준이 옷걸이에 걸려 있는 양복 상의를 걸쳐 입곤 국장실을 향해 나갔다.

복도에 들어서니 마치 저녁처럼 어스름한 불빛이 눈에 들어왔다. 국비를 낭비하지 말아야 한다는 일종의 도덕적 증거로 외교부 건물 복도는 여타의 국가 건물처럼 침침했다. 주의를 기울여 눈을 가늘게 만들어야 부서를 확인할 수 있을 정도였다. 사년 동안 외국에서 생활한 도준은 자신이 한때는 너무나 익숙하게 걸어다녔던 이 복도가 낯설었다.

그가 멀리 보이는 국장실을 향해 걸음을 옮기다가 어느 부서에서 사람의 기척이 보이자 자신도 모르게 고개를 돌려 상대의 얼굴을 쳐다보았다. 화장실을 가려고 걸어가던 여자 직원이 자신을 한순간 빤히 응시하는 남자의 시선에 약간 당황스러워하며 그를 응시하다가 이내 의아한 얼굴이 되어 걸어갔다. 그가 주위를 둘러보듯 복도를 따라 차례대로 자리 잡고 있는 각 부서의 명패에 시선을 보냈다. 그의 입술에서 피식 자조 어린 웃음이 새어 나오더니 도준이 다시 원래의 속도대로 걸음을 옮겼다. 혹시나 외교부에서 그녀를 다시 보게 되지 않을까 하는 생각에 복도를 걸을 때나 다른 부서에 들르게 될 때 괜스레 이리저리 살피곤 했던 것이다. 그녀의 행동이 만나고 싶지 않다는 걸 명확히 말해 주는데도 문득문득 그녀를 복도에서 찾고 있었다. 그가 한쪽에 자리 잡고 있는 은수에 대한 기억을 털어내며 국장실 안으로 들어갔다.

"그래, 일은 할 만한가?"

직원이 테이블 위에 녹차 두 잔을 놓고 나갈 때쯤 누군가와 전화를 걸며 그를 기다리게 했던 국장이 소파 쪽으로 다가왔다. 그리곤 괄괄한 성격만큼이나 넉넉한 어조로 소파에 앉기도 전에 말을 꺼냈다. 녹차에 손을 가져가던 그가 잠시 뜸을 들이며 망설였다.

"예, 그런대로 안간힘을 쓰고 있습니다."

그가 묵묵한 얼굴로 넙죽 대답하자 국장이 재밌다는 듯 큰 웃음을 터뜨렸다.

"하핫, 그래? 내 그럴 줄 알고 그 자리에 자네를 추천했지."

"네?"

그가 멀뚱한 얼굴로 반문하자 국장이 다소 진지한 얼굴이 되어 그를 응시했다.

"자네가 러시아에서 동분서주하며 뛰어다닌 것 잘 알고 있어."

낯간지러운 칭찬 같아 그의 얼굴이 반동으로 딱딱하게 굳었다.

"별로 해놓은 게 없습니다. 가시적인 성과가 있는 것도 아니고."

"객쩍은 소리 말게. 자네가 연결해 준 통로로 우리 나라 기업들이 지금 한창 진출하고 있는데."

도준이 멋쩍은 듯 입술을 한일자로 꾹 다물었다. 이미 맡은 일이 달라져 고국으로 돌아왔지만 신문을 읽을 때면 언제나 러시아 소식을 관심있게 들여다보고 있었다. 그가 생각난 김에 말해야겠다는 얼굴로 대뜸 속내를 털어놓았다.

"앞으로가 문제입니다. 러시아 시장이 이제 기지개를 켜고 있는 시점이라 지금 교두보만 마련한다면 거침이 없을 겁니다. 그래서 이르쿠츠크 가스전 개발 사업에 외교부가 더 적극적으로 매달렸으면 합니다."

국장은 말없이 고개를 끄덕이더니 조용한 목소리로 말을 건넸다.

"그건 내가 봤을 때 그리 큰 문제는 없을 것 같아. 닦아놓은 길들이 있어 추진만 잘하면 되는 거고. 지금 문제는 통상 쪽일세."

러시아에 정신이 가 있던 도준이 국내 상황을 생각하곤 침묵 어린 얼굴로 고개를 끄덕였다.

"사실 조약과나 문화교류과로 가게 될 거라고 생각하고 있었기 때문에 발령받고 당황했습니다."

국가와 관련된 어떤 일이 민감하지 않겠냐마는 통상 쪽은 워낙 국내 안에서 대립이 심한 문제였기에 일을 맡은 사람들은 한편으론 능력을 인정받은 것 같아 기쁘기도 하면서도 한편으론 두려워했다. 특히나 남에게 욕먹는 일에 덤덤할 수 있는 성격이 아니면 꽤 괴로운 역할이었다. 어쩌면 그를 그 자리에 내정한 건 통상 쪽에 대한 경험보다는 그의 중재자적인 성격이 더 크게 작용했을지도 모를 일이다.

"자네도 알다시피 내년에 있을 WTO 때문에 골치야."

"예, 그렇잖아도 준비하고 있습니다."

도준의 차분한 대답에 국장이 깊은 한숨을 토해내며 말했다.

"양쪽이 다 막다른 골목이라 아마 꽤 시달릴 걸세."

국장과 이런저런 논의를 더 하고 난 후에 그가 국장실을 나왔을 땐 복도엔 사람들로 붐비고 있었다. 조용하니 빈 공간으로 덩그러니 있던 복도는 점심 시간만 되면 사람들이 그 안에 존재한다는 걸 알리듯 말소리로 가득 채워졌다. 그가 사람들을 의미없이 조용히 살펴보다가 자신의 부서로 발길을 돌렸다. 쓸데없이 미련한 짓을 자꾸만 하고 있다. 이젠 은수를 찾는 자신에게 화를 냈다.

도준이 사무실 안으로 들어가니 사람들이 하나둘 상의를 챙겨 입고 있었다.

"어디로 갈까요?"

그가 문 앞에서 나가자는 얼굴로 묻자 붙임성 좋은 직원 한 사람이 얼른 대답했다.

"잘하는 곰탕집 있는데 어떠세요?"

"좋죠."

도준이 동료들과 함께 점심을 먹으러 가는 동안 은수는 집에서 전화를 받고 있었다.

"수정이 또 나왔다고요?"

실장의 말에 은수가 얼굴을 일그러뜨리며 외치듯 말했다. 이번이 벌써 세 번째였다.

"아니, 그 인간들은 수정할 게 있으면 한꺼번에 하지 왜 감질나게 그런데요? 사람 성격 테스트하는 것도 아니고."

그녀의 얼굴이 점점 짜증 섞인 낯빛으로 변해가고 있었다. 콘티 상에서 수정을 열 번 한다면 이렇게 짜증나진 않을 것이다. 이미 그림으로 완성된 걸로 수정을 요구하니 문제였다. 그림 하나하나를 작가에게 그때마다 연락해서 시키는 것도 일이거니와 일정이 늦어져 다른 일과 겹치게 돼 배로 힘들게 되는 것이다. 분명 결정적인 게 아니라 상부로 올라가서 또 코멘트 하나 나온 걸 갖고 이러는 것이리라. 사실 이런 일은 간혹 있는 일이긴 했다. 만화를 오랫동안 다룬 사람은 문서로 된 콘티만 보고도 그림을 상상할 수가 있는 반면에, 그림이란 코드에 익숙지 않은 사람들은 글 자체만 보고 컨펌을 했다가 그림으로 바뀌었을 때의 이미지를 보고 당황하는 경우가 있었다. 작가에 의해 뉘앙스가 미묘하게 달라지는 것이다. 웬만한 뉘앙스의 작은 차이는 넘어갈 법한데 이번엔 하나씩 걸고넘어졌다. 그녀가 입술을 부루퉁하니 내밀고 마음을 다스리고 있는데 귓가로 실장의 전화 목소리가 들려왔다.

[여하튼 한 시까지 외교부 앞으로 나와. 콘티 쓴 사람이 내용을 들어야 할 거 아냐.]

"예, 알았어요. 실장님은요? 오시는 거예요?"

실장 특유의 무뚝뚝한 대답이 나왔다.

[나도 들어오라는데.]

"그래요? 내가 못 미더운가?"

[그게 아니고, 다른 거 하나 더 만들 생각인가 봐. 그거 얘기 좀 하자고.]

"전 그거에서 빼줘요."

두 사람 다 수정 때문에 시달렸지만 그녀가 바로 떼를 쓰듯 잘라 버리자 실장이 껄껄거리며 웃었다.

[그쪽에서 네 콘티가 좋다는데.]

그녀가 목 안에서 울리는 듯한 껄끄러운 신음을 삼키며 이를 갈듯 말을 뱉어냈다.

"으휴, 반갑지 않다구요."

전화를 끊고, 은수가 어깨를 투덕거리며 욕실로 들어갔다. 외교부 일 때문에 요즘 계속 잠이 부족해 몸이 천근만근이었다. 어제 오랜만에 열두 시간을 내리 자줬는데도 몸은 개운치가 않았다. 그녀가 간단하게 세수만 하고 귀밑까지 흘러내리는 머리카락을 하나로 질끈 묶었다. 화장이고 뭐고 다 귀찮았다. 입술에 립글로스를 바르는 걸로 최소한의 예의란 걸 차린 그녀는 지체없이 집을 나섰다.

지하철역에서 내리자 광화문은 점심을 먹은 공무원들과 직장인들로 거리를 메우고 있었다. 그들은 담배 한 개비와 커피를 손에 들고 인공과 자연의 경계에서 서성이고 있었다.
〈흐음, 두 시간 정도는 담배를 못 피우겠군.〉
어디에 들어가서 담배 한 개비 피우고 갈까 주위를 두리번거리던 은수는 남자들로 북적이는 휴식 공간을 그림 속의 떡처럼 쳐다보곤 휙 하니 외교부 건물이 있는 곳으로 걸음을 재촉했다. 로비에서 주민등록증과 출입증을 바꾸고는 그녀가 실장에게 전화를 걸었다.
"어디세요?"
[아, 주차장.]
"예. 로비로 오세요."
잠시 후 실장이 언제나 들고 다니는 검은 가죽 가방을 한 손에 들고 걸어왔다. 약속 시간이 십 분 정도 지난지라 둘은 별말 없이 엘리베이터가 있는 곳으로 향했다. 일층을 향해 차례대로 바뀌는 숫자를 확인하며 위를 쳐다보고 있는데 사람들이 하나 둘씩 엘리베이터 앞에 모여들었다. 그때 은수는 누군가의 시선이 느껴졌다. 그녀가 슬쩍 시선이 오는 곳으로 고개를 돌려보니 그가 서 있었다. 김도준, 그 남자가 뚫어지게 그녀를 응시하고 있었다. 모든 것이 정지된 것처럼 당혹스러운 순간이었다. 흘러가는 물결이라고 생각했는데 물결이 되돌아온 것 같은 느낌. 그녀의 귓가로 엘리베이터가 도착했다는 걸 알려주는 기계음이 들려왔다.

〈그녀다.〉

머리 속에 떠오른 건 오로지 그 생각뿐이었다. 도준은 무덤덤한 얼굴로 눈앞에 있는 은수를 응시했다. 계속 신경 쓰고 자신도 모르게 찾았던 여자가 정작 실체로 마주 대하게 되자 어떤 반응이 나오지 않았다. 어쩌면 무표정한 얼굴로 자신을 쳐다보다가 그대로 고개를 돌려 버린 은수의 행동이 더 그를 굳어지게 했는지도 모른다. 인간관계 중 가장 내밀하다고 할 수 있는 육체 관계를 나누었던 여자지만 지독히도 낯설었다. 그녀의 얼굴을 기억하지 않았다면 길에서 스쳐 지나갈 수도 있겠다는 생각이 들었다. 그러나 몸은 그날을 기억하고 있었다. 그의 시선이 무언가에 이끌리듯 그날 밤 얼굴을 묻고 체향을 맡았던 그녀의 목덜미로 향했다. 도준이 그녀의 목덜미를 조용히 응시하고 있는데 은수가 엘리베이터 문이 열리자 뒷사람에 밀리다시피 안으로 걸어 들어갔다. 동료인지 상사인지 삼십 대의 남자와 함께 한쪽에 서서는 그가 있는 곳을 외면한 채 다른 곳을 응시하고 있었다.

낯선 이들보다 오히려 거리를 두고 아는 사람들과 뒤범벅되어 같은 공간에서 숨 쉰다는 것, 그거만큼 고역스러운 게 없다. 위에 있는 숫자가 차례대로 바뀌어가면서 도준은 그녀가 먼저 내려 버리면 자신도 따라 내려야 하나 그런 생각을 하고 있었다. 그 망설임의 시간 동안 그가 내려야 할 층에 다다랐다. 그의 부서 직원들이 차례대로 나가는데도 그는 잠시 망설이며 움직이지 않았다. 엘리베이터 안에 두 사람만이 알 수 있는 묘한 정적이 감돌았다.

"뭐 해?"

침묵을 깨뜨린 건 그녀 옆에 서 있던 남자의 목소리였다. 내리지 않고 서 있는 은수를 향해 그 남자는 멀뚱한 얼굴로 한마디를 툭 하니 던지더니 먼저 걸어나갔다. 그녀가 눈을 동그랗게 뜨고 남자를 쳐다보더니 뒤도 안 돌아보고 뒤따라 나갔다. 엘리베이터 문이 닫히려 하자 도준이 열림 버튼을 눌러 마지막으로 걸음을 떼었다. 동료들은 이미 부서 안으로 들어가거나 화장실로 향하고 있었다. 아마도 화장실에서 칫솔질을 하고 있으리라. 그는 은수가 향하는 곳으로 고개를 돌렸다. 앞서 걸어가는 남자의 걸음이 큰지 그녀가 쫓아가듯이 빠르게 걷고 있었다. 아니면 그를 피해 도망가는 건지도.

〈법무행정과?〉

주의 깊게 그녀가 들어가는 부서를 살펴보니 법무행정과였다.

〈법무행정과라면 외교법과 관련된 곳인데 무슨 일일까? 그녀는 무슨 일을 하는 사람일까?〉

그녀에 대해 아는 게 없었다. 도준이 미동없이 복도 한가운데서서 법무행정과 명패를 뚫어지게 응시하곤 휙 하니 등을 돌려 자신의 부서로 들어갔다.

"예산이 조금 남아서요. 그래서 외교 자체를 알려줄 수 있는 교육용 만화책 하나 만들었으면 합니다."

이미 진행되고 있던 책자는 그리 걱정할 정도의 수정은 아니었다. 만화적 표현이 주인공의 표정이나 행동을 크게 표현하다 보니 일반 텍스트에 익숙한 사람들은 그게 과장되게 보일 수 있었다. 특히나 국가기관에서 내는 책자라 그런 점에 꽤 민감했다. 결국 그림 몇 컷에 대한 수정사항을 체크하고 은수는 다음 책자에 대한 논의를 하는 동안 침묵을 지키고 있었다. 다른 때 같으면 그녀 자신의 의견을 개진했겠지만 도준에 대한 생각으로 정신이 반쯤은 딴 데 가 있었다. 공무원이라고만 알고 있었지, 외교부에서 일하고 있을 줄은 상상하지 못했었다. 워낙 이쪽 사람들이 외국으로 출장 가는 일이 다반사이고 몇 년 동안 외국에 가서 교육을 받고 오기 때문에 도준이 외국에서 몇 년 있다 왔다는 얘기를 그렇게 해석했던 것이다.

"실제로 외교부에서 한 달에 한 번씩 청소년을 위한 자리를 마련하고는 있는데, 그것으로는 다 감당을 할 수가 없어요. 체험 학습이 시작되면서 더 외교부를 찾아오려고 하죠."

"아…… 네."

"외교관이 되려는 어린 학생들이 계속 질문을 보내는데 그거에 일일이 답해주는 것도 끝이 없고, 애들 용으로 만들어진 책자도 없거든요. 그래서 이 김에 학교에 배포할 수 있는 외교 만화책을 만들려고요."

골목

멍하니 들려오는 소리를 받아들이고만 있는데 실장이 은수의 팔을 살짝 치며 말했다.

"어떻게 생각하냐고?"

"예?"

은수가 눈을 동그랗게 뜨고 정신을 차려보니 담당자와 실장이 그녀를 쳐다보고 있었다. 실장이 잠시 미간을 찌푸리더니 방금 전 했던 말을 다시 했다.

"이걸 서점용으로 만드는 건 어떻겠냐고?"

그녀가 잠시 생각을 하는 듯 침묵을 지키더니 이내 입을 열었다.

"외교 쪽으로 알고 싶어하는 애들이 많으니까 판매용으로도 괜찮을 것 같아요. 근데 문제는 제작 기간이 어느 정도냐는 거죠."

그녀의 말에 실장이 담당자를 쳐다보았다. 담당자가 약간은 난감한 얼굴이 되어 말했다.

"오래 줄 수는 없어요. 시간상 내년까지는 넘긴다 해도 올해 예산으로 하는 거기 때문에 결과물이 빨리 나와야 돼요. 괜히 책은 나오지 않은 상태에서 감사가 시작되면 꼬투리 잡히거든요."

실장이 천천히 고개를 끄덕이며 손가락으로 개월 수를 세어 보았다.

"대충 오래 잡아도 이 개월이네요. 어때, 그 정도면 나올 수 있을까?"

 실장은 스스로도 무리란 걸 알면서도 은수에게 무언가를 확인하듯 물었다. 아마도 그녀가 할 수 있다고 하면 받아들이고 싶다는 모양새다.

 "서점용이면 최소한 이백 페이지인데 이 개월이면 다 만화로 하기엔 빡빡해요. 대충 만들었다간 시장에서 통하지도 않고요."

 그녀의 말에 회의 탁자 한가운데 침묵이 감돌았다. 모두가 욕심 같아선 서점에서 팔릴 수 있는 책으로 만들고 싶은 것이다. 결국 실장이 결정을 내리며 회의 자리를 정리했다.

 "일단 배포용하고 서점용으로 둘 다 견적서를 뽑아보겠습니다. 그러고 나서 다시 얘기해 보죠."

 "그럽시다."

 만화 시장에 대해 전혀 모르는 담당자는 살았다는 얼굴로 고개를 끄덕였다.

 잠시 후 두 사람은 복도를 가로질러 엘리베이터를 기다렸다. 은수는 새삼스레 외교부 내부를 둘러보았다. 다시는 만날 일이 없을 거라고 생각했던 사람이 이렇게 지척에 있다는 게 놀라웠고, 그런 식으로 만났던 사람이 그녀가 가장 공적인 태도를 보이는 곳에서 마주해야 한다는 게 당혹스러웠다. 엘리베이터 안으로 들어가 일층 버튼을 누르는데 실장이 곰곰이 무슨 생각에 빠진 듯 중얼거렸다.

 "판매용으론 무리겠지?"

버튼을 누른 그녀가 팔짱을 끼곤 뚱한 얼굴로 대답했다.

"무리예요, 두 달은. 이백 페이지면 작가가 작화하는 데만 두 달 정도 걸릴 텐데. 그걸 공무원들한테 컨펌 과정까지 겪으며 만들어낸다고요?"

입으로는 일에 대해 말하면서 마음의 반은 계속 멍해 있었다. 아쉬운 얼굴로 이리저리 생각하고 있는 실장을 보면서도 은수는 더 이상 이야기를 주고받지 않았다. 생각지도 못한 조우가 꽤 버거웠다.

두 사람이 주차장에서 차를 타고 외교부 건물을 빠져나간 지 서너 시간이 지났을 때 도준이 부하 직원들에게 퇴근 인사를 건네곤 법무행정과로 향했다. 거기서도 먼저 일어나는 두어 명이 상의를 챙겨 입고 있었다. 퇴근 시간에 나타난 도준을 보곤 가방을 챙기던 한 직원이 말을 건넸다.

"김 과장님, 어쩐 일이세요?"

"아……"

그가 잠시 망설이며 어떻게 말을 꺼낼까 고민했다.

"아까 낮에 왔던 사람들, 무슨 일 때문인지 해서……"

직원은 잠시 눈을 위로 치키며 오늘 왔던 사람들을 떠올려 보더니 얼른 대답했다.

"아, 송 실장이랑 정 작가요?"

"정 작가? 정은수 씨 말하는 건가?"

그의 눈썹이 살짝 올라갔다. 직원은 의아한 얼굴로 눈을 휘둥그레 떴다.

"아는 분이세요?"

그의 얼굴에 조심스러운 기색이 스쳐 지나갔다.

"음, 조금. 무슨 일을 하는지는 몰랐고."

직원은 궁금한 듯한 얼굴로 그의 얼굴을 살피며 말했다.

"만화 기획사 사람들이에요. 정 작가는 만화 콘티 쓰는 분이고요. 이번에 저희 과에서 만화책자 만들거든요."

"아……"

그가 별다른 대꾸 없이 고개를 끄덕였다. 그가 알겠다는 듯 손을 들어 인사를 건네곤 문 쪽으로 걸어갔다. 그러다 걸음을 멈추어 서더니 다시 직원이 있는 곳으로 걸어왔다.

"그분들 연락처 좀 알 수 있을까?"

직원은 멀뚱멀뚱 잠시 그를 쳐다보더니 자신의 명함 집에서 두 장의 명함을 꺼냈다.

"여기요. 그런데 무슨 일로……?"

"아니, 우리도 나중에 연락할 일이 있으면 쓰게."

"아, 예……"

직원은 미덥지 않은 표정이었지만 고개를 끄덕이며 그의 손에 명함을 건네주었다.

타다다다닥.

손가락이 키보드와 부딪치는 소리가 사무실 가득 울려 퍼졌다. 슬슬 맡고 있는 정기 간행물 기획을 해야 할 때였다. 은수는 내용이라도 머리 속에 입력해 놓겠다는 듯 이미 파일로 있는 내용을 다시 한 번 컴퓨터 안에 입력하고 있었다. 외교부 일에 시간을 쏟느라 차일피일 미룰 수 있는 데까지 미뤘지만 더 이상은 여유가 없었다. 법에서 쓰이는 문장들을 정리하며 어떤 컨셉으로 다룰까 아이디어를 떠올려야 하는데 그저 먹먹하게 비워져 있을 뿐이다.

결국 아이디어가 떠오를 때까지 자료를 찾아 읽어야겠다 생각하며 인터넷으로 신문 기사를 검색했다. 솔직한 마음 같아선 접어버리고 집에 가서 그냥 자고 싶다는 생각이 굴뚝같았다. 그런 날이 있다, 왠지 붕 떠서 손에 일이 안 잡히는 그런 날. 결국 기사 내용도 머리 속으로 들어오지 않자 일일이 출력해서 읽어보던 그녀가 손에 들고 있는 종이 뭉치를 책상에 툭 하니 내려놓았다. 그리곤 사무실 밖에 있는 복도로 나가 담배 한 개비를 입에 물었다.

뻐끔, 뻐끔.

여유로운 담배 연기를 내뿜으니 머리 속으로 낮에 보았던 그가 비집고 들어왔다. 굳어 있던 그의 얼굴은 그녀에게 잘못을 지적하는 듯 서늘했다. 은수가 입술을 일그러뜨리더니 다시 담배를 빨아들였다. 그녀의 행동이 그리 건강한 행동이 아니란 건 잘 알고 있다. 그렇다고 그가 비난조의 시선으로 자신을 노려볼 건 아니지 않은가.

  그녀가 담배를 재떨이에 비벼 끄고는 사무실 안으로 들어서려는데, 그녀의 책상에서 핸드폰이 울렸다. 그녀의 발걸음이 빨라졌다. 핸드폰을 들어 번호를 확인하니 모르는 번호였다.

  "예……."

  핸드폰 안에서 낮은 한숨이 들려오는가 싶더니 저음의 남자 목소리가 들려왔다.

  [나예요, 김도준.]

  은수가 멈칫 움직임을 멈춘 채 입을 벙긋거리더니, 차분한 목소리로 대답했다.

  "예, 무슨 일이죠?"

  그녀의 서먹한 태도에 남자의 목소리는 좀 더 딱딱해졌다.

  [시간 괜찮으면 지금 좀 봅시다.]

  어찌해야 할까. 만나자는 도준의 말에 은수는 대답하지 못하고 잠시 생각에 빠져들었다. 그냥 눈 가리고 아웅하듯 피해 버릴까 하는 충동이 가슴속에서 스멀거렸지만 그걸 행동으로 옮기기엔 그녀가 어린 나이도 아니었다. 경험으로 보건대 피하고 나서 자괴감에 빠질 것이다. 비겁하게 정면으로 대응하지 못하고 피한 자신을 무의식적으로 자책할 것이다. 언제 어디서든 만날 수 있는 사람이라면 피하지 말아야 한다. 은수가 자기 자신을 설득시키며 마지못한 대답을 했다.

  "알았어요. 어디에서 만날까요?"

골목

그가 말해 주는 장소를 듣고 그녀가 핸드폰 폴더를 닫았다. 마음 깊은 곳에서 그에게 우스운 사람으로 보이고 싶지 않았다. 자신의 행동을 감당하지 못하고 어린아이처럼 뒤에 숨는 그런 모습으로 그에게 기억되고 싶지 않았다. 어느 순간 은수의 입가가 자조 어리게 비틀렸다.

〈왜 그렇게 남에게 잘 보이고 싶어하니?〉

허세다. 허세가 심했다. 그게 스스로를 더 가파른 곳까지 몰았다. 그녀에게 무슨 짓을 해도 이겨낼 수 있을 거라는 인식을 심어줘 비수를 맞았던 게 아니었을까 가끔은 그런 생각으로 스스로를 자책했다. 생각은 기억을 떠올려 머리 속을 파고들기 시작했다. 언제라도 조금의 연관성이나 틈만 있으면 비집고 들어오는 기억, 잊을 수 없는 그날의 기억. 그녀가 고개를 흔들어 억지스레 기억을 떨어뜨리고는 책상 앞에 있는 자료들을 대강 한쪽에 정리하고 의자에서 일어났다.

"저 먼저 가볼게요."

그녀의 인사에 사무실 여기저기서 사람들의 대답 소리가 들려왔다. 마감이 가까운 때라 모두들 각자의 일에 정신이 팔려 있었다. 그녀가 가방을 챙겨 들고 사무실을 나서려는데 등 뒤에서 실장의 목소리가 들려왔다.

"정은수, 외교부 건 생각 좀 해놔. 며칠 안에 기획 들어가게."

"네에."

그녀가 끝을 질질 끌며 심드렁한 얼굴로 고개를 끄덕이곤 사무실을 나섰다.
〈그렇잖아도 외교부 사람 만나러 갑니다.〉

 약속 장소는 종로였다. 서로 함께한 일상의 경험이 없으니 약속 장소는 모두가 알 수 있는 그런 곳이었다. 종로에 있는 유명한 건물, 그 안에 있는 레스토랑이었다. 그녀가 도착해서 홀이 있는 곳을 둘러보고 있는데 직원이 다가왔다. 그의 이름을 대니 한쪽에 있는 방으로 그녀를 안내했다. 의자가 열 개쯤은 놓여 있는 큰 방이다. 웃기게 회사 사람들과 회식 왔을 때 들어왔던 방이었다.
 그는 한쪽에 앉아 창밖의 야경을 바라보고 있다가 문 열리는 소리에 고개를 돌렸다. 은수가 도준에게 살짝 고개 숙여 인사를 하곤 직원에게 코트를 건넸다. 테이블 위엔 세팅 된 접시와 나이프가 테이블 위에 가지런하게 놓여 있었고, 메뉴판 두 개가 마주 보고 있었다.
 직원은 다른 젊은 직원을 불러 코트를 맡기더니 두 사람의 주문을 기다렸다. 은수는 아무 말 없이 앞에 놓인 메뉴판을 열어 예쁘게 인쇄된 글씨들을 대강 훑어 내렸다. 메뉴를 이리저리 살피던 은수가 입가에 묘한 웃음을 그렸다. 갑자기 헛웃음이 나올 것만 같다. 긴장된다면 긴장된 만남, 어색하고 낯선 남자를 앞에 두고 그녀는 메뉴판을 보고 맛있는 걸 고르려고 골몰하게 되다니. 마치 죽은 자식을 옆에 두고도 밥을 먹는 어머니의 식성처럼 배고픔은 삶의 무언가를 조롱하는 것 같다.

"식사했어요? 난 아직인데."

그의 목소리가 무채색이다. 상황을 조율해 가기 위한 예의적인 말투, 은수가 덤덤히 고개를 끄덕이며 대답했다.

"예, 저도 아직이에요."

잠시 후 두 사람의 주문을 받은 직원이 인사를 건네고 나가려는데 은수가 불러 세웠다.

"저기, 커피 좀 먼저 주세요."

"예."

직원이 도준에게도 의향을 묻듯 시선을 보내자 도준이 고개를 끄덕였다. 문이 닫히고, 어색한 침묵이 자리 잡아 서로 말없이 커피를 기다렸다. 도준은 앞에 있는 은수를 물끄러미 응시하고 있었고, 은수는 내리깐 눈으로 앞에 있는 접시를 응시했다. 선명한 붉은색으로 테두리가 둘러진 접시는 아름다웠다. 그의 시선을 있는 그대로 받아들이고 있는 게 불편해 그녀가 가방을 뒤적이며 정적이 주는 긴장감을 흩트려 놓았다.

"담배 좀 피울게요."

"예."

그는 예의 바르게 대답하곤 불을 붙이는 그녀를 다시 응시했다. 담배를 피우며 침묵이 주는 어색함을 덤덤하게 견뎌내고 있는데 도준의 목소리가 침묵의 공간을 가로질렀다.

"잘 지냈어요?"

"……예, 뭐 그런대로요."

그녀가 담뱃재를 재떨이에 털고 있는데, 직원이 커피를 가져왔다. 커피가 도착하자 왠지 마음이 편안해졌다.

"외교부에 근무하는 줄은 몰랐네요. 그럼 외교관으로 외국에 있었던 거예요?"

그의 눈빛이 무언가를 생각하듯 깊었다. 그는 짧게 고개를 끄덕이곤 커피를 입가에 갖다 댔다. 그리곤 천천히 커피 잔을 내려놓고 가슴에 담아두었던 말을 꺼내는 듯 진지한 얼굴로 말했다.

"왜 그런 식으로 갔어요?"

상대를 꿰뚫어 버릴 것 같이 견고한 눈빛이었다. 담배를 피우며 시선을 마주치지 않고 있던 그녀가 그의 눈을 똑바로 쳐다보았다. 중얼거림 같은 말이 흘러나왔다.

"그냥……."

말을 잇지 못하고 그녀가 미간을 찌푸리며 그때를 생각하듯 허공을 응시했다. 그러더니 다시 그의 눈을 마주 보며 나머지 말을 뱉어냈다.

"그러고 싶었어요."

다른 여타의 부연 설명 없이 그저 그러고 싶어 그랬다는 그녀의 대답에 도준은 잠시 할 말을 잃었다. 비집고 들어갈 틈도, 건드릴 감정적 혼란도 없어 그는 무어라고 대꾸할 수 없었다. 차라리 일어나 보니 후회되더라든지 하룻밤 실수였다는 식의 대답이었다면 그의 입장을, 그리고 그가 느꼈던 감정을 좀 더 쉽게 피력할 수 있었을 텐데.

따스했던 커피가 식어갔다. 처음부터 팔팔 끓는 커피는 아니었다. 따로 물을 끓여내어 커피와 섞은 게 아니라 커피 메이커에서 적당한 온도로 유지되었던 커피기에 온기는 쉽게 날아가 버렸다.

그가 식은 커피를 한 모금 마시곤 주머니에서 담배를 꺼냈다. 그녀는 한 개비를 다 피우곤 이미 재떨이에 꽁초를 버렸다. 그는 이제야 담배에 불을 붙이는데 말이다.

가끔씩은 꿈속으로 그녀가 찾아왔고, 길을 걷다가 그녀와 비슷한 모습의 여자를 따라가기도 했다. 홀로 있음에 대한 반동으로 그녀를 찾는 게 아닌가 싶어 스스로의 감정을 추스르기도 했지만 기억 속의 그녀는 아름다웠다. 그리고 여전히 지금도 그의 눈엔 아름다웠다. 무표정하지만 언뜻언뜻 보이는 빙그레한 엷은 미소가 그의 가슴을 뛰게 했고, 사색하듯 담배를 물고 침묵을 지키는 모습도 그에겐 아름다웠다.

"난…… 하룻밤 상대로 당신을 안은 게 아니에요."

그가 담배를 재떨이에 비벼 끄고는 적당한 무언가를 잘라내듯 그녀를 응시했다. 그의 고백은 간결하니 날카로웠다. 그녀는 무슨 생각을 하는지 대답없이 그의 시선을 마주 볼 뿐이다. 두 사람이 앉아 있기엔 너무나 적막하고 큰 공간, 불빛이 흐드러진 도시의 야경을 비추며 유리창은 말없이 상대를 응시하는 두 사람의 모습을 어스름하게 비쳐 주고 있었다.

"난 아니에요."

외로울 땐, 그리고 스스로 그 외로움을 감당할 수 없을 땐 그냥 다가오는 남자 아무나 하고라도 잘 수도 있겠구나 생각했다. 그녀가 원하는 건 잠시 그 무서울 정도로 외로운 밤을 함께 있어줄 사람의 온기지만 그것만 주는 남자는 없다는 걸 너무나 잘 알고 있다. 온기를 주는 대신 몸을 원하니까. 그렇다면 몸을 주어서라도 온기를 얻고 싶다는 생각을 한 적은 있다. 그래도 지난 시간, 살아오면서 하룻밤 온기를 찾아 몸을 섞은 건 그가 처음이었다. 오랫동안 자신의 몸은 사랑하는 사람이 아니면 열 수 없는 몸이라고 생각했는데 그날 되었다. 세상에 안 되는 게 없다는 걸 다시금 느꼈던 날이다.

그렇다고 그게 사랑은 아니지 않은가. 맛없어 보여 다른 것들을 안 먹은 것뿐이지, 좀 더 나을 것 같아 먹었다고 해서 진정 그녀가 찾고 있었던 걸 먹은 건 아니지 않은가. 그가 진심으로 안았다고 해서 하룻밤의 위안이 사랑의 소나타로 바뀌나? 그렇게 눈앞에 있는 진실을 왜곡할 만큼 구원해 줄 누군가를 기대하지 않는다. 더 이상은.

"당신이 좋은 사람이라고 생각돼요. 마음 같아선 그냥 친구로 지내자고 하고 싶은데 그러면 당신한테 무리한 요구를 하는 건가요?"

이번엔 도준이 대답하지 않았다. 한 발 물러서 저 어딘가에서 멀찍이 떨어져 연인 관계를 맺을 생각이 없다고 말하는 은수를 뚫어지게 바라보고 있었다. 그의 침묵에 은수가 다시 담배 한 개비를 입에 물고 불을 붙였다. 그리고 피식 시무룩한 웃음을 입가에 그렸다.

"근데 막상 친구로 지내는 것도 불편할 것 같네요."

그의 미간이 좁혀졌다. 연인도, 친구도 둘 다 불가능할 것 같다고 하는 그녀의 말을 도준이 굳은 얼굴로 듣고 있었다.

누군가 선택을 해야 한다, 이 관계를 이어 나가려면. 그녀가 회의적인 마음을 감수하고 그를 친구로 받아들이든지, 아니면 그가 연인으로 만나고 싶은 마음을 포기하고 친구로 행동하든지.

두 사람 다 결정 내리지 못하고, 애꿎은 담배와 커피만 만지작거리고 있는데 직원이 들어와 음식을 나르기 시작했다. 서걱서걱한 공기 속에 갓 구운 빵의 고소한 향내와 감싸듯 부드러운 수프의 향이 섞여들었다.

그녀가 그의 대답을 기다렸지만 그는 식사를 하기 시작했다. 무표정한 얼굴로 수프를 먹고 있는 그를 은수가 물끄러미 응시했다. 그에게 상처를 준 걸까, 문득 그런 생각이 들었다. 하지만 상처를 받은 가능성이 너무나 컸던 방식으로 관계를 맺었다. 무얼 기대한 거지? 진심이었다고 말하면 그녀가 아픈 속내를 드러내며 다시 사랑을 하는 게 무서워 상처 주지 말라고 약속이라도 받아내야 되나?

누구나 진심이 아닌 사람이 어디 있는가. 진심으로 사랑했고, 진심으로 비수를 꽂는 거지.

고운 단잠을 깨우는 손길에 눈을 떴을 때 갈기갈기 찢겨져 있던 참혹한 광경. 사랑도, 인간에 대한 애정도 지난 시간 살아오면서 끊임없이 삶에 충실하고자 했던 모든 열정도 모두 찢겨져 버린 그날, 그날도 그는 잘생긴 얼굴로 말했다. 너를 사랑한다고. 상대의 마음이 진심이든 아니든 이미 벌어진 현실을 부정할 수는 없는 일이다. 지금도 그가 사랑한다고 말했던 그 말이 거짓이라고 생각하지는 않는다. 다만 그의 입술에서 흘러나오던 사랑이라는 말을 듣는 순간 그를 죽여 버리고 싶었을 뿐.

"들어요."

멍하니 앞에 놓인 수프를 응시하고 있는 은수에게 도준이 부드러운 목소리로 말했다. 그녀가 쓰디쓴 미소를 입가에 그리며 작게 '네' 라고 웅얼거리곤 수저를 들었다.

한때는 사 먹을 엄두도 내지 못했던 곳의 음식, 아니, 이런 곳이 있다는 것도 몰랐던 지지리 궁상이었던 그녀가 낯선 남자 앞에서 음식을 먹는다. 한 번도 그와는 먹을 수 없었던 코스 요리. 언젠가 돈을 많이 벌면 꼭 먹자고 약속을 했던 그런 코스 요리를 이렇게 어느 날 문득 먹게 되다니.

입 안에 들어간 수프가 비릿하니 역했다. 우유 비린내를 씹듯이 그녀가 수프를 씹어 먹었다. 향긋한 빵도 이로 잘게 물어뜯어 작게 조각 내었다. 피가 뚝뚝 떨어지는 짐승의 살을 먹는 것처럼 그녀가 입 안에 넣고 우적우적 씹어 먹었다. 요리사가 쫄깃한 맛을 내기 위해 수도 없이 바닥에 쳐냈을 빵은 고기처럼 입 안에서 꿈틀거렸다.

〈나도 이런 거 먹는다. 나도 이렇게 비싼 거 아무렇지 않게 먹는다. 너 없어도 나, 이런 거 먹을 수 있다.〉

저녁이 이제 막 지나가고 어둠이 짙어져 가는 그때쯤 둘은 종로에서 헤어졌다. 전철역까지 바래다주겠다는 도준의 제의를 은수가 가볍게 고개를 저으며 거절하곤 살 게 있다는 말을 하며 돌아섰다. 그는 건물 지하 주차장이 있는 곳으로 갔고, 그녀는 종로에 있는 대형 서점으로 향했다. 각박했던 지난 시간 동안 은수는 책을 거의 살 수 없었다. 일에 필요한 자료로 연관되면 모를까 정말 순수한 흥미나 관심으로는 살 수 없었다. 책은 닿을 수 없는 머나먼 동경의 땅, 손을 뻗어 책장을 넘기기엔 그녀의 하루하루가 고달팠다.

요즘 들어서야 책을 다시 읽기 시작했다. 잊고 있었던 시도 다시 찾아보고, 읽고 싶었지만 가슴 한편에 묻어두고 있던 책들을 찾아 하나씩 품에 안고 책장에 쟁여놓는 뿌듯함. 어쩌면 도망일지도 모르고, 어린 날 그랬던 것처럼 현실에의 도피일는지도 모른다. 아니면 자신의 심상과 닿아 있는 누군가를 찾아 헤매는 것인지도 모를 일이다. 어떠한 이유였든 간에 책은 새벽녘 먹먹하게 잠은 오지 않고 우울한 늪 속으로 빠져들기 시작할 때 그녀를 잡아주는 역할을 한다. 짧은 순간이나마 그녀를 피신시켜 준다.

서점에 들어선 그녀가 공동으로 기획 작업을 했던 어린이 학습 만화책이 있는 곳으로 걸어가 슬쩍 그 책이 놓여 있나 확인한다. 그리곤 주변에 있는 아이들이 무슨 책을 읽고 있는지도 살펴본다. 별것없는 그냥 일상거리. 안부를 전하듯 그녀가 만화책이 있는 곳을 한번 맴돌더니 시집이 잔뜩 꽂혀 있는 곳으로 걸음을 돌렸다. 동네 서점엔 시집의 종류가 한정되어 있었다. 아니면 잘 팔리는 류의 달짝지근한 시집이 대부분이었다.

정제된 시가 읽고 싶었다. 감정의 미세한 편린까지 잔뜩 쏟아내는 소설보다는, 또 알 수 없는 마음의 심연을 분석하려고 이런저런 논리로 끝도 없이 이어져 있는 철학책보다는 그냥 한 인간이 곱씹고 또 곱씹어 끝내 단 하나의 언어로 나오는 그런 맑은 시를 읽고 싶다. 굳이 언어를 치장할 새도 없이 가슴 밑바닥에서 터져 나오는 그런 시를 보고 싶었다. 그런 시 하나를 발견한 밤엔 위로받은 것처럼 마음이 안정되고 편했다. 시인의 곰삭은 마음이 맑은 운율로 살아나 그녀를 토닥였다. 어디에선가 누군가도 그녀처럼 밤을 으득으득 씹으며 가슴속의 불길을 어쩌지 못하고 미친년처럼 새벽 거리를 헤매는 그런 마음을 느끼고 있다는 것만으로도 위로가 되었다.

서점 한 귀퉁이에 쪼그려 앉아 이 책 저 책 읽어 내려가 보던 그녀가 시집 한 권을 손에 들고 서점을 나섰다. 지하철역은 폭발하기 직전까지 사람들로 꾸역꾸역 들어차 숨을 쉬기가 힘겨웠고, 집으로 가는 골목길은 적막한 어둠이 깔려 있어 긴장으로 숨 쉬기가 힘들었다. 예전에 어린 동생이 벌거벗은 남자에게 성추행을 당했던 골목에선 잔뜩 긴장한 채 날이 섰고, 또 한 귀퉁이를 돌았을 땐 더욱더 날카로운 걸음을 옮겼다. 스스로의 걸음소리가 귀신의 발자국처럼 귓가를 스쳐 지나갔다. 이곳에서 늦은 새벽 홀로 퇴근을 하다 삐그덕 뒷문이 열려 있는 자가용 안에 자살한 남자를 보았었다. 헛것을 보았나, 손목에 흐르고 있던 피와 좌석에 널브러져 있던 남자의 몸뚱이를 보는 순간 그녀는 자신이 잘못 본 것이라고 그렇게 부정하며 그 길을 내달렸다. 그리고 다음날 출근하려고 나왔을 땐 자가용이 보이지 않았다.

 사지를 넘듯이 골목길을 다 지나니 그제야 대문이 보였다. 옹기종기 사글세 사는 사람들이 모여 사는 주택가 반지하층, 그가 뒤도 안 돌아보고 버리고 간 집, 지난 오 년 동안 함께 사용한 물건들이 그득 그득 쌓여 있는 곳. 물건 하나하나에 담긴 사연이 그녀의 목줄기를 몇 번이나 감아 숨통을 조이는 그 집에 도착했다.

 은수가 계단 몇 개를 내려가더니 열쇠로 자물쇠를 열었다. 이제 혼자 살고 있으니 열쇠를 갈아달라는 그녀의 말에 뭉그적거리며 열쇠를 갈아주지 않는 주인집을 한 달 동안 두고 보다가 그냥 그녀의 돈으로 가장 좋은 걸로 열쇠를 바꿨다. 쉽게 열 수 없는, 그리하여 강도가 들면 최소한 신고할 수 있는 시간을 벌어주는 그런 열쇠로 바꿨다. 예전처럼 강도를 만나 다시 그를 찾게 되는 게 두려웠다. 이 자물쇠를 열 때면 항상 삶에 대한, 그리고 스스로를 지키려는 그녀 자신의 지긋지긋한 애정이 느껴져 민망하기도 하고 또 한편으론 대견하기도 했다.

삐걱.

쇳소리가 울려 퍼지며 물기에 녹슨 철문이 열렸다. 그녀가 살살 아파오는 아랫배를 느끼며 가방을 거실에 두고 욕실로 들어갔다. 도준과 헤어질 때 화장실 가는 타이밍을 놓쳐 버려 그냥 집까지 참고 왔던 것이다. 그래서 아픈 건가 싶어 얼른 바지를 풀어 내리고 소변을 보았다. 오랫동안 참아서인지 소변은 시원하게 나오지 않고 가는 줄기로 에이듯 아픈 느낌을 주며 그녀의 몸속을 빠져나왔다. 문득 팬티를 확인해 보니 붉은 혈흔 자국이 묻어 있었다. 가만히 날짜를 헤아려 보니 생리가 늦게 시작했다. 요즘 무리를 해서 그런가 보다.

몸이 안 좋을 땐 생리 한 번쯤은 그냥 뛰어넘었고, 신경을 많이 쓸 땐 딱 어금니를 깨물고 벌벌 떨 정도로 아랫배가 아팠다. 그리고 양도 적은 편이었다. 요즘 들어 이런저런 일로 신경을 많이 써서인지 팬티가 좀 축축하다 싶을 정도로 묻기만 했다. 그러나 이상한 건 적은 양에 비해 배는 그리 아프지 않았다. 그녀가 잠시 고개를 갸우뚱하다가 피곤한 듯 일어섰다. 그리곤 욕실 한쪽에 놓여 있는 생리대를 꺼냈다.

〈잘됐지 뭐. 바빠 죽겠는데 생리라도 간소하게 넘어가 주니.〉

끝내지 못한 간행물 기획안을 써야 했다. 조금이라도 더 해놓고 자야 한다는 생각에 그녀가 얼른 세수를 하고 커피를 끓였다. 텔레비전을 틀어 채널을 이리저리 몇 번 돌리다가 이내 꺼 버렸다. 그리곤 피아노 연주를 방 안 가득 채워 넣었다. 쉴 새 없이 떠들어 머리를 아프게 하는 텔레비전의 소음보다는 중간 중간 여백이 있는 맑은 피아노 소리가 훨씬 나았다.

잠시 연주자의 맑은 심성에 기대어 마음을 비워내곤 그녀가 컴퓨터 앞에 앉아 파일들을 열었다. 꾸역꾸역 쏟아져 나오는 새 세상 소식들, 행정 수도를 이전하네, 외국인 노동자가 탄압을 받네, 노동 시간이 줄어드네, 세상은 끊임없이 돌아가고 그녀가 몰랐던 세상사를 하나씩 깨우친다. 얼마나 많은 사람들이 얼기설기 살고 있을까. 새로 개정된 법안만 보고 있으면 문제될 게 없는 세상이다.

새벽 한 시가 약간 넘은 시간, 컴퓨터 화면과 자료들을 오가며 키보드를 치고 있던 그녀의 손이 무심히 옆에 있는 담뱃갑으로 뻗어졌다. 문득 고개를 돌려 담뱃갑 안으로 들여다보니 한 개비가 남아 있다고 생각했던 담뱃갑은 작은 담뱃잎 조각만 품에 안고 비워져 있었다.

〈썩을…….〉

머리 속에 이런저런 아이디어가 미로처럼 숨어 있는데 이런 순간에 담배를 사러 나가야 한다니. 맥이 딱 끊기는 느낌이다.

그러나 금세 생각을 돌려먹었다. 가벼운 산책 삼아 바깥바람 쐬고 오면 미로 속의 열쇠를 더 찾을 수 있을는지도 모른다.

그녀는 잠바를 대충 걸쳐 입곤 나오는 김에 야식으로 먹을 과일과 쟁여둘 부식거리를 사야겠다는 생각에 지갑을 손에 들고 골목길을 빠져나왔다. 아까 왔던 길과는 반대쪽, 근방에 상가들이 많아 새벽에도 불빛이 환했다.

담배만 사러 갈 때 조그만 구멍가게를, 부식거리까지 살 땐 그 맞은편에 있는 큰 슈퍼마켓을 간다. 그녀가 슈퍼마켓 쪽으로 걸어갔다.

"어서 오세요."

새벽에 깨어 있는 게 아직도 익숙지 않은지 아저씨의 눈은 충혈되어 있었다. 그녀가 두리번거리며 이것저것 골라 들었다. 음료수와 라면, 김, 계란, 귤, 사과를 하나씩 계산대에 갖다 놨다. 더 살 게 있나 가게 안을 쳐다보며 계산대가 있는 곳으로 다가갔다. 그러자 아저씨가 계산을 하기 시작했다. 숫자 버튼을 톡톡 누르고 있던 아저씨가 문득 궁금한 게 있다는 듯 눈을 동그랗게 뜨고 은수를 쳐다보았다.

"근데 신랑은 어디 갔어요? 요즘 통 안 보이던데……."

그녀가 별일없다는 듯한 얼굴로 가벼운 어조로 대답했다.

"일 때문에 지방으로 전근 갔어요."

그녀의 대답에 아저씨는 약간 조심스러워하던 얼굴이 풀리더니 구수한 질문을 한다.

"아이고, 그러면 주말 부부시네. 근데 어디로 갔수?"

그녀가 살포시 웃는다.

"대전이요. 주말에 제가 내려갔다 와요."

"그러셨구만. 어째 통 안 보인다 했어요. 암요, 젊을 때 양쪽에서 벌어둬야지. 안 그려요?"

서울말과 사투리가 섞여 있는 아저씨의 어조가 어색하게 느껴졌다. 그녀가 씨익 입술을 위로 올리며 푸근하게 웃는다.

"방 계약이 안 끝나서 내년쯤에 저도 정리하고 내려가려고요."

"예에, 그래야죠. 부부가 너무 오래 떨어져 있으면 안 좋죠."

당연한 말이라는 듯 아저씨가 고개를 끄덕이며 맞장구를 친다. 대화가 오가는 동안 아미 계산은 끝나 있었다. 그녀는 말 끝머리가 또 이어질까 싶어 지갑을 열며 말했다.

"얼마예요?"

계산을 치르고, 잔돈을 받은 그녀가 불룩한 검은 봉투를 들고 가게 문을 열었다. 피식 웃음이 새어 나온다.

〈그는 비디오 가게에서는 이혼을 했고, 책방 대여점에서는 지방 출장을 갔으며, 이제 슈퍼마켓에서는 전근을 갔다. 가게 주인 세 사람이 만나면 재밌겠는데. 자주 가는 분식집에다가는 죽었다고 할까?〉

쌀쌀한 새벽 공기가 불어와 대충 걸쳐 입은 옷 사이로 시린 바람이 파고들었다. 옆으로 지나쳐 가는 술 취한 남자 몇 명을 피해 걸으며 골목길 안으로 접어들었다. 컴컴한 골목길이 참 스산했다. 그녀가 터벅터벅 집을 향해 걸었다. 찬바람을 잔뜩 휘몰고 들어와 문을 닫으니 후끈 덥혀진 공기가 몸을 감쌌다. 잠바를 벗은 후 담배 한 개비를 입에 물고는 그녀가 가스레인지 위에 물을 올렸다. 팔팔 끓는 열기에 조그만 주전자 뚜껑이 덜거덕거렸다.

그는 지금 뭘 하고 있을까? 그 하얀색 식탁에 앉아 때늦은 라면을 먹고 있을까. 함께 살 때 라면을 유독 좋아해 새벽녘에 라면을 끓여 먹었다. 그는 치즈 한 장을 올려 녹여먹기를 좋아했고, 그녀는 비린내가 난다고 정색을 해 항상 따로 끓여 먹었다. 그것부터가 잘못되었던 걸까? 비린내 때문에 역해도 치즈 넣은 라면을 함께 먹었어야 했던 걸까?

지금 그는 뭘 하고 있을까? 그녀가 사는 집 보증금으로는 의자 다리 값밖에 안 되는 그런 소파에 앉아 축구 경기를 보고 있을까?

그녀가 행주로 주전자 손잡이를 잡고 컵 안에 물을 따라 부었다. 그리곤 티스푼으로 천천히 저어 사탕같이 생긴 커피용 슈가를 녹였다. 궁핍했어도 이 설탕만은 어떻게든 고수했다. 곤궁한 살림에 유일하게 사치를 부렸던 커피 설탕, 두 숟가락을 넣는 그에게 아껴 먹으라고 타박을 한 적이 있었다.

〈네가 간 곳은 너의 집, 나에게만이 이 집이 집이었나 보다.〉

손에 들고 있던 다 타버린 담배를 휴지통에 버리고, 커피를 호로록 마셨다. 새벽은 깊어갔고, 잠은 오지 않는다. 그녀가 웅웅거리며 울음소리를 내는 컴퓨터를 힐끔 쳐다보곤 방바닥에 있는 상 옆에 앉았다. 리모콘으로 텔레비전을 켜 뉴스를 듣는다. 문득 상 위에 놓인 도루코 칼이 눈에 들어왔다. 피 묻은 칼날은 이제 누렇게 녹이 슬었다. 참 안 들던 칼이었다. 은수는 칼날 중간 부분을 뚝 부러뜨리곤 날카롭게 빛나는 칼날을 응시했다. 잘 들려나? 칼이 잘 드는지 시험해 보듯 손등 위에 한 번 스윽 그어본다.

사악!

소리가 들릴 것처럼 칼날이 예민하게 생살 위에 줄을 그었다. 시원하다. 그녀가 다시 그 옆에 줄을 긋더니, 팔목으로 올라가 여러 번 그어본다. 그러다 한 번쯤은 약간 힘을 주어 그어본다. 생각보다 깊게 그어지지 않는다. 마치 그때처럼. 손 안에 있는 도루코 칼을 못마땅한 듯 상 위에 떨어뜨리곤 그녀가 커피 잔을 들고 다시 책상 앞에 앉았다. 그리곤 기획안을 쓰기 시작했다.

"어디세요?"

아침 일찍, 콩나물 시루 같은 지하철 안에 들어서자마자 그녀가 어딘가로 전화를 걸었다. 은수의 전화에 상대방의 우물쭈물한 목소리가 들려왔다.

[예, 저…… 십 분 정도 늦을 것 같은데요.]

황급히 변명하듯 말하는 오 작가의 말에 은수의 입에서 피식 동지애적인 웃음이 새어 나왔다.

"선생님, 저도 십 분 정도 늦을 것 같아요."

[아…….]

핸드폰 안에서 안심한 듯한 오 작가의 한숨 소리가 흘러나왔다. 은수가 상대를 편안하게 해주려고 웃음을 머금은 목소리로 대답했다.

"저도 늦게 일어났어요. 그럼 광화문 역에서 봬요."

만화가들 대부분이 새벽녘에야 잠들어 정오쯤 일어나는지라 이렇게 아침 일찍 약속 시간이 잡히면 애를 먹었다. 그래서 기획사에서도 될 수 있으면 열두 시 이전엔 전화를 잘 하지 않는다. 그걸 누구보다 잘 알고 있는 은수였다. 기획자로서 한편으론 일을 의뢰하는 사람들을 상대하는 입장도 있지만, 다른 한편으로는 콘티 작가인지라 그녀 자신도 콘티를 쓸 땐 새벽에 눈떠 있는 게 다반사였다.

어찌 됐든 십여 분 후, 그녀가 광화문 역 앞에서 주위를 두리번거리니 오 작가가 벌건 눈으로 그녀 옆에 다가왔다. 날카로웠던 예전의 그 눈빛은 아이를 낳고 나서 한결 부드러워져 있었다.

외교부에서 만드는 어린이책자는 꽤 분량이 많은지라 은수가 콘티를 다 쓸 수는 없는 일이었다. 회사에 들어오는 일들을 꾸준히 기획하고 관리해 주어야 하는 입장이라 한 달 넘게 콘티만 붙잡고 있을 수는 없는 것이다. 결국 어린이 만화를 전문으로 하는 오 작가를 섭외했다. 법에 대한 내용이라 은수가 중간자적인 역할로 방향을 잡아주고, 오 작가가 콘티를 쓰기로 했다.

둘은 발걸음을 재촉하며 외교부 건물로 향했다. 두 사람이 걸어가는 길 사이로 크리스마스 분위기가 물씬 풍겼다. 상가 곳곳에 크리스마스트리가 아름드리 세워져 괜스레 기분을 붕 뜨게 했다. 왠지 재미난 일이 생겨야만 할 것 같은 느낌이다. 그녀가 그 들뜬 기분에 가던 걸음을 세우고 오 작가를 멈춰 세웠다.

"선생님, 우리 커피 한 잔 해요."

"예."

눈을 끔벅이며 걸음을 재촉하던 오 작가가 얌전하게 사람 좋은 대답을 하며 멈춰 섰다. 은수가 길 한쪽에 있는 커피 전문숍으로 다가가 모카커피 두 잔을 주문했다. 잠시 후, 하얀 크림이 잔뜩 올라간 향긋한 커피 두 잔이 두 사람의 손에 들려져 있었다. 횡단보도에서 신호가 바뀌기를 기다리며 그녀가 커피 한 모금을 마셨다.

〈응?〉

피곤해서 그런 건가. 커피를 입가에 대는 순간 묘하게 비린 냄새가 코를 스치며 속이 거북했다. 그렇잖아도 잠을 못 자 피곤한 것 같아 커피라도 마셔서 몸을 긴장시킬 생각이었다. 그런데 커피에서 풍겨오는 향이 역하게 느껴져 은수는 자신도 모르게 인상을 찌푸리며 입 안에 있는 커피를 목구멍으로 넘기지 못했다. 그녀가 부루퉁하니 입을 내밀고 입 안에 남은 커피를 억지로 넘겼다. 이상했다. 요즘 들어 몸이 나른하고 무거웠다. 생리할 날짜가 며칠 지났는데도 생리는 시작하지도 않았다.

〈설마……?〉

그녀의 두 눈이 날카롭게 예리해졌다가 이내 회의적으로 고개를 저었다.

〈그럴 리가 없다. 저번 달에 생리를 했는데.〉

횡단보도 신호가 바뀌자 그녀가 얼른 생각을 털어내곤 보도를 건넜다.

"안녕하세요."

은수가 담당자에게 인사를 건네며 걸음을 옮기려는데 멀리 과장이 앉아 있는 곳에서 도준이 보였다. 그는 과장과 무슨 얘기를 하고 있다가 그녀의 목소리에 고개를 돌려 은수가 있는 곳을 쳐다보았다. 아주 짧은 순간 그녀의 얼굴 위에 머무르던 그의 시선이 다시 원래의 곳으로 돌아갔다. 그녀가 과장과 도준이 앉아 있는 곳으로 그저 고개만 숙여 인사를 하곤 담당자와 함께 테이블에 앉았다.

"조그만 기다리세요. 다른 분들 지금 오고 계세요."

담당자가 은수와 오 작가에게 자리를 안내하곤 어딘가로 전화를 걸었다. 아마도 담당자는 이 분야에 관련된 사람들에게 도움을 요청한 듯싶었다. 전화를 마치고 돌아온 담당자에게 그녀가 서로를 소개시켰다. 두 사람이 명함을 건네받으며 인사를 나누는 동안 은수는 커피를 만지작거리며 마실까 말까 망설이다 아직도 깨어나지 않은 채 무거운 머리 속을 느끼며 커피를 입에 가져갔다. 순간 커피를 입 안에 넣은 그녀의 안색이 하얗게 변해 버렸다. 방금 전 느꼈던 미약한 거부 반응은 이제 욕지기가 나올 정도로 속을 메슥거리게 만들었다.

〈아침부터 크림이 잔뜩 들어간 커피를 마셔서 그런 건가?〉

그녀가 무표정한 얼굴을 가장하며 커피 잔에서 입을 떼고 내려놓으려는데, 도준의 시선과 마주쳤다. 걱정스러움이 얼핏 묻어 있는 깊은 눈빛이었다. 그녀가 도준의 시선을 잠시 응시하다가 이내 고개를 돌려 자료를 챙기기 시작했다. 그러나 고개를 숙여 시나리오와 질문해야 할 사항들을 체크하고 있었지만 그의 시선이 느껴져 그녀의 입매가 한일자를 그리며 딱딱하게 굳어 있었다. 상대의 시선을 받아내며 자기 안에 숨어 있는 대상화되는 것에 대한 일말의 만족도 마음에 들지 않았다. 그녀를 여성으로 바라보는 그의 시선에서 여성으로서의 자신감을 찾고 싶어질까 저어되었다. 그렇게 되면 악순환이다. 그런 악순환을 하고 싶지는 않았다.

시선은 종이 위에 두고, 끊임없이 자신의 내면을 바라보며 시선을 받아내고 있던 은수가 어느 순간 짜증이 났는지 고개를 들어 그가 있는 곳을 응시했다. 그녀의 생각과는 달리 그는 과장과 이야기 중이었다. 파장 분위기인지 일어나며 자리를 마무리하고 있었다.

"조약국하고 자리 한번 만들어야 할 것 같은데요."

"예, 일단 이쪽에서 기안이 나오면 연락드리겠습니다."

은수가 볼에 우물을 만들며 다시 시나리오에 시선을 가져갔다. 도준은 과장과 인사를 나누곤 그녀가 앉아 있는 테이블을 지나갔다. 자신도 모르게 고개를 숙이고 고집스럽게 시선을 외면하는 은수에게 눈길이 갔다. 들어올 때부터 안색이 안 좋은 것 같아 괜스레 마음이 쓰였는데 방금 전에 커피를 마시던 그녀의 얼굴이 무언가 괴로운 사람처럼 보였다. 담당자에게 들어보니 일에 관해선 꽤 신뢰를 받고 있는 모양이었다. 그녀도 예전의 그처럼 일을 최우선시해 주변을 돌아보지 않는 사람일까? 한편으론 걱정스러우면서도 한편으론 그의 존재 때문에 긴장하는가 싶어 묘한 만족감이 들었다. 부서를 나가는 그의 등 뒤로 은수의 목소리가 들려왔다.

"오늘은 작가 분이 스토리 방향 잡느라 전체적으로 뭉뚱그려진 질문을 할 것 같아요. 상세한 부분은 시나리오가 다 마무리되면 다시 감수를 받을 생각입니다."

흔들림없이 회의를 진행시키는 그녀의 목소리가 그의 귓가를 맴돌았다. 차분하면서도 경쾌함이 섞여 있는 그녀의 목소리가 자꾸만 그의 발길을 잡아채는 느낌이 들어 도준은 바로 자신의 부서로 발길을 떼지 못하고 문밖에서 잠시 서 있었다.

〈벌을 받는 걸까?〉

그의 눈빛이 깊은 상념에 애잔하게 가라앉았다. 복도에서 물끄러미 바닥을 응시하며 은수의 목소리를 듣고 있던 그가 다른 사람의 목소리가 들려오자 걸음을 옮겼다.

회의는 생각보다 길었다. 점심 전에 끝내고 갈 생각이었지만 점심 시간이 다 되었음에도 아직 이야기할 부분이 남아 있었다. 만화에서는 아주 사소한 대사나 별게 아닌 설정으로 들어간다고 해도 일단 작가는 전체 과정을 다 알고 있어야 자유자재로 설정을 할 수 있기에 하나의 질문은 꼬리를 물고 계속 이어져 갔다. 특히나 실제적으로 외교부가 어떻게 일에 결합하는가, 예를 들어 무역 협상일 경우 다른 부서와 그리고 다른 부처와 어떻게 일을 분배하고, 운영하는가에 대한 부분 때문에 이야기가 길어졌다. 결국 이야기 도중 한 사람이 점심 먹고 하자는 말을 꺼내 회의는 잠시 중단되었다.

공무원들 틈에 끼어 은수와 오 작가가 점심을 먹기 위해 건물을 나섰다. 작년보다 춥지 않다고 했지만 겨울은 겨울이었다. 내복을 입지 않으면 바람이 파고들어 몸을 떨리게 만들었다. 이상하게 몸이 더 오슬오슬 떨려와 은수는 사람들의 뒤를 따르며 옷깃을 여몄다. 급하게 나오느라 대충 걸치고 나온 게 후회되었다. 그냥 편하고 싶다는 생각에 청바지에 잠바를 걸쳤는데 차가운 청바지 천이 맨다리를 쓸어 자꾸만 몸을 위축시켰다. 멋 부린다고 괜히 머플러만 두르는 바람에 목 주위만 후끈거렸.

"뭐 드실래요?"

담당자가 다른 사람들과 앞서 걷다가 은수에게 물었다. 은수가 씨익 웃으며 대답했다.

"속 풀릴 수 있는 데로 갔으면 하는데요."

오 작가가 동의한다는 듯 옆에서 눈을 끔벅이며 고개를 끄덕였다. 담당자는 늦게 자고 늦게 일어나는 두 사람의 생활 방식에 이제 익숙한 듯 조금은 장난스런 웃음을 보이며 '예, 그러죠'라며 일식집으로 향했다. 일이란, 그리고 사람을 만나는 것이란 재밌는 일이다. 아침 정각에 출근하는 일을 하는 공무원들이 은수에게 별세계의 사람들인 반면, 이 사람들에겐 은수가 별세계의 사람인 것이다. 가끔은 아침에 전화를 하면서도 담당자는 잠을 깨웠을까 미안해했고, 그러면 은수는 민망해서 어떻게든 안 잔 사람처럼 목소리를 가장했다.

일식집은 주변 건물에서 쏟아져 나온 사람들로 북적이고 있었다. 발 디딜 틈 없이 사람들의 열기로 가득 찬 공간이 그녀의 안경을 하얗게 만들었다. 그녀가 안경을 벗고 옷 안에 있는 내의를 살짝 끄집어내 안경을 닦아대고는 빈자리를 찾아가는 사람들 뒤를 따랐다. 자리에 앉아 메뉴판을 보니 딱히 먹고 싶은 게 없었다. 회덮밥을 떠올려 보던 그녀가 물컹한 생선살을 생각하며 살짝 눈썹을 찡그리다가 알탕을 시켰다.

잠시 후 식사가 나오고 빈속을 진정시켜야겠다는 생각에 먼저 국물을 한입 떠먹었다. 순간 온몸이 굳을 정도로 생선 비린내가 코끝을 파고들었다. 음식이 이상한 건가 싶어 그녀가 상한 비위를 간신히 가라앉히며 주위를 살펴보았지만 앞에 있는 사람들은 아무 일 없이 잘 먹고 있었다. 그녀가 옆에 있는 오 작가에게 낮은 목소리로 물었다.

"좀 비리지 않아요?"

국물을 뜨려던 그가 작게 속삭이듯 대답했다.

"아뇨, 괜찮은데요."

"……"

빈속에 커피를 마신 게 체한 건가 싶어 그녀가 다시 음식을 입 안에 넣었다. 밥을 먹으면 속이 진정될까 싶어 밥 한 숟갈을 입에 넣고 국물을 떠먹었다. 그러나 그녀의 기대와는 다르게 속은 더 요동 치며 거부 반응을 일으켰다. 무표정한 얼굴이 되어 그녀가 벌떡 의자에서 일어났다. 식사하던 사람들이 의아한 눈으로 고개를 들어 시선을 보내자 은수가 입 안에 물고 있는 음식을 억지로 넘기곤 간신히 말했다.

"잠깐, 화장실 좀……."

그녀의 말에 바깥쪽에 앉아 있던 오 작가가 자리에서 일어나 길을 비켜주었다. 은수는 더 이상 참을 수가 없어 얼른 자리를 벗어나 가게 점원에게 다가갔다. 점원은 다급한 그녀의 말에 손가락으로 한쪽을 가리켰다. 큰 상가 안에 있는 음식점이라 화장실은 밖에 있었다. 그녀가 빠르게 걸음을 옮기며 달려가듯 화장실이 있는 곳으로 향했다. 그러다 누군가와 어깨를 부딪쳐 사과의 말을 웅얼거리며 고개를 들었다. 도준이었다. 그도 다른 직원들과 식사를 하러 오는 참이었던 것 같았다. 그가 조금은 당황스러운 얼굴로 괜찮냐는 말을 꺼내려는데 은수가 손으로 입을 막으며 화장실로 달려갔다.

〈젠장, 시도 때도 없이 부딪치네.〉

달려가는 그녀의 얼굴이 일그러졌다.

"그럼 1차 완성본 나오면 연락드릴게요."

"예, 최대한 빨리 만들어주세요."

"네."

낮 세 시가 다 되어갈 즈음 길고 길었던 회의가 끝났다. 점심에 있었던 구역질로 제대로 밥을 먹지 못한 은수는 남아 있는 기운을 다 짜내어 회의 내용에 집중했다. 그녀가 외교부 건물을 빠져나오자마자 비척거리며 근처에 있는 벤치에 앉았다.

"괜찮아요? 몸이 안 좋아 보이는데."

오 작가가 걱정스럽게 옆에서 물었다. 은수가 피식 웃음을 흘리며 대답했다.

"괜찮아요. 담배를 너무 오랫동안 못 피워서 그래요."

오 작가가 이해한다는 듯 쓴웃음을 흘리자 그녀가 자리에서 일어났다. 둘은 외교부 건물이 멀찍이 떨어진 곳으로 걸어가 담배를 피웠다. 담배 한 모금을 피우니 뒤집어졌던 속이 그나마 진정되는 듯했다. 오 작가 담배를 피우며 손에 쥔 담배를 노려보며 말했다.

"내년에 끊을 생각이에요. 이제 며칠 안 남았으니까 마음껏 피워둘 참입니다."

은수가 입 안에 감도는 쉰 웃음을 흘리며 오 작가를 쳐다보다가 이내 무언가 생각났다는 듯 눈을 동그랗게 뜨고 대꾸했다.

"안 돼요. 시나리오 끝내고 하세요. 퀄리티 떨어져요."

정색을 하며 말하는 은수의 뻔뻔한 대답에 오 작가가 기가 막힌 듯 웃었다.

둘은 지하철에서 서로 다른 방향으로 향하며 헤어졌다. 그녀가 집으로 가는 방향으로 지하철을 탔다.

〈무리를 한 걸까.〉

프리랜서라 딱히 주말이 없었고, 그게 오히려 항상 일을 하게 만들었다. 쉬는 날이 분명치 않으니 언제나 일을 손에 잡고 있었다. 게다가 저번 달엔 연말 호를 만드느라 몇 배로 힘이 들었다. 눈을 감고 지하철 벽에 기대고 선 은수가 끊임없이 가슴속 깊은 곳에서 차고 올라오는 불안감을 잠재우기 위해 스스로에게 이유를 들이댔다. 그러나 지하철이 집으로 향할수록 불안감과 당혹스러움은 점점 더 커져 가기만 했다. 임신을 해도 초기엔 생리를 하는 경우도 있었고, 생리가 아닌 혈흔을 보이는 경우도 있다는 걸 어디선가 들은 적이 있었다. 저번 달에 한 생리는 양이 너무 적었다. 팬티에 혈흔이 좀 묻는가 싶더니 이틀도 안 돼 끝이 났던 것이다. 하나하나 자신의 상황을 짚어보던 그녀가 고개를 들어 눈앞에 있는 전철 유리창을 응시했다. 먹먹한 어둠만이 눈에 들어왔다. 그러나 먹먹한 어둠은 실제 끊임없이 스쳐 지나가는 까만 공간의 연속선. 그녀도 모르는 사이, 먹먹한 어둠에서 그녀의 삶이 또 다른 방향으로 굴러가고 있는 걸까?

멍하니 유리창 밖의 어둔 공간을 응시하는 동안 전철은 그녀가 도착해야 할 역에 멈춰 섰다. 그녀가 터벅터벅 지하철 계단을 걸었다. 한참 동안 계단을 걸으니 겨울 햇살이 그녀에게 쏟아졌다. 겨울 햇살 사이로 지하철역 바로 앞에 있는 약국이 그녀의 눈에 들어왔다. 그녀가 망설이며 그 자리에 우두커니 서서 약국 문을 물끄러미 응시했다.

〈그럴 리가 없다. 그럴 리가 없다. 이제 와서 임신 같은 걸 할 리 없다. 그렇게 내 인생이 코미디일 리가 없어.〉

누군가 약국 문을 열고 안으로 들어갔다. 은수가 그 모습을 노려보듯 뚫어지게 응시하는가 싶더니 걸음을 옮겨 골목길 쪽으로 향했다. 그러나 몇 걸음도 못 가 다시 멈춰 섰다.

〈바보같이 굴지 마. 현실은 그냥 현실이야. 네가 부정한다고 일어난 일이 없어지는 것도 아니고, 네가 기대한다고 안 일어난 일이 일어나는 것도 아니야. 그렇게 겪어보고도 모르겠니?〉

잔뜩 찌푸려져 있던 그녀의 얼굴이 어느 순간 말끔하게 단호해졌다.

따랑.

약국 문을 열자 문 위쪽에 걸어놓은 작은 종이 흔들거리며 소리를 자아냈다. 다른 손님과 이야기 중인 약사를 보고는 은수가 조용히 옆에서 기다렸다. 손님은 계산을 하곤 약 봉지를 손에 쥐고 밖으로 향했다. 약사가 그녀에게 다가왔다.

"예, 뭐 드릴까요?"

"……."

그녀가 잠시 입을 열지 못하고 침묵을 지켰다. 약사가 재촉하지 않고 기다려 주자 그녀가 담담한 목소리로 물었다.

"저기…… 임신을 해도 생리를 하는 경우가 있나요?"

"생리처럼 양이 많았나요?"

뜬금없이 튀어나온 그녀의 질문에 약사는 상황을 헤아리기 위해 차근차근 질문을 던졌다. 은수가 약간 불안한 얼굴이 되더니 고개를 가로저었다.

"아뇨, 양은 적었어요."

약사가 상황을 깨달았다는 듯 고개를 끄덕였다.

"그럼 혹시 착상혈일 수도 있어요. 임신 초기엔 수정란이 착상하면서 출혈이 생기는 경우가 있거든요."

"아…… 네."

작게 대답을 웅얼거리는 은수의 얼굴이 심하게 굳어졌다.

"임신 테스트 시약 하나 주세요."

그녀가 무감각한 얼굴로 말하자 약사는 별다른 말 없이 테스트 시약 하나를 건넸다.

집에 도착한 그녀가 곧장 보일러 온도를 올렸다. 그저 따뜻한 이불 속에 들어가 한숨 푹 자고 싶었다. 가방과 임신 테스트 시약을 한쪽 바닥에 내려놓곤 옷을 갈아입었다. 그녀가 바닥에 있는 검사 약을 물끄러미 응시하다가 이내 등을 돌려 화장실로 갔다. 바지 지퍼를 내리려던 그녀가 다시 욕실을 나와 방으로 갔다. 그리곤 검사 약을 뜯어내 하얀색의 테스트기를 손에 쥐고 욕실로 들어갔다. 잠시 후 손에 묻은 소변을 닦아내느라 한쪽에 테스트기를 놔두고 비누에 손을 박박 닦아냈다. 그리곤 테스트기를 바라보니 선명한 두 개의 둘이 눈에 들어왔다. 그녀의 얼굴은 무표정이었다. 멍하니 두 줄의 테스트기를 뚫어지게 응시하는가 싶더니 테스트기를 쓰레기통에 버리고 욕실을 나왔다. 그리곤 곧장 침대 위 이불 속으로 파고들어 갔다. 그녀가 이불을 목 근처까지 끌어올려 친친 몸을 감싸곤 푹신한 베개에 머리를 깊숙이 묻었다. 그리곤 감정이 깃들지 않은 무채색의 두 눈동자로 눈앞에 있는 허공을 응시했다.

〈내가 임신을 했다고?〉

그녀의 눈꺼풀이 천천히 감겼다가 다시 떠졌다. 기가 막힌 듯한 헛웃음이 그녀의 입에서 내뱉어졌다.

〈내가 임신이라고?〉

미세하게 흩어져 나오던 그녀의 웃음이 천천히 가라앉으며 그녀의 눈꺼풀이 스르르 감겼다.

"혹시 임신했니?"

나이 든 중년의 여자가 다소곳이 무릎 꿇고 앉아 있는 그녀를 위아래로 훑어보며 입을 열어 한마디를 던졌다. 그러자 차분하게 가라앉아 있던 그녀의 두 눈동자가 일순 정지하듯 굳어졌다. 그녀가 정면으로 앞에 있는 어른을 마주 보지 못하고 어른의 턱 밑까지만 물끄러미 응시하다 다시 고개를 숙였다. 평범한 옷이지만 깔끔하고 단정한 어른의 옷매무새가, 그리고 자연스럽게 걸쳐져 있는 보석들이 자꾸만 그녀를 위축되게 만들었다. 어느 날 갑자기 들이닥쳐 마주하게 된 그녀로서는 돈을 아끼려고 긴 바지를 잘라 만든 반바지가 민망스러웠고, 나름대로 즐거워하며 벼룩시장에서 산 헤진 니트가 무안했다. 조금 더 반듯한 집안에서 반듯한 옷을 입고 반듯한 액세서리를 하고 그렇게 이 사람을 마주했다면 덜 위축되었을까.

　그녀가 입술에 꾹 힘을 주며 대답했다.

　"아닙니다. 임신 안 했습니다."

　자식이 귀한 집이었다, 그녀가 사랑한 남자의 집안은. 가진 재산과 인재가 많은 그의 집안은 유난히 자식이 귀했다. 그도 그의 부모가 몇 번의 유산을 하다가 간신히 얻은 아들 중 하나였다. 그의 형도 집안에서 반대해 집을 뛰쳐나갔다가 첫 아이를 얻자 집안에서 받아들여졌다. 그 사실을 그녀도 잘 알고 있었다. 앞에 있는 그의 어머니가 임신을 했냐고 묻는 말이 무슨 뜻인지 너무나 잘 알고 있다. 뱃속에 아들의 자식을 가진 여자라면 마땅치 않지만 받아주겠다는 뜻이리라. 그러나 그녀의 대답에 어른은 가차없이 단호한 한마디의 말을 내뱉었다.

"그럼 짐 싸서 떠나거라."

처음부터 시어른의 눈에 들기를 기대하지 않았다. 그의 재산이 탐난다고 말은 했지만 정작 탐을 낸 건 그의 곁, 그가 주는 사랑을 탐냈다.

"네, 알겠습니다."

싸움은 상대를 인정할 때 하는 것이다. 어른도 그녀를 인정하지 않았고, 그녀도 어른을 인정할 수 없다. 사랑한다면서 그녀를 지켜주지 않고 어른 앞에 홀로 이런 꼴을 당하게 만든 그도 미덥지 않았다. 목 안에 잠겨 있는 설움, 그녀가 꿀꺽 힘겹게 삼키고는 차마 입 밖으로 내고 싶지 않은 말을 쥐어짜듯 내뱉었다.

"갈 곳이 없습니다. 그러니 오백만 원만 주십시오."

그 돈은 최대한의 허세, 생존에 필요한 그 정도의 돈만 당신께 받겠다는 말. 마음만큼은 진심이었다는 못 가진 자의 허세. 그러나 액수가 적었나 보다. 어른은 우스운 듯 입가에 묘한 뒤틀림을 만들더니 쉬이 대답을 해주었다.

"가족도 없니? 집으로 들어가면 될 일이잖아. 오히려 내가 돈을 받아야 할 입장인데 기가 막히는구나. 그 녀석이 너 뒤 봐준다고 집에서 가져간 돈이 얼만데."

다시 목 안에 걸린 덩어리를 삼켰다.

"돌아갈 곳은…… 없습니다."

그 집으로 돌아가자고 그 먼 길을 헤맨 게 아니다. 다시 그 집으로 돌아가자고 그렇게 힘겹게 이 사람과 고생을 한 게 아니다. 그녀의 삶에 돌아갈 곳 같은 건 존재하지 않았다.

어른의 입술 사이로 한숨 섞인 숨소리가 흘러나오는가 싶더니 깔끔한 목소리로 대화를 정리했다.

"알았다."

이틀 후 어른은 이삿짐을 싼 집에서 그녀에게 오백만 원을 주었다. 그리고 각서를 썼다. 다시는 만나지도, 연락하지도 않겠다는 글자가 어른의 글씨체로 종이 위 씌어져 있는 각서에 그녀가 나중에 작품을 하면 쓰려고 연습했던 사인을 했다. 사인을 하는 손은 그녀 자신의 손이란 걸 잊지 않기 위해 현실을 부정하고 싶어하는 자신의 유약한 내면을 잡아채 와 그 자리에 함께하게 애썼다. 손은 떨렸고 차가웠다. 부들부들 떨리는 손, 이런 비굴함을 마주하고 살아야 하는 게 삶이로구나. 생의 진면목을 뼈저리게 느끼며 만 원짜리 오백 장을 손에 쥐고 그녀가 어른에게 마지막 인사를 건넸다.

"감사합니다."

잠들어 있던 은수가 입술을 벙긋거리며 눈물을 흘렸다. 잊혀지지 않는, 스스로도 기억하기 싫어 이렇게 꿈에서 만나는 그때의 자신. 비굴하고 또 비굴한 생존에 대한 욕심이여.

베개를 다 적시도록 눈물을 흘리던 그녀가 천천히 감겨 있던 눈을 떴다. 문득 물기 어린 눈을 끔벅이며 고개를 돌려 창문을 응시하니 깜깜한 밤이었다. 눕자마자 잠이 들었나 보다. 그녀가 벽에 걸려 있는 시계를 응시했다. 자정이 조금 넘은 시간이었다. 은수가 천천히 자리에서 일어나 침대에 기대앉았다.

오백만 원을 손에 쥔 그녀는 어떻게 되었을까? 그 여자는 어느 지방으로 내려가 공부를 했대. 그리고 그녀를 만나기 위해 집에서 빈손으로 뛰쳐나온 그를 보곤 밤새도록 울었다지. 그게 사랑이었는지, 아니면 정이었는지 그건 중요하지 않았다고 해. 그가 그녀를 선택해 주었다는 것, 그 하나만으로 그녀는 평생을 약속했다 하네. 그래도 꼴에 자존심에 아이를 등에 업고 그 집에 허락을 구걸하고 싶지 않아 그저 살아가는 모습으로 보여주자 홀로 다짐하였다 하지. 그리하여 나중에 두 사람이 돈을 많이 벌면 아이를 낳자고, 그땐 어떤 이름을 지어줄까 미리 이름도 만들며 즐거워했다지. 빈손으로 시작한 두 사람이 추운 겨울 냉방에서 가스 끊겨 가스 버너에 라면을 끓이면서도 MT 온 것 같다고 즐거워했대. 그리하여 사랑하는 사람 고생하는 게 가슴 아파 새벽녘에 고운 님 얼굴 쓰다듬으며 울면서도 고집스레 피임을 했지. 내 사랑하는 사람의 아이를 당신들 허락받는 것에 이용하진 않을 것이다. 굶주림에 흔들리는 자신의 마음을 수없이 다독이며 지켜냈다지.

그런 그녀가 이제 와 임신을 했다. 멍하니 허공을 응시하던 은수가 미친 사람처럼 벌떡 일어나 욕실로 달려갔다.

〈아니야, 아니야. 잘못 본 거야.〉

그리곤 잠들기 전에 버린 하얀 플라스틱을 집어 들었다. 시간이 지나면 바래지기도 하겠건만 플라스틱 안에 두 개의 줄이 선명했다. 손에 쥐어져 있던 플라스틱이 툭 하니 다시 쓰레기 통 안으로 떨어졌다.

〈삶은 코미디로구나.〉

3 ... 묵은 김치

연말의 들썩임도, 한 해가 시작된다는 거품 같은 설렘도 어느새 가라앉아 그저 평온하고 별다른 일 없는 주말이 되었다. 도준은 계단을 오르고 있었다. 광택이 나는 그의 까만 구두가 차례대로 돌을 밟고 지나간다. 듬성듬성 황톳빛으로 죽어 있는 풀들이 돋아난 돌 틈, 겨울의 메마른 흙을 품고 돌들은 수없는 발길에 곡선을 그리며 윤기가 흘렀다. 사람의 마음이란 묘한 것, 실체가 사라져도 멈출 수 없는 마음은 실체인 발길을 움직이게 만든다. 그도 그 돌을 밟고 올라간 다른 사람들처럼 그 마음에 이끌려 계단을 올랐다.

한참을 그렇게 마음을 비우듯 계단을 차례로 지나치니 조용한 산사의 모습이 윤곽을 드러냈다. 주말이라 사람들로 북적일 만도 하지만 별다른 행사가 없는 이런 주말엔 산사는 그 자신의 고요함을 간직한다. 겨울바람에 풍경이 맑은 소리로 울었다. 마당에 다다른 그가 잠시 걸음을 멈추고 흐트러진 호흡을 가다듬었다. 그리곤 눈을 감고 산 위에서 불고 있는 바람을 음미했다. 그의 아내도 이 아름다운 바람의 손길을 느끼고 있을까? 먼지처럼 저 허공 속에 흩뿌려야 했던 게 아닐까 자꾸만 미련이 남는다. 그 작은 공간 안에서 숨이 막히지 않을까. 아니다. 어쩌면 아내는 아늑해할는지도 모른다. 머나먼 이국 땅에서, 낯선 이 앞에서 숨을 거두었으니 저 작은 공간에서나마 편히 지낼지도.

그가 걸음을 옮겨 그의 아내가 안치되어 있는 납골당으로 향했다. 댓돌 위에 가지런히 신발을 벗어두고 삐걱거리는 마룻바닥을 조심스럽게 걸어 부처님 상 앞에서 두 손 모아 고개를 숙여 인사를 하곤 그의 아내 앞으로 다가갔다. 사람들은 경내에 들어오면 당연히 부처 상 앞에 절을 하지만 종교가 없는 그로서는 다른 사람과 똑같이 절을 하는 게 오히려 예가 아닌 것 같았다.

외국에서 화장을 하고 그가 그 유골을 국내에 들여왔을 때 아내의 식구들은 당연히 기독교식으로 유골을 안치하기를 바랐다. 하물며 불교 사찰이라니. 그러나 그는 알고 있었다. 기독교 집안에서 자란 그의 아내는 몰래몰래 불교 서적을 들추며 나중엔 불교에 빠져들었다. 심성 고운 아내는 부모님과 싸우기 싫어 그와 외국에 나가서야 자유롭게 종교 생활을 했다. 도준은 장인, 장모에게 욕을 들어먹더라도 아내의 마음 갔던 대로 따르고 싶었다. 그렇다고 아내가 사실은 불교를 믿었다는 얘기로 두 분 심기를 어지럽히고 싶지 않았다. 그들의 딸이 어떤 부분은 속였다는 느낌을 받게 하고 싶지 않았다. 최소한의 배려. 그는 두 분의 못마땅한 기색을 그대로 받으며 이곳에 아내를 안치했다.

부처님 상 아래에 사람들이 정성스럽게 갖다 놓은 과일들이 가지런했다. 사과와 귤, 배, 감. 한국에선 쉽게도 만날 수 있는 과일.

"여보, 아삭아삭한 배 어디서 구할 수 없을까?"

아침나절, 출근 준비를 마치고 아침 식사를 하는 그에게 아내가 맞은편에 앉아 중얼거리듯 말했다. 처음 외교관으로 파견되는 대부분의 사람들이 그렇듯 그도 북유럽 어느 나라에서 첫 외교 일을 하고 있었다. 그나마 첫 임무를 아프리카로 받지 않은 걸 다행으로 여기는 참이었다. 그런데 쌀도 구하기 힘든 이 나라에서 배를 어떻게 구한단 말인가. 그것도 아삭아삭한 배를. 한국 교민들에게 부탁을 하면 구할 수도 있겠다는 생각이 들었지만 굳이 그렇게까지 해서 먹어야 하나 그런 생각도 들었다.

웬만해선 떼를 쓰는 사람이 아닌데 오죽 먹고 싶었으면 저럴까 하면서도 아무리 통박을 굴려도 힘든 일이라 그는 대답하지 못하고 멀뚱히 식사를 했다. 그리곤 바쁘게 가방을 쥐고 현관문을 나서며 무뚝뚝하니 한마디를 했다.

"입덧도 한참이나 지났는데 웬 배타령이야? 나중에 아이 낳아서 한국에 들어가면 실컷 먹자. 응?"

나름대로는 애정 어리게 다독였지만 아내는 마지못한 얼굴로 고개를 끄덕이곤 씨익 웃었다.

"늦겠어요. 얼른 가요. 괜히 출근하는 사람 붙잡고 그랬네."

쑥스럽게 웃음을 머금는 아내를 보며 도준이 멀뚱히 서 있다가 휙 하니 집을 나섰다. 이제는 배가 묵직하니 부른 아내가 뒤뚱뒤뚱 그를 따라오며 배웅했다.

한국에 있는 부모님에게 부탁을 해야겠다, 그런 생각을 하며 차에 몸을 실었다. 그러나 생각대로 되지 않았다. 아니, 어쩌면 그의 무심함이 아내의 변덕스러운 입맛이라고 치부했는지도 모른다. 외교관 일은 여유로워 보이지만 맡고 있는 개인이 일을 만들면 끝이 없는 법이다. 그 나라의 경제인과 본국에 있는 경제인들은 연결시키는 작업에 의욕을 보이던 그이기에 그 하나로도 하루하루가 숨 쉴 틈 없이 돌아갔다. 그는 일이 좋았다. 그리고 하고 싶었던 그 일을 자신이 하고 있다는 게 만족스러웠다. 만족은 자부심을 불렀고, 자부심은 의욕을 불러 그를 더 매진하게 만들었다.

바쁘게 보름이 지난 어느 날, 한국 영사관에서 광복절 기념 파티가 열렸다. 밤늦게야 돌아온 두 사람은 피곤에 지쳐 별말없이 잠자리에 들 준비를 했다. 그가 침대에서 신문을 들추며 노곤한 몸을 풀고 있는데, 세수를 하고 스킨과 로션을 바르던 아내가 지나가는 말처럼 중얼거렸다.

"휴우, 오늘은 배를 먹을 수 있을 줄 알았는데."

신문을 들추던 도준이 멍한 얼굴로 아내를 쳐다보곤 피식 짜증스럽게 웃었다. 그는 하루하루가 적응을 넘어 전쟁이었는데 그의 아내는 본국이 그리워 그 감정에만 취해 있나 싶어 일순 짜증이 났다. 도준이 못 들은 척 신문을 보다가 베개에 머리를 뉘고 눈을 감았다. 옆으로 한기가 들어오는가 싶더니 그의 아내가 이불을 들추고 그의 곁으로 파고들었다. 아내는 언제나처럼 그의 가슴 위에 올려진 팔을 손으로 가져가더니 자신의 머리 아래에 두었다.

"왜 이렇게 배가 먹고 싶은지 모르겠어. 나 바보 같지?"

"음."

무뚝뚝하게 대답하고 잠에 곯아떨어진 그를 그의 아내가 물끄러미 째려보곤 그의 팔을 잡고 잠에 빠져들었다. 도준이 품 안으로 파고드는 아내를 끌어안고 조금은 미안한 듯 아내의 머리 위에 입맞춤을 했다.

〈조금 있으면 추석이야. 그때 한국에 가서 입에 물릴 만큼 먹자.〉

그의 아내는 추석을 보름 앞두고 교통사고를 당했다. 아내의 유골이 안치되어 있는 작은 서랍에 '오진영'이라는 글자가 눈에 들어왔다. 그가 한쪽 손에 들려져 있는 검은 비닐 봉지 안에서 배 하나를 꺼냈다. 다른 사람의 사십구일재가 있었는지 절 안에 과일들이 있는 것도 모르고 따로 준비해 온 것이다. 그래도 그가 준비한 것이다. 가장 싱싱하고 사각사각할 것같이 생긴 큼지막한 배 하나를 도준이 손에 쥐고 아내의 이름 앞에 들이댔다.

"진영아, 배 사 왔다."

공기 속에 떠다니는 아내의 영혼이 이 배 향기라도 맡으라는 듯 도준이 눈을 감고 그 자세로 조용히 서 있었다. 이젠 희미해져 가는 아내의 얼굴, 왜 이 배를 먹이지 못했다는 감정만 생생하게 남아 있는 걸까. 울컥 뜨거운 무언가가 목구멍을 치밀고 올라온다.

이건 자족이다. 알고 있다. 비난을 받고서라도 아내를 위한다는 걸 스스로 확인하고 싶어 굳이 이 절에 안치하기를 고집한 것이리라. 무심하고 무심했지만 그래도 아내를 가장 잘 아는 건 그라는 걸 확인하고 싶어 괜히 아무에게도 그녀의 종교를 말하지 않고 이곳에 그녀를 안치했다. 지독한 이기심. 이제 사랑하는 사람은 없는데, 눈앞에도 없고 그 실체도 없는데, 홀로 사랑했다고 되뇌며 괴로워하는 이유는 뭘까. 정작 괴로운 건 아내가 없어졌다는 것보다 그의 마음을 쏟기도 전에 그 대상이 없다는 상실감이 아닐까.

그가 천천히 눈을 뜨고 과일들이 차려져 있는 상 쪽으로 걸어갔다. 그리곤 사 온 배를 상 위에 조심스럽게 올려놓곤 밖으로 나갔다. 도준이 신발을 신고 있는데 귀에 익은 목소리가 그를 불렀다.

"어, 매형 왔어요?"

고개를 들어보니 아내의 남동생이 마당을 가로질러 걸어오고 있었다.

"형석이 아니야?"

도준이 반가운 듯 이름을 불렀다. 처남이지만 어릴 때부터 봐 온 사이라 형제 같은 사이였다. 아내가 죽은 후 연락이 뜸했지만 예전의 그 호칭이 자연스럽게 흘러나왔다. 형석은 혼자가 아니었다. 옆에 웬 아가씨와 함께였다. 도준이 계단을 내려와 옆에 있는 여자를 보고는 처남에게 말했다.

"기일이라서 온 거니?"

여드름이 가득이었던 풋내나는 소년이 어느새 한 남자가 되어 강건하니 딱 장인어른의 모습이었다. 형석이 조금은 머뭇거리며 웃음기 어린 얼굴로 대답했다.

"예, 그것도 그렇고 이 사람도 인사시킬 겸 해서요."

도준이 옆에 있는 여자에게 시선을 보내자 여자가 어정쩡하게 고개를 숙이며 인사를 했다.

"윤지예라고 합니다."

"아, 예. 김도준입니다."

서먹한 인사, 가족인지 아닌지 알 수 없는 아리송한 상황, 형석이 너털웃음을 흘리며 민망한 듯 말했다.

"저 가을에 이 사람이랑 결혼해요."
"그래?"

왜 알리지 않았냐는 말을 급히 목 안으로 삼키며 도준이 고개를 끄덕이며 미소 지었다. 축하한다는 몇 마디의 말이 오가고 형석이 여자와 함께 납골당이 있는 곳으로 걸어갔다. 도준은 마당에서 담배를 꺼내 입에 물었다.

아내가 죽어 유골을 들고 한국에 들어왔을 때 조용히 침묵을 지키고 있던 장인, 장모와는 달리 형석이 도준의 멱살을 잡고 난리를 피웠었다.

"뭐야, 이게 뭐야? 형이 거기까지 데려갔으면 잘 지켰어야지 이게 뭐야아아아!!"

시뻘거니 퉁퉁 부운 두 눈으로 악에 받친 말을 그에게 쏟아내던 그 아이가 이제 한 여자와 평생을 약속하며 결혼을 한다. 말리지도 않고 그저 아들이 하는 울부짖음을 보고만 있던 장인, 장모. 어린 처남의 손에 옷깃이 잡혀 흔들리던 그의 심정이 무엇이었는지 너도 이젠 알 수 있게 될까? 고이고이 키운 다른 집 딸을 며느리로 받는 장인, 장모는 이제 알 수 있게 될까?

〈무슨 소용일까, 알든 모르든.〉

도준이 담배꽁초를 다시 담뱃갑 안에 구겨 넣고는 마당을 가로질러 계단을 내려갔다.

〈계단아, 날 좀 어딘가로 데려가 다오. 이 비틀린 마음, 아내의 식구들에게 악담을 하게 될까 무섭구나.〉

그의 발걸음이 휘도는 생각들을 하나씩 펼치듯 그렇게 계단을 내려갔다.

〈진영아, 나는 다시 내게 사랑이 찾아오면 쉽게 놔주지 않을 거다. 그냥 손에 쥔 모래처럼 그렇게 속절없이 떠나보내진 않을 거다. 그래도 넌 알지, 무심하고 무심했지만 그래도 내가 널 얼마나 사랑했는지 넌 알지?〉

그의 차가 경기도에 있는 사찰을 벗어나 서울 근교에 있는 어느 대학 병원으로 향했다. 당뇨가 있는 할아버지의 약을 집으로 가는 길에 가져가기로 한 것이다. 도준의 부모님이 돌아가시고 할머니 혼자 할아버지를 챙기느라 힘이 들었을 것이다. 그동안 신경 쓰지 못해 할아버지의 병세가 어떤지 자세하게 알 수 없었기에 급할 땐 그라도 주사를 놓을 수 있어야 한다는 생각에 병원에 있는 담당 의사를 만날 생각이었다. 도로를 달리는 그의 차가 늦장 부리지 않고 속도를 냈다. 토요일이라 얼른 가봐야 했다.

"이상은 없어. 다 괜찮아. 담배만 끊어주면 아무 문제 없을 것 같은데. 개월 수가 더 지나봐야 자세히 알겠지만 초기에 담배 피운 건 괜찮아."

"그래?"

대학 동기인 숙경의 말에 은수가 고개를 끄덕이며 머뭇거렸다. 친구는 하얀 의사 가운을 입고 그녀의 진료 기록을 작성하고 있었다. 레지던트 생활을 하는지라 피곤이 얼굴에 가득 묻어 있었다. 은수가 앞에 있는 친구를 물끄러미 응시했다. 친구라고 하기엔 거리가 있었고, 그렇다고 동료나 아는 사람이라고 하기엔 공유했던 무언가가 있는 사이다. 대학 시절, 학내에 교수 성폭력 사건이 일어나면서 대책위원회가 만들어졌을 때 함께 활동했던 친구다. 서로 깊은 속내나 개인사를 드러내는 사이는 아니었지만 그냥 여성으로서 느끼는 무언가에 대한 코드가 둘 사이에 존재했다. 그때 유일하게 의대를 다니던 친구였기에 다른 친구들이 너는 꼭 산부인과 의사가 되어 여성을 위한 의사가 되어달라고 농담 반 진담 반 말한 적이 있었다. 친구는 그 말에 딱지가 붙었던 건지, 아니면 스스로 생각한 무언가가 있었는지 산부인과 의사가 되어 있었다. 대학 때 그렇게 밤낮이고 모여 대자보를 쓰고 인쇄물을 만들고, 또 집회를 했던 이 친구를 사회에 나와서는 거의 연락하지 않았었다. 대부분의 대학 동기들이 그렇듯이 서로 친한 친구에게 건너건너 어떻게 사는지, 어떤 길을 가고 있는 바람결에 소식을 전해 들을 뿐이었다. 그러나 막상 임신을 하니 이 친구가 떠올랐다. 남자 의사 앞에 다리 벌리고 누워 있는 것도 싫었고, 평범한 주부를 가장하며 의사의 전형적인 말들을 듣고 싶지 않았다. 아니, 아주 솔직히 말하면 이 친구에게 낙태를 해달라고 부탁하러 왔다. 그러나 입이 떨어지지 않았다.

"얘기해 봐. 들어줄지 말지는 내가 결정할 테니까 속에 있는 말 꺼내 놔봐."

조용히 진료 기록을 보고 있던 숙경이 입을 다문 채 상념에 젖은 얼굴로 앉아만 있는 은수에게 불쑥 말을 건넸다. 그녀가 대학이란 품에서 나온 후 많은 것들을 겪은 것처럼 이 친구도 많은 일을 겪었던 걸까. 자로 잰 듯 정확하고 야무졌던 친구의 눈빛은 안 본 사이 많이 깊고 넉넉해져 있었다. 은수가 입가에 한숨 섞인 웃음을 그리며 떨떠름하니 얼굴을 찡그렸다.

"낙태⋯⋯ 할까 고민 중이거든."

그녀가 다른 친구를 통해 연락을 해올 때부터 어느 정도는 예상하고 있었는지 친구는 별다른 표정 변화 없이 묵묵했다. 민망한 듯 은수가 고개를 숙여 시선을 피했다.

"너한테 수술을 받겠다는 건 아니고, 일단은 너랑 이야기하는 게 편할 것 같아서."

"⋯⋯."

친구는 말이 없었다. 무슨 생각을 하고 있을까. 이 친구가 어떤 느낌을 갖고 있을지 조금은 알 것도 같았다. 나중에 아이를 낳게 되면 꼭 너에게 오겠다고 말한 친구들이 낙태를 할 경우가 생기거나 낙태를 해야만 하는 사람을 만나게 되면 이 친구부터 찾았겠지. 굳이 말하지 않아도 알 수 있었다. 은수도 여성 시민 단체를 많이 알게 되면서 연락없던 친구들이 그런 경우가 있으면 은수에게 연락을 해왔다. 나중엔 운동을 했던 그 경험이 다른 사람을 뒤치다꺼리하는 경력쯤으로 생각되고 있는 게 아닐까 몇 번이나 화가 치민 적이 있었다. 동거하는 은수를 성 개방을 넘어 난잡한 여자로 은근히 몰고 가던 친구가 정작 자신이 임신된 것 같으니까 그녀에게 털어놓고 대책을 논의했다. 물론 그 친구는 임신이 아니었지만 그 친구가 쓸 임신 테스트기를 사러 약국에 들어간 건 은수였다. 그 기억은 오랫동안 묘한 기분으로 남아 있었다.

바보같이 피임도 안 하고 그저 남자에게 자신의 몸을 내던지고 자신을 방치하는 여자들을 보며 얼마나 욕을 퍼부었는가. 그렇게 사는 게 만만하냐고, 누군가가 알아서 해줄 거라고 생각할 만큼 그렇게 네 자신도 관리 안 하냐고 은수는 분통을 터뜨렸고, 이제 더 이상 그런 뒤치다꺼리는 하지 않았다. 그 분노를 숙경이 느끼고 있는 게 아닐까 은수는 마음이 무거웠다. 남자 의사든 미혼모를 경멸하는 의사든 철딱서니없는 여자들이라고 훈계하는 의사든, 아니면 돈에 눈이 먼 낙태 전문 의사든 그 모든 경우의 수조차 그녀가 저지른 일에 대한 책임이고 감수해야 할 부분인데 그게 싫어 이 친구에게 짐을 씌우나 그런 생각이 들었다. 목이 메말라 갔다. 입 안에 고인 침이 칼처럼 목구멍을 훑고 지나갔다.

"근데 아직도 보호자 동의 없이는 수술할 수 없는 거니?"

친구가 고개를 끄덕였다. 예전에 어린 날, 남자의 동의 없이는 수술할 수 없는 여자의 낙태 조건을 들며 분노하고 또 분노한 적이 있었다. 권리 여부를 떠나 몸에 대한 주인 행세를 할 수 없음을 법적으로 규정한 나라. 그때 오갔던 그 말이 지금 밑바탕에 깔려 있었다.

"그렇지 뭐. 그리고 더 단속이 강화돼서 쉽지가 않아. 개인 병원에서 몰래 할 수는 있는데, 그렇게 되면 만약의 상황에 대비할 수 없으니까 위험할 수 있고."

결국은 낙태하려면 이런저런 일을 각오해야 한다는 뜻이다. 은수가 멀뚱한 얼굴로 고개를 끄덕이곤 다시 입을 열었다.

"몇 개월까지 가능한 거니? 얘기 듣기론 육 개월까지 가능하다던데."

친구가 잠시 골똘히 인상을 찌푸리더니 신중한 어조로 대답했다.

"개인차가 있긴 한데 최소한 오 개월 전엔 결정해야 돼. 육 개월이면 거의 출산이야. 그리고 임신에서 한 달은 사 주를 기준으로 하는 거니까 시간이 더 빨리 가."

〈그나마 다행인 건 두 달여의 시간이 주어진 건가.〉

은수가 입술을 비틀며 쓴웃음을 머금었다.

도준은 인슐린이 가득 들어 있는 종이 가방을 들고는 엘리베이터에 올랐다. 크게 걱정하지 않아도 된다는 의사의 말에 그가 한결 가벼워진 마음으로 엘리베이터 벽에 기대어 섰다. 병원 진료 시간이 끝나갈 쯤이라 주말에 먹을 약을 타러 온 사람이 많았다. 층마다 진료 분야가 달라 엘리베이터가 열릴 때마다 다양한 모습의 환자들이 안으로 들어왔다. 이렇게 아픈 사람이 많은 건가. 새삼 놀라워 그가 들어오는 환자들을 물끄러미 응시했다. 문득 은수가 떠올랐다. 하얗게 변해 있던 창백한 얼굴, 피곤한 듯 눈가에 그늘이 져 있던 얼굴이 그의 머리 속에 맴돌기 시작했다.

〈괜찮은 걸까. 아파 보이던데.〉

마음 같아선 붙잡고 어디 좋은 데 데려가 맛있는 걸 실컷 먹이고 잠을 재우고 싶었지만 그와 연인 관계를 맺을 생각이 없다는 그녀의 말이 그를 신중하게 만들었다. 쉽게 자신의 영역에 타인을 들여놓을 사람으로 보이지 않았고, 사람들과 넉살 좋게 말을 주고받는 서글서글한 눈매는 어딘가 메말라 있었다.

도준이 그녀에 대한 생각에 푹 잠겨 있을 때 엘리베이터 문이 오층에서 스르르 열렸다. 지하 주차장이 있는 층에 도착했나 싶어 고개를 든 그가 눈앞에 있는 은수를 보곤 그녀의 얼굴에 시선이 고정되었다. 사람들이 내리는 걸 기다렸다가 안으로 들어오던 은수도 그를 보곤 적잖이 당황하는 눈치였다. 도준이 무심결에 그녀가 있던 층을 확인했다. 엘리베이터 안에 각 층에 대한 안내가 되어 있었다.

〈산부인과?〉

멍하니 벽에 있는 글자를 쳐다보는데 은수의 차분한 목소리가 들려왔다.

"여기서 또 뵙네요. 어쩐 일이세요?"

그가 '산부인과'라는 글자가 주는 느낌을 미처 깊게 들여다보지 못하고 은수에게 고개를 돌렸다. 있는 듯 없는 듯 그를 대하던 그녀가 친근하게 묻는 게 왠지 마음에 걸린다.

"할아버지가 당뇨라서요. 은수 씨는 무슨 일로······."

살피는 듯한 깊은 눈빛에 은수가 가벼운 얼굴로 웃음을 입가에 그렸다.

"친구가 첫 아이를 출산했거든요. 보고 가는 길이에요."

그에 대해 거짓말을 하다 보니 이제 내공이 붙는 건가 싶어 천연덕스럽게 이야기하는 자신이 은수는 기가 막혔다. 지난 시간은 속만 문드러지게 하는 게 아니라 속을 감추는 것에도 지대한 공을 세웠나 보다. 그녀가 무표정한 얼굴로 엘리베이터 숫자가 내려가는 걸 쳐다보았다. 왜 아직도 도착하지 않을 걸까. 한두 마디의 대화가 오가며 자연스럽게 헤어질 수 있는 상황이 왔으면 좋겠다. 전화할 때나 누군가를 만날 때나 희뿌연 마지막 즈음을 정리하는 게 매번 힘이 든다. 지극히 자연스럽게 인사말이 나오지 않고 신경이 예민해진다. 특히나 뱃속에 있는 아이의 아빠를 대할 때면 말이다.

일층까지 내려가는 시간이 까마득한 영원처럼 느껴져 잔뜩 신경이 날카로워질 때쯤 엘리베이터 문이 그녀를 달래듯 문을 열었다. 사람들이 내리는 걸음에 따라 그녀도 문밖으로 나가려는데 말없이 정면을 바라보던 그가 은수의 팔을 붙잡았다. 거칠지도, 그렇다고 성급하지도 않은 조심스럽고 부드러운 손길이었다.

"나랑 식사 안 할래요?"

은수가 나갈 타이밍을 놓치고 눈을 끔벅였다. 사람들이 다 나가는가 싶더니 어느새 문이 닫혀 있었다. 그녀가 차분히 고개를 저었다.

"아뇨, 생각없어요."

음식, 생각만 해도 위가 요동 쳤다. 음식 자체에 대한 거부감보다는 한 번 비위가 상할 때마다 겪어야 했던 구역질이 머릿속에 선명하게 떠올라 몸이 먼저 거부 반응을 일으켰다. 동시에 몇 가지 일을 신경 쓰며 먹는 건 없으니 이미 몸은 쓰러지기 일보 직전이었다. 도저히 안 되겠다 싶어 스스로 집 근처 병원에 가서 링거를 맞았다. 그런 그녀에게 속 모르고 밥 먹자고 말하는 그가 밉살스러워 보였다.

도준이 소리없는 한숨을 들이 삼키며 그녀의 팔을 놔주었다. 도준이 무슨 생각을 하든 그녀로서는 신경 쓸 여력이 없었다. 그저 아래로 내려가는 엘리베이터에 어지러울 뿐이다. 어느 까마득한 낭떠러지에서 뛰어내려 블랙홀에서 빠져들어 갈 것 같은 그런 아찔함. 두 다리에 힘을 주고 서 있는 게 버거웠다. 그녀가 눈을 감고 어지러움을 참고 있는데 드디어 엘리베이터가 멈췄다. 은수가 천천히 눈을 떠 도준을 응시했다.

"그럼 가세요."

그녀가 도준이 내리는 걸 기다리며 버튼에 손을 가져갔다. 그러자 움직이지 않고 여전히 그 자세로 서 있던 그가 은수가 일층 버튼을 누르기도 전에 닫힘 버튼을 눌렀다. 순간 그녀의 얼굴이 짜증의 기운이 약하게 스쳐 지나갔다. 위층에서 누군가가 버튼을 눌렀는지 엘리베이터가 위로 올라가고 있었다. 도준이 빤히 쳐다보는 그녀의 눈동자를 마주 보며 부드러운 목소리로 말을 건넸다.

"친구는 될 수 있다면서요."

무표정한 얼굴에 아주 엷은 미소를 담고 있는 그의 얼굴을 그녀가 지그시 노려보더니 이내 한숨을 뱉어내며 툭 하니 말을 뱉었다.

"기한 지났어요. 이젠 그럴 생각 없어요."

그녀가 굳어 있는 그의 시선을 외면하고 문을 응시하는데 일층에서 엘리베이터가 멈추더니 문이 열렸다. 서너 명의 사람들이 문 앞에 서서 그들이 내리기를 기다리고 있자 은수가 휙 하니 밖으로 나가 버렸다. 그가 쫓아오기라도 할까 봐 큰 걸음으로 빠르게 걸어가는 그녀의 뒷모습을 보며 도준이 눈썹을 찡그렸다.

아주 이상한 느낌이 가슴속으로 파고들었다. 갑자기 차가울 정도로 쌀쌀맞은 태도가 의아스러웠다. 선을 그었지만 알게 모르게 그를 의식했고, 그와 사적인 관계를 맺었다고 해서 예의를 벗어난 행동을 하지 않던 그녀가 왜 갑자기 저렇게 냉랭하게 그를 대하는 걸까. 말투는 차분했지만 그 안에 묘한 분노가 섞여 있었다. 도준의 눈빛이 점점 예리하게 빛을 냈다. 그러나 짐작되는 게 없었다. 그저 보름 전쯤에 보았을 때보다 더 안 좋아진 그녀의 얼굴빛이 마음에 걸릴 뿐이었다. 볼 살이 홀쭉하게 들어가 있었다. 어느새 지하 주차장으로 걸어가고 있던 그가 차 문을 열려는 순간 움직임을 멈추었다.

〈혹시…….〉

다음날, 도준이 출근하자마자 명함 한 장을 손에 쥐고 만지작거리며 전화기를 응시하고만 있었다. 확신을 할 수 없는 상태에서 무작정 전화를 걸어 만나자고 하기도 애매했고, 설혹 사실이라 해도 그녀가 만날 시간 없다고 하면 그만이었다. 어떻게든 얼굴을 보고 확인을 해야 한다. 그가 손에 쥐고 있던 명함을 다시 명함집에 넣고는 어딘가로 전화를 걸었다.

[예, 법무행정과 이태식입니다.]

다른 곳에 있다가 전화를 받으러 온 건지 전화 받는 사람의 목소리가 약간 숨이 차 있었다.

"김도준입니다."

[예, 무슨 일이십니까?]

도준이 최대한 사무적인 목소리로 말을 꺼냈다.

"그 만화책자 일 끝났습니까?"

[아니요. 반 정도 진행됐는데, 무슨 일 때문에 그러십니까?]

"아…… 정 작가 오게 되면 얼굴 한번 보려고요."

담당자는 도준과 은수가 다른 일로 일면식이 있는 관계라고 생각했는지 자연스러운 목소리로 대답했다.

[예. 그렇잖아도 오늘 열한 시쯤 들어오기로 했습니다. 도착하면 연락드릴까요?]

"아닙니다. 이쪽에서 상황 봐서 가도록 하죠."

과대 해석일 수 있다. 전화 수화기를 내려놓는 도준의 얼굴이 혼란으로 미간이 좁아졌다. 그가 수화기를 놓고도 한참 동안 허공을 응시하고 있다가 책상 위에 있는 서류를 정리했다. 통상국 전체 회의가 있는 날이었다. 머리 속에 들어차 있던 그녀에 대한 생각을 한쪽에 담아두곤 그가 회의실로 향했다. 9월에 있을 WTO 무역협상 때문에 벌써부터 재계와 농림계가 치열하게 대립하고 있었다. 새해가 시작되자 언론과 각 시민단체들이 이번 무역협상을 화두로 벌써부터 맞붙기 시작해 조용히 협상을 준비하고 있던 각 부처에 긴장이 감돌았다. 그가 각 분야별로 정리된 관세와 협상의 타결 유무에 따라 예상되는 추이를 정리한 보고서를 들고 바쁘게 걸음을 옮겼다.

회의가 끝난 건 열한 시가 훨씬 넘은 시간이었다. 도준이 회의에 집중하면서도 한편으론 시계를 확인했다. 점심 시간이 되자 사람들이 약속이나 한 듯 길고 긴 회의를 마무리했다. 그도 기다렸다는 듯 급하게 자료를 정리하고 회의실을 빠져나왔다. 그러나 그가 법무행정과에 도착했을 땐 그녀의 모습이 보이지 않았다. 중간 보고로 콘티와 일부 완성된 원고를 보고 있던 담당자가 문득 고개를 들어 그를 확인하더니 그에게 다가왔다.
"돌아갔습니까?"
도준이 회의 탁자 주위를 두리번거리며 말을 건네자 담당자가 고개를 끄덕였다.
"예, 지금 금방 갔는데요. 급한 일이세요?"
"아, 아닙니다. 제가 따로 연락하죠."
도준이 툭 하니 대답을 하곤 부서를 나왔다. 나름대로 급하게 달려왔는지 자신도 모르게 깊은 숨이 흘러나왔다. 그가 천천히 복도를 걸으며 괜스레 자조 어린 웃음이 나와 입술을 비틀었다.
〈뭐 하는 짓인가. 그냥 만나서 확인하면 될 일을.〉
여자의 뒤꽁무니를 쫓아 허둥지둥 회의실을 뛰어나오던 자신이 기가 막혀 쓴웃음이 터져 나왔다. 그러나 도준이 힘 빠진 듯 한숨을 내쉬며 자신의 부서로 가려는 순간 어딘가에서 이상한 소리가 들려왔다. 고개를 비스듬히 돌려 소리가 나는 쪽을 바라보니 여자 화장실이었다. 신경 쓰지 않으면 무심히 지나칠 수 있는 미약한 구역질 소리였다. 그가 무언가에 이끌린 듯 소리가 들려오는 화장실 쪽으로 걸어갔다. 안쪽에 있는 거울에 은수의 모습이 어릿하게 비추어졌다.
〈임신이다.〉
그냥 느낌으로 알 수 있었다. 단순히 속이 안 좋다고 하기엔 그녀의 몸 상태가 부정할 수 없는 증거를 보여주고 있었다. 그의 눈이 단단하게 굳어지더니 짧은 순간 번뜩이듯 날카롭게 빛 났다. 평온하고 인자하기만 했던 눈빛은 놀라움과 흥분으로 일 렁이고 있었다.

〈그녀가 내 아이를 가졌어.〉

도준이 미동없이 화장실 앞에 서 있는데 잠시 후 은수가 핏기 없는 얼굴로 비척거리며 나왔다. 그를 보고 당황할 기운도 없는 지, 그의 얼굴을 스윽 무심히 한번 응시하고는 귀찮다는 듯 가 방을 들고 터덜터덜 어딘가로 걸어갔다. 도준이 그녀의 뒤를 따 라 걸어가다가 짧은 순간 휘청이는 그녀의 몸을 뒤에서 잡았지 만 그녀가 손을 내저으며 그를 밀어냈다. 그리곤 비상구가 있는 쪽으로 걸어가는 방향을 돌렸다. 그가 소리없는 한숨을 삼키며 그녀의 뒤를 조용히 따라갔다. 그녀는 기운이 없어 보였다. 눈 을 감은 채 벽에 기대어 미약한 호흡을 내쉬고 있을 뿐이었다.

"임신한 거 맞나요?"

그의 물음에 눈을 감고 있던 은수가 급하게 작은 숨을 들이키 며 미약하게 인상을 찌푸렸지만 여전히 눈을 감은 채 대답하지 않았다. 그러나 도준에겐 그게 대답이 되었다. 침묵이 주는 의 미를. 그가 위태위태하게 서 있는 은수에게 다가가며 말했다. 당장이라도 손을 뻗어 기대게 해주고 싶었지만 조용한 그녀의 태도가 쉽게 접근할 수 없는 경계를 만들어 그를 조심스럽게 만 들었다. 그러나 대답을 들어야 했다. 그녀의 입에서 그의 존재 를 부정할 수 없다는 확인을 들어야만 했다.

"내 아이죠?"

무슨 생각을 하고 있는 걸까? 잠시 찌푸리고 있던 그녀의 얼굴은 감정을 전혀 드러내지 않고 무표정으로 변해 있었다. 눈을 감고 무거운 침묵을 지키고 있던 그녀가 천천히 눈을 떠 그를 바라보았다. 무채색의 메마른 두 눈동자가 그를 마주 본다. 눈동자 속에 들어 있는 먹먹함, 허허로운 빈 공간을 그는 보고야 말았다. 혼자 가득히 품 안에 안고만 있는 무언가를 밖으로 끄집어냈을 때의 시원함, 대답하는 그녀의 목소리가 가벼웠다.

"맞아요."

툭 하니 그에게 쉽게도 사실을 확인해 주곤 그녀가 몸을 일으켜 비상구를 나가려고 움직였다. 도준은 자신도 모르게 그녀의 손을 잡아 쉽게 놓지 못하도록 손가락을 얽어 힘을 주었다. 긍정도, 부정도 아닌 그런 얼굴로 그녀가 자신의 손을 잡은 그의 손을 무심한 눈길로 내려다본다. 도준이 그 시선을 붙잡으려는 듯 주위를 두리번거리는 그녀에게서 시선을 떼지 않고 바라보았다.

"얘기 좀 합시다."

"며칠 있다가 해요. 지금은 당신이랑 여유있게 앉아서 이야기할 시간이 없어요. 이거 다 마무리되면 제가 연락할게요."

그녀의 목소리에 피곤한 듯한 한숨이 섞여 있었다. 도준이 창백한 그녀의 안색을 살피듯 잠시 말없이 바라보더니 이내 꽉 다문 입술에 힘을 주었다. 다른 일을 처리하고 나서 이야기하자는 그녀의 말속에서 정리된 듯한 가벼움의 느낌이 접해져 와 그가 유심히 그녀의 눈빛을 응시했다. 그녀의 눈빛은 혼란보다는 가라앉은 평온함이 더 짙게 감돌고 있었다. 도준이 잡은 손을 은수가 거리를 두려는 듯 풀어냈다.

"마음을 정리했군요?"

"그래요, 정리했어요."

"그럼 며칠 후에 할 이야기는 통보가 되겠군요?"

다그치듯 말하는 그의 태도에 그녀가 조금은 사납게 대꾸했다.

"당신이 알 필요도 없었어요. 지울 생각이니까요."

순간적으로 거칠게 뱉어버린 말을 후회하듯 그녀가 얼른 입을 다물었다. 그러나 이미 그녀가 뱉어버린 말을 들어버린 도준은 말 그대로 딱딱한 얼굴이 되어 그녀를 노려보았다. 그리곤 깊은 숨을 들이키곤 천천히 내쉬며 부드럽게 말했다.

"일단은 나랑 이야기하고 결정합시다."

"달라질 거 없어요. 당신이……."

시니컬하게 되받아치고 있던 그녀가 복도에 있는 엘리베이터에서 사람들이 나오자 말을 멈추었다. 그중 한 명이 다가와 그에게 인사를 건네며 말을 걸자 그녀가 고개 숙여 가볍게 목례를 하곤 엘리베이터 쪽으로 걸어갔다.

도준이 부하 직원이 하는 말을 대충 전해 들으며 그에게서 벗어나는 은수를 조용히 지켜보았다. 지금은 쉽게 보내주지만 결코 그녀 마음대로 하게 내버려 둘 생각은 없었다. 그는 지금 이 사실을 알았는데 혼자서 아이를 지우겠다고 결정해 버리다니. 설혹 아이를 지운다고 해도 그건 그녀 혼자만의 몫이 아니었다. 그녀가 하룻밤의 단순한 관계였다고 해서 그도 그 시간을 그런 식으로 치부할 생각은 전혀 없다.

곧장 회사로 들어간 은수는 디자이너와 수정을 하고 필름 출력이 나오길 기다려야 했다. 마지막 교정을 끝낸 은수가 잔뜩 얼굴을 구기며 불안스레 책상 주위를 두리번거렸다. 자신도 모르게 담배를 찾고 있었다. 문득 정신을 차리고 그녀가 짜증이 가득한 얼굴로 정수기가 있는 곳으로 걸어가 물 한 잔을 벌컥벌컥 들이마셨다. 사실 지울까 말까, 확실하게 결정한 게 아니었기에 일단은 담배를 안 피우고 있는 참이었다.
"저기, 나 몸이 너무 안 좋아서 그런데, 필름 나오면 영선 씨 혼자 좀 봐줄 수 있을까?"
필름 작업까지 그녀가 챙겨야 하는 일인지라 꼼짝없이 여섯 시간은 기다려야 할 판이었다. 그러나 몸은 피곤을 넘어 휘청거릴 정도로 안 좋았다. 잡지 일과 외교부 일을 마무리 지으려고 요즘 야근을 계속하다 보니 체력이 바닥나 있었다. 그녀의 얼굴빛이 보기에도 너무 안 좋았는지 디자이너가 알았다는 듯 고개를 끄덕였다.
"예, 그럴게요."

"혹시라도 무슨 일 있으면 연락 줘요. 알았죠?"

가끔 필름이 잘못 나오는 경우가 있었다. 두어 번 제본 방식이 다른 걸로 필름이 나오는 바람에 다시 찍은 경우가 있어 은수가 마음을 놓지 못하고 재차 확인을 했다.

"걱정 말고 얼른 들어가서 쉬어요. 금방이라도 쓰러질 것같이 보여요."

"미안해요, 영선 씨."

디자이너도 하룻밤을 꼬박 새서 얼굴빛이 노랗게 떠 있었다. 은수가 미안함에 어정쩡한 미소를 지으며 회사를 나왔다. 밖으로 나오니 해가 뉘엿뉘엿 빛을 잃어가고 있었다. 겨울이라 아직 여섯 시도 안 됐는데 벌써 밤이 찾아온 것이다. 그녀가 계단을 다 내려올 때쯤 핸드폰이 울렸다. 혹시나 거래처에서 수정사항이 더 나오는가 싶어 얼른 가방에서 핸드폰을 꺼냈다. 그러나 거래처 번호가 아니었다.

"예."

[도준입니다. 퇴근 언제쯤 합니까?]

그녀가 소리없이 깊은 한숨을 내쉬며 괜히 허공으로 시선을 가져갔다. 그러다 몇 미터 떨어진 곳에서 전화를 하고 있는 도준을 보곤 기가 막혀 입을 벌렸다.

〈뭐가 그리 급하다고 이렇게 빨리 달려왔을까. 오늘이라도 당장 가서 수술받을까 봐?〉

그녀가 핸드폰 폴더를 탁 덮고는 그가 있는 쪽으로 걸어갔다.

도준이 갑자기 전화가 끊기자 한쪽 눈썹을 치켜올리며 핸드폰을 노려보았다. 그러다 자신에게 다가오는 누군가의 걸음 소리를 듣곤 고개를 들었다. 은수가 화가 난 듯 꽉 다문 입술에 힘을 주더니 비아냥거리듯 말했다.
"보기보다 성격이 참 급하시네요."
그녀의 비아냥거림에 전혀 개의치 않고 그가 굳은 얼굴로 말했다.
"어디 가서 얘기 좀 합시다."
그의 태도에 은수의 얼굴에 짜증이 묻어났다.
"나 지금 하룻밤 꼬박 샜어요. 꼭 이렇게까지 몰아세워야겠어요?"
도준이 잠시 난감한 얼굴로 그녀를 응시하더니 고개를 끄덕였다.
"알았어요. 오늘은 집에 바래다주고 갈게요."
"괜찮아요, 택시 타고 가면 돼요."
남아 있는 기운을 쥐어짜 간신히 대답한 그녀가 그를 지나치려고 걸음을 옮겼다. 그러나 그 순간 앞이 보이지 않았다. 눈앞이 뱅글뱅글 돌더니 까만 어둠이 눈앞에 존재할 뿐이었다. 그녀가 그 자리에 바위처럼 멈춰 선 채 멍하니 서 있자, 도준이 놀란 듯 그녀의 어깨를 잡아 천천히 자신에게 끌어당겨 기대게 했다.
그녀가 정신을 차리고 외부 세상을 식별했을 땐 차 안으로 옮겨져 어딘가로 향하고 있었다.

"어디로 가는 거예요?"

잠든 사람처럼 한동안 의식을 깨지 못하고 있던 그녀가 칼칼한 입 안으로 축이며 중얼거렸다. 도준이 힐끔 그녀를 살피더니 다시 정면을 쳐다보며 운전에 집중했다.

"병원이요."

그의 단순함이 그녀를 웃게 만들었다. 병원에 가면 다 해결될 줄 아나. 그래 봐야 별 효과도 없는, 아니, 오히려 더 사람 진 빼는 링거나 맞을 텐데. 은수가 소용없는 짓 말라는 듯 심드렁하니 대꾸했다.

"난 그저 잠을 푹 자고 싶을 뿐이에요. 그냥 집으로 갈래요. 전철역 있는 데서 세워줘요."

"불안해서 혼자 못 보내겠어요. 그러니 선택해요. 병원인지 호텔인지."

은수가 입술을 부루퉁하니 내밀고 미간을 찌푸리더니 서서히 눈을 감았다. 잠의 손길을 더 이상 떨쳐 낼 수가 없었던 것이다. 결국 무슨 소리인지 알 수 없는 말을 중얼거리며 그녀가 잠들어 버렸다.

그녀가 다시 깨어났을 땐 어느 호텔 앞이었다. 눈을 떠 호텔의 화려한 외경을 물끄러미 바라보던 그녀가 지친 듯 한숨을 쉬었다. 차는 주차장으로 천천히 미끄러져 들어가더니 도준이 부드럽게 차를 주차시켰다. 그녀의 몸을 감싸고 있는 양복 상의를 그가 챙기려 하자 좌석에 몸을 묻은 채 가만히 정면에 있는 유리창을 응시하던 그녀가 입을 열었다.

"당신이 불안하다고 내가 그것에 장단맞춰 줘야 하는 건가요?"

쿵짝 쿵짝, 장단 맞추며 감정적으로 얽히는 거 지긋지긋하다. 그의 불안함을 풀어주기 위해 그녀가 그의 행동에 순순히 따라 줘야 하는 건가? 그게 폭력적이든, 아니면 호의적인 배려이든 반갑지 않았다. 누가 그에게 호의를 베풀 권리를 주었는가? 그리고 호의는 상대가 원할 때 호의인 것이다. 그것이 아니라면 상대의 의존적인 마음을 자극해 자신의 존재를 확인하는 것밖에 안 된다.

에두르지 않고 직접적으로 지적해 버린 그녀의 말에 도준의 얼굴이 묘하게 굳어졌다. 그가 자신 마음대로 행동한 부분을 인정하면서도, 동시에 그의 존재를 전혀 받아들이려 하지 않는다는 생각에 불쾌했다. 어찌 됐든 뱃속에 있는 아이는 그의 아이다. 그와의 결과물이다. 연인으로서의 그의 존재를 인정하지 않겠다는 건 받아들인다 치더라도 이건 또 다른 문제다. 연인이 아니라고 해서 아이에 대한 부분까지 손놓고 볼 수는 없는 일 아닌가. 도준의 목소리가 딱딱하게 흘러나왔다.

"그냥 아무 생각 하지 말고 푹 자면 돼요. 다른 뜻 없으니까. 그 상태로 집에 들어가서 무슨 일 있을까 걱정이 되는데 그럼 그냥 두고 봐야 해요?"

슬쩍 사람 의도 왜곡하지 말라는 그의 말에 은수가 지그시 그를 노려보았다.

"이 뜻이든 저 뜻이든 내가 불편해서 싫다는데 굳이 호텔로 오는 건 뭐냐고요? 내가 불편하게 자든 말든 도준 씨 편하면 다 됐다 이거예요?"

도준이 거칠게 숨을 들이키며 분노가 느껴지려는 마음을 가라앉혔다. 그의 얼굴이 냉정하게 굳어지더니 담담하지만 서늘한 목소리로 말했다.

"알았어요, 은수 씨 집으로 가요. 대신 혼자 있겠다는 말은 하지 말아요. 오늘은 내 눈으로 은수 씨 밥 먹고 푹 잠드는 것 봐야겠으니까."

물러서지 않는 그의 태도에 은수가 피곤한 듯 한숨을 토해내며 고개를 돌렸다. 창밖으로 호텔을 드나드는 사람들이 눈에 들어왔다. 잠시 들렀다가 가버리면 그만인 공간. 그녀의 집에 그가 머물렀다 가는 걸 잠시 생각해 보던 그녀가 미간을 찌푸렸다. 누군가의 흔적을 그녀의 공간에 남겨놓을 생각은 추호도 없다. 이미 남겨진 흔적만으로 버거운데 추억 따위를 만들고 간다고? 다시는 자신의 공간에 타인이 깃들지 못하게 할 것이다. 숨 쉬며 생활하는 물건 하나하나에 깃든 추억의 사념은 지금 걸로도 차고 넘쳐 지긋지긋하다. 불 질러 버리고 싶은 그 공간에 그의 흔적까지? 그녀의 입술이 시니컬하게 비틀렸다.

〈그래, 호텔이라잖니. 비싼 데서 하룻밤 자는 건데 얼마나 좋겠어.〉

배려라는 걸 통해 비집고 들어오는 도준의 마음을 그녀가 싹 치워 버리곤 차 문을 열었다.

"잠 안 오고 불편하면 바로 갈 거예요."

도준이 차 문을 열고 호텔 문으로 걸어가는 은수의 뒷모습을 말없이 노려보았다. 그가 입술을 꾹 다물고 그녀에게로 다가갔다. 그리곤 은수의 손에 들려 있는 무거운 가방을 들어주려고 손을 가져가자 은수가 고개를 저었다.

"됐어요."

왜 상처받은 눈빛이지? 도준이 묘하게 가라앉아 있는 그녀의 얼굴을 응시하고는 그녀를 라운지에 세워두고 프런트로 걸어갔다. 그녀가 그의 뒷모습을 보며 가방을 쥐고 있는 손에 힘을 주었다.

다시는 누군가가 가방을 들어주는 것에 익숙해지지 않을 것이다. 그와 살면서 함께 있을 땐 무언가를 들어본 적이 없었다. 너무 무거우면 같이 들면 모를까, 대부분의 시간을 빈손으로 다녔다. 작은 가방조차 들어주는 그가 무작정 좋아 그런 상태를 내버려 두었다가 홀로 되었을 때 다시 들어야 했던 그 수많은 짐들을 감당할 수가 없었다. 사랑이 깨어진 것보다, 그가 그녀에게 고통을 주고 떠났다는 것보다 더 힘들었던 건 자신이 들어야 하는 짐을 정말 자기가 다 들어야 했을 때 느꼈던 버거움. 다시 그런 의존적인 상태가 되도록 타인의 배려라는 길들임에 자신을 방치하지 않을 것이다. 그나마 끝까지 가방을 들어주겠다고 그가 고집을 부리지 않아 다행이었다. 속에 있는 마음 드러내며 가방 하나 갖다 말 주고받기엔 너무 피곤했다.

객실은 따뜻했다. 호텔 난방 구조까진 알 수 없지만 가습기까지 틀어져 부드러운 따스함이 객실 안으로 들어선 두 사람을 감쌌다. 생각보다 아늑했고, 분위기는 고즈넉했다. 육체 관계를 나누었던 사람이라 그런가, 아니면 그날 그의 행동을 보고 알게 모르게 믿는 부분이 있는 걸까. 한공간에서 숨 쉬고 있는 그의 존재가 그렇게까지 불편하지 않았다.

"미안하지만 난 정말 자야겠어요."

중얼거리듯 한마디를 뱉어낸 그녀가 터벅터벅 침대가 있는 곳으로 걸어가 한쪽에 가방을 내려놓고 코트를 벗었다.

"자요. 신경 쓰지 말고 제발 푹 자요."

정말 소원 좀 들어달라는 듯 그가 냉장고 문을 열다 말고 거칠게 말을 뱉어냈다. 베개를 가져와 머리를 뉘이던 은수가 그의 말에 바람 빠진 풍선처럼 웃음을 터뜨렸다. 굳어 있던 분위기가 부드럽게 풀려 버렸다. 홀로 이 모든 상황을 감당해야 한다는 생각에 잔뜩 곤두서 있던 그녀가 같이 그 무게를 감당하겠다는 그의 행동에 조금은 마음이 시원했다. 설혹 지우니 마니 이 사람과 싸우게 되더라도 어쨌든 지금은 혼자가 아니다. 아무에게도 말하지 못하고 그저 아무 일 없다는 듯 일을 해야만 했던 그녀로서는 옆에 있는 그가 숨구멍처럼 느껴졌다. 베개에 머리를 기대고 비스듬히 누운 그녀가 어느새 눈을 감고 잠 속으로 빠져

들어 갔다.

도준이 냉장고에서 꺼낸 생수를 들이키곤 그녀가 있는 침대 가로 다가왔다. 맥없이 잠들어 있는 그녀의 얼굴을 한동안 지그시 쳐다보다가 옆에 있는 이불을 덮어주었다. 아이를 지우겠다는 그녀의 말에 순간적으로 화도 났지만, 혼자 이 상황을 감당한 그녀에게 미안하기도 했다. 아이를 가졌다는 걸 알고 얼마나 당황했을까. 자신도 그토록 당황스러웠는데. 상념이 가득 어린 얼굴로 그가 은수의 잠든 얼굴을 말없이 응시하다가 이내 탁자가 있는 곳으로 걸어갔다. 하루 종일 그녀에게 신경을 쏟느라 일에 집중할 수가 없었다. 마무리하고 나왔어야 할 자료들이 마음에 걸렸다. 그가 일정을 정리하고 석간 신문을 읽기 시작했다.

두어 시간 후 커피 한 잔을 마시려고 달각이자 잠들어 있던 은수가 미약한 짜증을 부리며 반대쪽으로 몸을 돌렸다. 커피를 따르려던 그의 움직임이 잠깐 허공에서 멈췄다가 다시 움직였다.

〈몇 시지?〉

잠들어 있던 은수의 눈이 게슴츠레 떠지며 주위를 둘러보았다. 그러다 문득 그녀 옆에서 멀찍이 떨어진 채 잠들어 있는 그를 보곤 시선이 멈춰졌다. 잠결에라도 그녀가 자는 걸 방해할까 그는 정자세로 누워 팔짱을 끼고 잠들어 있었다. 어스름한 객실 불빛에 곤히 잠들어 있는 그의 얼굴을 비추어 어두운 음영을 드리우고 있었다. 자신의 감정에 취해 그저 온기를 가진 한 사람, 그 이상의 의미가 아니었던 도준이 개별적 존재로 느껴지는 순간이었다. 반듯한 콧날과 정적인 선율처럼 다물어져 있는 입술, 음영이 드리워져 세월이 느껴지는 어두운 이마. 은수가 미동없이 가만히 누워 눈앞에서 자고 있는 도준의 얼굴을 찬찬히 뜯어보았다.

〈이 사람의 아이를 가졌구나.〉

그저 자신의 고통을 자극하며 들어온 낯선 개체로서의 아이가 아니라 문득 누군가와의 연결 끈으로 뱃속에 있는 아이가 인식되는 느낌이었다. 그녀가 천천히 손을 움직여 자신의 아랫배를 감쌌다. 이불 안에 가득 모여 있던 온기가 차가운 손을 타고 전해져 온다. 생명의 뜨거운 피가 감돌고 있는 육체, 존재를 느낄 수 없는 아이의 온기가 안개처럼 희뿌옇게 다가왔다.

〈낳을까? 이 사람과 좋은 친구로 지내며 이 아이를 낳아 가족을 만들까?〉

가족을 버리지 못해 겪어야 했던 수많은 감정적 상처들, 치유될 수 없는 상흔. 자신만의 가족을 만들겠다고 치열하게 지키려 했던 그도 떠나 버린 지금 이제 가족은 없었다. 오로지 혼자. 명절이 되어도, 설혹 위험한 일을 당해도 연락하고 싶지 않은 가족. 이 아이를 낳으면 그녀에게 유일한 가족이 생긴다. 온기 어린 생각에 빠져들던 그녀가 어느 순간 허허로운 웃음을 흘렸다.

〈아직도 그렇게 기댈 곳을 찾니?〉

사람에 기대어 삶을 지탱하고, 희망에 기대어 불안전한 자신을 잊고 싶어하는 건 이제 그만 할 때가 되었다. 무언가에 기대어 다시 도박을 벌이는 건 그것으로 족하다. 이 사람과 행복을 꿈꾸고, 아이를 낳아 잘 기르겠다는 치기 어린 의지력을 시험하기엔 삶이 그리 녹록하지 않다는 걸 이제 잘 알고 있다. 뜻대로 세상일이 돌아가지 않는다. 입에 칼을 물고 난리 굿판을 벌여도 안 되는 건 안 되더라. 온기를 찾아 남은 생을 다시 걸고 무언가를 감수하겠다고?

〈온기를 구걸하지 마, 은수야. 타인의 온기에 의존하는 건 이제 그만 해.〉

그녀가 자신에게 되뇌듯 혼잣말을 하곤 고개를 돌려 옆에 있는 시계를 쳐다보았다. 아직 새벽이었다. 도착하자마자 죽은 듯이 잠들었으니 대략 열 시간 정도를 잔 것이다. 한결 몸이 가뿐했다. 메슥거리던 속도 많이 가라앉았다.

그녀가 조심스레 침대에서 일어나 욕실로 들어갔다. 회사에서 밤샘을 하느라 이래저래 몰골이 말이 아니었다. 가려운 머리를 긁적이며 그녀가 욕조 안에 물을 틀었다. 욕조 안에 물이 채워지는 동안 머리를 감고 세수를 하고 이를 닦았다. 욕실은 어느새 뜨거운 김으로 가득 차 거울에 희뿌연 김이 서리기 시작했다. 얼마쯤 지났을까? 물속에 푹하니 몸을 담그고 가라앉아 있던 그녀가 얼굴에 홍조가 떠오르고 작은 땀방울이 콧방울에 맺히자 욕조에서 나왔다. 그녀가 수건으로 물기를 닦아내며 벗은 옷을 입을까 하다가 옆에 걸려 있는 목욕 가운을 쳐다보곤 아쉽다는 듯 한숨을 뱉어냈다.

결국 옷을 걸치고 욕실을 나온 은수가 지난밤 그가 마신 커피 잔을 보고는 커피 메이커가 있는 곳으로 다가갔다. 담배를 못 피우니 미칠 것 같았다. 아침에 일어나면 밥은 안 먹어도 담배를 꼭 피워야 정신이 깨어났는데, 그걸 못하니 하루하루가 거의 멍한 곰처럼 찌뿌드드했다.

조용히 한다고 했는데 달그락거리는 소리가 들렸나 보다. 조심히 커피 잔을 들고 탁자 쪽으로 걸어가려는데 자고 있던 도준이 깨어났다. 그는 옆에 그녀가 있나 확인해 보곤 주위를 살펴본다. 은수가 미안함에 멀뚱한 얼굴로 서 있는데 그가 침대에서 일어나 앉아 그녀를 응시했다.

"미안해요, 잠 깨워서······."

그녀가 속삭이듯 읊조렸다. 개의치 말라는 뜻으로 도준이 싱긋 웃으며 고개를 가로젓더니 머리카락을 손으로 대충 쓸어 넘기며 그녀에게 다가왔다. 그러더니 아직도 잠이 덜 깬 눈으로 그녀가 들고 있는 커피를 물끄러미 응시했다. 그의 눈가에 눈곱이 껴 있었다.

"커피··· 몸에 안 좋은데······."

꿀단지 들킨 서당 선생처럼 은수의 얼굴이 꿀 먹은 벙어리였다. 그녀가 눈을 껌벅이며 그를 응시하자 도준이 급하게 말을 잇는다.

"잠시만 기다려요."

그가 냉장고로 다가가 주스를 꺼내곤, 어제 주문해 놓은 쿠키를 접시에 담아 그녀에게 내밀었다.

"이거 먹어요."

한 손엔 주스를, 다른 한 손엔 쿠키를 들고 있는 그를 은수가 경계하듯 쳐다보았다.

"나 아이 지울 거예요."

그가 입술을 꾹 다물고 그녀를 응시하더니 고개를 끄덕이며 말했다.

"알았어요. 알았으니까 일단 이거 먹고 얘기합시다."

그녀가 기가 막힌 듯 웃었다. 너무 기가 막혀서 자꾸만 헛바람 섞인 웃음이 새어 나왔다.

〈일단? 그놈의 일단 따라했다가 애가 다 커서 나오겠네.〉

체념 어린 얼굴로 은수가 탁자에 앉으니 그가 접시와 주스를 내려놓곤 그녀 앞으로 밀었다. 그녀가 뚱한 얼굴로 주스를 한 모금 마시더니 쿠키 하나를 집어 들어 입 안에 넣고 오독오독 깨물어 먹었다. 아침이면 입덧이 더 심해지는지라 거의 아무것도 못 먹었었다. 점심이나 저녁나절에 그나마 음식을 먹을 수 있었다. 물론 조금이라도 비위가 상하면 다 토해내 버렸지만.

불안스레 쿠키를 먹고 있던 그녀가 잠시 눈동자를 이리저리 굴리더니 입 안에 있는 쿠키를 쑥 목 안으로 넘기며 놀라운 듯 말했다.

"어, 괜찮네요. 이런 걸 어떻게 알았어요?"

도준이 눈곱 낀 눈을 끔벅이며 난처한 얼굴로 머리를 긁적이더니 이내 부드러운 미소를 입가에 그리며 말했다.

"예전에 아내가 입덧했을 때 이거 먹으면 괜찮더라고요. 입덧 심한 사람들은 아침에 과자를 먹으라고 그러던데요."

괜한 소리를 한 건가 싶어 도준이 무표정한 얼굴로 앉아 있는데 그녀가 고개를 끄덕이며 감탄 어린 목소리를 냈다.

"와아~ 이 방법이 있었군요. 아침마다 고생했는데. 그분도 입덧이 심했나 보죠?"

도준의 눈빛이 애잔한 듯 묘했다.

"예, 심했어요. 입덧 때문에 사람 잡는 줄 알았죠."

"그랬군요."

죽은 아내가 심하게 입덧해 고생했던 걸 아직도 가슴 아파하는 그가 예뻐 보였다. 그녀가 입 안에 쿠키를 넣고 맛있게 먹는 걸로 기분 좋은 마음을 표시하자 도준이 쑥스러워하면서도 흐뭇한 웃음을 지었다.

✱

어느새 설이 다가왔다. 겨울은 깊어져 추위를 넘어 냉랭했고, 사람들은 구정을 기다리며 조금은 들떠 있었다. 겨울이 오면 춥겠다 싶어 두려워하면서도 정작 겨울이 깊어지면 그럭저럭 살 만한 게 겨울이다. 오히려 냉기 가득한 거리를 걷다 문득 먹게 되는 오뎅 국물의 따스함이 뇌리에 남고, 이불 속에 들어가면 자리 잡고 있는 아늑한 뜨거움이 사람을 행복케 한다. 그런 겨울의 한가운데였다.

"다음 잡지 일 돌아올 때까지 일 안 맡았으면 해서요."

"왜? 무슨 일 있어?"

잠시 이야기하자는 은수의 표정이 진지하게 굳어 있자 실장이 조심스레 반문한다. 은수는 어떻게 이야기를 해야 하나 싶어 침묵을 지킨 채 미간을 좁혔다.

그녀가 일 년을 하기로 계약한 법제처 일은 작은 만화책자인지라 한 달에 보름 정도는 시간이 비워졌다. 그 시간 동안 회사에서 다른 일이 생기면 계속 은수가 결합해 왔기에 프리랜서이면서도 회사 일에서 자유로울 수가 없었다. 정규직으로 근무했던 경력이 있어 회사 내부사정이나 돌아가는 시스템을 누구보다 잘 알고 있는 그녀였기에 실장은 내부에서 소화가 안 될 때마다 그녀에게 일을 넘겼다. 그게 반복되다 보니 한 달에 대부분은 회사 일을 하고 있었다. 프리랜서로 굳이 고집을 부려 독립을 한 이유는 심란한 마음을 다독이기 위해 쉬려고 하는 것도 있었고, 개인적으로 작품을 하기 위한 것도 있었다. 그러나 일이란 건 그렇게 마음대로 조절이 되지 않고, 항상 그녀를 바쁘게 만들었다. 만화 원고를 만들어본 지가 언제던가. 무슨 일이 있어도 보름 정도는 쉬어야 한다. 그녀가 결심을 굳힌 듯 단호한 얼굴로 입을 열었다.

"자궁에 혹이 있대요. 그래서 수술받아야 돼요."

담담한 어조였지만 은수의 얼굴에 그늘이 드리워져 있었다. 마음이 편치 않았다. 하지만 어쩌겠는가. 낙태한다고 말하기도 애매했고, 왜 그렇게 됐는지 설명하기도 싫었다. 결국 낳는 걸로 결정이 되면 배가 불러올 때 이야기하면 될 일이다. 속이는 게 마음을 불편하게 해 그녀가 시선을 피하며 무표정한 얼굴로 괜스레 손에 쥔 펜을 만지작거리자 실장은 그녀가 민망해하는 건가 싶어 얼른 대답을 해주었다.

"알았어. 다른 생각 말고 수술이나 잘 받아. 근데 심각한 건 아니지?"

"예."

은수가 한결 가벼워진 마음으로 고개를 끄덕였다. 그녀가 다음 달 월급을 가불해 달라고 하자 실장이 설 보너스를 미리 주는 걸로 하자고 제안했다. 실장은 속이 깊은 사람이었다. 보이지 않게 직원들을 챙기는 사람이었다. 그걸 알기에 일정상 무리이다 싶은 일도 은수가 거절하지 않고 같이 받아 안았다. 또 은수의 그런 면을 알기에 실장도 프리랜서를 하게 해달라고 한 그녀의 억지를 받아들여 준 것이다.

인쇄되어 나온 책자를 확인하고 이런저런 자질구레한 마무리를 한 그녀가 퇴근 시간 즈음이 되자 책상을 정리했다.

"오랜만에 회식하자."

실장이 뜬금없이 사무실 전체에 들리도록 크게 소리쳤다. 가방을 챙기고 있던 은수가 엷은 미소를 지었다. 회식을 할 만한 분위기는 아니었던 것이다. 금요일도 아니고, 그렇다고 무슨 기념일도 아니었다.

"정말요?"

다른 직원이 의아한 듯 눈을 동그랗게 뜨자 실장이 웃는다.

"외교부 책도 나왔고, 고생했으니까 고기 좀 먹자 이거지. 대신 구정 회식은 없다."

구정 직전에는 각자 챙겨야 할 일이 많은지라 사람들은 오히려 더 좋아했다. 아마도 실장은 은수에게 저녁을 먹이고 싶은 것이리라. 굳이 겉으로는 얼마나 아픈지, 어떤 수술인지 말하진 않고 드러나지 않게 그녀를 살폈다. 모두들 부리나케 컴퓨터를 끄고, 가방을 챙겼다.

삼십여 분 후 두 대의 차에 나눠 탄 사람들이 강남에 있는 어느 간장게장집에 내렸다. 은수가 사람들을 따라 내리면서 가게 간판을 뚫어지게 응시했다. 벌써부터 침이 고였다. 어느새 입덧은 가라앉았고 그동안의 못 먹었던 반동으로 음식에 대한 욕심이 생기고 있었다. 간판에 걸려 있는 우스꽝스럽게 생긴 게를 은수가 물끄러미 응시하다가 사람들 모르게 눈빛이 어두워졌다.

〈이젠 결정을 해야 돼.〉

입덧이 가라앉았다는 건 이제 더 이상 고민할 시간이 없다는 뜻이다. 임신은 사 개월이 다 되어 오 개월째로 접어들고 있었다. 물론 일 때문에 시간이 없었던 것도 있지만, 스스로 결정을 미룬 채 시간을 보내고 있었다. 더 이상 미룰 수 없다는 생각에 시간을 비웠다. 도저히 결정을 내릴 수 없고, 아니, 결정을 했는데도 행동으로 옮기지 못하고 있다면 빈 시간 동안 찬찬히 자신의 마음을 들여다볼 생각이었다. 결국엔 마음 가는 대로 행동하는 게 가장 현명한 일일 것이다. 설혹 파괴적인 길로 마음이 닿는다 해도 스스로 필요한 게 있으니 알면서도 그 길을 선택하는 게 아닐까 싶었다. 그에게 뒤통수 맞고 몇 개월을 쇼핑 중독 상태에 있었다. 돈이 남으면 자기도 모르게 물건을 사들였다. 원풀이하듯 옷을 사 입고, 비싼 음식을 사 먹었다. 자신의 중독적인 행동을 부끄럽게 여기지도, 경멸하지도 않았다. 근본적인 치유는 아니지만 그거라도 해야 숨통이 트였다.

그녀가 심난하니 계장을 쳐다보다가 이내 다른 사람들의 젓가락질을 따라 열심히 밥을 먹었다.

"이 아이…… 낳아줘요."

귓가에 도준의 낮은 목소리가 자꾸만 맴돌았다. 한 달 전 호텔에서 고집스럽게 그녀를 보살핀 그가 쿠키를 오독오독 씹고 있는 그녀에게 청혼을 했다. 그리고 은수는 거절했다. 사랑이냐 아니냐, 신뢰할 수 있느냐 아니냐, 그런 걸 다 떠나서 결혼이란 걸 할 생각이 없었고, 혹여 한다고 해도 지금은 아니다 싶었다. 누군가에게 온 마음을 바쳐 약속이란 걸 할 수가 없었다.

은수가 청혼을 거절하고 일주일 후에 그가 다시 찾아왔다. 그리고 별다른 말 없이 그저 담담하고 차분하게 아이를 낳아달라고 말했다. 그의 얼굴에 감도는 결연함이 가슴에 남아 은수는 차마 지우겠다는 말을 하지 못하고 생각해 보겠다는 말로 약속을 했다. 결정이 내려지면 그것이 어떤 결정이든 간에 그에게 말하겠다고, 그리고 보호자 동의서에 도준의 이름을 쓰고 수술할 땐 그와 같이 가겠다고 말이다. 무슨 생각을 하는지 조용히 그녀의 말을 듣고 있던 그가 말없이 고개를 끄덕이곤 그녀를 안았다. 말로 아닌 가슴으로, 자신의 마음을 전해주려는 듯 그녀를 품에 안고 따뜻하게 감쌌다. 그리곤 돌아갔다. 며칠에 한 번씩 안부 인사와 같은 전화가 왔고, 가끔은 한두 시간씩 밤늦게 전화를 하며 시시껄렁한 이야기를 주고받았다.

회식을 마치고 집에 돌아오니 이미 밤이 깊었다. 그녀가 화장을 지우고 세수를 했다. 그리곤 밀려 있던 빨래를 하고 걸레로 방 안 구석구석을 닦았다. 입덧 때문에 그동안 청소를 제대로 하지 않아 하얀 먼지 뭉치들이 걸레에 들러붙을 정도였다. 이마에 땀이 송골송골 맺힐 정도로 그녀가 걸레를 여러 개 바꿔가며 집 안 전체를 닦았다. 먼지와 때로 지저분했던 바닥이 걸레질에 말끔하게 선명해진다. 그녀는 걸레를 얇게 접어 모서리나 가구 아래쪽에 잘 안 보이는 곳까지 세심하게 닦아냈다. 검은 때가 걸레에 묻어났다. 기분이 좋았다. 걸레질을 하면 기분이 좋아진다. 바닥을 닦는 게 마치 마음을 닦는 것처럼 걸레질을 하다 보며 마음이 비워지고 맑아져 갔다. 청명한 기운을 뿜어내는 빨래를 거실에 널고, 걸레로 바닥을 닦고 나니 집 안 전체에 맑은 기운이 감돌았다. 그녀가 시원하다는 얼굴로 걸레를 모아 물에 대충 헹구어내고는 큰 양은 그릇에 넣고 삶았다. 보글보글 거품이 올라오며 걸레는 원래의 하얀색을 띠어갔다. 그녀가 집 안에 감도는 청결하고도 약간은 시큼한 세제의 향을 맡으며 방으로 걸어가 음반 하나를 틀었다. 집 안 가득 물 향기를 따라 피아노 곡이 흘렀다. 여러 소리로 화음을 이루는 복잡한 음이 아닌 여백을 주며 또롱또롱 맑은 음색으로 울리는 피아노 소리. 방 안 가득 물방울이 울리는 듯한 맑은 음이 흐르다가 시냇가의 흐름 같은 유려한 연주곡이 흐른다.

그녀가 가스레인지 불을 끄고, 그릇을 수건으로 잡고 싱크대에 옮겼다. 찬물을 트니 뜨거운 김이 피어올랐다. 어디선가 음악 소리와는 다른 음색이 귓가에 들려왔다. 수도꼭지를 돌리고 그녀가 의아한 얼굴로 방 안을 두리번거렸다. 핸드폰을 어디에 뒀지? 귀를 기울이니 가방 안에서 핸드폰이 자신만의 음으로 노래를 한다. 폴더를 열어 발신자 번호를 확인한 그녀의 얼굴에 엷은 미소가 그려졌다.

"예."

[자고 있는데 깨운 거예요?]

전화를 늦게 받으니 도준이 조금 미안한 듯 말했다. 은수가 부드러운 목소리로 얼른 대답했다.

"아니에요. 청소하고 있었어요."

[청소요?]

"예, 하도 안 했더니 먼지가 발에 밟혀서요. 걸으면 지압받는 느낌이었어요."

은수의 과장된 표현에 수화기 너머로 낮은 그의 웃음이 흘러나왔다.

[청소 안 힘들어요?]

하루 걸러 한 번씩은 꼭 전화를 하는 도준이 역시나 안부를 묻는다. 대놓고 그녀를 닦달하지 않고 그저 그 자리에서 묵묵히 기다려 주고 지켜봐 주는 느낌. 자신도 모르게 마음이 평온해지고 따스해진다.

"아뇨. 걸레질을 하니까 마음이 개운해졌어요. 제가 정리는 잘 안 하는 편인데 걸레질은 참 좋아하거든요."

[그래요? 그래서 우리 할머니도 걸레질을 그렇게 하시나? 무릎 안 좋아서 청소기 쓰시라고 해도 굳이 그렇게 고집을 부리시네요.]

"걸레로 방바닥 닦아내면 뭔가 시원하거든요. 할머니도 그 맛을 아시는 것 같은데요."

[그런가 봅니다. 근데 그러면서 생색을 내세요. 당신이 닦아서 깨끗하다고.]

"쿡쿡쿡……. 아마 도준 씨가 한다고 하면 짜증 내실걸요. 이 좋은 걸 뺏어가려 하다니."

[그래서 그런가, 저번에 차라리 내가 하겠다고 했더니 벌컥 성을 내시는 거 있죠. 남자가 걸레질하면 큰일 못한다고.]

"훗, 걸레질한다고 큰일 못할 분이면 걸레질도 잘 못할걸요."

보수성에 대한 은근한 비꼼에 도준이 잘도 받아쳤다.

[그러게요. 예전에 아내가 나 걸레질 못한다고 얼마나 구박을 하든지.]

말하는 도준의 얼굴이 은수의 머리 속으로 그려졌다. 뚱한 얼굴로 고개를 끄덕이며 장난스러운 웃음을 입가에 그리고 있을 것이다.

[다른 건 다 그 사람한테 같이 하자고 했어도 걸레질만큼은 꼭 챙겨서 했어요.]

무심결에 생각나서 이야기하다 은수의 눈빛이 생각나 가슴이 어릿하게 아파온다. 그녀의 얼굴이 그도 그려졌는지, 아니면 말끝에 숨어 있는 묘한 슬픔을 알아챘는지, 그의 목소리가 진중하다.

[그랬군요. 나한텐 양보해요. 나도 그 맛을 좀 봐야겠으니까.]

또 그 '일단 스타일' 나왔군. 흠, 닦달하진 않지만 은근히 심어놓는구나. 엉겹결에 '네'라고 대답할 뻔한 은수가 눈을 가늘게 뜨고 잠시 허공을 바라보고 있는데 도준이 얼른 화제를 돌렸다.

묵은 김치 173

[참, 내일 시간있어요?]

자꾸만 방심하고 풀어지려는 마음을 잡아채곤 그녀가 경계하듯 대답했다.

"왜요?"

그녀의 목소리에 서려 있는 경계심을 알아챘는지 그의 목소리도 조심스럽다.

[나랑 바람 쐬러 야외로 안 나갈래요? 춘천 쪽으로요.]

발 앞에 굴러온 즐거운 기회를 거부할 필요가 있을까? 입덧 치르느라, 일하느라 이래저래 지친 참이었다. 입덧이 가라앉으니 먹고 싶었고, 돌아다니고 싶었다. 그리고 시간을 갖고 진중하게 상의할 문제도 있었다. 만약 아이를 낳는다면 어떻게 관계를 설정할 건지. 서로의 상황을 자세히 알아야 한다. 만약 낳는다고 해도 은수는 아이를 자신의 호적에 올리고 도준과는 연인 같은 친구로 지내고 싶었다.

"좋죠. 근데 내일 출근하지 않아요?"

뜸을 들이며 바로 대답하지 않던 그녀가 가겠다고 말하자 도준이 얼른 상황을 설명했다.

[내일 세 시까지 근무하니까 퇴근하고 그 동네로 가서 전화할게요.]

"그래요, 그럼."

잠시 후 두 사람은 잘 자라는 인사를 하고 전화를 끊었다.

은수가 핸드폰을 물끄러미 내려다보았다. 결정을 미루고 마음을 들여다보기로 했는데 마음은 아이를 낳는 쪽으로 흐르고 있었다. 방금 전에 아이를 누구 호적에 올리나 하는 생각이 들자 자신의 마음이 그쪽으로 향하고 있다는 걸 깨달았다.

〈그래서 담배를 끊고, 몸에 좋다는 음식을 그렇게 찾아 먹은 걸까? 하지만 잘하는 짓일까? 마음이 향한다고 그쪽으로 가는 게 잘하는 짓일까? 지금은 마음이 흘러갔다가 아이를 낳고 나서야 후회가 되면 어쩌려고? 너 정말 한 아이를 책임질 수 있니? 그 아이를 낳아서 혼자 기를 수 있어? 만약 도준 씨와 헤어지거나 그 사람이 뒤통수치고 가버려도 그 아이를 혼자 잘 키우겠다는 각오가 되어 있는 거야?〉

밤은 깊었고, 그녀의 심란함도 깊었다. 낮이 되면 없어졌다가 밤이 되면 어김없이 창가에 드리워지는 그림자처럼 그녀의 마음속이 낮과 밤이었다.

'묵은 김치가 먹고 싶다.'

다음날, 은수가 깨어나자마자 머리 속에 떠올린 생각은 묵은 김치였다. 어젯밤 늦게까지 청소를 해서인지 도준과 전화를 끊고 곧바로 잠이 들었다. 오랜만에 깊은 잠을 잤다. 누군가의 숨결이, 손길이 공존하고 있는 것처럼 느껴지던 그녀의 공간이 어제 오랜만에 혼자만의 성처럼 느껴졌다. 기억이 불러일으키는 유령들이 어제는 나타나지 않았다. 그녀가 가뿐하게 침대에서 일어나 시원하게 기지개를 켰다. 새벽잠을 자고 나니 몸이 한결 개운했다. 힐끔 시계를 확인하니 아침 열 시가 막 지난 시간이었다. 시간을 알려주는 원목 시계가 문득 과거의 유령을 데려왔다. 그녀가 슬금슬금 찾아온 유령에게 인사를 하니 유령이 어색하게 머리를 긁적이며 사라졌다. 아마도 그 유령은 문득문득 찾아와 인사를 하겠지. 이젠 유령에게 인사할 수 있는 자신을 대견해하며 은수가 침대에서 일어나 욕실로 갔다. 세수를 하고 홍차의 색처럼 맑은 그런 커피를 타 오랜만의 여유로운 아침을 즐겼다.

커피를 마시는 은수의 얼굴이 생각에 빠진 듯 무언가에 골몰해 있었다. 묵은 김치가 먹고 싶었다. 땅속에서 묵고 묵어서 양념을 승화시킨 그런 칼칼하니 시원한 맛을 보고 싶었다. 요리하는 걸 좋아했지만 일하면서 혼자 음식을 해먹기란 쉽지 않았다. 처음엔 무너지지 않는다는 걸 증명하듯, 아니, 솔직히 말하면 그와 그리고 동생과 같이 살았던 습관이 남아 무심결에 삼 인분의 식사를 만들었지만 어느 순간 음식은 버려지고 남아돌아 해 먹는 것보다 사 먹는 게 더 효율적이라는 걸 깨달았다. 그러다 보니 반찬의 대부분을 사 먹게 되었고, 좋아하는 찌개나 국은 절실히 먹고 싶을 때나 끓여 먹게 됐다. 사 먹는 김치는 달짝지근했다. 처음 먹으면 입 안에 착착 감겨 맛있게 느껴졌지만 오래 먹다 보니 입 안이 시원하지 않았다. 아삭아삭하면서도 칼칼한 그런 묵은 신김치가 너무나 먹고 싶었다. 생각하는 것만으로도 입 안에 침이 감돌고 입맛이 돌았다.

〈엄마에게서 조금 가져올까?〉

커피를 홀짝이던 그녀가 미간을 찌푸리며 커피를 개수대에 넣었다.

엄마가 사는 집엔 마당이 있었다. 언니가 김장 때면 김치를 담가주었고, 오빠는 마당에 항아리를 파묻었다. 그녀도 그 집에서 살 때는 김장 때마다 옆에서 김치 담그는 걸 도왔다.

〈묵은 김치가 먹고 싶다.〉

은수가 물끄러미 자신의 아랫배를 쳐다보다가 가만히 손바닥을 갖다 대었다. 낳을지 안 낳을지 확실하게 결정 내리지 못했고, 어떻게 될지 자신도 모르겠다.

전화 벨소리가 끈질기게 울린다. 새벽에야 잠드는 그녀의 엄마는 아침엔 거의 꾸벅꾸벅 졸기 일쑤고 거동이 불편한 분이라 전화 받는 게 느렸다. 은수가 엄마의 느림을 덤덤하게 기다리자 이내 허씨의 목소리가 들려온다.

"주무셨수?"

[엉, 은수냐? 네가 이 이른 새벽부터 웬일이냐?]

이른 아침에 전화하면 어김없이 자고 있던 은수라 그녀의 전화에 허씨가 화들짝 놀라면서도 반가운 듯 큰 소리를 냈다. 은수가 먹먹한 귀에서 핸드폰을 약간 떼어내고는 퉁명스럽게 말했다.

"그냥 오랜만에 일찍 깼어."

[어엉, 오늘도 회사 나가냐?]

"아니. 근데 엄마, 집에 묵은 김치 좀 있수?"

[있지. 김장을 일찍 해서 그런지 김치가 팍 쉬어버렸다. 걱정이야. 저거 어떻게 처치하냐?]

"잘됐다. 나 좀 가지러 갈게."

집에 간다는 은수의 말에 그녀의 엄마가 얼씨구나 화답한다.

[다 갖다 먹어. 먹질 않아서 아주 골치였는데 잘됐다.]

"조금이면 돼. 그냥 갑자기 먹고 싶어서 그래."

[집 김치 생각나지? 사 먹는 거 그거 살로 안 간다.]

"으응, 그렇지 뭐."

집에서 갖다 먹는 건 살로 가는 줄 아나. 은수의 입술이 살짝 일그러진다. 잠시 대화가 끊기고 묘한 침묵이 감돈다. 그녀가 머뭇거리며 한숨을 내쉬더니 조심스레 말을 꺼냈다.

"근데 엄마 혼자 있어?"

은수의 질문이 뭘 뜻하는지 그녀의 엄마가 알아들었다는 듯 얼른 상황을 이야기해 준다.

[응, 아무도 없다. 오빠는 출근했고, 나 혼자야.]

"알았어."

그녀의 엄마는 버스로 십 분 거리에 살고 있었다. 집 근처에는 오지 않겠다며 경기도 근처에 살던 그녀가 강도를 한 번 당하고는 엄마 근처로 이사를 했다. 얼굴 한번, 집 한번 보고 오면 일주일은 우울해질 정도로 괴로움의 근원인 집이었지만 정작 가장 위급한 때에 손 벌릴 수 있는 데는 가족이라는 이름뿐이었다. 가장 위급할 때도 손 안 벌릴 수 있는 그런 상태가 되고 싶다, 그게 그녀의 깊은 바람이었다.

삼십여 분 후 집에 도착해 보니 그녀의 엄마는 역시나 이불 깔고 누워 자고 있다. 이젠 나이 든 할머니 태가 역력하다. 은수의 발소리를 들었는지 자고 있던 허씨가 부스스 머리를 매만지며 일어나 앉는다.

"너 묵은 김치 좋아했었냐? 예전에는 잘 안 먹었잖아."

갑자기 묵은 김치를 찾는 딸의 행동이 마음에 걸리는지 의아한 듯 묻는다. 그러나 별다른 걸 의심하는 눈빛이 아니라 바깥밥 먹는 게 안타까운 그런 눈빛이다.

"그냥, 계속 사 먹으니까 입맛이 점점 떨어지네."

가끔씩 언니가 찾아와 청소를 하지만 살림에 관심없는 엄마의 주방은 추레했다. 지저분하니 그릇들이 뒤엉켜 정신이 없었다. 평생 오입질하며 끝내는 딴살림 차린 아버지가 집을 완전히 나가 버린 후 엄마의 무기력증은 날로 더해갔다. 한때는 이 살림을 쓸고 닦고 한 적도 있었다. 그리고 한때는 불쌍한 엄마 살아 계실 때만이라도 보살펴야 하는 게 아닌가 고민한 적도 있었다. 그러나 그건 악순환의 고리를 벗어나지 못하는 감정적 발목, 그 이상도 그 이하도 아님을 알았기에 이젠 마음을 비웠다. 가슴 아픈 울음과 고뇌는 이제 잦아들어 저 어느 가슴 한구석에 도사리고 있을 뿐이다. 나중에 어머니가 돌아가시면 후회하게 될까? 그녀의 냉담함에 나중에 후회하지 말고 잘하라는 오빠의 훈계, 그녀는 그냥 나중에 후회하겠다며 냉소 어리게 받아쳤다.

묵은 김치

어머니의 한탄을 받아주는 것도, 그로 인한 자식에 대한 감정적 폭력도 하루 이틀이다.

잠시 어머니의 상태를 살피며 몇 마디 주고받던 은수가 주방을 살펴보니 이미 김치가 꺼내어져 있었다. 아마도 근래에 몇 포기를 꺼내 냉장고에 넣어두었던 모양이다.

"찾기 쉬우라고 꺼내놨다. 그거 가져가."

"응."

미로 같은 냉장고, 남겨진 반찬들과 뚜껑 없는 그릇들이 아무렇게나 마구 들어차 있는 냉장고였다. 은수가 자신의 집에서 가져온 큰 반찬 통을 꺼내 한 포기를 담는다. 그리곤 하나 더 담을까 고민한다. 방에서 멀뚱히 지켜보던 허씨가 혀를 찬다.

"그거 갖고 누구 코에 붙이니? 다 가져가. 그래 봐야 네 포기 정도 되는걸."

"괜히 가져가 봐야 넣을 데도 없는걸. 두 포기면 충분해."

그녀의 뒤에서 못마땅한 듯한 허씨의 중얼거림이 들리는 듯했다. 은수가 피식 웃음을 지으며 두 포기를 담고 뚜껑을 덮었다. 그리곤 남은 두 포기를 다시 냉장고에 넣었다. 네 포기에 담긴 엄마의 마음이 반갑지 않다. 네 포기의 김치만큼 감당해 줘야 하는 감정적 폭력이 무섭다. 그녀가 냉장고 안에 빈틈을 찾아 그릇을 구겨 넣고는 문을 닫았다. 김치를 담자마다 일어서는 게 마음에 걸려 괜히 방 안으로 들어가 앉았다.

"밥은 먹었냐?"

잠시 뜸들이던 그녀가 고개를 저었다.

"아니, 그냥 일어나자마자 왔어."

천연덕스런 딸의 대답에 허씨는 또 혀를 끌끌 찬다.

"이구, 그러다 골병들어. 끼니는 챙겨가며 살아야지. 그리 안 챙기고 살면 나중에 후회해."

"으응, 알지."

"언니가 어제 시래깃국 끓여놓고 갔어. 그거 먹을래?"

"그래?"

횡재다. 마땅히 먹을 게 없어 항상 시켜 먹고 가거나 그냥 나가서 시장에서 사 먹었는데 솜씨 좋은 언니의 국을 맛볼 수 있다니. 역시나 엄마는 언니가 끓여놓고 간 음식을 가스레인지 위에 그대로 놓아두었다. 그러나 한겨울 아닌가. 보일러를 틀어도 부엌엔 냉기가 흘러 괜찮을 것이다. 그녀가 따끈하게 데운 시래깃국을 큰 국그릇에 푸곤 밥을 말아 방으로 들어왔다. 어차피 아침은 간단하게 먹는 그녀였기에 그 한 그릇만으로도 충분했다.

"그거 갖고 돼? 상 차려줄까?"

"아니, 됐어. 이거면 돼."

호로록, 국물이 흥건한 밥을 입 안에 넣으니 옛날 된장 냄새가 구수하게 감돌았다. 맛있었다. 집에서 한 거라 끝 맛이 맑고 시원했다. 그녀의 엄마는 호로록 호로록 밥 넘기는 딸을 물끄러미 쳐다보며 일은 안 힘드냐 이것저것 묻고, 딸은 밥을 넘기며 대강대강 대답한다. 오랜만에 밥 한 그릇을 뚝딱 비워냈다. 된장 콩 몇 개만 그릇 바닥에 붙어 나 죽었소 하고 누워 있다. 은수가 주방 개수대에 그릇을 넣고는 잔뜩 쌓여 있는 설거지를 멀거니 바라본다. 할까 말까. 딸의 고민을 눈치 챘는지 허씨가 말린다.

"내비둬. 오랜만에 쉬는데 기운 빼지 마."

그녀가 작은 한숨을 토해내며 다시 방 안으로 들어간다. 언제부턴가 기운이 없었다. 예전엔 휘몰이하듯 설거지를 하고 갔지만, 어느 순간부터 하기가 싫다. 그녀가 주섬주섬 옷을 입고 가방을 챙긴다.

"벌써 가려고?"

조금은 아쉬움이 깃든 엄마의 목소리에 은수가 주춤주춤 앉는다.

"가야지. 이따 할 일도 있고."

아직 뱃속에서 음식이 다 넘어가질 않은 상태라 바로 움직이긴 모호했다. 조금만 쉬다 갈까 손에 쥔 숄을 그냥 집어 들고 앉아 있는데 현관문 열리는 소리가 들려왔다.

〈음, 오빠가 벌써 퇴근했나?〉

퇴근할 시간이 가깝긴 했지만, 일찍 들어오는 일은 흔치 않았다. 그녀가 누구인가 추측을 다 하기도 전에 방 안으로 삼촌이 어슬렁 들어온다.

"어, 동생 왔어?"

엄마가 당황한 목소리로 은수를 한번 보곤 삼촌에게 인사를 건넨다. 부인과 사별하고 엄마 근처에 방을 얻어 살고 있는 삼촌이었다. 은수의 얼굴이 무표정하게 굳는다. 삼촌은 은수를 보더니 입가에 웃음을 그리며 말을 건넨다.

"아이구, 은수 아니야? 오랜만이다."

"예, 안녕하세요."

무표정한 얼굴의 은수가 고개를 까닥하니 인사를 한다. 굳은 조카의 얼굴을 봐도 반갑나 보다.

"그래, 잘 지내? 나가 산다며?"

동거하는 그녀의 사정을 아무에게도 말하지 않는 엄마 때문에 은수는 졸지에 독립적인 커리어 우먼이 되어 있었다. 물론 결과적으로야 그렇지만.

"예."

간단하게 대답을 뱉어낸 그녀가 가방을 집어 든다.

"갈게요."

"벌써 가려구?"

삼촌이 눈치를 살피듯 묻는다. 그녀가 대충 대답을 중얼거리며 거실로 나갔다. 신발을 신으려고 발을 내미는데 현관문이 열리며 오빠가 들어선다.

"어, 왔어?"

그녀의 오빠가 눈을 동그랗게 뜨고 은수를 쳐다본다.

"으응, 김치 가지러."

사는 건 웃기고, 웃기고 또 웃기는 일. 삼촌보다 더 심하게 했던 오빠였건만 같이 살았던 시간이 길어서인지 삼촌보다 오빠가 더 편했다. 물론 두 사람 다 어느 구덩이에 파묻어 버리고 싶은 건 똑같지만. 구덩이에 파묻기 전에 그래도 말 한마디 건네고 담배 피우게 해준다면 오빠 쪽이었다.

"갈게."

현관에 들어서는 오빠를 비켜 은수가 문을 열고 밖으로 나갔다. 방 안에서 엄마의 잘 가라는 말이 들려왔다.

〈네. 잘 갈 테니 당신은 그 남자들 잘 부여잡고 기대며 사슈.〉

외면당한 것에 대한 슬픔도, 엄마마저 등 돌렸다는 절망도 한때. 마음을 비웠다. 아니, 비울 것이다. 사람에겐 외면할 권리가 있고, 등 돌릴 권리가 있으며, 뒤통수 후려갈길 권리가 있다. 그리고 딸은 엄마를 버릴 권리가 있다.

평온을 가장했던 마음이 지축을 흔들며 요동 치고 바들바들 떨기 시작했다. 수많은 감정의 편린들이 수면 위로 떠오르기 시작하고, 걸음을 걷는 다리가 금방이라도 땅속으로 가라앉을 것처럼 무거웠다. 은수의 눈은 칼날처럼 예리하게 빛을 내며 마당을 가로질렀다.

〈죽여 버릴까. 지금 저곳에 기름을 붓고 라이터만 켜면 끝인데.〉

자신도 모르게 스윽하니 보일러를 쳐다보며 걸어간다. 대문을 빠져나온 그녀가 차가운 두 손을 잠바 주머니에 쑤셔 넣고는 걸음을 옮겨 밖으로, 밖으로 향했다. 겨울 햇살이 눈이 부시게 쏟아져 내리고, 사람들이 거리를 걸어다닌다. 방금 먹은 밥알이 위를 훑고 지나가며 조여왔다. 넘어올 것처럼 위가 꾸역꾸역 움직이자 은수가 손으로 입을 막고 급하게 숨을 내쉰다.

〈아버지, 그거 알아요, 내가 당신을 얼마나 존경하고 좋아하는지. 당신이 오빠에게 당하던 나를 보고 못 본 척 다시 나갔을 때 버림받았다고 생각했지만 이젠 감사하고 있어요. 그 자리에서 동참하지 않은 아빠가 대단한 분이었다는 걸 이젠 알아요.〉

입을 틀어막고 우두커니 서 있던 그녀가 빠른 걸음으로 동네를 벗어나 무작정 택시를 잡아타고 집으로 향했다. 가방 안에서 핸드폰이 울렸지만 받고 싶지 않아 내버려 두었다. 문득 생각해보니 김치를 두고 왔다. 전화를 받으면 오빠에게 가져다 주라고 할까라고 엄마가 말하겠지. 여름엔 수박을 갖다 주라고 오빠를 보내더니, 이번에 김치를 갖다 주라고?

〈자꾸만 웃음이 나네. 자꾸만 웃음이 비어져 나오네. 엄마, 내가 얘기를 했음에도 그러는 건 오빠에게 다리를 벌려라 이건가요?〉

자꾸만 웃음이 나 택시를 타고 가는 은수가 키득키득 웃었다.
"뭐 좋은 일 있으세요?"
택시기사 그녀를 힐끔 쳐다보며 묻는다.

[어느 정신과 의사가 그녀에게 충고했던 말:그건 당신의 개인적 경험이니 딴 남자들과 그 사람들을 분리하시오.]

〈암, 분리해야지. 분리하고말고. 피해망상중에 시달리면 안 되지. 안 그래?〉

은수가 피식 입가를 위로 올리며 차분하게 대답했다.

"예, 그런 일이 좀 있어서요."

골목길로 접어들기 전인 대로변에서 은수가 내렸다. 계산을 마치고 그녀가 등을 돌려 골목길 안으로 걸음을 옮기다가 다시 밖으로 걸어갔다. 그리곤 작은 구멍가게에 들러 담배를 샀다. 오랜만에 왔다는 주인 아저씨의 인사를 '예'라는 말로 넙죽 받고는 담배를 하나 손에 쥐고 다시 골목길을 향해 걸었다. 현관문을 열고 집으로 들어간 그녀가 옷도 벗지 않고 휙 하니 가방을 내팽개친 채 담배를 얼른 꺼내 입에 문다. 아주 짧은 순간 담배를 물고 있는 그녀가 망설이며 서 있다가 이내 가스레인지에 파란 불꽃을 피우고 담배에 불을 붙였다. 그리곤 힘껏 한 모금을 빨아들인다. 오랜만에 깊숙이 빨아들인 담배가 온몸을 타고 흐르며 얼핏 어지러운 잔상들이 눈앞을 스쳐 지나간다.

〈그만.〉

담배를 쥐고 있던 손가락을 그러모아 그녀가 주먹을 쥐고 눈을 질끈 감았다. 이런 걸 알고 있는 자신이 싫다. 이런 걸 겪고도 살아남으려고 발버둥 쳤던 자신의 구차함을 참을 수 없다. 그래, 사는 건 다 그런 거라고. 이런 일 저런 일 다 겪으면서 그렇게 살아남는 거라고. 잠재우고 또 잠재우려고 해도 잠재워지지

지 않는 유령들.

　은수의 얼굴에 경련이 일어났다. 그녀가 미친 사람처럼 고개를 한쪽으로 계속 튕긴다. 마치 누군가 바늘로 머리를 찔러 그거에 반사 작용을 하듯 그녀의 머리가 규칙적으로 요동을 쳤다. 잠시 후 경련이 가라앉고 정신을 차리니 손에 쥐고 있던 담배는 이미 꽁초가 되어 손가락 사이에서 뭉개져 있었다. 휙 하니 그 꽁초를 쓰레기통에 버리고 그녀가 다시 담배 하나를 꺼내 입에 물었다.

　〈뱃속에선 아이가 괴로워하겠지. 그러나 어쩌겠니, 아이야. 난 지금 이거라도 피우지 않으면 숨을 쉴 수가 없는데.〉

　처음부터 욕심이었다, 한 아이를 낳아 키울까 자신 안에 도사리고 있는 광기를 속이고 마치 평범한 어느 집 아낙처럼 꿈을 꾸었던 건. 그것이 얼마나 허망하고 부질없는 일인지 그렇게 겪어 봤으면서도 언제나 조금의 여유와 온기가 찾아오면 꿈을 꾼다. 멍하니 담배를 빨아들여 하얀 연기를 내뿜던 은수가 하얗게 변해가는 담뱃재를 보고는 두리번거리며 재떨이 대용을 찾는다. 급한 김에 주방에 있는 접시 하나를 가져와 담뱃재를 털어냈다. 담배 생각이 날까 봐 재떨이와 라이터, 그리고 담배를 없앴다.

　두 개비를 연달아 피우고 나니 조금 진정이 되어갔다. 눈물 같은 건 나오지 않는다. 이제 눈물은 나오지 않는다. 처음부터 눈물을 흘린다고 될 문제가 아니었는데 얼마나 오랫동안 눈물을 흘리며 기억해 내려고 애를 썼는가. 기억만 해낸다면 자신의 무의식에 남아 있는 후유증을 고칠 수 있을 거라고, 그리고 치유될 수 있을 거라고 꿈을 꾸었다. 담배를 비벼 끈 은수가 다시 니코틴 냄새가 깃들어 버린 왼쪽 손을 들어 물끄러미 응시한다. 그리곤 가스레인지 불을 켰던 자신의 오른손도 들어 쳐다본다.

〈이 손으로 아이를 낳아 품에 안겠다고? 언제 어떻게 미칠지 모르는 이 손으로?〉

도사리고 있는 공포, 숨어 있는 광기. 그것이 그녀 안에 있음을 알고 있다. 평온한 듯 보이지만 조금의 도화선이 있으면, 살면서 다시 우연찮게 무슨 일만 겪는다면 폭발할 것이라는 불안함이 있었다. 잠들어 있는 오빠를 죽일까 칼을 들고 오빠 옆에 앉아 멍하니 그 목줄기를 쳐다보고 있던 자신을 기억하고 있다. 생은 그런 거라고, 그렇게 우연히 찾아와 한 존재를 훑고 가는 거라고, 세상엔 더한 고통을 당하고 사는 사람이 있고, 이보다 더한 폭력을 당한 여자들이 수도 없이 많다고 그렇게 되뇌면서도 참을 수 없는 분노의 칼날이 아직도 예리하게 빛을 내며 누군가를 겨냥하고 있다.

〈그런 네가 아이를 낳아 키우겠다고?〉

아들을 낳으면 이 좆같은 세상에 익숙해져 자신도 모르게 여자를 대상화시키고, 딸을 낳으면 어느 날 우연히 또다시 그녀가 당한 일을 겪게 되겠지. 오빠의 손길이 어린 동생 은서에게도 향했듯이. 눈을 돌리고 동생을 외면했던 자신을 아직도 생생히 기억하고 있는데 한 아이를 낳아 키우겠다고?

〈그만, 그만 하자. 원래 그런 거다. 사는 건 원래 그렇게 쓰디쓴 거다.〉

그녀가 비척거리며 침대로 걸어갔다. 그리곤 한바탕 회오리쳐 기운이 쫙 빠진 지친 몸을 침대에 뉘이고 눈을 감았다.

4 … 대동

은수가 잠의 손길에 잠시 기대어 휴식을 취고 있는 동안, 도준은 퇴근을 하고 그녀의 집을 향해 가고 있었다. 휴일이라 도로는 차로 가득했고, 차들은 느릿느릿 거북이 걸음으로 도로를 기어다녔다. 그가 조금은 초조한 듯 운전대를 손가락으로 톡톡 치며 급한 마음을 다독였다. 늦게 자는 사람이니 이제야 슬슬 일어나 씻고 있을까? 도준이 부스스 일어나 멍하니 인상을 찡그리고 있을 은수를 떠올리며 입가에 웃음을 지었다. 담배를 피우지 못해 어지간히 괴로운 모양이었다. 그도 은수 앞에서는 담배를 피우지 않지만, 완전히 끊은 상태는 아니었기에 인상을 벅벅 쓰며 투덜거렸던 그녀가 안쓰럽기도 하고 대견하기도 했다. 결정이 되면 이야기하겠다고 한 날, 그녀는 그가 피우려고 꺼낸 담배를 뚫어지게 노려보며 약 오른 얼굴로 입술을 부루퉁하니 내밀었다. 그리곤 아이를 낳든 안 낳든 자기가 못 피울 때까진 도준도 피우지 말라며 명령을 했다. 괜히 그때 생각을 하면 웃음이 난다. 지독히도 낯설었던 그녀는 산장에서 만난 그때처럼 친근했다.

어느새 그의 차가 시내를 벗어나 그녀가 사는 동네로 접어들고 있었다. 도준이 지하철 역 앞에 차를 세우곤 전화를 걸었다. 잠이 덜 깬 쉰 목소리가 핸드폰을 타고 귓가로 들려왔다.

"도착했어요."

[조금만 기다려요.]

"네."

십여 분 후, 그녀가 벙벙하니 부운 눈을 하고 그의 차에 올랐다. 금방 세수를 했는지 얼굴이 붉고, 머리에 물기가 맺혀 있었다.

"잤어요?"

"예, 요즘 잠이 좀 많아요."

도준이 장난스럽게 확인을 하자, 그녀가 민망한 듯 손으로 볼을 긁적였다. 그가 조용히 차를 출발시키자 그녀가 대뜸 묻는다.

"근데 춘천에 아는 데 있어요?"

"예, 그곳에 괜찮은 산장이 있어요. 허름하지만 꽤 조용한 곳

태동 191

이에요."

그녀가 말없이 고개를 끄덕이곤 창밖으로 고개를 돌렸다. 실내가 답답했는지 유리창을 조금 내려 찬바람이 들어오게 만들곤 눈을 감고 시원한 바람을 가슴 가득 들이마신다.

"그러다 감기 걸려요."

도준이 그녀의 몸을 염려하자 은수가 바람을 맞으며 중얼거렸다.

"괜찮아요. 제가 멀미를 좀 하는 편이라 이게 더 나아요."

답답한 가슴, 바람을 쐬니 한결 담담해졌다. 은수가 눈을 감고 위에서 감도는 맑은 공기를 맡으려 고개를 더 치켜들었다. 자꾸만 속을 메슥거리게 하는 땅 냄새가 아닌 가득히 쌓여 있는 먼지를 몰아내는 청명한 저 꼭대기의 바람을 맡고 싶다.

주말이라 차는 막혔지만, 그럭저럭 가다 보니 서울을 벗어나 경기도 가평쯤에 도착해 있었다. 어느새 날은 어두워졌고, 배도 고팠다. 두 사람은 중간에 어느 길목에 내려 곰탕집으로 들어갔다. 뜨끈하니 뼈에서 우려낸 국물에 밥을 말아 맛있게 먹는데 은수가 김치를 두어 번 뒤적거리다 아쉬운 듯 주방 쪽을 한번 힐끔 보고는 깍두기를 집어 먹었다. 도준이 입 안에 있는 밥을 우걱우걱 씹다가 그녀의 얼굴을 보곤 넌지시 묻는다.

"왜요? 입에 안 맞아요?"

"아뇨."

은수가 멀뚱한 얼굴로 고개를 젓는다. 입에 안 맞는 건 아니었다. 곰탕은 맛있었다. 오랫동안 육수를 내서인지 맛이 진했다. 하지만 김치는 금세 담근 거라 맛깔스럽게 아삭아삭 했을 뿐, 칼칼한 깊은 맛이 부족했다. 곰삭은 맛 어디 없을까? 그녀가 주저하며 입을 다물었지만 도준은 궁금한 듯 계속 쳐다보았다. 그녀가 입술을 비틀며 쓰게 웃었다. 죽을 걸 알면서도 눈앞에 있는 욕심을 버리지 못하는 것처럼, 지우기로 생각했으면서도 먹고 싶은 음식에서 미련을 버리지 못하는 자신이 너무나 우스웠다.

"묵은 김치가 먹고 싶었거든요."

"묵은 김치요?"

은수가 고개를 끄덕이며 개의치 말라는 듯 다시 곰탕을 먹기 시작했다.

식사를 마치고 둘은 차가 주차된 식당 주차장으로 갔다. 그가 멀찍이 그녀에게서 떨어지더니 주머니 안에서 담배를 꺼내 입에 물었다. 은수가 터벅터벅 흙길을 걸어와 도준 앞에 서고는 괜스레 무언가를 방어하듯 팔짱을 끼었다.

"나도 담배 한 개비 줘요."

담배에 불을 붙이려던 그의 움직임이 그 순간 멈칫했다. 그게 무슨 뜻인지 다시 한 번 확인하듯 도준이 놀란 듯 은수를 쳐다보자 그녀가 무덤덤한 얼굴로 그를 응시했다. 무거운 정적이 두 사람을 감쌌다. 도준이 손에 쥔 담배를 다시 담뱃갑 안에 넣고는 라이터를 주머니에 다시 넣었다. 당황스러웠다. 정말 당황스러웠다. 물론 그녀가 결정할 때까지 기다려 주기로 약속을 했고, 어떤 결정이든 받아들이겠다고 약속했지만 내심 그녀의 행동을 보며 안심하고 있었다. 혼란스러워하면서도 아이를 위하는 쪽으로 행동하던 그녀가 담배를 달라는 게 무슨 뜻인가. 그의 얼굴이 믿을 수 없다는 듯 굳어졌다. 그러나 무표정한 얼굴로 자신을 응시하며 마음을 결정했음을 말하고 있는 은수의 얼굴이 부정할 수 없는 증거였다.

"그렇게 결정한 거예요?"

그녀의 눈동자가 잠시 흔들린다. 쓸쓸함이 가득한 두 눈동자에 아주 잠시 서늘한 웃음기가 감도는가 싶더니 그녀의 얼굴이 이내 무표정했다.

"난…… 이 아이를 책임질 수 없어요."

처음으로 그의 얼굴이 화가 난 듯 일그러졌다. 그가 어금니에 힘을 주어 무언가를 내리누르듯 날카로운 숨을 들이쉬더니 손에 쥐고 있는 담뱃갑을 손 안에 꽉 쥐고 뭉그러뜨렸다.

"나는…… 이 아이의 목숨을… 앗아갈 생각 없어요."

무표정하니 덤덤했던 은수의 눈에 예리한 날이 스쳐 지나갔다. 비웃듯 그녀의 입술이 냉소적으로 휘어졌다.

"앗아가면 어때요? 살다 보면 앗는 사람도 있고, 지켜주는 사람도 있는 거 아닌가요? 지켜주지 못하는 나한테 자리 잡고 생긴 것도 이 아이 팔자예요."

분노 어리게 씨근덕거리던 그가 멍하니 그녀를 쳐다보며 속삭이듯 중얼거렸다.

"진심이에요?"

"네, 진심이에요!"

그녀가 벌컥 소리를 내질렀다. 차가운 공기가 숨결 가득히 파고들어 그녀의 몸을 으스스 떨리게 했다. 겨울이다. 아무리 코트를 여미고, 부츠를 신고, 목도리를 둘러도 겨울의 냉기를 오래 견딜 수는 없는 일이었다. 은수의 입술이 추위에 덜덜 떨리기 시작하자 도준이 감정을 가라앉히고 그녀의 손을 잡았다. 그리곤 차 안에 그녀를 들어가게 하고 자신도 안으로 들어가 히터를 틀었다. 차 안은 히터가 작동하는 바람 소리만 감돌고, 석유 냄새가 풍겨오는 거북한 온기가 들어찼다. 도준이 말없이 유리창을 노려보더니 깊은 숨을 내쉬며 거친 숨을 가라앉혔다. 그리곤 차를 출발시켜 한참을 침묵 속에 달리기만 했다. 누구 한 사람 이 날카로운 정적을 깨지 않고 서로의 감정에 휘둘리고 있었다.

어두운 밤길을 달려 차가 도착한 곳은 작은 산장이었다. 낮에는 차를 팔고, 밤에는 바람을 쐬러 오는 사람들에게 하룻밤 쉬게 해주는 아주 작은 산장. 허름하지만 주인이 직접 지은 산장은 아늑하고 정감이 있었다. 향기로운 차를 마시며 함께 산책을 할 생각으로 예약을 했는데 상황은 그렇게 맘처럼 따라주지 않았다. 차를 주차시킨 그가 은수가 내리기를 기다리며 문을 열고 섰다.

어차피 오늘 해결을 봐야 한다. 더 이상 미룰 수 있는 시간적 여유도 없었고, 그와의 싸움도 한 번은 겪고 지나갈 문제라면. 그녀가 한숨을 뱉어내며 차에서 내렸다. 은수가 땅에 발을 대자마자 도준이 그녀의 손목을 움켜쥐고 산장으로 끌듯이 걸어갔다. 그러나 은수의 얼굴엔 얼핏 피곤함이 감돌았다. 그의 분노를, 그리고 아이에 대한 그의 수많은 감정을 두 사람이 함께 마주해야 할 부분인 걸 알면서도 한편으론 수술을 받는 건 자신인데 왜 이런 감정적인 휘둘림마저 받아줘야 하나 하는 분노도 일었다. 산장 안으로 들어가니 주인 아저씨가 열쇠를 주며 방을 알려주었고, 걸어가는 두 사람의 발걸음에 나무로 만든 마루가 삐걱거렸다.

도준이 방문을 열어젖히더니 은수의 손목을 잡아당겨 방 안으로 끌고 들어갔다. 그의 거친 행동에 은수가 인상을 찡그리며 손목을 빼내려 했지만 그의 힘이 더 셌다. 그가 제압하듯 그녀의 손을 움켜쥐고는 그대로 품 안으로 잡아끌어 움직이지 못하게 만들었다. 그리곤 다른 한 손으로 그녀의 머리 뒤를 잡아 저항할 새도 없이 난폭한 키스를 퍼붓기 시작했다. 분노 어리지만 열기가 담겨 있는 그의 입술이 그녀의 입술을 빨아들이며 숨 쉴 수 없을 정도로 거친 입맞춤을 했다. 은수가 괴로운 듯 몸부림을 쳤지만 그의 입술은 그녀에게서 떨어지지 않았다. 오히려 그녀를 안고 있는 손에 힘을 주어 더욱더 빠져나가지 못하게 만들었다.

어느 순간 그가 움찔하며 고개를 들었다. 핏방울이 스며 나올 정도로 그녀가 그의 아랫입술을 깨물어 버린 것이다. 그의 팔에서 힘이 빠져나간 순간 그녀가 거칠게 손으로 그의 어깨를 밀어내곤 그에게서 한 발자국 떨어졌다. 그가 거친 숨결을 뱉어내며 그녀를 조용히 응시하자 그만큼이나 가쁜 호흡을 하고 있던 그녀가 이를 갈며 그를 노려보았다.

"까불지 마. 질펀하니 섹스 한번 하면 모든 게 해결되는 거야?"

차갑게 경고하듯 그녀가 말하자 그의 눈이 예리하게 가늘어졌다. 도준이 다시 손을 뻗어 그녀의 어깨를 잡아끌었다. 은수가 우악스럽게 팔을 휘저으며 그의 어깨를 주먹으로 쳐버리고는 악다구니처럼 소리를 질렀다.

"까불지 마아아아아!!"

그가 은수의 어깨를 두 손으로 잡아채고는 으스러질 정도로 그녀를 끌어당겨 안았다. 그리곤 그녀의 눈을 마주 보며 뇌까리듯 낮은 목소리로 속삭였다.

"당신은 당신 마음대로 아이를 지워. 난 내 마음대로 당신을 안을 테니까. 뱃속에 있는 아이는 당신보다 힘이 약해서 당하는 거고, 당신은 나보다 힘이 약해 당하는 거야."

서늘하면서 낮은 그의 목소리가 속삭임처럼 그녀의 귓가를 파고들었다. 움찔하고 그녀의 몸이 멈칫거리더니 그녀의 눈동자에 유리 조각 같은 물기가 차 올랐다. 은수의 입술 사이로 힘없이 지친 목소리가 흘러나왔다.

"좋겠군요, 먹이 사슬 맨 위에 있어서."

그녀의 비아냥거림을 그가 굳은 얼굴로 듣고만 있더니 고통스러운 듯 얼굴을 일그러뜨렸다. 품 안에서 빈틈이 없게 그녀의 몸을 움켜잡고 있던 그의 손이 천천히 떨어져 나갔다.

"정은수, 내 마음을 그렇게 모르겠니? 내가 널 어떻게 생각하는지 그렇게 모르겠어?"

잔뜩 잠겨 있던 그의 목소리가 조금씩 커져 있었다. 은수가 고개를 세차게 저으며 두 손으로 귀를 막고 미친 사람처럼 말을 쏟아내기 시작했다.

"몰라, 당신 마음 같은 거 난 몰라. 당신 마음을 알았다고 해서 당신 원하는 대로 내가 해줘야 하는 거야? 내가 왜? 내가 왜 이제 와서? 남들은 잘만 후려치고 도망가는데, 나는 당할 대로 당하고도 잠시잠깐 실수해서 가진 아이는 지켜줘야 한다는 거야? 내가 왜? 내가 왜애애애애애!"

그녀의 눈에서 눈물이 볼을 타고 쉴 새 없이 흘러내렸다. 고래고래 소리 지르며 악을 쓰던 은수가 기운이 없는지 천천히 바닥에 주저앉았다. 한 번 터진 눈물은 멈추지 않고 둑이 터진 것처럼 쏟아져 나왔다. 그녀가 가슴속에서 북받쳐 오르는 무언가를 견디어내려고 손으로 머리를 움켜쥐었다. 도준이 그녀 앞에 무릎을 꿇고는 은수를 안았다. 그녀의 몸이 격한 울음에 부들부들 떨리고 있었다. 그런 그녀의 울음을 잠재워 주려는 듯 그가 손으로 그녀의 등을 천천히 쓸어 내리며 나지막이 중얼거렸다.

"당신을 잃고 싶지 않아요, 은수 씨. 정말 잃고 싶지 않아. 당신만큼이나 나에게도 쉽게 찾아온 인연이 아니에요. 그래서 더 놓지 못하겠어요."

절실함이 가득 묻어나는 그의 목소리에 은수의 울음이 더 격하게 터져 나왔다. 설명할 수 없는 깊은 울음이 자꾸만 터져 나왔다.

이미 모든 마음을 줘버려 껍데기만 남아 너덜거리는데, 어째서 이 사람은 이제야 나타나 그녀 주위를 맴도는 걸까. 사랑을 하면 재가 될 때까지 타오르고 싶었다. 그러다 타다 말아버린 쓸쓸한 사랑을 힘겹게 받아들였다. 그러나 불씨를 갖고 여전히 타고 있는 불길에 섬뜩하게 차가운 물이 쏟아져 내려 이젠 다시 불씨를 품는 게 쉽지가 않다. 오싹하게 추운 냉기를 안고 누구를 안을 수 있을까? 활활 타오르는 불씨가 되어 다른 이를 안고 싶었지만 이젠 스스로도 안을 수 없는 식은 토막이 되어버렸다.

길을 걷다가도 아기를 보거나 아기용품을 보게 되면 그 자리에 머뭇거리며 떠나지 못했던 시간들. 사랑하는 사람의 아이를 이용하는 식으로 살고 싶지 않아 고집스럽게 피임을 했지만, 마음 한구석에는 아기가 생기기를 은근히 바랐던 게 사실이다. 아기가 생겨 그녀의 발목을 잡아주었으면 하면서도 한편으론 당당히 꿋꿋하게 서고자 치열하게 내면에의 싸움을 벌어야 했던 지난 시간들은 가슴에 시퍼런 멍울을 남겨놓았다. 임신은 되지 않았고, 결국엔 그 남자가 갖고 있는 기반에 주저앉을 명분도 없어 홀로 그 어둠을 견뎌왔는데 이제야 임신을 하다니.

그득그득 쌓여 있는 서러운 눈물, 그녀가 멈추지 못하고 오열하는 동안 도준이 품 안에 그녀를 안고 조용히 그 울음을 받아주었다.

숲으로 둘러싸인 산장 근처는 공기가 맑았다. 한바탕 속에 있는 감정을 토해낸 두 사람은 바람을 쐬자고 밖으로 나왔다. 한겨울의 밤공기가 추우면서도 먹먹하니 아픈 머리 속을 시원하게 했다. 코트 위에 니트 숄을 두르고 은수가 벙벙하니 부운 눈으로 그와 함께 걸었다.

한쪽 손은 자신의 코트 주머니에 넣고 다른 손은 도준의 주머니에 있었다. 울음의 흔적으로 눈은 발갛게 충혈되고 목은 쉬어버렸지만 얼굴은 고요하고 평온하게 개운한 기운이 감돌았다. 둘은 말없이 걸었다. 처음 만났던 그때의 산책처럼. 달라진 게 있다면 지금은 손을 잡고 서로의 온기를 주고받으며 걷는다는 것. 어쩌면 이 온기로는 감당할 수 없는 일들이 일어날지 모르고, 이 온기로는 견딜 수 없는 고통이 있을지도 모른다. 하지만 놓치고 버리기엔 너무나 소중한 상대의 온기, 누구보다 그 소중함을 알기에 두 사람이 손가락을 얽어 찬 공기에 따스함이 빼앗기지 않도록 주머니 깊숙이 넣었다. 찬 공기에 입에서 흘러나오는 숨결이 하얀 김이 되어 공중에 흩어졌다.

"이 아이를 과연 내가 잘 기를 수 있을지 자신이 없어요. 나 많이 불안정한 사람이거든요. 사실은 나 스스로를 지켜내는 것도 버거울 때가 많아요."

그가 걸음을 멈추고 그녀를 향해 몸을 돌렸다. 그리곤 말없이 그녀의 얼굴을 바라보더니 이내 알겠다는 듯 고개를 끄덕였다. 은수의 눈에 물기가 어른거린다.

"그런데…… 감당할 자신도 안 되면서 낳고는 싶어요. 내 손으로 이 아이를 죽이는 것 나도 하기 싫어요. 이게 오히려 이기적인 것 아닌가요?"

눈꼬리에 눈물 한 방울이 흘러내리자 도준이 손으로 스윽 하니 눈물을 닦아주었다.

"내가 키울게요. 내 호적에 올리고 우리 집에서 키울 테니까 걱정 말아요. 낳아주기만 해요."

흔들림없는 그의 대답에 은수가 기막힌 듯 눈물을 머금은 눈으로 웃음을 지었다. 그의 맑은 심성이, 흔들리지 않은 곧은 마음이 자꾸만 날뛰려는 불안한 마음을 다독이는 양 마음이 편해져 갔다. 그녀가 문득 무슨 생각이 들었는지 생뚱맞은 얼굴로 묻는다.

"아이는 보여줄 거죠?"

도준이 눈을 굴리며 잠시 생각을 하더니 능청스러운 대답을 했다.

"나를 본다는 조건이면요."

그녀가 눈을 가늘게 뜨고 뭐 이런 사람이 있나 하는 식으로 멀뚱히 노려보았다. 그러나 입가에는 얼핏 웃음기가 감돌았다. 그가 미소를 한 움큼 입에 배어 물고 그녀의 입술에 부드러운 입맞춤을 했다. 뜨거운 두 사람의 입김이 하나로 섞여들어 차갑게 시린 입술이 붉게 피어올랐다.

숲 속에 작은 돌멩이 하나까지 겨울 햇살을 받아 레몬 색으로 빛을 내고 있을 즈음이 되어서야 그의 눈이 떠졌다. 얼핏 정신을 차리고 눈을 떠보니 은수가 얕은 숨소리를 내며 곤히 잠들어 있었다. 도준이 옆으로 몸을 굴려 잠시 그녀의 잠든 모습을 바라보곤 나른한 미소를 입에 머금는다. 잠들어 있는 모습은 한없이 유순한 사람이 격한 성질을 갖고 있었다. 그의 눈동자에 진지한 상념이 자리 잡았다. 두 사람 다 서로의 사정을 대강 알 뿐 자세히는 알지 못했다. 그는 그녀가 몇 년 동안 동거하다 헤어졌다는 것뿐 무슨 일이 있었는지, 어떤 삶을 살아왔는지 모른다. 그리고 은수도 그의 아내가 교통사고를 당해 죽었다는 것만 알고 있다. 둘 다 성급하게 서로에 대해 설명하려 들지 않았다. 그리고 도준도 그녀에게 그런 설명을 요구하지 않았다. 그것이야말로 풀어낸다고 해서 이해할 수 있는 일도 아니거니와 호기심을 들이대는 게 상처를 헤집는 일종의 폭력이 될 수 있음을 잘 알고 있었다. 아내의 죽음을 위로하는 사람들의 말 한마디가 오히려 상처가 되었었다. 도준이 은수의 얼굴을 조심스레 쓰다듬어 내려갔다. 부드러운 손길이 그녀의 볼과 목덜미를 찬찬히 매만졌다.

〈어떤 생을 살아왔을까? 그녀도 나만큼이나 아픈 일을 당해 왔던 걸까?〉

처음 보았을 때부터 시선을 빼앗겼다. 눈길을 뗄 수 없게 그를 매혹시켰다. 깊고도 쓸쓸한 눈이 어둠 속에서도 맑게 빛나 가까이 하고 싶었다. 이마에 서려 있는 푸른 기운, 맑으면서도 그늘이 드리워진 그녀의 이마에 도준이 가만히 입술을 대어본다. 귓가로 그녀의 숨결이 생생하게 들려왔다. 잠시 눈을 감고 그녀의 숨결을 듣는다. 소중한 존재가 지금 그 옆에 있음을 확인하는 애처롭게 떨리는 마음. 그가 가슴속으로 파고는 묘한 슬픔을 잠재우려 두 눈을 감았다. 감겨진 그의 눈가에 이슬이 맺히듯 물기가 스며 나왔다.

〈진영아, 나 사랑하는 사람 생겼다.〉

은수의 잠을 깨울까 도준이 조심조심 욕실로 들어갔다. 뱃속의 아이를 보호하느라 너무나 부드러운 육체 관계를 가졌지만 오히려 그게 더 몸을 적셔놓았다. 일어나니 땀으로 흥건했던 몸이 찐득하게 텁텁해져 있었다. 격한 욕구를 참아내고 천천히 움직이기 위해 오히려 몸에 힘을 더 주게 된 것이다. 그가 뭉쳐 있는 근육을 손으로 주물럭거리며 뜨거운 물에 샤워를 했다. 잠시 후 샤워를 마치고 머리카락에 물기를 잔뜩 달고 나온 그가 어딘가로 전화를 걸었다. 새벽잠이 없는 그의 할머니가 벌써 점심을 준비하다가 그의 전화를 받았다.

"할머니, 집에 묵은 김치 있어요?"

뜬금없이 묵은 김치를 찾는 도준의 전화에 할머니는 어리벙벙한 얼굴로 물었다.

[갑자기 웬 묵은 김치를 찾누?]

잠시 머뭇거리며 침묵을 지키던 그가 멀뚱하니 다른 이유를 댔다. 아직은 때가 아니었다. 알게 되면 은수부터 보자고 할 텐데 그녀에겐 아직 버거운 일이 될 것이다.

"먹고 싶다는 사람이 있어서요."

할머니의 목소리에 궁금증이 깃들었다.

[묵은 김치를 찾는 것 보니 꽤 다급한 사람인가 보구나. 바람 쐬고 온다더니 병문안 갔던 게야?]

도준이 낮게 웃으며 넙죽 대답한다.

"예, 아픈 사람이 있어요. 근데 집에 있어요?"

[있지. 네 할아버지가 좋아하는 거라 김장 때 넉넉히 해놓으니까.]

도준이 싱긋 웃다가 문득 고개를 돌려보니 은수가 눈을 비비고 있었다. 그가 저녁에 간다는 이야기를 하곤 전화를 끊었다. 그녀가 헝클어져 있는 머리를 손가락으로 쓸어 내리며 그가 있는 곳으로 시선을 보냈다.

"깨우지 그랬어요."

"나도 방금 일어났어요."

그가 어슬렁어슬렁 침대가로 다가가 그녀 옆에 걸터앉았다.

"씻고 밥 먹으러 갑시다. 이 근처에 맛있는 데 많아요."

은수가 그의 말을 듣는 둥 마는 둥 눈을 동그랗게 뜨고 대뜸 묻는다.

"근데 혹시 내 귀에 대고 묵은 김치 얘기했어요?"

"왜요?"

그녀가 미간을 좁히며 뚱하니 대답했다.

"아니, 환청인지 귓가에 들리더라구요. 그렇잖아도 꿈속에서 맛있게 먹고 있었는데."

도준이 큭큭거리며 웃자 은수가 민망하듯 볼을 긁었다.

"제가 좀 애 같은 면이 있어요. 먹고 싶은 게 있으면 못 잊는 편이에요."

"할머니한테 전화해서 집에 있냐고 물어봤어요. 집에 갈 때 중간에 들렀다 갑시다."

그의 조부모와 인사를 해야 하는 건가 싶어 은수의 얼굴이 순식간에 굳어졌다. 도준이 씨익 웃으며 굳어 있는 그녀의 얼굴을 꼬집었다.

"걱정 말아요. 당신이 준비됐다고 할 때 인사시킬게요."

은수가 묵묵히 고개를 끄덕였다. 아이만 낳더라도 최소한 아이의 엄마 된 입장으로 인사는 드려야 할 것 같았다. 하지만 당장은 마음의 준비가 되어 있지 않았다. 오랫동안 집안의 반대라는 걸 당해와서 다시 그런 걸 겪는다면 추스르기 힘들 것 같기도 하고, 결혼은 않고 아이를 낳겠다는 그녀를 그의 조부모가 어떻게 볼지 걱정이었다. 솔직히 말해 그의 가족 관계까지 엮이고 싶지는 않았다.

잠시 후 그녀가 씻은 후 욕실 가운을 걸치고 나왔을 땐 도준이 커피를 준비해 놓았다. 아주 묽디묽은 커피 한 잔이 마치 그녀에게 주어진 상처럼 놓여 있었다. 그의 바람을 들어주었으니 커피 마시는 걸 허락하마, 뭐 그런 뜻이랄까. 괜스레 심통이 난 은수가 커피 잔을 위로 치켜들곤 투덜거렸다.

"커피가 아니라 무슨 때 구정물 같아요. 너무 옅은 거 아니에요?"

겨울 햇살에 투명한 커피 잔을 비추어보는 그녀의 얼굴을 도준이 말없이 응시하다가 손에 들고 있는 자신의 커피를 내려놓고 그녀에게 다가왔다.

"몸 상태는 어때요? 괜찮아요?"

몸 상태가 좋으면 좀 더 진하게 타주겠다는 말인 줄 알고 은수가 세차게 고개를 끄덕이며 아주 열성적으로 대답했다.

"아주 좋아요, 아주. 날아갈 것 같아요."

도준이 묘한 웃음을 짓더니 그녀의 손에 들려 있는 커피 잔을 가져가 탁자에 내려놓았다. 그리곤 은수의 허리와 엉덩이를 잡고 그녀를 들어 올리더니 침대로 뚜벅뚜벅 걸어가 그녀의 몸 위로 자신의 몸을 겹치며 은수를 침대에 내려놓았다. 그녀가 황당한 얼굴로 입술을 일그러뜨렸다.

"에엑? 전개가 왜 이렇게 돼요?"

그녀의 목욕 가운 속으로 손을 슬금슬금 집어넣어 허벅지를 쓸어 내리던 그가 그녀의 입가에 대고 중얼거린다.

"배 많이 안 고프죠?"

"고파요."

그녀의 입술을 막는 도준의 입술에 대고 그녀가 마지막 심통을 부렸지만 대답은 짙은 웃음뿐이었다.

저녁나절이 되어 그의 차가 성북동 어느 집 앞에 멈춰 섰다. 그가 시동을 끄고 잠에 파묻혀 있는 은수의 어깨를 살짝 흔들어 깨웠다. 입덧이 가라앉고 나서 이상하게 잠이 많아진 은수가 멍하니 눈을 떠 주위를 살피더니 입가에 묻은 침을 얼른 손으로 닦아내며 민망한 듯 말을 건넨다.

"어, 벌써 도착했어요?"

도준의 얼굴에 잠시 기가 막힌 듯한 웃음이 감돈다. 벌써라니, 주말이라 차가 얼마나 밀렸는데.

"여기서 조금만 기다려요."

그의 행동 속에 왠지 조바심이 섞여 있는 것 같기도 하고 한편으론 자신이 그렇게 칭얼거리는 느낌을 주었나 민망스러워 그녀가 어슴푸레 미간을 좁히며 말했다.

"저기, 나중에 먹어도 돼요. 굳이 이렇게 급할 것까진······."

그의 눈빛이 묘하게 단호하다. 자신의 예전 행동을 이제 와 그녀에게 되새김질하며 한풀이하는 게 아닌가 싶기도 했지만 그것에 대한 반동으로 일부러 무심할 필요는 없는 일이다. 그가 사뭇 가벼운 얼굴로 툭 하니 대답을 하곤 차에서 내렸다.
"지금 먹을 수 있는데 뭐 하러 미뤄요? 기다려요, 갖다 올 테니."

맞는 말이다. 그의 말대로 굳이 미룰 필요는 없는 일이다. 그러나 저어되었다. 그가 배려라는 이름으로 자신을 확인하는 의존적 사람일까 두려웠고, 그녀 자신의 불안함과 방황이 그 배려에 다시 의존하게 만들까 저어되었다.

〈하아, 생각도 많다, 정은수. 네가 이러니까 삶이 꼬이는 거야. 대충 살아.〉

자꾸만 미로처럼 꼬여가는 자신의 내면을 은수가 조롱하듯 경계를 하고는 유리창 밖으로 시선을 돌렸다. 그는 멀찍이 떨어진 어느 집 대문 안으로 들어갔고, 아담하고 조용한 골목길을 고양이 한 마리가 휘적휘적 스쳐 지나갔다.

"할머니, 할머니, 어디 있소?"

방금 전만 해도 은수 앞에서 어른 같았던 그가 집 안에 들어서자 사탕 찾는 아이처럼 할머니를 부르며 집 안을 두리번거린다. 방에서 할아버지와 오목을 두고 있던 할머니가 손자의 목소리에 방에서 빠끔히 나오며 도준을 타박한다.

"아이구, 늙은이 숨넘어가겠다. 왜 이리 불러쌌냐."

도준이 씨익 웃더니 할머니에게 다가가 할머니 손을 잡고 주방으로 데려간다.

"묵은 김치 좀 지금 싸주세요."

"지금?"

"예, 지금 갖다 주게요. 오늘 못 갖다 주면 다음 주말이 돼야 움직일 수 있을 거 같아서요."

"그려, 알았다."

할머니가 냉장고에서 플라스틱 통을 하나 낑낑거리며 들어내자 도준이 옆에 가서 휙 하니 받아 들었다.

"싸놓으셨어요?"

"응, 근데 어지간히도 급한가 보네. 도대체 어디가 어떻게 아픈 사람인데 이걸 찾는다냐?"

할머니가 보자기를 찾아 싱크대 서랍을 열며 중얼거리자 도준이 머뭇거리며 대답한다.

"나중에 말씀드릴게요, 나중에."

그의 망설임이 유씨에겐 아픈 사람의 병이 심각함에서 오는 무거운 마음에서 비롯된 건가 싶어 그의 할머니가 군소리없이 보자기에 김치 통을 야무지게 싸더니 따스한 마음을 건넨다.

"더 필요하다 그러면 말해."

"예."

도준이 주저없이 김치 통을 손에 쥐고 거실을 가로질러 현관문을 열고 나갔다. 아내에게 하지 못했던 마음이 저렇게 다른 사람에게 쏠리는가 싶어 유씨는 마음이 아팠다. 어서어서 새장가 들어 다시 가정을 꾸렸으면 좋으련만 손자는 무슨 생각인지 일언반구 그럴 기색이 없었다. 유씨가 좋은 집안 알아보며 선자리를 마련할까 하다가 남편이 말려 손놓고 지켜보는 참이었다.

"닦달하지 마, 이 사람아. 마음 정리되면 어련히 알아서 지 짝 찾을까? 우리가 조급하게 그러면 더 못 잊을 게야."

어느 날 유씨와 뒷동산에 산책하던 김씨가 먼 산 바라보는 양 아내에게 툭 하니 말을 건넸다. 그저 관심없는 듯 지켜보기만 하던 김씨도 은근히 신경이 쓰였나 보다. 두 사람 다 자식을 먼저 앞세운 터라 사실 도준의 결혼을 닦달할 만큼 힘이 남아도는 것도 아니었다. 그저 남은 손자 하나 있는 거 제 가정을 꾸려 아늑하게 사는 거 기도하는 마음이랄까.
 어릴 때부터 도준을 따라다니던 진영을 도준의 부모가 못마땅히 여겨 은근히 반대하자 무관심하게 진영을 대하던 그가 덜커덕 결혼을 밀어붙였었다. 친구의 딸이라 귀엽게만 보던 아이를 며느리로 삼는 건 성에 안 찼던 도준의 부모였기에 도준이 그제야 속마음을 드러내며 고집스런 성격을 보인 것이다. 그걸 기억하고 있는 유씨가 남편의 말을 듣고는 수긍하며 고개를 끄덕였다. 그 녀석이 지 마음 몰라 헤매는 놈은 아니니, 때 되면 다 만나게 되리라 그렇게 생각하며 손자 녀석 외롭게 지내는 모습을 그저 지켜보고만 있었다.

여하튼 그런 손자 녀석이 허허로운 마음에 다른 사람 챙기며 그 적적함 달래나 싶어 유씨가 착잡하니 도준이 나가는 모습을 바라보았다. 그러다 까먹은 게 있어 얼른 주방에 들어가 냉장고에서 다른 김치 통을 꺼내 얼른 도준을 뒤따라 나갔다.

그 통 안엔 동치미가 들어 있었다. 당뇨를 앓고 있는 남편이 갈증이 심해 동치미를 좋아했다. 아픈 사람이 묵은 김치 찾는 걸 보면 속이 꽤 답답해서 그런 게 아닐까 하여 동치미도 같이 싸놓았는데 다른 생각에 빠져 챙겨주질 못한 것이다. 유씨가 동치미를 들고 마당으로 나가보았지만 이미 손자 녀석 모습은 안 보였다.

〈어이구, 그 녀석 빠르기도 하지.〉

유씨가 주춤주춤 김치 통을 들고 대문 밖을 두리번거리며 발길을 돌아서려다 밖에 있는 손자 녀석의 차를 발견했다. 유씨가 대문 근처로 다가가 손자를 부르려는데 이게 웬일인가. 유씨의 입에서 터져 나오려던 목소리가 입 안으로 쑥 하니 들어가 버렸다. 차 안에는 도준이만 있는 것이 아니었다. 옆 좌석에 얼굴 모르는 낯선 여자가 앉아 있는 게 아닌가. 대문이 가로놓여 있어 여자의 모습을 상세하게는 볼 수 없었지만 분명 젊은 아가씨였다. 유씨가 더 자세하게 보려고 대문 쪽으로 걸음을 옮기려는데 손자의 차가 쌩하니 골목길을 빠져나갔다.

도준이 다시 나타난 건 한 시간이 약간 넘어서였다. 밤은 어두워 캄캄하니 골목길에 가로등이 빛을 발할 때쯤 그가 집으로 들어와 저녁을 차려달라 청했다. 할아버지는 이미 식사를 한 터였고, 가정부는 이미 집으로 돌아간 지라 유씨가 고즈넉이 손자의 식탁을 차렸다. 시원하니 맑은 소고기무국을 그릇에 담으며 유씨가 툭 하니 손자의 속내를 찔러본다.

"아니, 여자랑 같이 가서 저녁도 못 얻어먹었냐?"

식탁에 앉아 물 한 모금 마시고 있던 도준이 사레들린 듯 급하게 기침을 내뱉는다. 그리곤 할머니의 뒷모습을 쳐다보는데 유씨가 식탁 앞에 국그릇을 놓고는 맞은편에 자리를 잡고 앉았다.

"보셨어요?"

침착하니 지나가는 말처럼 대꾸를 한 그가 국을 떠먹었다.

"어으, 시원하다. 할머니 손맛을 누가 따라오겠소?"

천연덕스럽게 말 돌리려는 손자의 잔꾀를 유씨가 눈을 가늘게 뜨고 노려본다. 그러자 도준이 시선을 피하며 푹 하니 밥을 뜬다. 손자가 올 때까지 혼자 별의별 상상을 하며 속을 태웠던 유씨가 궁금한 듯 쿡쿡 찌른다.

"누구여? 응?"

도준이 여전히 밥을 입 안에서 우걱우걱 씹으며 말이 없다. 유씨가 답답해서 열불난다는 얼굴로 계속 찌르기 시작했다.

"뭐 하는 아여? 나이는 몇이고? 너랑 비슷한 처지인 거여, 아니면 생아가씨인 거여?"

정신없이 쏟아지는 할머니의 질문 공세에 도준이 입 안에 있는 음식을 꿀꺽 넘기고는 성명서 발표하듯 천천히 대답했다.

"나중에 말씀드릴게요."

〈흐음, 이 녀석, 나중이라 하는 것 보니 만나는 여자인 건 확실한 게로구먼.〉

호기심 어려 있던 유씨의 눈빛이 사뭇 진지해졌다.

"결혼 생각하고 만나는 여자냐?"

잠시 침묵을 지키고 젓가락으로 집은 반찬을 입 안에 넣고 먹던 그가 묵묵히 고개를 끄덕였다.

"네."

사실 그는 결혼을 하냐 안 하냐 그런 게 그리 중요하다고 생각하지 않는다. 아니, 중요하지만 그게 다가 아니라고 생각한다. 소중한 인연을 어떻게 지키는가, 두 사람의 관계를 어떻게 행복하게 만드는가가 더 중요하다고 생각할 뿐이다. 그건 머리로 비교하여 만들어진 논리의 문제는 아니었다. 가슴으로 파고들어 서늘한 빈 가슴에 자리 잡는 생각, 그런 것. 부모님의 반대를 물리치고 아내와 결혼했으면 그의 사랑이 증명되는 거였던가? 아니다. 그건 아니었다. 그래서 은수가 청혼을 거절했을 때 군말없이 받아들였다. 그녀를 편안하게 하는 게 나름대로는 결혼이라고 생각했지만 그녀에겐 결혼이 마음을 무겁게 하는 또 하나의 발목이라면 굳이 그걸 강요하고 싶은 생각은 없다. 어떻게 살아가느냐의 문제지, 그와 그녀가 결혼을 했냐 안 했냐로 사랑이 증명되는 것은 아니지 싶었다. 증명은 삶으로 하는 것, 행동으로 하는 것. 이 끝도 없는 시간을 걸어감에 있어 결혼이란 형식이 주는 안정성에 기대어 사랑을 확인하고 싶지는 않다. 그와 그녀, 살아가다 결혼이 하고 싶으면 하면 될 일이고, 안 하고 싶으면 안 하면 될 일이다. 상념 속에 그가 침묵을 지켰다. 그러나 할머니의 질문은 그 여자를 진지하게 만나느냐를 알고 싶어하는 테두리 안의 질문이었다. 결혼이란 형식을 당연하게 여기니 그 테두리 안에서는 결혼을 생각하고 만나느냐가 그의 마음을 재볼 수 있는 척도가 되는 것이리라.

 식사를 마친 도준이 커피 한 잔을 들고 이층으로 올라갔다. 물큰 외로움이 비집고 들어왔다. 아무리 가까운 사람이라 해도 각자의 입장에서만 느낄 수 있는 어떤 감정들, 누군가는 딸을 잃고, 손자며느리를 잃었지만 아내와 아이를 잃은 그의 마음을 모르는 것이다. 그런 것이다. 그래서 은수가 더 좋았다. 그녀가 갖고 있는 공허함과 외로움이 그를 외롭지 않게 했다. 그만이 홀로 갖고 있는 이 지독한 슬픔을 그녀도 갖고 있다는 생각에 옆에 있으면 그저 그 존재만으로도 위로가 되는 느낌이었다. 꿋꿋하게 살아가는 그 마음이 예뻐 보고 있으면 기운이 났다. 계산에 의해 결혼이란 이름을 재며 부정하는 것이 아니라 삶으로 겪어 이제는 구애받지 않는 마음. 깊은 상흔 속에서 보았던 삶의 진실을. 그걸 공유하고 있었기에 그녀가 더욱 좋았다. 아이를 가졌으니 결혼을 할까 말까 그런 고민을 할 거라고 생각했는데 그녀는 오로지 아이의 존재 자체를 고민하고 있었다. 그래서 지우겠다고 울며불며 소리를 내지르던 그녀가 밉지 않았다. 자꾸만 안고 싶고 사랑하고 싶을 뿐이다.

 깊은 밤, 서재에서 책을 읽으며 조용히 밤의 여백을 즐기던 그에게 전화가 왔다. 핸드폰을 확인하던 그의 눈이 잠시 놀라움으로 동그래졌다. 그녀가 전화를 한 것이다. 이 늦은 밤에. 서로 약속이 잡혀 전화할 때는 있어도 이렇게 먼저 이유없이 전화를 걸던 그녀가 아니었기에 도준이 무슨 일이 있나 긴장을 했다. 춘천에 갔다 온 게 혹시 탈이 난 걸까.
 "예, 도준이에요."
 그가 긴장 어린 목소리로 대답하자 전화기 안에서 감탄 섞인 목소리가 웃음과 함께 들려왔다.
 [도준 씨, 그거 알아요?]
 그의 눈썹이 호기심 반 황당함 반으로 치켜 올라갔다.
 "예?"
 그의 반응이 그녀를 침착하게 만들었나 보다.
 [야밤에 너무 기뻐서 전화를 했어요. 미안해요.]
 "아뇨, 괜찮아요. 근데 무슨 일 때문에……."
 핸드폰 안에서 너무나 기쁜 나머지 숨을 깊게 들이마시는 그녀의 숨소리가 들려왔다. 그러더니 덤덤하면서도 얼핏 목이 멘 듯한 떨리는 목소리가 이어졌다.
 [나 이사해요. 방 계약 기간 끝나서 이제 이사할 수 있어요. 오늘 문득 달력을 보니까 계약 기간이 거의 끝난 거 있죠.]

"아……."

그의 간단한 대답에 은수가 조용히 되뇌듯 말했다.

[모를 거예요, 지금 내 기분이 어떤지. 어디 산꼭대기에 올라가 팔짝팔짝 춤이라도 추고 싶을 정도예요.]

〈왜 모를까. 똑같은 느낌은 아니겠지만 아내의 흔적이 고스란히 남은 집에서 살아야 했는데. 생각날 때마다 가슴을 쥐어짜야 했었는데 왜 모를까.〉

도준이 빙그레 엷은 웃음을 지었다.

"축하해요."

[하하하하, 네, 축하받고 싶어요. 축하받고 싶어서 전화한 거예요. 이 집에서 버티고 살아낸 제 자신이 너무너무 징하고 대견해요.]

말을 잇는 그녀의 목소리에 북받치는 눈물이 스며 있었다.

"어디로 이사할지는 생각해 놨어요?"

마치 쓰다듬어 주듯 부드럽게 속삭이는 그의 목소리에 그녀가 바람결이 묻어나듯 조용히 되뇌었다.

[마음 가는 대로, 내 마음 닿는 곳으로 갈 거예요. 그곳이 어디가 될지는 모르겠지만.]

자정이 다 되어서야 두 사람의 통화가 끝났다. 그저 기쁜 마음에 전화를 했는데 통화를 하다 보니 이런저런 이야기를 계속 주고받게 된 것이다. 묵은 김치 맛이 어땠는지, 아이가 뱃속에서 발길질을 시작했는지, 내일 출근하면 그는 무슨 일을 하고,

그녀는 내일 무슨 일을 할 건지 그렇게 깊은 밤 두 사람의 목소리가 새어 나왔다.

 잘 자라는 인사와 함께 핸드폰 폴더를 닫은 은수가 깊은 숨을 들이 내쉬곤 물끄러미 집 안을 둘러보았다. 어느 것 하나 그녀만의 것은 없었다. 물론 지금은 모든 것이 그녀만의 소유이고 그녀만의 쓰임새로 존재했지만 오랫동안 누군가와 공유했던 물건들. 때로는 물건을 사며 싸우기도 했고, 때로는 드디어 마련했다는 기쁨에 겨워 두 사람이 방방 뛰기도 했던 물건, 동생을 데리고 오기 위해 방 하나에서 두 개짜리로 무리해서 이사를 했고, 없는 살림은 점점 불어갔다. 버려진 의자와 책상을 야밤에 들고 와 깨끗하게 쓸고 닦아 휑했던 빈방을 채워 나가기도 했었다. 그래도 불행하다는 생각보다는 열심히 살아 사랑을 지키려는 자신이 자랑스러웠다.
 물건에 깃든 기억이 괴물의 손아귀처럼 다가와 그녀의 숨통을 조였던 방, 이제 이 집을 떠날 수 있다. 이사를 하고 싶어 방을 내놓았지만 여름 장마철에 방은 나가지 않았고, 괜한 광고비만 쓰게 됐었다. 그렇게, 그렇게 버티고 버텨 이제 이 집을 그녀도 나갈 수 있다.
 은수가 거실로 나가 가스레인지 위에 물을 올렸다. 그리곤 찻잔에 커피를 타려 하다가 유자차 통을 꺼냈다.
 〈마음 닿는 곳은 어디일까?〉

막상 이사를 할 수 있게 되자 어디로 가야 할지 막막했다. 방세 조건 때문에 이리저리 서울 곳곳의 월세 값을 다 알아보았지만 마음에 딱히 여기다 싶은 곳도 없었다. 한때는 친구가 사는 옆으로 이사를 했다가 강도를 당했고, 엄마가 사는 이 동네로 오자 불쑥불쑥 오빠와 엄마가 찾아와 사람을 기겁하게 만들었다. 거리가 가까우니 밥 먹자고 전화를 거는 일이 빈번해졌다. 치기 어린 마음 같아선 정말 어느 산골 구석에 들어가 버리고 싶지만 그녀 자신이 도시에 너무나 익숙한 인간임을 알기에 그런 시도는 할 수 없다. 그리고 이젠 친한 사람이라도 옆에 살 때와는 또 다른 문제임을 잘 알고 있기에 쉬이 친구들 옆으로 갈 수가 없었다.

〈어디로 가야 할까?〉

이럴 땐 마음을 끄는 산이나 나무가 있으면 좋겠다 싶다. 그럼 그 산에 가서 산책을 하고, 나무 옆에 가서 바람을 쐴 텐데. 고향은 존재하지 않았고, 마음을 둘 곳도 없다.

잠시 도준을 떠올리던 그녀가 고개를 저었다. 그는 그녀의 뜰이 아니다. 서로에게 끌리며 가까워진 관계지만 거리가 있다. 그리고 사는 모습을 보여주고 싶지 않았고, 그녀가 사는 곳에 그가 오는 것도 싫었다. 홀로 있을 때의 불안성과 광기를 내보일까 저어되고, 그녀가 사는 곳을 다시 공유하게 될까 싫었다. 언제 어떤 일이 있더라도 그녀가 쉴 수 있는 공간은 남겨두고 싶었다. 마지막 보루까지 누군가와 공유하는 건 이젠 더 이상하기 싫었다.

쪼로로록—

끓는 물을 찻잔에 부우니 덩어리져 있던 유자가 물에 녹아들어 향기를 낸다. 그때그때 찐득한 유자를 숟가락으로 조금씩 퍼 담는 게 귀찮다고 유자에 물을 부어 통 안에 만들어놓은 적이 있었다. 먹고 싶을 때 그냥 데워 먹으려고 했지만 유자차는 어느 날 쉰 냄새를 풍기며 상해 있었다. 뜨거운 물과 유자는 외따로 떨어져 필요할 때 만나야 향기를 낸다. 이제야 이런 사소한 귀찮음이 차를 기다리는 하나의 즐거운 과정임을 받아들였고, 한 잔의 차를 맛있게 타려면 비율을 신경 써야 한다는 것도 알았다. 다소 불편한 것이 때로는 더 향기를 낸다는 것을 이제야 가슴 깊이 알았다. 침대에 비스듬히 앉은 그녀가 뜨거운 유자차를 호록호록 마시면서 책을 읽다가 이내 잠이 들었다.

"웬일이야, 서울까지 나들이를 다 나오고?"

닷새 정도 집에서 혼자 책 읽고 영화 보고 쉬고 있던 은수가 오랜만에 시내에 나왔다. 그리곤 친구 지예를 보곤 대뜸 하는 말이 놀리는 말이었다. 지방 토박이 대하듯 놀려대는 은수의 말에 지예가 살짝 노려보곤 은수의 팔짱을 꼈다.

"그래, 그래, 이 언니가 오랜만에 상경했다."

지예는 주말이 되면 자주 서울에 올라오지만 피곤해 잠만 자다 가는 게 일쑤인지라 친구들을 만나는 게 쉽지 않았다. 작년 여름에 은수가 일이 났을 때 부랴부랴 달려와 밥 한 끼 사주고, 몇 달 전 은수가 대전에 내려가 하루 지내고 온 게 다였다. 가끔 문자 메시지나 메일로 서로 근황 주고받다가 오랜만에 얼굴 마주 대하니 익숙한 듯 어색했고, 어색한 듯 친했다. 두 사람은 식사를 마치고 근사한 찻집에 들어가 커피를 시켰다.

"너 담배 끊었냐?"

카페에 들어와서도 담배를 안 피우는 은수를 보곤 지예가 눈을 동그랗게 뜨고 물었다.

"으응, 몸이 안 좋아서."

그녀의 임신을 친구가 어떻게 받아들일까 생각하다 그녀가 대답을 얼버무렸다. 그녀의 상황을 있는 그대로 드러내기엔 마음의 준비가 되어 있지 않았다. 지예는 믿을 수 없다는 듯 입을 벌리며 은수를 쳐다보았다.

"네가 담배를 끊었단 말이야? 그동안 그렇게 끊으라고 해도 콧방귀를 끼던 네가? 언제는 그냥 피우고 죽겠다며?"

은수가 피식 시니컬한 웃음을 입가에 그렸다.

"봐서 땡기면 피울 거야. 요즘엔 몸이 너무 안 좋아서. 나 담배 끊은 게 그렇게 억울하냐?"

그녀의 반문에 지예가 샐쭉한 얼굴로 친구를 주의 깊게 응시했다.

"아니, 뭐, 억울하다기보단 갑자기 담배를 끊은 이유가 뭘까 싶어서 그러지."

은수가 궁금해하는 친구를 그냥 내버려 두고 쌉싸래한 홍차를 한 모금 마셨다. 그리곤 지나가는 말처럼 그녀의 근황을 물었다.

"연애는 잘돼가냐?"

슬쩍 화제를 돌리자 지예가 묘한 미소를 입에 머금었다. 그러더니 가방에서 하얀 편지 봉투 같은 걸 꺼내더니 은수 앞에 내놓았다. 은수가 멀뚱히 편지 봉투를 손가락으로 집어 허공에 들어 올린다. 뒷면으로 돌려보니 지예의 부모 이름이 인쇄되어 있었다.

"이거 어째 청첩장 같다?"

지예가 입을 꾹 다문 채 고개를 끄덕였다. 은수가 친구의 얼굴과 청첩장을 기이한 듯 번갈아 쳐다보더니 이내 진지한 얼굴로 친구를 응시했다.

"확신하는 거야?"

외지에서 홀로 있는 데서 오는 외로움이 혹시나 결혼까지 가게 만든 건 아닐까 걱정이 들었다. 뭐, 그렇다고 해도 문제가 될 건 아니지만. 이런저런 남자들을 가볍게만 만나봤던 친구는 심각한 연애까지는 해본 적이 없었다. 그런 친구가 어느 날 갑자기 결혼한다고 하니 당황스러웠다.

"그냥 처음 봤을 때 이 사람이다 싶었어."

친구는 차분하면서도 단호한 대답을 했다. 조용조용하면서도 은근히 고집있고, 속이 깊은 친구라 그 말이 치기 어린 한때의 감정으로 다가오지 않았다. 은수가 앞에 있는 지예를 물끄러미 응시하다가 빙그레 웃었다.

"축하해."

"얘는 사람 민망하게 앞에 대고 그런 말을 하냐."

지예가 손을 휘휘 내저으며 커피를 마셨다. 그런 친구의 모습이 보기가 좋기도 했고, 짝을 찾아 안정을 얻은 게 안심도 되고, 또 부럽기도 했다. '이 사람이다'라고 느낄 수 있는 사람을 그녀도 만날 수 있을까. 아니, 그런 느낌을 갖고 다시 온전한 사랑을 할 수 있을까.

은수가 손에 들고 있는 봉투에서 조심스레 청첩장을 꺼내 들었다. 담백하니 은은한 선으로 테두리가 둘러져 있는 가운데 친구의 이름과 신랑 될 사람의 이름이 도드라지게 인쇄가 되어 있었다. 아들 못 낳은 여자가 어느 집 아들을 괜스레 조심스럽게 쓰다듬듯 은수가 천천히 친구의 이름을 손으로 쓸어 내렸다.

"그 사람은 연락 오니?"

청첩장을 쓰다듬던 은수의 손이 멈칫 굳어졌다. 그녀가 무채색의 눈동자를 들어 친구를 바라보았다. 친구는 무슨 생각으로 그녀에게 그에 대한 질문을 하는 걸까?

"아니."

지예가 얼핏 고민스런 얼굴로 한숨을 뱉어내더니 미간을 찡그리며 말했다.

"난 아직도 이해가 안 돼, 어떻게 그럴 수 있는지. 네가 힘들어하는 거 다 봐온 사람이……."

〈무슨 대답을 원하니? 널 이해시켜 줄까?〉

결혼을 앞두고 남자에 대한 불안함을 불러일으키는 화두 중 하나이겠지만 그건 그 친구의 몫이다. 은수라는 사람의 친구로서 겪어야 할. 그거까지 은수가 감당해 달라고 하는 건 잔인한 것 아닌가? 그녀가 씨익 시니컬한 웃음을 입가에 그리며 서늘하게 대답했다.

"궁금하면 전화해 봐, 대답해 주겠지."

은수의 말속에서 상처받은 자의 칼끝을 느꼈는지 지예가 '미안'이라는 말을 작게 중얼거렸다. 그러자 은수의 얼굴이 약간 풀리며 건조하게 말했다.

"미안해, 내가 아직 덤덤하게 말할 수 있는 상태가 안 돼서 그래."

"아니야, 내가 무심했어."

잠시 찾아온 예민한 긴장이 서로의 마음을 조금 열고 대하자 한결 무뎌졌다. 무슨 말을 꺼내야 할지 난감한 얼굴이 되어 있는 지예에게 은수가 다른 이야기를 꺼냈다. 결혼식장이며 예물이며 신혼여행은 어디로 갈지, 그런 시시콜콜한 이야기를 주고받으니 오랜만에 만난 두 사람의 시간이 막힘없이 흘러갔다.

창밖이 어둑어둑해질 때쯤 어느 고속 버스 터미널에서 두 사람이 헤어졌다. 지예가 차 타는 걸 보고 돌아서 나온 은수가 산책하듯 터미널 주변을 걸었다.

태동

〈아…… 내가 도망칠 곳은 없구나.〉

발길 닿는 모든 곳이 그와 함께 걸었던 곳, 익숙한 공간은 어김없이 그와 공유했던 곳. 은수는 서둘러 터미널 주변을 빠져나와 다음 지하철 역이 있는 곳으로 향했다. 길을 걷던 그녀가 우뚝 걸음을 멈추고 옆에 있는 가게를 쳐다본다. 강남의 어느 거리, 유독 웨딩샵이 많은 곳. 새하얀 웨딩드레스 위에 섬세하게 수놓인 무늬들. 작은 진주들이 무늬를 따라 소중한 존재가 소중한 시간에 입는 옷이라는 듯 가늘게 춤을 춘다. 유리창 안에 전시된 웨딩드레스 하나를 은수가 무심하면서도 섬세한 시선으로 쳐다보았다. 나중에 결혼식을 올리게 되면 목깃이 올라와 우아한 느낌이 나는 저런 웨딩드레스를 입겠다고 언젠가 그에게 말했었다.

"결혼 허락하셨어."

손목을 그어봤지만 그리 쉽지가 않았다. 생을 살아가는 것도, 끊어내는 것도 둘 다 쉽지 않다는 걸 뼈저리게 느끼며 멍하니 회사에 출근한 그녀에게 그가 전화를 걸어 했던 말은 결혼하자는 말이었다. 그의 부모님은 그녀가 손목을 그은 게 아들이 떠나서 그런 거라고 생각했는지 오 년 만에 허락이란 걸 했다. 마치 오 년 동안 구걸한 거지에게 정성이 갸륵해 밥을 주겠다는 듯 선심을 썼다. 어지러운 인간관계의 폭력이여. 결혼하자고 말할 수 있는 그나 이제야 결혼을 허락한다고 못마땅한 기색으로 유세를 떠는 그의 부모나 참을 수 없는 욕지기의 대상이었다.

결코 그녀에게는 허락되지 않는 멀고 먼 유토피아처럼 웨딩드레스는 새하얗다. 가부장제의 모순을 비난하며 결혼을 부정했던 그녀는 그때야 깨달았다. 처음부터 그녀에게 허락되지 않았던 선택사항을 놓고 마치 손에 쥔 것처럼 선택했다고 스스로 착각하며 살았다는 것을. 치욕스런 대우를 다 감내하고, 눈 질끈 감아야 허락될 수 있는 그런 조건의 자신이었음을 그제야 깨달았다. 그녀가 다시 걸음을 옮겨 웨딩샵이 즐비한 거리를 무덤덤한 얼굴로 지나쳐 갔다.

"결혼합시다."

도준의 낮은 음성이 발목을 붙잡는다. 어지러운 현실에서 도망가자고, 너에게도 결혼할 만큼의 가치가 있다는 속삭임처럼 귓가에 맴돈다. 멀리 그녀의 집으로 향할 지하철이 보이자 그녀가 서둘러 걸음을 걷는다. 뱃속의 아이 때문인지 감정이 조절되지 않는다. 눈물이 차 올라 눈앞이 흐리다.

"결혼합시다."

도준의 음성인지, 그의 음성인지 알 수 없는 메아리가 그녀 주위를 맴돈다. 눈물은 길거리인 걸 알면서도 자꾸만 밖으로 흘러나왔다. 그녀를 놓아주지 않는 환청에 은수가 미친 사람처럼 중얼거리며 지하철 계단을 내려갔다.

"닥쳐, 닥쳐. 닥쳐어어."

결혼? 필요없다. 필요한 건 그녀의 마음에 닿는 돌멩이 하나, 나무 한 그루, 구름 한 조각, 꽃 한 송이. 자신이 다쳐도 차마 남을 공격하지 못하는 그런 마음 한 조각. 그런 불변의 존재만이 그녀에게 다가올 뿐이다.

열흘 정도의 휴식을 끝내고 그녀가 월요일 출근을 했다. 그녀가 맡고 있는 일이 이제 슬슬 기획에 들어가야 했다. 출근을 해보니 새로 콘티를 짜야 할 내용들이 한가득 그녀를 기다리고 있었다. 모두들 맡고 있는 일 때문에 정신없이 바빴고, 실장과 몇 명의 직원들은 외근을 나가 사무실은 조용했다.

점심을 먹고 주택법과 관련된 자료를 찾아 읽고 있는데, 옆에 앉아 있는 직원이 초조한 듯 서성였다. 그녀가 맡고 있는 잡지보다 네 배 정도는 분량이 많은 다른 부처의 잡지를 맡고 있는 담당자였다. 정민이 손톱 뜯는 걸 힐끔 바라보곤 다시 문서를 읽으려는데 그녀가 은수 옆으로 다가와 말을 걸었다.

"저기, 은수 씨, 부탁이 하나 있는데."

"뭐?"

은수가 경계하듯 쳐다보자 정민이 곤혹스러운 얼굴로 웃었다. 은수가 더 경계하는 얼굴로 뒤로 몸을 뺐다.
"뭔데?"
"도하 아젠다 콘티 좀 써주라."
"엥? 그거 다른 작가한테 이미 맡겼잖아."

다루기 힘든 내용이라 처음 기획이 잡혔을 때 작가에게 미리 의뢰된 내용이었다. 세 달 동안 시리즈로 도하 아젠다에서 다룰 각 분야를 짚어줄 예정이었던 것이다. 은수의 퉁명스런 반응에 정민이 인상을 찌푸리며 난감한 듯 말한다.

"그게 그러니까, 오늘 원고가 왔는데⋯⋯."

말끝을 흐리던 정민이 자신의 책상에 있는 흑백 원고를 그녀에게 내밀었다. 그리곤 그녀가 다 읽기를 기다렸다. 도하 아젠다란 무엇인가와 농어업과 제조업 쪽의 전망이 주를 이루고 있었다. 문제는 각 내용들이 정리되어 있질 않아 혼란스럽게 느껴졌다. 찬찬히 내용을 살피던 은수가 획 하니 고개를 들자 정민이 기다렸다는 듯 말했다.

"어때?"

은수가 살며시 입술을 일그러뜨린다.

"아니, 뭔 소리를 하고 싶은 건지는 알겠는데, 흐름이 정신이 없네."

읽으면서 느꼈던 문제점을 말하면서도 은수가 겁먹은 얼굴로 정민을 응시했다.

"그래서 이걸 다시 써달라고?"

정민이 잠시 뜸을 들이다 입을 열었다.

"다시 그릴 시간은 없어. 그러니까 이 그림을 최대한 쓸 수 있게 하면서 콘티 좀 수정해 주라."

"뭐어어?"

은수가 경악한 얼굴로 냅다 소리를 질렀다. 그도 그럴 것이 내용도 어려운데, 게다가 이미 있는 원고를 최대한 활용해서 재구성하라니. 새로 추가되는 컷을 작가에게 한 컷씩 그리게 해 이 원고와 짜집기를 하겠다는 말이다.

"언니가 해."

은수가 지그시 노려보며 딱딱하게 말을 뱉어내자 정민이 울상이 된 얼굴로 하소연하기 시작했다.

"나 좀 봐주라. 나 지금 다른 콘티도 써야 하고 텍스트도 써야 돼."

"누구는? 나는 한가하냐?"

은수가 툴툴거리면서도 자료를 챙기자 정민이 씨익 웃으며 그녀의 어깨를 툭툭 쳤다.

"먹고 싶은 거 말해. 내가 쏠게."

"됐수. 그거 얻어먹고 다음 것도 부탁하려고? 근데 언제까지야?"

정민이 시선을 피하며 중얼거린다.

"내일."

"아아아악, 내가 못살아."

가끔 어려운 법령이면 은수가 맡고 있는 일에서도 작가들이 콘티를 못 쓰겠다고 거절하는 경우가 있었다. 그럼 꼼짝없이 담당자가 콘티를 써야 했다. 하물며 그림이 다 완성되어 있는 상태에서 콘티를 수정하라니. 그림을 그렸던 경력 때문에 이런 수정일은 어김없이 은수의 몫이었다.

원고를 읽고 내용을 소화하느라 빈둥빈둥 시간이 흘러갔다. 만화에서 다루는 내용이 구체적으로 어떤 배경에서 나오는 건지 물밑에 쌓아둬야 할 지식이 많이 필요했다. 그리고 각 분야의 통상이 어떤 상태인지, 어떻게 체결될 예정인지 머리 속에 꿰고 있어야 콘티가 나오니 자료 조사해서 읽는 데만 한나절이 다 갔다. 신문기사로는 자료가 너무 빈약해 결국엔 연구소 문서나 대기업에서 돈을 받고 파는 각종 논문들을 다운로드받았다. 문제는 자료가 한쪽으로 많이 치우쳐져 있었다. 자동차니 가전제품이니 그런 것들에 대한 관세는 대기업에서 전문 인력에게 논문을 의뢰하고 집중 연구해 그 결과물이 풍부한 반면 농민이나 어민의 입장에서 나온 자료들이 턱없이 부족했다. 하긴 논리로는 이길 수 없는 싸움이었다. 보호되고 지켜져야 할 입장으로 어찌 이익을 낼 수 있다는 경제 논리를 이길 수 있을까.

밤 여덟 시가 되어서야 그럭저럭 자료들을 다 읽었다. 이제 완성되어 있는 콘티를 머리 속에 입력해야 한다. 사진 찍듯이 원고 한 컷 한 컷을 머리 속에 담고, 그 내용을 최대한 활용해 흐름을 재구성한다. 그러나 한쪽으로 치우쳐진 자료가 흐름을 잡는 데 어려움을 겪게 했다. 기업의 입장이 너무 많이 들어가게 되는 것이다. 국가에서 발표한 대책은 현재의 농어업이 관세가 철폐될 경우 구체적으로 어떤 타격을 받을지가 나오지 않았다. 대책은 두루뭉술했고, 핑크 빛으로 포장되어 있으며 최선을 다하겠다는 각오만 남발되어 있었다. 결국 기업인과 농민, 누구의 이익을 선택하느냐이다. 혼란스럽다, 이럴 땐. 대학 때 가졌던 사상이나 기준들이 과연 국가 경영이란 기준에 들어맞는가가 항상 고민이었다. 수출 위주의 나라에서 기업들이 수출하는 자가용이니 전자제품이 너무나 큰 몫을 차지하고 있기에 농민을 지키기 위해 국가적 이익까지 후퇴하는 것이 과연 옳은 일인지, 아니, 이러한 논리조차 결국 정경 유착이 되어버린 우리 나라에서 국가의 이익이 결국 기업의 배를 불려주는 역할을 하게 되는 거 아닌가 등등의 수많은 고민들이 머리 속을 스쳐 지나간다. 어쩌면 문제는 누구의 이익으로 갈 것이냐보다 기업의 이익만큼 농민들에게 그 이익을 배분하면 될 일이다. 그러나 현실에선 그렇게 되질 않는다. 농민들에게 특별지원금을 줄 근거인 법령이 국회에서 통과되지 못하고 있었다. 설혹 통과되더라도 미봉책이다.

〈아, 그만. 지금 운동단체에 들어온 거 아니잖아. 이거 잘 읽히게 흐름이나 잡아.〉

이건 직업이고, 일이다. 무엇을 주장하기 위해 돈을 받는 게 아니고, 누군가의 주장을 좀 더 쉽고 재밌게 읽힐 수 있게 해주는 역할이다. 머리 속을 채우는 고민들을 은수가 고개를 저으며 털어냈다. 그러나 쉽게 포기되지 않았고, 포기하고 나서 무감각하게 단순한 기술인으로 전락하게 될까 무섭다. 할 수 있는 테두리 안에서는 그래도 덜 무책임하고 덜 왜곡되게 하겠다는 입장이랄까. 그녀가 더 고민을 한다고 고민하는 만큼 내용이 달라질 수 있는 건 아니다. 결국엔 의뢰한 부처에서 내용을 수정해 달라고 할 것이다. 그녀에게 허락된 시간 안에서 최대한 사실 위주로 부풀리지 않고 내용을 잡아가려고 노력했지만 결국엔 쫓기는 마감 시간에 정부에서 말하고자 하는 바를 쉽게 풀어주는 것에 충실했다.

 은수가 밤을 새는 동안 작가는 쪽잠을 자며 콘티가 나오기를 기다리며 대기 상태였다. 새벽쯤 작가에게 서너 개의 컷을 의뢰하고 작가가 그림을 보낼 동안 은수가 쪽잠을 잤다. 아침 햇살이 사무실 안으로 쏟아져 내릴 때쯤 은수가 부스스 일어나 다시 컴퓨터 앞에 앉았다. 가끔 이렇게 극한까지 에너지를 뽑아내야 할 때가 있었다. 자유로운 직업인만큼 결과물에 대한 책임이 요구되어 몸이 아프든 무슨 일이 생기든 책임을 져야 했다. 사실 이제 이런 정도는 무섭지도 않았다. 그 참혹했던 그날에도 마감 때문에 콘티를 써야 했다. 멍하니 앉아 있는 동생을 옆에 두고 그에게는 짐을 싸게 하고 내보냈다. 그리고 밤새도록 콘티를 썼다. 그때 아무것도 머리 속에 들어오지 않던 그 순간에도 해냈는데 이까짓것 못하리, 그런 생각이 들었다. 나중에야 실장이 전화해서 사정을 이야기하지 그랬냐고 했을 때에야 다른 사람

태동 231

에게 미룰 수 있는 거였구나 그랬다. 바보같이 품 안에 들어온 알은 자기가 다 품어야 한다고 생각해 스스로를 편안케 못했다. 적당히 미룰 줄 알고, 적당히 남에게 의지할 줄 알아야 유독 한 사람에게 모든 걸 의존하지 않을 수 있다는 걸 배웠다.

완성본을 넘기고 은수가 비척거리며 회사를 나왔다. 해가 기웃기웃 서늘한 파란빛을 뿜어내며 저물어가기 직전이었다.

〈아, 집에 갈 힘도 없다.〉

어깨가 아프다 못해 딱딱하게 굳어 등을 곧추세우기도 힘들었다. 그녀가 전철로 걸어가다 망설이듯 길거리에 서 있더니 어딘가로 걸음을 옮긴다. 한참을 걷던 그녀가 어느 찜질방 안으로 들어가려는데 가방 안에서 핸드폰이 울렸다. 도준이었다. 왜 피곤한데도 그의 전화인 걸 확인하니 웃음이 날까.

"네, 은수예요."

[나 지금 퇴근하는데 만날래요?]

"저…… 밤새서 지금 자러 가요."

[……]

침묵. 빙그레 웃고 있던 은수가 도준의 침묵에 짓궂은 얼굴로 핸드폰을 쳐다보았다. 그리곤 그가 말할 때까지 침묵을 지켰다. 분명 밤을 샜다는 말에 몸이 괜찮은지 묻고 싶은 것이다. 하지만 너무 안절부절못하며 그녀를 닦달하는 게 아닌가 싶어 망설이고 있는 게 뻔하다. 임신한 부인을 잃은 게 두고두고 그의 마음을 불안하게 만들고 있었고, 그러면서도 그 마음에 휘둘려 그녀를 괴롭히게 되는 건가 싶어 경계하는 듯했다. 오랜 침묵을 깨고 핸드폰 안에서 헛기침 같은 소리가 새어 나오더니 도준의 목소리가 이어졌다.

[그럼 들어가 쉬어요. 다음에 연락할게요.]

"저기, 도준 씨……."

전화를 끊으려는 도준을 제지하며 은수가 엉겁결에 그를 불렀다. 녹초가 되어 혼자 찜질방에서 자는 것만큼 궁상맞은 게 어디 있겠는가. 그리고 여자 혼자 찜질방에서 자는 건 그리 편한 일은 아니었다.

[네, 왜요?]

"저기, 나 지금 찜질방 가는데 같이 안 갈래요?"

[……]

그가 다시 침묵한다. 은수가 미간을 찌푸리며 얼른 덧붙인다.

"싫음 말고요."

[아뇨, 갈게요. 갑자기 찜질방 얘길 해서 당황했어요.]

밤새는 것에 익숙해 찜질방이니 사우나 같은 게 익숙해 있는 은수였지만 그에게는 약간 낯설었나 보다.

삼십 분 후, 그녀의 회사 앞으로 그의 차가 도착했다. 건물 계단에 앉아 꾸벅꾸벅 졸고 있던 은수가 어깨를 톡톡 치는 도준을 발견하곤 휘영청 일어섰다. 누렇게 뜬 은수의 얼굴을 본 그가 인상을 찌푸리며 중얼거렸다.

"아니, 뭣 때문에 밤을 샌 거예요?"

그가 하는 일을 대강은 알고 있는지라 은수가 눈을 가늘게 뜨고 그를 노려보았다.

"도하 아젠다요."

은수가 차에 오르자 도준이 시동을 걸었다.

"그것도 다뤄요?"

"어떻게 그런 일을 매일 하고 살아요? 도준 씨 보면 신기해요. 난 논문 하나 읽고 머리 빠개지는 줄 알았는데."

은수가 눈을 감고 좌석에 머리를 깊숙이 묻었다. '빠개진다'라는 은수의 과격한 표현에 도준이 너털거리는 웃음을 흘리며 대꾸했다.

"난 그걸 만화로 만드는 당신이 더 신기해요."

은수가 눈을 감은 채 씨익 웃었다.

"신기한 사람끼리 만났네요."

"그러게요."

차는 회사 근처에 있는 찜질방을 찾아 달렸고, 둘은 도착하자마자 저녁을 먹곤 잠이 들었다. 반바지에 면티를 입고 마치 MT 온 것 같은 느낌으로 일주일 만에 만난 두 사람이 편히 쉬었다. 밤새도록 콘티에 시달렸던 일을 은수가 일러바치듯 종알거리다 이내 잠이 들었고, 조용히 잠들어 있는 은수 옆에서 도준이 신문을 읽다가 그녀를 따라 잠이 들었다.

한 다섯 시간 잤나, 시간은 알 수 없지만 그럭저럭 깊은 잠에 빠져 있던 은수가 깨어났다. 졸리면서도 중간에 말짱하게 깨어

나는 그런 느낌이었다. 먹자마자 잠들어서인지 방광의 압박이 실로 장난이 아니었다. 신문에 머리를 대고 잠들어 있는 도준을 힐끔 보고는 화장실을 갔다 온 후 냉커피를 하나 들고 터벅터벅 그 옆에 앉아 땀을 닦아냈다. 몸이 풀리는 느낌이었다. 아직은 초 봄, 아무리 난방을 해도 냉기 어린 날씨에 밤샘을 했더니 몸이 차가웠다. 후텁지근한 찜질방이 오히려 따스했다. 열기로 후끈 달아오른 몸으로 냉커피를 쪼옥 하고 마시니 시원하니 살 것 같았다. 문득 잠들어 있는 도준에게 장난을 치고 싶어 은수가 커피가 담긴 플라스틱 컵 바닥을 도준의 볼에 턱하니 갖다 붙였다. 언제 잠들었냐 싶게 도준이 눈을 번쩍 뜨더니 다시 눈을 감는다.

"도준 씨, 찜질방 가자고 안 했으면 울었겠어요?"

그가 실눈을 뜨고 앉아 있는 은수를 쳐다보며 씩 웃는다.

"요즘에 언론 상대하느라 일이 좀 많았거든요."

그녀가 가늘게 눈을 뜨고 노려본다.

"그래도 밤샌 건 난데 너무 잘 자는 거 아니에요? 딴 놈이 나 만질까 봐 불안하지도 않아요?"

도준이 피식 웃으며 대꾸했다.

"은수 씨 말대로 머리통을 빠개 버려요."

입에 익숙하지 않아 도준이 '빠개 버리다'는 말을 교과서 읽듯 한 자 한 자 천천히 내뱉는다. 은수가 이맛살을 찌푸리며 웃다가 갑자기 억 하며 작은 비명을 내질렀다. 그리곤 휘둥그레진 눈으로 자신의 아랫배를 쳐다본다. 도준이 얼른 눈을 뜨고 은수를 쳐다보자 그녀가 손가락으로 자신의 아랫배를 가리키며 신기한 듯 외친다.

"어어어……."

도준이 벌떡 일어나 그녀의 배를 유심히 쳐다본다. 벙벙하니 조금 부푼 배가 실룩실룩 작게 움직인다. 뱃속의 아이가 발길질을 한 것이다. 기분이 이상했다. 뱃속에서 물방울이 보글거리는 것 같기도 하고, 내장이 꿈틀거리는 것 같기도 하고, 말로 표현할 수 없는 기이한 느낌이었다. 그녀가 입을 벌리고 멍하니 자신의 배를 쳐다보는데 도준이 조용히 묻는다.

"만져 봐도 돼요?"

여전히 어안이 벙벙한 얼굴로 은수가 천천히 고개를 끄덕였다. 그의 손이 배를 부드럽게 감싸더니 천천히 쓰다듬었다. 아빠가 만지는 걸 알았는지 아기가 빠끔히 발길질을 한 번 더 하더니 잠잠해졌다. 은수가 묘한 듯 속삭였다.

"이거 태동인 거죠?"

그가 고개를 끄덕이며 대답했다.

"우리 아이가 건강하다네요."

그의 눈빛이 고맙다는 말을 하는 것 같았다.

〈나도 고마워요, 내가 아이를 지우지 않게 해줘서. 그런 선택을 하지 않도록 지켜봐 줘서 내가 고마운걸요.〉

소리없는 대화가 두 사람 사이를 오갔다.

5 ··· 전화

뱃속에 있는 아이는 새벽마다 발길질을 했다. 옆에 있다는 것을, 그녀와 함께 숨 쉬고 있다는 것을 생생하게 알려주듯 아이는 꼬박꼬박 문안 인사를 드리는 사람처럼 배를 두드렸다. 어느새 새벽에 깜짝 놀라 일어나 배를 쳐다보고 쓰다듬는 게 익숙해져 있었다. 처음엔 자신의 몸 안에서 또 다른 생명체가 움직이고 있다는 게 신기하기도 하고, 한편으론 징그럽기도 했다. 생리를 할 때 육체의 존재감을 확연히 느끼는 것처럼 뱃속에 있는 아이는 그녀의 몸을 항상 인식하게 만들었다. 아주 오랫동안 외면했던 몸, 기억하고 싶지 않은 경험을 고스란히 갖고 있는 몸, 몸은 그녀에게 동반자가 아닌 잊어버린 물건과 같았다. 몸의 소리를 외면해 쓰러지기 직전까지 피곤하다는 몸의 소리를 무시하기 일쑤였다. 아이는 그런 은수의 마음에 제동을 걸어 몸을 돌아보게 만들었다. 몸의 소리에 귀 기울이게 끌어당겼다. 홀로 들판에 서 있는 것 같은 느낌에 항상 사로잡혀 있었고, 온기를 느끼기엔 너무나 멀리 있는 친구들, 물론 도준이 좀 더 가깝게 있었지만 홀로 있다는 느낌은 여전했다. 아이는 그런 횅한 마음을 쓰다듬어 주었다. 그녀 곁에 누군가가 항상 있는 느낌, 그저 세상에 외따로 떨어진 느낌이 아닌 함께 숨 쉬고 함께 무언가를 공유할 수 있는 친밀감과 안정감을 아이는 그녀에게 선물을 주듯 선사했다. 문득문득 찾아오는 유령과 불안이란 그림자가 발목을 잡고 숨통을 조였지만 잘 버티고 버텨 뱃속에 있는 아이를 지켰다는 게 이제 와 새삼 다행스러웠고, 스스로가 대견했다. 그리고 뱃속에서 스트레스를 받았을 아이에게 미안하기도 하고, 고맙기도 했다. 새벽마다 잠에서 깨어나면 그녀가 배를 쓰다듬으며 아이와 이야기를 하다가 다시 잠이 들었다. 어느 날은 도준이 새벽에 발길질하는 아이는 태어나서도 새벽에 깨어 있을 가능성이 크다는 이야기를 해 그녀를 웃게 했다. 사실 아이들이 태어나면 백일이 될 때까지 밤낮을 가리지 않는 건데 도준의 개인적 추측에 은수는 슬쩍 웃음이 났다. 새벽에 일하는 직업으로 아이의 미래를 상상하며 둘은 즐거워했다.

그녀가 잡지를 마감하고 집으로 돌아와 욕실에 느긋하게 앉아 발을 닦았다. 알갱이가 들어 있는 풋 클렌징은 레몬 향을 내며 발을 감쌌고, 그녀의 손길이 발을 마사지하듯 세심하게 닦고 어루만지며 피부가 주는 촉감에 빠져들었다. 배가 어느 정도 불러오면서 이젠 약간 배가 많이 나온 여자처럼 뼝뼝하니 부풀어 있었다. 조금만 걸어도 다리가 퉁퉁 부었고 집에 돌아오면 발이 저릿저릿 아팠다. 뜨거운 물에 한쪽 발을 담그고, 한쪽 발은 손으로 정성스레 문지르니 마음과 몸 안에 있는 묵은 기운이 빠져나가는 느낌이었다.

한결 시원해진 발을 느끼며 그녀가 마른 수건으로 물기를 살살 닦아냈다. 그러다 방 안에서 울리는 핸드폰 벨소리에 수건을 들고 방으로 갔다. 폴더를 열어 확인하니 회사 일로 가끔 일을 의뢰하는 작가였다. 나이가 지긋한 분이고 사실체(극화체)를 그리는지라 회사에서 특집이나 진중한 느낌의 작품이 필요할 때 의뢰하는 만화가였다.

"선생님, 어쩐 일이세요?"

원고 마감이 다 끝나고 편집에 들어간 상태라 그녀가 의외인 듯 전화를 받았다. 이번에 일자리 창출 특집으로 진중하고 무게감있는 이 작가의 그림을 표지로 썼던 것이다.

[전화하기 괜찮은가?]

아직 밤 열 시가 안 된 시간인데 나이가 사십이 넘은 분이 깍듯하게 그녀를 대했다. 가끔 인기있는 작가들은 기획자나 콘티 작가를 무시하는 경우가 있는데 오히려 만화의 전 과정을 다 겪어보고 작가로서 굴곡을 지낸 사람들은 오히려 더 예의 바르게 대한다. 은수가 편안한 웃음을 머금고 대답했다.

"예, 괜찮아요. 그런데 무슨 일이세요? 표지 그림은 이상없던데요."

이상없는 정도가 아니라 흡족해하고 있었다. 그녀가 맡고 있는 잡지는 전체적으로 깔끔하고 단정한 느낌으로 가는 컨셉이었기에 이 작가의 묵직하면서도 조금은 예스런 느낌의 그림을 표지로 사용하지는 않아왔었다. 가끔 옛날을 배경으로 하는 만화가 들어가야 할 때 의뢰했던 것이다. 이번에 다루는 일자리 창출이란 내용에 신뢰감을 부여하기 위해 조금은 세련되지 못하고, 뭉툭하지만 성실성이 느껴지는 이 작가의 그림을 과감히 밀었는데 결과는 대만족이었다.

[이번에 내가 단행본 일이 들어왔는데, 은수 씨랑 같이 했으면 싶어서…….]

"저랑요?"

[음, 은수 씨 콘티 쓰는 거 보니까 흐름을 잘 잡더라고. 감각도 있고.]

"예……."

확실히 어떤 일인지, 또 어떤 조건일지 몰라 그녀는 묵묵히 대답만 했다. 괜스레 초벌 콘티만 부탁해서 알맹이는 쏙 빼가고 터무니없이 가격을 부르는 사람이 있었다. 겪어본 바로는 그럴 사람이 아니지만 사람이란 큰돈이 들어올 가능성이 있다 싶으면 목돈 만지고 싶은 욕심이 생기는 법이다. 그녀가 조심스레 심중에 있는 말을 꺼냈다.

"초벌 콘티를 하게 되는 건가요?"

[아닐세. 주제별로 에피소드가 들어가는데 그중에서 한 파트를 맡길 생각인데 어떤가?]

다소 안심이 되었다. 아니, 그렇게만 된다면야 기쁜 소식이었다. 단행본 일은 한두 달 정도를 매달리는 대신 계약금을 받고 인세를 계산하기 때문에 목돈을 마련할 수 있는 기회였다. 이사를 앞두고 비용을 어떻게 하나 고민이었는데 일이 술술 풀리는 것 같았다.

[내일 시간 되면 내 사무실로 좀 올 수 있을까? 내일 다른 콘티 작가들도 오기로 되어 있는데.]

"예, 시간 돼요. 잡지 1차 컨펌 들어갔다 와서 수정 나올 때까지 시간이 비거든요."

이미 하기로 결정난 다른 작가들보단 먼저 가서 이야기를 나누고 결정해야 할 것 같아 전체 모임 시간보다 조금 앞당겨 약속을 잡았다. 그래도 약속 시간은 낮 두 시였다. 대부분의 작가들이 새벽녘에 자고 정오쯤에 일어나는지라 만화가들은 모일 때 저녁에 모이기 일쑤였다. 전화를 끊고 그녀가 책상에 있는 달력을 집어 들었다. 회사 일과 병행할 수 있을까 나름대로 날짜를 따져 보았다.

다음날, 햇살이 따사롭게 익어 봄 향기를 잔뜩 머금고 있을 때 그녀가 어젯밤에 종이에 적어놓은 주소를 지도 삼아 약속 장소로 향하고 있었다. 어젯밤엔 일 이야기에 정신이 팔려 인식을 못했는데, 일어나 꼼꼼히 가는 길을 생각해 보니 도준의 집 근처였다. 유 작가의 사무실도 성북동이었던 것이다. 무언가 자신을 끌어당기는 것 같은 묘한 느낌, 우연을 가장한 손길처럼 왜 하필 성북동일까. 아니면 도준에게 향하는 마음이 그런 생각을 하게 만드는 걸까.

그녀가 전철역에서 내려 쪽지에 적혀 있는 건물 이름을 확인하며 걷는데 기분이 묘했다. 도준의 차로 한 번 왔을 때 스쳐 지나갔던 곳이다. 낯설기도 하고 낯익기도 한 묘한 느낌이 공존한 그런 거리를 시골 처자처럼 이리저리 고개를 돌리다가 마침내 이십여 분을 헤맨 후에야 사무실을 찾아냈다. 주택가에 작은 상점들이 아래층에 있는 건물이었다.

"기존에 있는 역사 만화는 대부분 시간 흐름과 권력 이동에 초점이 맞춰져 있잖아. 출판사에서는 시대별로 인물을 한 사람씩 선정해 파트별로 나누자는 거야."
"여성이면 여성, 장군이면 장군, 이렇게요?"
"그렇지. 각 시대별로 대표적인 여성을 뽑아서 인물에 초점을 맞추자는 거지."
"재밌겠는데요."
생각했던 것보다 출판사에서 잡은 기획이 참신했다. 그렇잖아도 왕권 이동에 초점이 맞추어지거나 진탕 장군들의 업적을 다루는 만화에 식상해 있는 참인데 인물에 초점을 맞추면 꽤 재밌는 작업이 될 것 같았다. 특히나 여성 쪽이라면 역사 속에서 제대로 평가받지 못하거나 묻혀 있던 여성들을 발굴해 이야기를 만들고 싶었다. 예전부터 만화 작품으로 따로 생각해 놓은 몇 명의 인물이 있기도 했다. 그녀가 약간은 경계하는 얼굴로 물었다.

"그런데 출판사에서 원하는 인물이란 게 설마 선덕여왕, 신사임당 같은 건 아니죠?"

안 작가가 설득하는 듯한 어조로 대답했다.

"아이들용은 교육적인 목적으로 팔리는 면도 있어서 교과서에 나오는 인물을 좀 다루긴 해야 할 거야. 출판사 쪽에서는 기존의 인물들과 새로운 인물들을 반반씩 섞기를 바라고."

"예……."

고개를 끄덕이며 그녀가 머리 속으로 떠오르는 역사 속의 여성들을 하나씩 생각해 보았다. 지금 프리랜서로 다니고 있는 회사에서 정규직으로 일하고 있을 때 역사 만화를 다룬 적이 있었다. 그때는 기존의 역사에서는 밝혀지지 않은 새로운 역사나 기존의 해석을 뒤엎는 재해석 쪽으로 컨셉을 잡았기에 새로 알게 된 역사가 많았다. 그때 남자 작가들이 쓴 콘티를 보고 내심 짜증이 나기도 했었다. 그녀라면 이렇게 표현할 텐데, 그녀라면 이 여성의 이런 면을 깊이 있게 다룰 텐데 하며 아쉬워했던 것이다.

"출판사에서 특별하게 정해놓은 인물들이 있나요?"

"그쪽에선 먼저 시안으로 봤으면 한다고, 자기들이 정하면 작가가 재밌게 풀어내기 힘들다고 일단은 맡겨놓겠대."

"그럼 제 나름대로 잡아봐야겠네요."

두 사람은 시놉시스와 인물 설정 부분을 언제까지 해야 할까 하며 일정을 잡았다.

"고려시대 기 황후랑 바보온달에서 평강공주를 넣고 싶은데 어떨까요?"

"어떻게 그려볼 생각인 건데?"

"기 황후는 공녀로 잡혀갔다가 황후가 된 사람이에요. 권력을 잡기 위해서 당파 싸움을 많이 했죠. 나중엔 왕을 축출했다는 얘기도 있어요. 음, 사랑과 생존 사이에 있는 여자의 심리를 그리면 재밌지 않을까 해서요. 기 황후는 악녀로 그려지거나 엄청난 성공을 한 야심가로 그려지거나 완전 극과 극으로 단순화되어 있잖아요."

안 작가가 고개를 끄덕이더니 걱정스럽게 말을 덧붙였다.

"그래도 너무 내면적인 심리로 들어가면 재미없을 텐데. 애들이 그걸 좋아할까?"

"재밌게 만들어볼게요. 감정을 잘 살려내서 드라마처럼만 나오면 재밌을 것 같은데 어떨까요?"

"일단 해봐, 여성 쪽이랑 문화재 쪽은 은수 씨한테 맡길게."

"예."

  딱딱한 법령을 갖고 이야기를 풀어내 온 그녀이기에 안 작가도 믿는 구석이 있었다. 대부분은 캐릭터가 나와 텍스트를 안내하는 식으로 콘티를 짜는 반면 은수는 사건을 중심으로 인물을 설정해 이야기 안에서 자연스럽게 텍스트 내용이 나올 수 있게 만들었다. 물 흐르듯이 읽히게 하는 걸 가장 우선시 하는 작가라 일을 의뢰할 때도 주어진 내용을 만화 안에서 다 다뤘느냐보다 잘 읽히느냐를 가장 중요한 지점으로 요구했던 것이다.

  두 사람이 이야기를 끝내고 차 한 잔 마시며 이런저런 근황을 이야기하고 있을 때 다른 작가들이 도착했다. 두어 시간 정도가 지난 후 그녀가 사무실에서 나왔다. 담배를 물고 사는 인간들인지라 그녀가 너구리를 잡을 정도의 허연 연기 속에서 견뎌내다가 사무실 밖으로 나오자 크게 심호흡을 했다. 오랜만에 마시는 담배 연기가 좋기도 하고 싫기도 해 느낌이 묘했다. 오랫동안 담배를 안 피워서인지 담배 연기를 마신 속이 느글거렸다.

  바로 차를 타는 게 싫어 그녀가 전철역으로 향하는 그 동네 주변을 천천히 걷기 시작했다. 본 듯도 하고 안 본 듯도 한 동네 풍경이었다. 사실 그때 잠이 들어 이 동네 어귀에 왔다가 갈 때 휙 하니 본 곳이라 기억이 가물가물했다. 그래도 도준이 살고 있는 동네라 구경하듯 그녀가 슈퍼마켓이며 비디오 가게, 옷가게 등의 작은 상점들을 유심히 보았다. 어쩌면 주말에 그가 어슬렁어슬렁 나와 비디오를 빌려가고, 저 슈퍼마켓에서 담배를 사갈지도 모를 일이다. 그녀가 천천히 숨을 들이 내쉬며 그가 살고 있는 동네의 숨결을 천천히 느꼈다. 조용하면서도 따사로운 느낌. 봄 햇살 때문일까. 걷는 발걸음이 가벼웠다. 털레털레 그녀가 어깨에 멘 가방을 손에 쥐고는 앞뒤로 흔들어보며 즐거워했다.

 동네 근처에 있는 대형 할인마트에서 장을 본 유씨가 바리바리 두 손 가득 짐을 들고 골목길로 접어드는 참이었다. 봄볕이 너무 따사롭고 좋아 걷고 싶은 마음에 차를 안 가지고 나왔는데 짐이 꽤 많아 은근히 후회하던 참이었다. 두 손에 비닐 봉지 가득 부식거리를 들고 유씨가 낑낑거리며 걷다가 그래도 얼굴 위로 쏟아져 내리는 봄 햇살을 느껴보려고 잠시 멈춰 섰다. 그런데 이게 웬일인가. 눈앞에 낯익은 얼굴의 여자가 걸어오는 게 아닌가. 얼마 전에 얼핏 보았던 그 아가씨였다. 손주 녀석 차에 탔던 아가씨라 잠시였지만 유심히 쳐다보았기에 생김새가 뇌리에 남아 있었다. 젊은 처자는 뭐가 즐거운지 배시시 입술 끝을 말아 올리곤 하늘을 쳐다보며 걷고 있었다. 아마도 유씨처럼 봄 햇살을 만끽하고 있는 것 같았다. 짧은 순간 유씨의 눈빛이 반짝하고 빛을 냈다. 그리곤 무언가를 결심한 듯 입술을 앙물더니 철퍼덕 하고 땅바닥에 넘어졌다. 마치 무릎이 안 좋은 노인네가 무거운 짐에 무릎이 꺾인 것처럼. 유씨의 입에서 주변에 다 울려 퍼질 듯한 큰 비명이 흘러나왔다.
 "아이구우우우!"

할머니의 속을 전혀 모른 채 은수가 깜짝 놀라 눈앞에 있는 할머니에게로 다가갔다. 잠시 어떻게 해야 할지 몰라 그녀가 멀뚱하게 유씨를 멍하니 쳐다보면서 나직하게 중얼거렸다.

"저어…… 괜찮으세요?"

주춤주춤 할머니에게 다가간 그녀가 등을 굽혀 유씨의 상태를 살폈다. 그러자 유씨가 기다렸다는 듯 앓는 소리를 하며 잡아달라는 듯 손을 뻗었다.

"아가씨, 나 좀 일으켜 주게나."

은수가 얼떨결에 할머니 어깨에 팔을 두르곤 엉거주춤 일으켜 세우려는데 유씨는 아까보다 더 아픈 비명을 지르며 휘청인다.

"아이구, 무릎이야!"

"괜찮으시겠어요?"

그녀에게 더 몸을 기대고 서 있는 유씨에게 그녀가 걱정스럽게 묻는다. 유씨가 심하게 아픈 듯 무릎을 짚으며 얼굴을 찌푸렸다.

"미안한데 나 집까지 좀 바래다줄 수 있을까? 도저히 혼자 걸을 수가 없을 것 같아."

아픈 노인을 매몰차게 두고 갈 수가 없어 그녀가 고개를 끄덕였다. 오늘은 다른 일정도 없었고, 이런 일에 조금은 익숙해 쉽게 받아들이는 면도 있었다. 이상하게 길을 걸으면 그녀에게 길을 묻는 사람이 많았다. 가끔은 짜증날 정도로 많아서 자신이 허술하게 하고 다니나 하는 그런 생각까지 들었다. 편하다는 건 그만큼 상대하기 쉽다는 뜻이 아닐까 싶어 가끔은 무서운 얼굴로 걷는 경우도 있었다. 접근하기 힘든 사람으로 살아야지 하면서도 이런 경우를 접하면 쉽게 발길을 떼지 못하게 된다. 그냥 외면하고 마음이 괴로운 것보단 차라리 도와드리고 가뿐한 게 낫겠다 싶어 그녀가 할머니의 짐을 받아들었다. 그리곤 할머니 미안해하지 말라는 뜻으로 웃는 낯으로 물었다.

"집이 어디신데요?"

멀면 택시를 타고 가야겠다는 생각을 하곤 할머니의 짐을 다른 손에 다 들고 한쪽 팔로는 할머니의 어깨를 더 꽉 안았다. 유씨가 한쪽 방향을 손가락으로 가리키며 대답했다.

"저기여, 저기. 저기 골목만 돌면 되는데······."

손가락이 가리키는 곳을 보니 백여 미터 정도에서 골목길이 양 갈래로 나뉘어져 있었다. 생각보다 가까운 거리라 그녀가 가벼운 마음으로 유씨를 부축하고 길을 걸었다. 절뚝절뚝 무릎이 아픈 사람처럼 유씨가 천천히 걸음을 옮기며 힐끔힐끔 은수의 얼굴을 쳐다보았다. 괜스레 웃음이 비집고 나올 것 같아 유씨가 입술을 꽉 잡아 물었다. 이렇게 가까이 대해보니 사람이 참 따스했다. 눈동자에 그늘이 드리워져 있었지만 건네는 말투나 행동거지가 넉넉했다. 살펴보듯 그녀의 얼굴을 훔치는 유씨의 시선에 은수가 문득 고개를 돌려 묻는다.

"불편하세요?"

그러더니 유씨의 어깻죽지를 잡고 있는 손에 살짝 힘을 뺀다.

"아니여, 아가씨 같은 손녀 하나 있으면 싶어서 괜히 쳐다보게 된 거여."

"예……."

〈외로운 분인가 보다.〉

외로우면 작은 배려나 도움에도 고마워하는 법인지라 은수가 물끄러미 할머니의 하얀 머리를 응시했다.

〈나이가 지긋한 분이니 이런저런 수많은 일들을 겪어오셨을 테지.〉

천천히 오래 걸은 후에야 골목길을 돌아섰다. 그녀가 왠지 익숙한 풍경에 주위를 두리번거리는데 유씨가 다시 손가락으로 한 집을 가리킨다. 손가락이 가리키는 집으로 고개를 돌린 은수가 고개를 갸우뚱거린다. 어째 도준의 집과 비슷하게 생겼던 것이다. 골목길까지 세세하게 기억하진 못했어도 집 생김새는 기억하고 있던 것이다. 그러나 그 골목길이 이 길인지는 확실하지 않아 그저 비슷한 집인가 보다 했다. 주택가의 집들이 대게 비슷비슷하게 생긴 것이려니 설마 하면서도 말없이 할머니를 집 앞까지 데려다 주었다. 조심스레 손을 빼고 유씨를 집 앞 대문에 세운 그녀가 빙그레 웃으며 인사를 건넸다.

"그럼 저 가볼게요, 할머니. 몸조심하시고요."

유씨가 잠시 망설이듯 은수를 쳐다보다가 급하게 그녀를 잡았다.

"아이고, 내가 도저히 혼자 들어가기가 힘드네. 아가씨, 나 집 안까지 좀 데려다 주면 안 될까?"

멈칫 걸음을 멈춘 그녀가 하소연하듯 말하는 유씨를 쳐다보곤 대문 안쪽에 있는 현관문을 쳐다본다. 뭐, 어려운 일이라고 못할까 싶어 그녀가 유씨에게 다가가 다시 부축을 했다. 마당은 봄기운을 타고 파릇파릇 연두색 새싹을 돋아내고 있었다. 누렇게 풀 죽어 있던 잔디들이 생생한 기운을 담고 있었고, 나무들도 옷을 갈아입고 햇살을 받고 있었다. 현관문을 열고 유씨를 현관 입구에 앉히려고 하는데, 주방에 있던 가정부가 나오면서 할머니를 보곤 호들갑을 떨었다.

"에그머니, 어디 다치셨어요?"

"아, 아녀, 가볍게 넘어진 거여."

"에구, 저 올 때까지 기다리시죠. 장은 제가 봐오면 되는데."

집에 다른 사람이 있는 걸 보곤 은수가 안심한 얼굴로 인사를 건넸다.

"그럼 할머니, 저 갈게요."

손에 있던 비닐 봉지를 현관 한쪽에 내려놓곤 그녀가 꾸벅 인사를 건넸다. 그러자 유씨가 급하게 은수의 손을 잡아챘다.

"이렇게 가면 내가 미안하지. 차 한 잔 하고 쉬었다 가게."

사람 정이 그리운 분이구나 그런 생각도 들었지만, 처음 보는 사람의 집에서 차를 마시는 게 불편할 것 같아 은수가 난감한 얼굴로 대답했다.

"아뇨, 괜찮아요."

"그냥 가면 내가 서운해서 그래. 시원하니 목 좀 축이고 가. 늙은이 부축하느라 힘들었을 텐데."

아닌 게 아니라 나가면 바로 음료수를 사 먹을 생각이었다. 따사로운 봄볕 아래 노인네를 부축했더니 알게 모르게 목이 말랐다. 혹시나 아픈 무릎에 무리를 줄까 천천히 조심스레 움직였던 것이다. 그녀가 빤히 유씨의 눈을 쳐다보았다. 애정이 깃든 눈빛이면서도 그녀에게 호감을 보이는 눈빛이라 그녀가 멀뚱하니 중얼거렸다.

"예, 그럼 잠시만 쉬었다 갈게요."

은수의 대답에 유씨가 활짝 웃었다. 그러더니 언제 그랬냐는 듯 가뿐하게 거실 안으로 걸어 들어가 가정부를 재촉했다.

"수원 댁, 여기 시원한 것 좀 얼른 내오게."

할머니의 걸음걸이를 멀뚱히 쳐다보던 은수가 맹하니 묻는다.

"할머니, 무릎은 이제 괜찮으세요?"

유씨의 얼굴에 짧은 순간 당황스러움이 스치더니 자신의 무릎을 내려다보며 유들유들 대답한다.

"어어, 이거. 그러게, 집에 오니까 괜찮네. 밖이라서 더 아프게 느껴졌나 보이."

"다행이네요."

그녀가 빙그레 웃으며 현관에 서 있자 유씨가 얼른 들어오라고 손짓을 한다. 그녀가 주뼛주뼛 조심스레 신발을 벗고 거실로 걸어갔다. 그리곤 유씨가 앉아 있는 맞은편에 앉았다. 거실이 큰 집은 어김없이 소파가 있는데 이 집은 거실 한가운데 큰 상을 펴놓아 눈이 시원했다. 큰 나무를 통째로 잘라 만든 상 위에 푸른빛이 도는 유리가 올려져 있었다. 거실에 앉으니 현관에서는 보이지 않던 베란다가 보였다, 얼마나 정성스럽게 가꾸었는지 갖가지 화분들이 줄을 지어 싱그러웠다. 방금 전에 물을 주었는지 잎들이 물방울을 달고 반짝거렸다. 예전부터 식물들을 키우고 싶었던 은수기에 그 모습이 사뭇 시선을 오래도록 붙잡았다. 이번에 이사를 가면 거실에라도 화분을 놓아야겠다, 마음먹고 있던 참이다. 그녀가 베란다에 있는 화분을 보며 자신은 어떤 화분을 살까 생각하고 있는데 유씨의 목소리가 들려왔다.

"이 근처에 사는가?"

퍼뜩 시선을 돌려 그녀가 할머니를 쳐다보았다.

"아니요. 일 때문에 이 근처에 들른 거예요."

"그려? 무슨 일 하는데?"

만화 콘티를 할머니가 이해하실 수 있을까 싶어 은수가 말을 풀었다.

"만화에서 쓰이는 시나리오를 써요."

"오오, 그래?"

할머니가 고개를 끄덕이며 은수를 더 깊게 들여다보자 그녀가 어색함에 볼을 긁었다.

〈호기심이 많은 할머니구나.〉

모르는 사람의 집에 앉아 직업을 이야기하는 게 기분이 이상했다. 귀신에 홀린 것 같달까. 그녀가 조용히 앉아 있는데 가정부 아줌마가 과일 주스를 만들어왔다. 그리곤 옆에 앉으려고 하자 유씨가 천연덕스럽게 힐끔 눈짓을 하며 말한다.

"자네, 걸레 삶아야 하는 거 아닌가?"

"이따가 해도 돼요."

수원댁이 눈치없이 대답하자 유씨가 날카로운 눈으로 수원댁을 얼른 노려본다. 그것도 모르고 은수는 아줌마가 가져다 준 음료수를 맛있게 먹고 있었다. 유씨의 눈치가 이상한지라 수원댁이 입술을 삐죽 내밀고 일어났다.

"근데 결혼은 했는가?"

"예?"

뜬금없는 질문에 은수가 음료수를 먹다 말고 눈을 동그랗게 떴다.

"아니, 마음씨가 예쁜 처자 같아서 내 중매 좀 서고 싶어서."

"아하하, 네에……."

그녀는 재밌는 할머니인 것 같아 저도 모르게 웃었다. 부축한 번 해줬다고 착한 처자라니, 이 할머니 사기당하기 십상인 분이다 싶어 걱정까지 됐다. 그러기엔 눈동자가 또렷하신 게 총명함이 깃들어 있는 분이라 진심인가 싶어 당황도 되었다. 그냥 하는 말처럼 넘기려고 하는데 앞에 있는 할머니는 대답을 기다

전화 253

리며 그녀를 쳐다보고 있었다. 아주 짧은 순간 그녀의 머리 속으로 도준이 스쳤다. 그저 아이 아빠로, 친구로 대하고 있다고 생각했는데 막상 이런 질문을 받으니 그가 떠올랐다.

"결혼은 안 했고요. 사귀는 사람은 있어요."

"그려?"

"예."

유씨가 더 물어볼까 하다 의심받을 것 같아 목 안에 걸려 있는 말을 꿀꺽 삼켰다. 손주를 어떻게 생각하느냐, 어떻게 만났느냐, 목구멍이 간질거렸다.

〈흥, 그 녀석이 조개 대가리마냥 입을 다물고 있으니 내 직접 굴을 팔 수밖에.〉

유씨가 주방 쪽으로 고개를 돌리더니 한껏 외친다.

"이보게, 여기 과일도 좀 내와. 썰렁하게 음료수 한 잔 갖다 주면 어쩌자는 게야?"

주방에서 '네' 하는 대답이 들려왔다. 음료수를 홀짝이던 은수가 급히 손사래를 쳤다.

"아뇨, 배불러요. 이거 먹고 일어날게요."

손 안에 들어온 다람쥐가 후닥닥 뛰쳐나갈까 무서워 유씨가 실망스럽게 중얼거린다.

"내가 심심해서 그래, 말벗이 없어서. 바쁜가? 잠시만 더 있다 가면 안 되겠는가?"

"아…… 예, 그럼……."

그녀가 대답을 하면서도 의구심에 미간이 좁혀졌다. 심심하다니? 말상대가 없다니? 주방에 있는 아줌마가 있는데 뭔 소리인가 싶다. 오히려 젊은 자신보다 더 말이 잘 통할 것 같은데 말이다. 아니면 서로 코드가 다른가? 이리저리 생각을 해보던 은수가 슬쩍 쓴웃음을 머금었다.

〈아무래도 묘한 할머니에게 걸린 것 같다.〉

유씨가 과일을 깎아 접시에 하나씩 떨어뜨렸다.

"이거 먹게, 시골에서 직접 올라온 거라 사 먹는 것보다 훨씬 달아."

"네에."

그녀가 사과 하나를 오독오독 씹으며 괜스레 거실을 둘러보았다. 그러다 벽에 붙어 있는 동양화를 보곤 감탄 어린 탄성을 작게 내뱉었다. 굵은 가지가 마치 세월을 의미하듯 휘어휘어 멋들어진 리듬을 타고 힘차게 뻗어 있었다. 마른 붓으로 진한 먹을 잔뜩 머금고 그려졌는지 거친 붓 자국이 오히려 나뭇가지의 메마름을 잘 표현하고 있었다. 매화였다. 한겨울에 피는 붉은 매화. 꽃송이들은 섬세하게 점점이 찍혀 흐드러진 꽃향기를 내뿜을 것만 같았다. 좋은 그림을 보면 멍하니 그림만 보는 버릇이 있는지라 은수가 매화 그림에서 시선을 떼지 못하고 중얼거렸다.

"그림이 너무 좋으네요, 할머니."

자신의 색을 강하게 주장하는 그림도 좋지만 이렇게 사람을 편안히 쉴 수 있게 하는 그림이 더 좋았다. 사람들이 문득문득 파란 하늘을 올려다보고 무념무상의 경지를 일순 맛보는 것처럼 보고 있으면 아무 생각이 안 들고 사람을 쓰다듬는 그림이 있다. 자전거로 여행을 하다 노란 은행나무 아래서 쉰 적이 있었다. 가지가 다 잘려져 통으로 된 나무가 우두커니 국도 한편에 서 있는데 어찌나 노란 잎들을 매달고 서 있는지, 보는 순간 울컥 눈물을 쏟을 뻔했다. 그래서 자전거를 멈추고 그 나무 아래 앉아 멍하니 하늘을 올려다보았다. 그때 느꼈던 시원한 바람이 이 그림을 보는 순간 느껴졌다. 유씨가 고개를 돌려 매화 그림을 자랑스러운 듯 바라보고는 자랑하듯 말한다.

"내가 참 좋아하는 그림이여. 우리 스승님이 나에게 주신 거거든."

〈아이고, 예쁜 것.〉

허연 백지 위에 담백하니 매화 가지가 그려져 있는 그림이라 화려하고 때깔나는 기준으로 보면 그리 튀는 그림이 아니었다. 이 년 전에 유씨가 자식을 잃고 식음 전폐하고 울고 있을 때 스승이 선물이다 하시며 주셨다. 그 뒤 마음 심난하고 힘들 때 이 그림을 멍하니 보고 있으면 위안이 되었던 것이다.

"스승님이요?"

"으응. 내가 동양화에 관심이 있어서 배우고 있거든. 젊을 땐 자식들 가르치느라 엄두를 못 내다 최근에야 시작했어."

차분하니 가라앉아 있던 은수의 눈에 생기가 감돌았다. 동양화를 정말 배우고 싶어했지만 꿈같은 일이었다. 파스텔이나 수채화 등 그래도 혼자 책을 보고 배울 수 있는 건 어떻게 해볼 수 있었는데, 동양화는 책을 사도 막막했다. 너무 먼 나라의 재료들이라 솔직히 어떻게 시작해야 할지 몰라 그저 마음 깊숙이 담아두고만 있었다. 동양적인 배경이나 사물을 흉내 낸 만화가 아니라 완전히 동양화다운 먹 선으로 만화를 만들어보고 싶은 게 오랜 꿈이었다. 그녀가 눈을 반짝이며 유씨를 쳐다보았다.

"저…… 저, 저도 배울 수 있을까요?"

정말 찾고 싶었던 끈이다. 일반 학원에 가면 입시 미술처럼 가르쳤고, 문화센터로 가면 동양화는 대중적이지 않아 거의 과목으로 개설하지도 않았다. 그래서 크로키나 수채화 등은 어떻게 배울 수 있었지만, 동양화는 아직도 손도 못 대고 있었다. 화가 분에게 사사를 받아야 한다는 걸 알지만 그녀에게는 그런 끈이 없었다. 동양화를 배우려고 대학 시험을 치를까 했던 그녀였다. 처음 보는 사람에게 무리한 부탁인 걸 알면서도 그녀가 용기를 내 말했다.

"저도 배우면 안 될까요? 너무 하고 싶었는데."

사실 유씨는 젊을 때 미술 선생이었다. 미술 교육학과를 나와 아이들을 가르쳤지만 화가로서의 피가 항상 잠재되어 목말라 했었다. 유씨의 스승은 국전에서 상을 받고, 국내에서도 꽤 깊은 맛을 내는 화가에 속해 밀려드는 문하생으로 문전성시를 이뤘다. 처음엔 그림이 너무 좋아 오랜 팬으로 지냈던 유씨가 조심스레 사사를 받고 싶다고 하자 스승이 거절을 했다. 야속하고, 무안하기도 해 잠시 발길을 끊다가 유씨가 손자며느리였던 진영을 잃은 후 심난하니 안식처 찾듯 스승을 찾자, 그제야 스승이 그림을 배워보자고 타일렀다. 아마도 쌓여 있는 눈물 다른 곳으로 물길을 돌리려고 했던 것 같았다. 그날 그림을 배우자고 다독이는 스승의 토닥거림에 나이 먹은 유씨가 아이처럼 펑펑 울었다. 유씨가 앞에 있는 은수를 지그시 쳐다보며 엷은 미소를 지었다. 만약 같이 배운다면 이 아이를 좀 더 많이 알 수 있게 되겠지 하는 생각이 머리 속을 스쳤다. 하지만 스승이 허락을 할까 난감했다.

"글쎄, 선생님이 해주시려나 모르겠네."

은수가 잠시 입술을 앙다물더니 조심스레 말을 꺼냈다.

"할머니, 그럼 할머니한테 배울 수는 없을까요?"

"나?"

"예. 전 완전 초보라 기초 단계부터 해야 하거든요. 가르쳐 주시면 안 될까요? 기초만 배우면 그 다음부턴 저 혼자서라도 어떻게든 할 수 있을 것 같아요."

유씨가 묘한 웃음을 띠고 대답했다.

"그려, 어려울 거 없지. 그럼 나한테 먼저 기초를 배우세."

오랫동안 교직 생활을 했던지라 가르치는 데는 조금 자신이 있었다. 보니까 물길만 터주면 알아서 찾을 아이인 것 같아 유씨가 흔쾌히 허락을 했다. 은수가 진지하니 고마움을 표했다.

"감사합니다."

드디어 배울 수 있다. 그녀가 기쁜 마음에 활짝 웃음을 지었다. 정말 많이 기뻤다. 제일 하고 싶었던 동양화를 미뤄오며 살아왔었다. 동양화는 도저히 그녀가 생활을 꾸리며 할 수 없는 금단의 열매였다. 그 근처에 가는 것도 힘이 들었다. 중, 고등학교 때도 미술 재료를 살 돈이 없어 재료를 상으로 주는 대회에 꼬박꼬박 참석했다. 가족을 지키는 게 더 중요하다 싶어 창작을 미루고 회사에 취직했지만 갈증은 식지 않았고, 가장 소중했던 공간이 다 깨졌을 때 그 처참한 마음에 드는 생각은 하고 싶었던 동양화를 하지 못했다는 것이 가슴을 시리게 했다. 병원 응급실에서 나와 붕대로 친친 감긴 팔 한쪽을 주머니에 넣고 멍하니 횡단보도를 걸었던 그때 그런 생각을 했다.

〈왜 미루고 살아왔을까. 왜 내가 하고 싶은 일을 미루고 살아왔을까.〉

생활이 안정되고 돈을 좀 모으면 대학입시라도 봐서 동양화과를 가야겠다라고 생각하고 있었는데, 뜻하지 않은 곳에서 은인이 나타난 것이다.

그녀가 흥분을 감추지 못하고 앞에 있는 사과를 집어 유씨에게 쑥 내밀었다.

"할머니, 이거 드세요."

이미 과일 한 조각을 입에 물고 있는 유씨에게 어떻게든 마음을 표현하려고 하는 은수의 모습이 귀엽기도 하고, 황당하기도 해 유씨가 눈살을 찌푸리면서도 기가 막힌 듯 웃었다. 왠지 이 아이와 있으면 재밌을 것 같았다. 넉넉하니 세상사 다 맛본 것 같은 표정을 짓는가 하면 이럴 땐 아이 같은 면이 있어 보고 있는 게 심심치가 않았다.

은수가 건네주는 과일을 유씨가 받으려는 순간 삐걱하며 현관문이 열렸다. 은수가 과일을 건네주곤 소리가 나는 쪽으로 고개를 돌렸는데 도준이 황당함이 가득한 얼굴로 두 사람을 쳐다보고 있었다.

"어떻게 여길……."

어안이 벙벙한 얼굴로 그가 은수를 바라보았다. 황당하기는 그녀도 마찬가지였다. 눈을 동그랗게 뜨고 입을 벌린 채 눈앞에 있는 도준을 보고 말을 잇지 못하고 있었다. 그러다 믿을 수 없다는 듯 중얼거렸다.

"도준 씨 집이에요?"

할머니를 힐끔 보던 도준이 이내 상황을 깨달았다는 듯 무표정한 얼굴로 고개를 끄덕였다. 그리곤 은수의 맞은편에 앉아 과일을 먹고 있는 할머니를 조용히 응시했다. 처음엔 당황스러운 기색이 역력했던 유씨가 손에 있는 포크를 접시에 내려놓곤 놀랐다는 양 말했다.

"도준이 너 아는 아가씨냐?"

그가 대답하지 않은 채 눈을 가늘게 뜨고 노려만 보고 있자 유씨가 이번엔 천연덕스러운 얼굴로 은수에게 물었다.

"우리 손주 녀석하고 아는 사이여?"

도준의 표정을 훔쳐본 은수가 고개를 갸우뚱거리며 맹하니 대답했다.

"예, 조금 아는 사이에요. 그러니까 아까……."

아까 사귀고 있다고 말한 남자가 도준이라는 걸 말하기가 뭣해 그녀가 입 안에서 말을 얼버무렸다. 유씨는 감탄하듯 손뼉까지 치며 놀란다.

"아이구, 그랬구먼. 아가씨가 사귄다는 남자가 우리 손자였던 거여? 아이구, 이런 신기한 인연이 있나."

장승처럼 거실에 서 있던 도준이 묘한 눈빛으로 은수를 한번 쳐다보더니 살짝 입술을 일그러뜨리며 유씨에게 비아냥거리듯 물었다.

"신기한 인연이요?"

유씨가 눈을 껌벅이며 고개를 끄덕인다.

"암, 신기하고말고. 이제 보니 다 인연이어서 그랬나 보네. 내가 무릎이 아파 넘어졌는데 이 아가씨가 도와주더라고."

오리발을 내밀어도 이만큼 내밀 수 있을까? 유씨의 말에 도준의 눈이 더 가늘어졌다.

"우리 할머니, 언제부터 무릎이 아프셨나?"

짐짓 점잔을 떨며 유씨가 헛기침을 했다.

"내 요즘 무릎이 좀 안 좋다. 근데 왜 이리 일찍 퇴근했누? 만날 야근이다 바쁘다 하더니만."

만날 이 아가씨 만나느라 바빴구나, 은근슬쩍 꼬집어보는 말이었다. 숨겨놓은 무언가를 들킨 사람처럼 그가 볼멘 목소리로 대꾸했다.

"왠지 일찍 오고 싶더라고요."

유씨와 도준이 주거니 받거니 신경전 비슷한 걸 하고 있는데 가운데 앉아 있던 은수가 두 사람을 번갈아 멍하니 쳐다보다가 차츰 미간을 찌푸렸다. 기분이 묘했다. 아무래도 이상한 느낌에 그녀가 얼떨떨해 소파에서 일어나 가방을 집었다.

"저 그럼 가보겠습니다."

"이잉? 가게?"

유씨가 먼저 일어서는 은수를 쳐다보니 그녀가 억지스레 웃음을 그리며 공손하게 고개를 숙여 인사했다.

"차 잘 마셨습니다. 다음에 기회 되면 또 뵙겠습니다."

"데려다 줄게요."

도준이 그녀에게 가까이 다가오며 말을 건네자 유씨가 알았다는 듯 고개를 끄덕이며 마지막 다짐을 받아낸다.

"그럼 다음 주부터 수업하세."

"예?"

그녀가 도준을 따라 거실을 나서려다 휙 하니 고개를 돌려 유씨를 쳐다보았다.

"동양화 배우고 싶다며? 나는 주말이든 평일이든 상관없으니 언제쯤 할 건지 연락 주게."

이제 와 도준 씨 할머니라 안 배우겠다고 할 수도 없고, 솔직히 쉽게 온 기회가 아니라 포기하고 싶지도 않았다. 입술을 깨물고 혼란스러워하던 그녀가 이내 중얼거리듯 마지못한 대답을 했다.

"저기…… 곧 연락드릴게요."

"그려."

　유씨가 흡족한 얼굴로 어이 가라고 손짓을 하자 도준이 못 말린다는 얼굴로 할머니를 한번 노려봐 주곤 은수를 데리고 현관을 나섰다. 어떻게 신발을 신었는지, 어쩔 줄 몰라 하며 은수가 벌게진 얼굴로 현관문을 나왔다. 도준의 집인 걸 안 순간 숨을 못 쉬었는지 대문을 나오자 그제야 숨이 트였다. 그녀가 황당하다는 얼굴로 현관문 있는 쪽을 힐끔 보더니 혼잣말처럼 중얼거렸다.

"일부러 그러신 건가?"

　혼자 곰곰이 아까 유씨가 넘어졌던 상황을 짚어보며 잔뜩 얼굴을 찌푸리고 있던 그녀가 도준을 돌아보았다. 그는 뭐가 재밌는지 엷은 웃음기를 그리고 있었다.

"아까 제가 걸어가는데 넘어지셨거든요. 일부러 그러신 거죠?"

"아마도……."

　그가 느릿느릿 여운을 남기며 대답하자 그녀가 더 속이 탄다는 얼굴로 그를 응시했다.

"어떻게 아셨죠? 절 언제 보셨대요?"

"저번에 왔을 때 보셨던 것 같아요."
"그랬군요."
그녀가 무표정한 얼굴로 입술을 달싹이며 대답하곤 다소 굳은 얼굴로 걸음을 옮겼다. 어스름한 저녁이 골목길에 찾아와 있었다.
"혹시 할머니에게 말했어요?"
불안한 얼굴로 그녀가 확인을 하자 그가 담담하니 고개를 저었다. 안도하는 은수를 그가 잠시 아무 말 없이 바라보더니 둘다 알고 있는 사실을 확인해 주듯 차분히 말을 건넸다.
"곧 말씀드릴 생각이에요."
혼자만의 생각에 빠져 있던 그녀가 고개를 들어 도준을 바라보고는 불안스레 입술을 깨문다.
"예, 그래야겠죠. 근데 기다려 줘요. 내가 아직 마음의 준비가 안 됐어요."
어른은, 그것도 시댁 어른은 그녀에게 있어 공포심을 자아냈다. 눈앞에 있는 현실에서 불러일으키는 게 아닌 과거의 경험이 자꾸만 불러일으키는 불안감. 남자의 집안 어른이 무서워 자신의 뜻과는 무관하게 현실이 돌아가도 상황을 방관하게 될까 봐 두려웠다. 또 뜻과는 다르게 이상하게 어긋나기만 했던 경험들이 자꾸만 그녀를 위축시켰다. 그리고 다시 부정되는 반복된 경험에 더 큰 상처를 받을까 두려웠다. 도준의 집안에서 부정을 하든 안 하든 담담하게 받아들일 수 있는 마음의 준비가 필요했다. 그리고 결혼하지 않고 아이를 키운다고 떳떳하게 말할 수 있는 스스로의 자신감도 필요했다.

차는 골목길을 유유히 지나 도로로 나왔다. 어스름한 저녁은 퇴근길 차에 막혀 점점 짙어졌다. 유씨를 떠올리며 생각에 빠져 있던 은수가 먹먹한 창밖의 밤길을 쳐다보았다. 사이좋은 관계가 된다면야 좋겠지만 어른들 눈치 살피느라 그녀의 마음을 방치할 수는 없는 일이었다. 그와 있으면 편하고 좋았지만 아직 결혼을 결정할 만큼 서로에 대해 많이 겪어본 것도 아니고, 지금의 관계는 아이가 만들어낸 허상일지도 모를 일이다. 신뢰를 쌓을 만큼의 시간을 갖고 싶었다. 결혼을 한다 안 한다 고민을 하는 게 아니라 자연스럽게 이 사람과 결혼하고 싶다는 마음이 생길 때까지 스스로를 놓아주고 싶었다. 하지만 어른들이 알게 되면 또다시 싸움을 하게 되는 걸까? 잔잔하니 가라앉아 있는 마음에 짧은 순간 낮에 있던 일들이 스쳐 지나갔다. 천연덕스럽게 넘어지며 그녀에게 집까지 바래다 달라고 말했던 유씨를 떠올리며 은수가 피식 헛웃음을 배어 물었다. 생각할수록 재밌는 분이다.

"할머니가 원래 그렇게 장난이 심하세요?"

대뜸 물어오는 그녀의 질문에 도준이 운전을 하며 느긋하게 대답한다.

"글쎄요, 평소엔 그냥 그러신데 가끔 그렇게 사람 당황하게 만들어요. 한 번은 틀니를 닦다가 하수구에 빠졌다고 해서 제가 놀란 적이 있죠."

"그래서요?"

"한참 하수구를 뒤적이며 찾고 있는데 할머니가 씨익 웃잖아요. 웃고 있는 입 안에 틀니가 껴 있더라구요."

도준의 말에 그녀가 기가 막힌 듯 웃는다.

"그럼 잃어버렸다고 했을 때도 알 수 있었을 거 아니에요?"

그가 부루퉁하니 입술을 내밀곤 고개를 끄덕였다.

"예, 그렇죠. 제가 당황해서 그런 거죠. 할머니가 가끔 그렇게 놀려요."

"큭큭큭, 도준 씨도 은근히 맹한 구석이 있네요."

잠시 후 그녀의 집 근처에서 차가 멈춰 섰다. 그녀가 내리기 전에 그의 볼에 입맞춤을 하고는 후딱 차에서 내려 골목길 안으로 사라졌다. 멍하니 그녀의 뒷모습을 바라보고 있던 도준이 괜스레 손으로 볼을 쓸었다.

싱글벙글 웃음이 감도는 얼굴로 그가 집에 들어가자 주방에서 식사 준비를 하고 있던 유씨가 그를 불러 세웠다.

"잘 바래다줬냐? 중간에 좀 새기라도 하지, 내려주고 곧장 온 거여?"

이층으로 올라가는 계단에서 그가 획 하니 고개를 돌려 할머니를 노려보았다.

"수업은 무슨 소리예요?"

거두절미 뭐 그런 걸 할 새도 없이 바로 본론을 꺼내는 손자 녀석의 태도에 농을 던지던 유씨가 뻗대는 얼굴로 말했다.

"그 아가씨한테 동양화 가르쳐 주기로 했다. 왜?"

그가 깊은 숨을 한번 들이키더니 낮은 목소리로 말했다. 방금 전에 퇴근하고 돌아온 할아버지가 옷을 갈아입고 안방에서 나온 것이다.

"그러지 마세요, 할머니. 그 속 누가 모를 줄 알고?"

옆에 두곤 꼬치꼬치 캐묻고 은근슬쩍 분위기 만들어 꽁꽁 잡아둘 심산인 거 다 안다, 이 뜻이었다. 서로 완전하게 마음이 같은 상태이면 그런 어른의 태도가 기분 좋은 내 사람 만들기로 보일 수도 있겠지만 아직 그녀에겐 부담스러운 일이 될 게 뻔했다. 할아버지가 '왔냐' 그러면서 도준을 한번 보고는 주방으로 들어갔다. 할머니가 할아버지 들으라는 듯 큰 소리로 말했다.

"뭔 상관이여, 그 처자랑 내 문제인데? 자네 땜에 만난 거 아니니까 신경 끄게, 이 사람아."

주방에서 할아버지의 컬컬한 목소리가 들려왔다.

"무슨 일이여?"

도준이 뭐라고 대답할 새도 없이 할머니가 쪼르르 주방으로 달려갔다.

"낮에 나 도와준 아가씨가 그림 배우고 싶다고 해서 가르쳐 주려고요."

"그려? 근데 왜 쟤가 그러는 거여? 도준이가 아는 처자여?"

"예, 그런가 봐요. 괜히 지 아는 사람이라고 하지 말라고 성화

네여."

"왜? 애가 안 좋은가?"

"아니여요, 안 좋기는. 애가 차분하니 곱더만요. 낮에 내가 길바닥에 쓰러져 있는데 냉큼 와서 도와주고 짐 옮겨다 줍디다. 지가 좀 아는 사이라고 괜히 감 놔라 배 놔라 그러는 것이요."

계단에서 멀뚱히 듣고 있던 도준이 할머니의 말에 기가 막힌 듯 고개를 저으며 이층으로 올라갔다.

금방이라도 봄의 여신이 노란 옷을 나풀거리며 후닥닥 뛰어오는 소리가 들릴 것만 같은 날들이었다. 성북동에 다녀온 은수는 할머니와의 일을 생각할 겨를도 없이 일주일 동안 만화 시놉시스 작업에 푹 빠져 있었다. 시간은 넉넉히 주겠다고 했지만, 다음 잡지 일과 맞물리기 전에 큰 가닥은 잡아놔야 했기에 밤낮이고 시놉시스와 씨름을 하고 있었다. 인터넷으로 역사 관련 자료를 다 모으고, 서점에 가서 어린이 출판 만화에서 여성을 어떻게 그리고 있는지 조사하고, 마음에 두고 있는 인물들 서적을 읽어보는데 일주일이 그냥 지나가 버렸다. 신분이나 직업이 겹치지 않기 위해 인물들을 배치하다 보니 실제로 들어가는 내용보다 더 많은 여성의 자료가 필요했다.

밤늦게 도준과 안부 인사 같은 전화 몇 번 하고, 중간에 시장

한번 보고는 동굴 속의 곰처럼 집 안에 틀어박혀 작업에만 몰두하고 있던 그녀가 금요일 오후가 되자 방을 이리저리 서성이며 무언가를 고민했다. 할머니에게 동양화를 배울까 말까, 심중 깊은 곳에 묻어두고 작업을 하고 있었는데 금요일 저녁이 되자 일이 손에 안 잡혔다. 결정을 내려야 할 때인 것이다. 막연히 주말쯤 연락하기로 되어 있으니 밤이 늦어지기 전에 전화를 드려야 할 때였다. 배우고 싶다는 욕심이 불쑥불쑥 마음속에서 튀어올랐지만 도준의 할머니와 가깝게 지내는 게 잘하는 짓인지 알 수 없었다. 괜히 손자며느리로, 집안의 식구로 생각하게 만드는 건 아닌가 싶어 조심스러웠다. 그림으로 개인적인 관계가 깊어진 후에 상황만 더 복잡하게 되면 어쩌나 근심이었다. 그래도 멈춰지지 않는 마음. 부러움 반 경외 반. 정갈하니 담백했던 집안 분위기가 못내 마음속에서 떠나질 않았다. 정성스러운 손길이 닿은 가구 하나하나, 할머니의 넉넉한 웃음이 자꾸만 은수를 약하게 만들었다. 으리으리하고 화려했지만 차가운 냉기와 계산이 어려 있던 그의 집안과는 전혀 다른 분위기. 햇살이 쏟아져 들어오던 그 거실 마루에 앉아 할머니와 같이 그림 그리고 이야기 나누면 참 좋겠다 하는 그런 마음이 떠나질 않았다.

며칠 전 전화로 그녀가 할머니에게 그림을 배우는 게 괜찮을까 넌지시 도준에게 떠보았을 때, 그는 별다른 말 없이 그녀 하고 싶은 대로 하라며 편하게 해주었다. 차라리 이럴 땐 해라, 하지 마라 확실하게 입장을 표명해 주는 게 도움이 될 텐데 그는 자유롭게 해주는 만큼 그녀가 무작정 의존하지 않게 만들었다. 결국 할머니와의 관계는 그녀가 선택해야 할 몫이고, 그녀의 관계임을 알게 모르게 심어주었다. 그의 반응에 사실 괜한 치기가 생기기도 했다. 확 그림 배우면서 그에 대해 꼬치꼬치 묻고 알아볼까 하는 마음. 집안으로 들어가면 훨씬 더 깊게 들여다볼 수 있으니 그가 어떤 사람인지, 그를 키운 어른들은 어떤 사람인지 알 수 있는 기회 아닌가. 하지만 그렇게 계산적으로 할머니와의 관계를 맺고 싶지는 않았다. 마음이 닿아 흘러가면 갈까, 이리저리 통박 굴리며 사람을 대하고 싶지는 않았다.

결국 이도저도 확실하게 결정을 내리지 못하고 유씨와 전화해서 분위기 보고 넌지시 바쁘다는 이야기로 거절하는 쪽으로 말해야겠다, 대충 생각하고는 그녀가 전화를 걸었다. 연결음이 몇 번 울리고 수화기로 아줌마 목소리가 들려왔다.

"예, 안녕하세요. 저번에 갔었던 정은수라고 합니다. 할머님 계신가요?"

[아, 그때 어르신을 도와줬던 아가씨?]

"예."

[어르신 지금 화실에 가셨는데. 오늘 수업있다고 일찌감치 나가셨어요.]

"예에······."

그녀가 말을 잇지 못하고 잠시 침묵을 지켰다. 거절한다는 말을 전해주기도 그렇고, 전화로 통보하듯이 다시 하기도 그렇고 애매했다. 어찌해야 하나 망설이고 있는데 아줌마가 먼저 말을 건넸다.

[저기 내일쯤 아가씨가 온다고 어르신이 일러두던데 그거 때문인가요?]

"아, 예……."

아줌마의 말에 그녀가 엉겁결에 대답을 했다. 아무래도 내일 찾아뵙고 말씀드려야겠다. 그녀가 난감한 듯 이마를 문지르며 말했다.

"그럼 내일 낮에 찾아뵙겠다고 전해주시겠어요?"

[알았어요.]

다음날 그녀가 오랜만에 외출 준비를 하며 이런저런 자료를 챙겼다. 성북동 가는 길에 시놉시스를 전해줄 생각으로 문서와 자료들을 가방에 넣고는 다른 때보다 조금 더 신경 써서 옷을 입었다. 특별나게 정장 차림까지는 아니어도 평소 입는 옷 중에 그나마 좀 단정하고 깨끗한 옷으로 차려입고 길을 나섰다. 진한 녹색의 니트와 물 빠진 청바지를 입고 그녀가 오랜만에 보는 하늘을 한껏 올려다보곤 큼지막한 가방을 들고 지하철로 걸어갔다.

안 작가와 구성안을 갖고 잠시 이야기를 나누곤 그녀가 도준의 집으로 향했다. 대문에서 초인종을 누르니 삑 하고 문이 열렸지만 바로 들어가지 않고 괜스레 자신의 차림새를 훑어보았다. 너무 편하게 입고 왔다고 책잡히는 거 아닌가. 그녀가 신발이며 옷을 살피곤 매무새를 좀 가다듬고 안으로 들어갔다. 마당을 몇 발자국 걸을 새도 없이 유씨가 현관문을 열고 나와 그녀를 맞아주었다. 마당 한쪽에서 선연한 녹색 빛으로 물들어가고 있는 나무를 물끄러미 쳐다보며 걷고 있던 그녀가 유씨의 목소리에 고개를 돌려 현관 쪽을 바라보았다.

"어이 오게."

"안녕하세요."

자잘한 꽃무늬가 화려하게 그려져 있는 셔츠를 입은 유씨의 모습이 사뭇 경쾌하게 느껴지기까지 했다. 따사로운 봄 햇살이 하늘 가득 떠돌아다니며 자잘하게 부서지고 있었다. 가끔 꿈을 꾸는 양 혼미할 때가 있다. 도준과 바람을 쐬며 자가용을 타고 도로를 달릴 때나 새로운 일을 맡아 홀로 외근을 나갈 때 마치 꿈을 꾸는 것처럼 세상이 낯설었다. 현관문 앞에서 반갑게 웃음 짓고 있는 유씨의 모습이 정겹기도 하고 낯설기도 했다. 어느 이상한 나라에서 걷고 있는 느낌. 이것은 그녀가 상상해 본 적도, 예상해 본 적도 없는 일. 마지막까지 지키고 싶었던 누군가와의 관계를 손에서 놓아버린 후 전혀 다른 길로 가는 그녀의 생이 낯설다. 생각지도 못한 길에서 생각지도 못한 꽃과 나비를 만나는 느낌. 은수가 계단에서 내려오는 할머니를 물끄러미 쳐다보며 몽롱한 봄볕을 느낀다.

아줌마가 내온 차 한 잔을 마시며 이런저런 소소한 이야기를 주고받던 그녀가 거절의 말을 할까 말까 상황을 살피고 있는데 유씨가 소파에서 일어나 한쪽 방으로 걸어갔다.

"이리 와서 재료부터 좀 보게."

그녀가 벙긋거리던 입을 다시 다물고는 유씨를 따라 방 안으로 들어갔다. 안방 옆에 있는 작은 방이었다. 문을 열고 들어서자 그림 재료와 화판들이 여기저기 놓여 있었다. 작업실이었던 것이다. 유씨만의 공간이어선지 방 안은 다른 물건은 없고 오로지 그림을 그리기 위한 공간처럼 꾸며져 있었다. 벽엔 유씨가 그린 것 같은 그림들이 걸려 있어 묵향을 뿜어내고 있었다. 유씨가 상 앞에 앉더니 서서 그림을 보고 있는 은수에게 말을 건넸다.

"어떤 그림을 그리고 싶은 것이여? 채색화랑 수묵화로 나뉘어 있어서 처음엔 뭐부터 해야 할지 봐야겠는데."

자신이 그리고 싶은 게 어떤 영역에 속하는지 확실하게 알 수가 없어 그녀가 마음속에 구상하고 있던 작품 하나를 설명했다.

"그게…… 그러니까 인물화를 그리고 싶어요."

"흐음, 그러면 채색화 쪽인 거 같은데."

유씨가 책장에 꽂혀 있는 책을 뒤적이더니 전시회 팸플렛 같은 것 하나를 꺼내어 바닥에 펼쳤다. 조심스럽게 서 있던 은수가 주춤주춤 유씨 앞에 다가가 펼친 그림 앞에 앉았다. 깔끔한 선으로 유려하게 그려진 승무가 선명한 색으로 칠해져 있었다.

"이분이 선이 좋기로 유명한 분이여. 이런 그림을 말함이었는가?"

이런 그림도 그려보면 좋겠다, 은수가 그림 속의 승무를 유심히 쳐다보며 되뇌듯 중얼거렸다.

"이것보단 좀 거칠게 그리고 싶어요. 색은 입히지만 선은 수묵화에서 쓰이는 거친 선이요. 색은 좀 더 옅게 넣고 싶어요."

"흐음, 그럼 두 가지 다 해야겠네. 수묵담채화 쪽이긴 한데 거친 선 맛을 내려면 수묵화를 해야 되거든."

어느새 하는 분위기가 되어버려 그녀가 퍼뜩 고개를 들어 유씨를 쳐다보았다. 부드럽게 흘러가는 대로 몸을 맡기고 싶었는데 결국 심중에 있는 우려 섞인 마음을 꺼내고야 말았다.

"저기, 할머니, 근데 불편하지 않으시겠어요? 혹시라도 도준 씨와 헤어지게 되면 할머니와 제 사이가 난처해질 것 같아요. 아직 결혼 이야기가 오갈 정도는 아니거든요. 그래서 도준 씨와 사귀는 사람이라 가르쳐 주시는 거라면 안 했으면 합니다."

조심스럽고, 조금은 어눌한 말투였지만 자근자근 자신의 마음을 털어내는 그녀를 유씨가 물끄러미 바라보더니 방금 전까지 엷은 미소를 담고 있던 얼굴이 묘하게 진중해졌다. 너무 속에 있는 말을 다 꺼낸 건가 싶어 우물쭈물 손가락을 만지고 있는 은수를 보며 유씨가 유백색의 사기그릇 같은 웃음을 지으며 말을 건넸다.

"이 사람아, 그렇게까지 겁먹을 거 뭐 있는가? 내가 그 녀석 때문에 가르치든 아니든 배울 수 있을 때 배웠다가 사이 안 좋으면 멀리 지내면 될 일이지. 그것까지 지금부터 머리 싸매고 생각할 거 뭐 있어? 도준이하고 잘 이루어지면 좋겠지만 그건 또 내 욕심인 거고. 그것까지 자네가 걱정할 건 아니지. 그런 것도 분간 못하고 내 욕심대로 억지 부릴 정도로 세상 헛살진 않았네. 그러니 다른 생각 말고 배우고 싶으면 배우게. 정 불편하면 어쩔 수 없는 거고."

은근슬쩍 떠보는 듯한 말이었지만 유씨가 싫으면 말아라 그러니 은수가 아쉬운 듯 미련이 남은 얼굴로 옆에 있는 동양화 재료들을 쳐다보았다.

손주 녀석이 말하지 않은 이유가 이거였나? 유씨가 머리 속으로 기억을 떠올려 본다. 헤어질 생각부터 해보는 은수의 태도를 보니 도준이 혼자 결혼을 생각하고 있는 건가? 이런저런 생각을 해보던 유씨가 상관없다는 생각에 사념을 털어냈다. 보아하니 겁이 많은 것 같은데 이 참에 자연스럽게 익숙해지게 하는 것도 나쁘지 않다는 생각이 들었다. 며느리 들이는 건 젊을 땐 새로 들어올 사람에게 쉬이 마음을 안 열어주고 이것저것 살피고 사람 가려내는 짓을 했지만 나이가 드니 그게 달라졌다. 그것도 손주며느릿감이라 생각을 하니 또 달랐다. 시장에서 파는 물건 고르듯 이리저리 뜯어보기보단 손주 녀석에게 마음 닿는 사람이라면 오히려 내 쪽에서 품어주고 싶었다. 괜스레 이런저런 일에 휘말려 서로 등 돌려 멍울 하나 더 만들게 하고 싶지 않았고, 어떻게든 봄 눈 녹듯이 두 사람이 잘살아가길 바랄 뿐이었다. 할 수 있는 만큼 바람막이가 되어주고 싶었다. 살아보니 사람이란 게 가려서 이거 옳다 저거 옳다 그런다고 일이 그렇게만 풀리는 건 아니었다. 아무리 뜯어말려도 인연인 사람은 주구장창 만나서 싸워도 만나고, 인연이 아니면 아무 문제 없어도 헤어지게 되는 법이다. 손주 녀석이 진영이를 데리고 왔을 때도 그랬고, 진영이를 떠나보낼 때도 그랬다. 어디 사람 판단으로 세상일이 풀렸던가. 이렇게 그 녀석이 좋다고 만나는 여자라면 다 인연이 있는 거라고 그렇게 생각하며 유씨가 빙그레 웃음 지었다. 옆에 있는 붓이며 먹물이며 물감에서 눈길을 떼지 못하고 있는 은수에게 유씨가 꾀듯 속삭였다.

"그렇게 신기혀?"

마치 옛날 문처럼 나무가 십자로 교차해 틀이 짜여 있었고, 그 위에 화선지 비스름한 게 붙어 있었다. 그 화판에 시선을 못 떼고 구경하고 있던 은수가 유씨의 말에 고개를 끄덕였다.

"예, 동양화는 그냥 바닥에 펼쳐 놓고 하는 건 줄 알았거든요."

"그건 간단하게 수묵화 그릴 때 그러는 거고, 색을 입히거나 여러 번 겹칠을 할 땐 화선지가 못 견디거든. 그래서 틀을 짜서 그 위에 배접지라는 걸 붙인단다. 아마도 은수가 색을 입히려면 이렇게 작업해야 할 거야."

정겹게 이름을 부르는 유씨의 호칭에 그녀가 잠시 어색한 눈빛을 하다가 이내 호기심과 궁금증으로 반짝였다.

"배접지요?"

유씨가 서랍장에서 종이 한 장을 꺼내어 은수 앞에 내민다.

그녀가 손으로 만지고 뚫어지게 쳐다보더니 추측하는 사람처럼 눈썹을 찌푸린다.

"화선지를 여러 번 겹친 건가요?"

"그려. 그래야 색을 입혀도 견딘다."

갖고 싶었던 장난감을 발견한 아이처럼 그녀가 배접지를 손에 쥐고 아이 볼을 쓰다듬듯이 부드럽게 쓸어 내렸다. 화선지의 서걱거리는 느낌이 단단한 느낌과 함께 손끝으로 매만져졌다. 행복했다. 지쳐 있던 마음 안에 만들고 싶어지는 무언가가 샘솟듯이 일어났다.

"할머니, 제가 이사도 해야 하고 지금 하고 있는 일이 있어서 그거 정리하고 시작할 수 있어요. 한 달 정도 후에 시작해도 되죠?"

여러 가지 재료와 붓으로 선을 그어보며 간단하게 묵향을 느껴본 두 사람은 저녁이 다 되어서야 방에서 나왔다. 식사를 하게 되는 건 좀 불편할 것 같아 얼른 저녁 시간 되기 전에 은수가 이만 가보겠다고 일어났다. 그녀가 인사를 건네고 대문을 나서는데 골목길 안으로 차 한 대가 들어오고 있었다. 그녀가 옆으로 비켜서 차가 지나가길 기다리며 서 있자 차는 휙 하니 지나가다 이상하게 느려지더니 다시 뒤로 왔다. 그리곤 멈춰 선 차 문이 열리고 도준이 나왔다.

"왔어요?"

그를 만나고 할머니를 보는 것도 어색했지만, 할머니를 보고 도준을 만나는 것도 이상하게 어색했다. 그림 배우러 화실에 왔다가 금방 남자 친구 집에서 나왔음을 깨닫게 되는 매개체랄까. 그녀가 어색한 웃음을 입가에 그리며 도준에게 다가갔다.

"예, 오늘 할머니랑 수업 때문에."

"하기로 한 거예요?"

의외라는 듯 그의 미간이 올라갔다. 그녀가 볼을 긁적이며 뚱하게 대답했다.

"그게, 거절할 생각이었는데…… 어떻게 하다 보니 하게 됐어요."

도준이 목 안에 잠긴 웃음을 흘리며 문득 자신의 집을 쳐다보곤 고개를 가로젓는다. 안 봐도 비디오라는 말은 이럴 때 쓰는 말일 것이다. 오랫동안 아이들을 가르친 분이라 사람을 잘 유도했다. 똑똑한 것 같으면서도 알고 보면 어수룩하고 맹한 은수를 어찌해야 하나 그가 미간을 좁히고 그녀를 쳐다보다가 조금은 걱정스럽게 물었다.

"괜찮겠어요?"

그녀가 별일있겠냐는 듯 눈을 동그랗게 뜨고 고개를 끄덕였다.

"예, 괜찮겠죠. 그림 배우는 건데요 뭘. 기초 부분만 배우는 거니까요."

자신도 어쩌다가 상황이 이렇게 됐는지 아리송했지만 염려 섞인 도준의 얼굴을 풀어주고 싶어 은수가 헤실거리며 가볍게 웃었다.

 그의 집 근처에서 저녁을 먹고 두 사람은 헤어졌다. 주말 늦게까지 일하고 온 도준이기에 은수가 데려다 주겠다는 걸 거절하고 지하철로 향했다. 지하철 계단 앞에서 도준에게 인사를 하곤 그녀가 터벅터벅 계단을 내려갔다. 일주일 내내 시놉시스 때문에 신경 쓰고 할머니와 있을 때 긴장한지라 몸이 무거웠지만 발걸음은 가벼웠다. 기분이 이상했다. 성북동 이 근처에 오면 마음이 편했다. 여기 살고 있는 사람들에게는 현실이겠지만 그녀에겐 자신의 현실과는 동떨어진 아주 머나먼 안식처 같은 기분. 콘티 일도 그렇고, 할머니와의 일도 그렇고 자꾸만 무언가가 이리로 끌어당기는 느낌이었다. 머리로는 결정하지 않고 이사 갈 곳을 찾고 있는데 몸은 이리로 향하고 있었다. 이젠 마음으로 전해져 오는 울림을 받아들여야 할 것 같다. 두려움도, 불안도 그저 잘 다독이고 가야만 할 것 같다.
 지그시 자신의 마음을 들여다보며 전철의 풍경을 바라보던 은수가 집에 도착하자마자 인터넷으로 성북동 집 가격을 알아보았다. 강북이라 집 값이 적절했다. 서울 바닥, 아니, 이 나라 전체를 봐도 그리 가고 싶은 곳이 없었다. 마음 둘 곳도, 의지할 곳도 없는 땅. 지친 몸을 쉬게 할 수 있는 아늑한 곳을 찾아 수없이 많은 밤을 부동산 사이트를 돌아다녔지만 마음에 닿는 곳이 없었다. 새벽녘 성북동에 있는 어느 월세방 두어 개를 체크해 놓고 은수가 가만히 창밖을 바라본다. 담으로 둘러쳐진 지하방, 밖이 보이질 않는다. 고개를 한껏 들어야 보이는 조그맣게 손톱 같은 하늘을 볼 수 있는 창문.

〈가자, 그곳으로 가자.〉

아직은 그녀의 뜻이 될지 안 될지 알 수 없지만, 일도 그렇고 사람도 그렇고 일이 년 정도 묵고 가기에 적당하지 싶다. 어차피 사람 사는 세상, 불변한 것도 확실한 것도 없는 것, 그것을 받아들이지 못하고 평생을 걸고 사랑할 수 있는 사람을 꿈꾸었지만 이제야 알 것 같다. 꿈꾸지 말고 기대하지 말고 그때그때 마음 닿는 대로 사는 거라고 그렇게 말이다.

마음이 결정되니 일은 일사천리 후닥닥이었다. 다음 잡지 일 기획 들어가기 전에 성북동 근처에서 방 알아보고, 생활 정보지 보고 한 집 한 집 알아보니 중개료 들 일도 없다. 사랑한답시고 좁고 답답한 방도 그저 꾹 참고 살아온 시간이 억울하고 분해 무리이다 싶을 정도의 가격으로 집을 알아보고 다녔다. 무엇을 위해 그리 고생했을까? 그런 마음이 비집고 들어와 작은 방만 보아도 숨통이 조였다. 돈 모으는 건 관심없다. 한세상 그냥 입에 풀칠만 하면 된다, 그런 마음. 그녀가 벌 수 있는 돈 한도 내에서 최대한 낼 수 있는 방세로 집을 찾으니 두어 칸 되는 방에 위층으로 올라갈 수 있었다. 며칠 지나지 않아 거실도 넓고 베란다도 있는 집을 발견했다. 베란다 창문을 열고 은수가 까마득한 바깥풍경을 구경했다. 아직은 쌀쌀한 봄바람이 따스한 기운과 함께 집 안으로 들어왔다. 별달리 고민할 것 없이 숨통을 트여주는 그 베란다와 거실이 좋아 그녀가 군말없이 계약을 했다.

필요한 것만 두고 다 버려야지, 그렇게 마음먹고 있는 참이다. 그가 두고 간 물건들, 만지기도 싫고 보기도 싫어 그대로 내버려 두었던 그의 물건들을 다 버릴 것이다. 모든 유령과 괴물들을 어느 지하실에 가두어두고 열어보지 않는 사람처럼 그녀가 살고 있는 작은 방이 그랬다. 동생 은서가 살았던 방, 그 방에 그와 관련된 물건들을 다 쓸어 넣고 열지 않았다.

방 계약을 하고 집에 돌아오니 메일로 새 법령들이 도착해 있었다. 슬슬 회사를 나가야 할 때이다. 중간 중간 콘티 일이 있어 얼굴 한번 내밀고 집에서 두문불출이라 회사 사람들이 팔자 늘어졌다 농담조로 타박하니 은수는 그저 허허 하고 웃는다.

다음날 오랜만에 출근을 한 그녀는 바쁘게 기획안 짜서 메일로 보내고 난 후 한숨을 돌린다. 사무실에 있는 머그잔에 따듯한 녹차 한 잔 만들어 창밖을 쳐다보았다. 슬그머니 새로 계약한 집이 떠올라 그녀가 입가에 묘한 웃음을 머금는다. 조금만 더 참으면 된다. 그저 묵묵히 하루하루 해야 할 일 하다 보면 이삿날이 올 것이다.

아직 도준에게 이 소식을 알리지 않았다. 그는 어떤 표정을 지을까? 내심 그녀가 그의 집 근처로 오기를 바라는 것 같았지만 그는 내색하지 않았다. 아니, 가끔 만나 바람을 쐴 때 어김없이 그녀의 배를 한 번씩 쓰다듬던 그는 차라리 같이 살기를 바라는 것 같기도 했다. 기뻐할까? 아니면 정작 곁으로 이사 간다고 하면 부담스러워할까? 이사며 회사 일이며, 게다가 단행본 콘티 일까지 너무나 챙겨야 할 일이 많아 은수는 잠시 연락을 못하고 있었다. 그도 통상 일이 바빠서인지 요즘 들어 정신이 없어 보였다. 힐끔 벽에 걸려 있는 시계를 보니 그는 점심 시간이다. 그녀의 회사는 배고플 때 먹는 주의라 딱히 점심 시간이 따로 있지 않았다. 동료들끼리 서로 배고프다는 분위기가 형성되면 먹는 분위기였다. 은수가 시계를 멀뚱히 쳐다보다가 책상 위에 있는 핸드폰을 집어 들었다. 그리곤 도준의 번호를 누르려고 손가락을 움직이는데 갑자기 핸드폰이 울려댔다.

〈아이고, 깜짝이야.〉

멈칫 손가락을 멈추고 폴더 안에 찍힌 번호를 확인했다. 모르는 번호였다. 일 때문에 연락해 오는 작가나 거래처가 많은지라 일일이 번호를 입력해 놓지 않았기에 이름은 뜨지 않았다. 마감 때니까 작가 중 한 사람이겠거니 하고 은수가 별 생각 없이 전화를 받았다.

"예, 정은수입니다."

잠시 핸드폰 안에서 침묵이 감돈다.

"여보세요?"

지방에 있는 작가인가 싶어 그녀가 다시 확인을 하니 생각지도 못한 사람의 목소리가 흘러나왔다. 평온함을 가장한 쾌활한 목소리.

[언니, 나야. 은서.]

핸드폰을 들고 있는 은수의 얼굴이 흙처럼 굳어갔다. 핸드폰을 쥔 그녀의 손이 미세하게 떨렸다.

"아, 그래."

[잘 지냈어?]

"응."

짧은 단답형의 대답을 한 은수가 딱히 할 말이 떠오르지 않아 똑같은 질문으로 반문한다.

"너는 잘 지냈니?"

[응, 그렇지 뭐.]

"근데 어쩐 일이야?"

[어쩐 일은 무슨, 그냥 연락했어. 언니, 나랑 연락 안 할 생각이었어?]

동생의 대답에 은수가 허허 웃는다.

"하하, 그런가?"

[그냥 생각나서…… 했어. 언니 그 집에서 이사 못하고 계속 살고 있다는 얘기 들었거든.]

"아…… 장마철이라 집이 안 나가더라. 그래서 그냥 살았어."

[아저씨랑은 연락해?]

핸드폰을 귀에 대고 있는 은수가 천천히 눈을 껌벅인다. 무언가가 가슴을 후비고 지나가는 느낌이었다.

"언니가 그 사람이랑 결혼하면 평생 안 볼 생각이었어."

 떠나기 전날이던가? 아니면 그녀가 결혼을 엎던 날이었던가? 기억이 가물가물하다. 가물가물한 그 즈음 어느 날 동생이 했던 말이 갑자기 떠오른다. 은수의 얼굴이 서늘하니 차가워진다. 묘한 웃음을 머금고 그녀가 입술을 비틀었다.
 "아니, 연락 안 하데. 왜?"
 [아니, 그냥 연락하나 해서…….]
 사람이 사람에게 까부는 건 어디까지일까? 동생의 얼버무리는 말을 조용히 듣고 있던 은수가 냉랭한 눈동자로 앞에 있는 컴퓨터 화면을 응시한다. 그만이라고 말하고 싶은데 입이 떨어지지 않는다. 그녀의 침묵 속으로 동생의 목소리가 계속 들려왔다.
 무슨 말을 하고 있는지 정신이 멍하다. 그저 동생이 하는 말에 박자를 맞추며 이야기를 했다. 다니고 있는 대학 근처로 이사를 갔기에 살고 있는 집은 어떤지, 친구 누구랑 같이 살게 되었다는지 그런 이야기를 듣고 있었다.
 [언니가 쓴 만화책 나왔어? 그때 계약한다고 하더니?]
 작년 세 사람이 뿔뿔이 헤어질 그 즈음에 그녀가 단행본 만화를 계약했었다. 이미 서점에 깔린 지 오래되어 책이나 있을지 알 수 없다.
 "응, 나왔어."
 오랫동안 만화 공부를 한답시고 제대로 돈을 벌어본 적이 없었다. 대학 때 공부했던 걸로 대충 과외도 하고 학원 강사도 하고, 어쩔 땐 그냥 그런저런 아르바이트를 하며 만화 공부를 했었다. 창작이란 걸 하겠다고 본격적으로 시작한 지 오 년이 넘어서야 그녀의 이름을 단 책들이 나오기 시작한 것이다. 그건 일종의 성과물이었고, 지난 시간의 결과물이었으며 증거였다.

[언니 이제 기반 잡혀가나 보다.]

싸아악, 무언가가 가슴을 훑고 지나간다. 아무것도 느끼지 않으려고 방어적으로 전화를 받는지라 그녀가 덤덤하니 대답한다.

"글쎄, 가봐야 알지. 이쪽 일은 앞이 안 보이는 일이니까."

[그래도 이제 책 나오는 거 보니까 괜찮은 거지 뭐. 앞으로도 또 나올 거잖아.]

"그런가? 뭐, 되는 대로 되겠지."

마치 혼자만 살겠다고 동생을 버린 것 같은 느낌을 받아 그녀가 시큰둥하니 쓴웃음을 지었다. 동생이 그런 느낌을 주는 건지, 아니면 그녀가 스스로 그런 느낌을 갖는 건지 알 수 없지만 어쨌든 그런 느낌이 들어버렸다. 그녀의 사촌 동생. 구질구질 탈 많은 집안에서 유일하게 공부를 하겠다고 노력했던 여자 동생이라 그녀 나름대로 신경을 썼던 아이다. 작은 아버지 사업이 망해 서울에 있는 대학에 붙은 동생을 그녀가 데리고 있었다. 무리인 걸 알면서도 고시원에 있는 동생의 생활이 걱정돼 끌어 안았다.

어서 전화를 끊고 싶지만 동생의 심리 상태가 걱정스러워 은수가 나지막이 묻는다.

"괜찮니?"

[괜찮아. 학교 다니고 아르바이트하고 그래.]

"아니, 마음이 괜찮냐고."

잠시 머뭇거리던 동생이 덤덤히 대답을 한다.

[악몽을 꿔. 그 아저씨가 계속 나타나.]

"그래, 그렇구나."

[언니는?]

"난 뭐, 잘 자. 처음엔 좀 힘들었는데 지금은 괜찮아."

몇 마디 말소리가 더 오가고 다음에 또 연락하자는 말을 하고 그렇게 통화가 끝났다. 핸드폰 폴더를 닫고 그녀가 멍하니 컴퓨터 화면을 쳐다본다. 손에 쥔 핸드폰을 괜스레 힘 주어 잡고는 생각을 멈춘 사람처럼, 바위처럼 한참을 그렇게 앉아 있었다. 손이 떨린다. 심장이 요동을 치고 쓴물이 목 안으로 타고 흐른다. 그녀가 무표정한 얼굴로 사무실을 천천히 가로질러 복도로 나갔다. 복도 어느 구석에 무언가를 보호하듯 웅크리고 앉아 그녀가 얼굴을 일그러뜨렸다. 숨이 또 조여온다. 숨을 쉴 수가 없다. 조여오는 손길이 없는데 왜 숨을 쉴 수 없는 건지 알 수가 없다. 그녀가 손으로 자신의 목을 감싸곤 입을 벌려 숨을 들이키려고 애쓴다.

"ㅇㅇㅇㅇㅇㅇㅇ……."

이상한 신음이 목 안에서 쥐어짜진다. 그리곤 어느새 미친 사람처럼 키득거린다.

예감이 왔었다. 이사를 준비할 때부터 이상한 느낌이 왔었다. 왠지 동생이 전화할 것 같은 느낌. 왠지 그도 전화할 것 같은 느낌. 새벽녘에 두어 번 그의 전화가 왔었다. 폴더에 찍힌 그의 번호를 보고 그냥 울리게 내버려 두었지만, 두어 번 다 번호를 확인하고 다시 손목을 그으며 놀았다. 참으로 예상대로 행동해 주는 사람들. 참으로 자기 편한 대로 행동하는 사람들.

〈그래, 너는 시간이 지나면 다시 전화도 할 수 있을 정도였단 말이지?〉

그녀가 어금니를 깨물고 부들부들 떤다. 눈물이 나와주면 시원할 텐데 나오질 않고 괜스레 내장을 쥐어짠다.

〈죽어줄까? 내가 죽어줄까?〉

괜히 적막한 복도를 두리번거리다 다시 머리를 감싸고 잡아뜯는다. 심장이 미친 듯이 뛴다. 한참을 그렇게 휘둘리던 그녀가 이제 먹먹한 눈동자를 들어 허공을 응시한다. 낮에는 조용히 있던 아이가 놀랐는지 마구 발길질을 하고 이상하게 꾸물거린다. 그녀가 넋을 놓고 그냥 손으로 배를 쓰다듬는다. 실내에 있던 차림으로 나와 서서히 몸이 차가워지고 떨리기 시작했다. 사고를 멈추고, 아니, 멈추려고 노력하고 모든 걸 정지시킨다. 그리고 놀란 아이를 다독이듯 배를 쓰다듬는다. 춥다는 생각이 들자 그제야 복도에서 일어나 그녀가 사무실 안으로 들어갔다. 의자에 걸쳐져 있는 잠바를 걸치고 핸드폰을 들고 다시 복도로 나왔다. 멍하니 버튼을 누른다. 물속에서 지푸라기를 찾아 헤매듯 그렇게 꾹꾹 버튼을 누른다. 긴 신호음이 강물처럼 귓가를 흘러가더니 도준의 낮은 음성이 들려온다.

[예, 은수 씨.]

회의 중인가? 목소리가 낮다.

"회의 중이에요?"

[아뇨, 회의 시작하려고 준비 중이에요. 근데 무슨 일이에요?]

"그냥 했어요."

[그냥이요?]

"네."

무채색으로 대답했지만 가라앉은 기운을 느꼈나 보다. 그가 뜸을 들이며 천천히 묻는다.

[무슨 일 있어요?]

그의 따듯한 물음에 은수가 조용히 읊조리듯 말한다.

"도준 씨."

그의 목소리가 진지하다.

[네.]

"'살아라' 라고 한마디만 해줄래요?"

절박한 그녀의 마음을 느꼈는지 도준이 진지하게 그 말을 해줬다. 무뚝뚝하지만 낮고 부드러운 음성이었다.

[살아라.]

그녀가 부들부들 아직 진정되지 않은 몸으로 입가에 미소를 그리며 대답했다. 선생님 말을 듣는 아이처럼 누군가에게 매달리고 싶은 심정이었다.

"네."

대답을 한 은수가 아이처럼 묻는다.

"도준 씨, 나 살아도 되는 인간이죠?"

[네, 살아도 되는 인간이에요. 꼭 살아야 되는 인간이에요.]

그 말을 가슴에 새기려는 듯 그녀가 두 눈을 꼭 감고 조용히 듣기만 했다. 눈물이 그제야 한 방울 떨어졌다.

[나 지금 퇴근하는데 바람 쐬러 안 갈래요?]

오후 한나절을 멍하니 지냈던 그녀에게 도준이 전화를 했다. 핸드폰이 울리는 소리에 깜짝 놀라 번호를 확인하던 그녀가 그의 번호임을 확인하고 폴더를 열었다. 바람을 쐬자는 그의 제안에 생기를 잃어버린 무채색의 눈동자에 작은 빛이 스며들었다.

한 시간 정도가 지났을까? 그의 차가 회사 앞으로 왔다. 은수가 전화를 받자마자 대충 일을 마무리하고 회사 앞에서 기다리고 앉아 있었다. 서로 모른다. 무슨 일인지, 왜 그러는지. 그래도 짐작할 수 있는 각자의 무게, 생이 가져다 주는 고통의 끝자락을 만져 본 사람만이 내밀 수 있는 손을 상대에게 내민다.

두 사람을 태운 차가 시내를 달려 서울 외곽으로 향했다. 지난번 왔던 산장으로 가는 길과 비슷했다. 한쪽 국도로 차가 방향을 트는가 싶더니 양편으로 나무들이 햇살을 받아 바람결에 흔들리고 있었다. 건너편으로 가끔씩 차 두어 대가 쌩 지나가고, 보이는 건 확 트인 도로와 무수히 반짝이는 나뭇잎들이었다. 창밖으로 멍하니 경치를 감상하던 은수가 붉은 노을 속으로 아련하게 흔들리는 나뭇가지를 보고 천천히 숨을 들이 내쉬었다. 거칠게 뛰고 있던 심장과 아직도 차갑게 식어 바들거리는 손이 조금씩 가라앉아 차분해져 갔다.

"좋죠?"

힐끔 은수의 얼굴을 살펴보던 그가 칭찬받고 싶은 것처럼 묻는다. 은수가 멍하니 나무들에게서 시선을 떼지 못하고 고개를 끄덕였다.

"네, 좋아요."

"여기가 일명 환상의 드라이브 코스라고 해서 남자들이 여자를 꾈 때 오는 곳이에요."

장난스러운 그의 말에 그녀가 피식 웃는다. 자꾸만 늪으로 가라앉아 어딘가 숨고 싶은 그녀가 고개를 돌려 도준을 쳐다보았다.

"고마워요."

진심 어린 그녀의 목소리에 도준이 뚱하니 대답한다.

"고마울 거 없어요. 당신 마음이 약해지는 걸 틈타 꾀려고 그러는 거니까."

서울에서 다시 만났을 때 연인이 되자고 했던 그에게 시니컬하게 대답했던 그녀의 말을 장난스럽게 비꼰 것이다. 다시 그녀가 웃는다. 그리곤 이어져 오는 상념에 빠진다.

"그런 거겠죠, 사는 게?"

"……."

침묵을 지키고 운전을 하는 도준에게 그녀가 스스로에게 되뇌듯 말했다.

"그런 걸 거예요, 사는 게. 안 좋은 사람도 만나고 좋은 사람도 만나고 그런 거겠죠?"

그가 대답없이 작은 한숨을 뱉어냈다. 그녀가 다시 고개를 돌려 눈앞에 펼쳐진 숲을 응시했다.

〈이렇게 세상이 아름다운데, 이렇게 아름다운 게 세상인데.〉

반짝이는 나뭇잎, 붉은 노을 아래 물들어 있는 숲을 보니 그녀가 보았던 생의 한가운데가 꿈처럼만 느껴진다. 그녀가 보았던 건 꿈이었을까? 아니면 그냥 살면서 일어나는 인간사 아무것도 아닌 일을 홀로 시궁창 썩은 물을 바라보는 것처럼 느끼고 있는 걸까? 가끔은 꿈을 꾼 듯, 잠시 딴 세상에 갔다 온 듯 모든 것이 헷갈리고 분간을 할 수 없다.

한참을 달려 차가 멈춘 곳은 어느 호숫가였다. 텔레비전에서 보았던 그런 호숫가. 영상으로 보는 것과는 전혀 다른 시원한 적막함이 몸을 감싼다. 물은 고인 듯 흘렀고, 흐르듯 고여 있었다. 차에서 내린 은수가 멍하니 호숫가를 바라보며 터벅터벅 걸어갔다. 반쯤은 넋이 나간 그녀의 모습을 물끄러미 바라보고 있던 도준이 그녀를 따라 곁으로 다가갔다. 왜 그런 전화를 했는지, 무슨 일이 있었는지 입 안에서 말이 되어 나오려고 혀를 맴돈다. 그런데 언어로 되어 나오질 않았다. 하염없이 호수를 쳐다보는 그녀의 두 눈동자가 차마 질문을 할 수 없게 만든다. 그러나 두고만 봐야 하는 자신의 한계가 싫어 그가 고백하듯 자신의 이야기로 그 무기력함을 벗어나려 한다.

"가끔씩 이곳에 와요. 도저히 표현도 안 되고 된다고 해도 소용없는 거 알고 나서는 이곳에 와서 소리를 냅다 지르고 가요."

정면을 바라보던 그녀의 눈이 그를 응시하자 그의 적막한 눈동자가 드러났다.

"그러면 다시…… 잠시 살아갈 만큼의 여력이 만들어지죠."

그에게 존재했던 의미로 두 사람이 다시 호숫가를 바라본다. 어스름한 어둠이 깔려 먹먹한 물소리가 귓가에 웅웅거린다. 그의 목소리가 물소리와 숲의 소리에 섞여 귓가를 감돈다.

"살아가도 되는 건지, 살아야 하는 건지 알 수 없어요. 난 아직도 모르겠더라구요. 근데 계속 살아요. 그냥 살아요."

무엇이 문제였을까? 사고나기 전날 아내와 싸워 그녀가 딴생각에 빠져 길을 걷게 한 게 문제였을까? 아니면 병원 측의 실수가 문제였을까? 아니면 처음부터 결혼을 하겠다고 고집을 부렸던 것부터가 잘못되었던 걸까? 인연이 아닌데 그가 붙잡아 아내를 제명대로 못 살게 한 걸까? 무엇이 문제였을까? 답은 너무나 많기도 하고 아예 없기도 했다. 그가 국제회의에 들어가기 전에 아내에게 사과 전화를 했다면 사고를 당하지 않을 수 있었던 게 아닐까. 바보 같은 질문들은 이어졌고 불면의 밤은 계속되었다. 답은 없고 남은 건 아내와 아이가 죽었다는 사실뿐. 아무것도 달라질 게 없었다.

그의 눈이 적막하다. 어둠이 들어차 눈이 아프다. 감긴 그의 눈앞엔 온통 어둠뿐, 쉬려고 눈을 감으면 보이는 건 까마득한 현실, 몸 안 구석구석을 맴도는 무력감. 그가 할 수 있는 건 아무것도 없었다. 그저 휩쓸고 지나간 인간사 한 단면을 받아들여야 한다는 사실만 존재할 뿐. 받아들일 수 없으면 죽어야 하는데 죽지 않고 살아간다.

먹먹한 숲의 향기를 들이마시며 그녀가 되뇌듯 말했다.

"가끔은…… 막 헷갈릴 때가 있어요. 신이 나에게 죽어라 하고 있는데 나만 살아야겠다고 버티고 있는 건 아닌지. 죽어줘야 하는 건데 살겠다고 혼자 발버둥 치고 있는 건 아닌지 헷갈려요."

호숫가는 어두웠고, 조용했으며 포근했다. 때로는 밝은 빛이 찌를 것처럼 아플 때가 있는 것처럼 때로는 적막한 공기가 사람을 숨 쉬게 해준다.

서늘한 공기를 따라 두 사람이 숨어든 곳은 예전에 왔던 산장, 이젠 두 사람만에게 약속된 방처럼 둘이 묵고 갔던 그 방이 비어 있었다. 도준이 그녀를 안고 몸 구석구석에 입맞춤을 남겼다. 옅은 색의 붉은 흔적이 그녀의 목덜미와 입술에서 진해져 갈 즈음 문득 고개를 들어 속삭인다.

"일단 살아버려요."

따듯하고 고운 입맞춤에 물에 잠긴 듯 눈을 감고 있던 그녀가 쉰 웃음을 흘린다.

"네, 일단……."

그의 입술이 그녀의 귓불 안쪽을 혀로 핥으며 뜨거운 숨결을 뱉어낸다.

"혹시 알아요, 일단 살아버렸는데 내가 당신을 행복하게 해줄지?"

연한 진줏빛처럼 달빛이 창으로 새어 들어와 차가운 어둠을 감싼다. 입 안으로 들어오는 그의 혀를 맞아들이며 그녀가 두 손으로 그의 얼굴을 소중한 듯 감싼다. 아름다운 건 달빛이 아니라 당신의 마음. 두 눈을 감고 그녀가 도준의 체취를 깊이 들이마신다. 은은한 살 내음과 청결한 바닷빛 향이 코끝을 간질인다. 그의 손이 어지러운 머릿결을 매만지며 베개 가득 흐트러뜨렸다. 공기에 녹아들듯 두 사람의 숨소리가 새어 나와 상대의 몸을 간질인다. 육체로 타고 흐르는 만족감, 서로의 존재감을 느끼는 데서 오는 안정감과 아늑함. 그의 몸이 천천히 움직이며 그녀를 가득 채웠다.

"아……."

가느다란 신음이 숨소리마냥 흘러나오자 그의 입술이 그녀의 숨결을 가로챘다. 어디론가 멀리 가버릴 것 같은 그녀이기에 그가 붙잡듯 다급한 키스를 한다. 그를 감싼 그녀의 몸을 더 강하게 끌어안아 완전한 결합을 꿈꾼다. 언제나 떨어져 있는 사람의 사이가 존재한다지만, 각자의 생을 각자가 짊어져야 하는 거라지만, 그래도 때론 이렇게 깊은 결합이 짊어져야 할 어깨를 어루만진다.

왜 서로 심연의 어둠을 내보이지 않아도 편하기만 한 걸까? 존재하는 형태가 서로에게 위로가 된다. 놓치고 싶지 않은 그의 반려를 이제야 만났다.

그녀의 깊숙한 곳으로 거침없이 들어가던 그가 잠시 멈춰 결합이 주는 충만함을 조용히 되새긴다. 붉게 부풀어 오른 은수의 입술을 혀로 핥으며 거친 숨결을 불어넣는다. 그의 몸짓에, 열기에 휩싸인 그녀가 이내 참지 못하고 괴로운 듯 몸을 들썩이자 도준이 가쁜 그녀의 숨결을 잡아채 더 깊은 곳으로 들어갔다. 거친 신음이 그의 입술에서 새어 나와 늘어진 그녀의 몸에 미묘한 파장을 만들었다. 몸 안을 꽉 채우며 휘돌던 열기가 급하게 빠져나가지 못하게 그가 천천히 여운을 남긴다. 엷은 웃음을 머금는 그의 입가와는 달리 그의 머리카락은 땀에 흥건히 젖어 흐트러졌다. 차분하고 진중했던 그가 은수를 안는 그 순간만큼은 본연의 색을 띤 원석처럼 거칠게 빛을 냈다. 제어되지 못한 흐트러진 숨결이 정겹다. 땀에 젖어 번들거리는 그의 몸이 여전히 그녀의 몸 안에 자신을 담은 채 안고 있다. 경련하듯 떨렸던 그의 몸을 은수가 손으로 쓰다듬으며 두 사람이 함께 느꼈던 아득한 열기를 되새겼다.

서늘한 바람이 창문으로 흘러들어 와 땀을 식힌다. 후텁지근했던 열기가 시원한 이슬로 바뀐다. 숨을 고르며 그녀의 목에 얼굴을 묻고 있던 도준이 그녀의 입술을 찾아 부드러운 입맞춤을 했다. 서로의 몸이 준 선물에 감사를 표하듯 두 사람의 입술이 만났다 헤어졌다 인사를 한다. 그의 입술 사이로 그녀가 숨 쉬듯 속삭였다.

"나 성북동으로 이사할 생각이에요."

그의 입술이 잠시 멀어지는가 싶더니 엷은 웃음을 머금는다.

"잘했어요. 사실은 기다리고 있었어요, 와주기를……."

그녀가 말없이 그의 깊은 눈동자를 응시하더니 입가에 곡선을 그린다.

"고마워요."

조용한 숲 속에 고적한 산장, 창문을 열고 두 사람이 공기 속을 떠도는 숲의 향을 마셨다. 풀벌레 소리가 들리고, 바람이 볼을 어루만진다. 뜨거운 물에 샤워를 한 두 사람은 창가에 서 있었다. 커피를 마시고 싶다는 은수의 말에 그가 휘적휘적 어디론가 가더니 커피가 담긴 머그잔을 그녀에게 내밀었다.

맑고 따스한 커피 한 모금을 마시고 정적이 감도는 숲의 어둠을 응시하면 모든 것이 꿈같이 느껴진다. 마음속에서 잔뜩 머물러 있던 기억과 괴로움이 일순 사라져 텅 비워진다. 이렇게 살면 되는 거라고, 이렇게 비워내는 이 상태로 살아가면 되는 거라고 스스로에게 알려준다.

그저 일어난 일은 일어난 일. 고민할 것도, 누구 탓을 헤아려 볼 것도 없는 그냥 무수히 많은 세상사 중의 티끌만한 일. 복수도, 자책도 다 흘려보내 텅 빈 충만감을 맛보며 살아가면 된다는 그런 생각이 든다. 자전거를 타고 여행을 하며 그렇게 답을 찾았다. 잘 실행되지 않는 답이었지만 그래도 답을 찾았다는 게 속이 편했다. 결국은 고이지 않고 살아가는 법, 그것이었다. 하지만 찾은 답대로 살아가는 게 잘 안 되니 문제다.

고이지 않고 스쳐 지나가는 바람의 걸음을 그녀가 조용히 받아들이며 동화되려다 피식 쓴웃음을 웃는다. 그녀의 뒤에서 두 팔로 그녀의 허리를 안고 같이 창밖에 있는 숲을 바라보던 그가 나직이 묻는다.

"오늘 무슨 일이었어요?"

조심스러운 그의 태도에 그녀가 부드럽게 답한다.

"별거 아니에요. 그냥 동생 전화 받고 그랬어요."

"……"

그가 침묵을 지킨 채 그의 턱을 은수의 머리에 대고 그녀의 말을 기다린다. 침묵이 따스할 때가 있다. 그녀를 감싸고 있는 그의 품이 아늑해 그녀가 옛날이야기를 전해주듯 담담하다.

"어떤 여자가 사랑이 식어 남자에게 헤어지자고 했어요. 남자는 그 여자의 동생에게 화를 입히고 떠났어요. 여자는 무너졌고, 남자는 그 모습을 보고 사랑한다며 결혼해 달라고 했죠. 결국 그 여잔…… 남자도 버리고, 동생도 버렸어요."

조용히 그녀의 말을 듣고 있던 그가 작은 한숨을 내쉬고는 먹먹한 어둠을 응시한다. 은수가 쓴웃음을 머금고 말을 잇는다.

"그런데 참 이상하죠. 버린 건 그 여잔데, 왜 그 여잔 자신이 버림받았다고 생각하는 걸까요?"

"가끔은 느껴지는 게 진실일 때도 있어요."

"뭐, 이제 와 무슨 소용이겠어요. 내가 버렸든 버림을 받았든 달라질 건 아무것도 없는데."

〈그래요, 달라질 건 없어요. 내가 아내를 사랑했든 안 했든 달라지는 건 없었어요.〉

그가 그녀의 머리 위에 입맞춤을 하곤 그녀를 더 힘 주어 끌어안았다. 풀벌레 소리가 존재한다. 바람이 존재한다. 숲이 존재한다. 그리고 먹먹한 어둠도 존재한다. 의도없이 존재한다. 그저 존재한다. 뜨거운 연인의 은밀함이 되어주는 어둠이든 공포의 날을 세우는 어둠이든 어둠은 그저 그냥 존재할 뿐이다.

다음날 출근 문제로 새벽녘에 두 사람은 다시 서울로 돌아왔다. 집 앞에 그녀를 내려주고 그가 집으로 들어갔을 땐 고요한 적막만이 집을 감싸고 있었다. 조용히 열쇠로 현관을 열고 거실을 가로지르려는데 주방에서 작은 불빛이 새어 나왔다. 그가 우뚝 걸음을 멈추고 빛이 새어 나오는 쪽으로 고개를 돌리니 할아버지가 물 한 잔을 들이키곤 거실로 나왔다.

"이제 오냐?"

"안 주무셨어요?"

"늙나 보다, 새벽잠이 없는 거 보니."

아직은 노인이 되었음을 받아들이지 못하고 그의 할아버지가 푸념을 하자 도준이 싱긋 사람 좋은 얼굴로 입가를 올린다.

"주무세요."

"그래, 너도 얼른 자라. 내일 또 일찍 나가야 할 텐데."

"예."

그가 계단을 올라가려고 하는데 안방으로 들어가려던 김씨가 무언가 생각났는지 그를 불러 세운다. 내일 말할까 하다가 혹시나 모르고 약속을 잡을까 생각난 김에 이야기한다.

"도준아, 사돈댁에서 청첩장을 보냈더구나."

그가 걸음을 멈추고 할아버지를 쳐다본다. 형석이 결혼한다고 하더니 날짜가 잡혔구나. 김씨가 거실 탁자에 놓아둔 청첩장을 가져와 그에게 내민다. 그가 말없이 하얀 편지 봉투를 받아 들곤 물끄러미 봉투를 쳐다보자 김씨가 무덤덤하게 묻는다.

"가보겠니?"

봉투에서 시선을 떼지 않고 그가 불확실한 어조로 대답했다.

"상황 봐서요. 가게 되면 가고요."

김씨의 입에서 짧은 한숨이 흘러나오는가 싶더니 고개를 끄덕인다.

"그래, 알아서 하렴. 나는 화환이나 하나 보내야겠다."

도준이 청첩장을 챙기곤 할아버지를 물끄러미 쳐다본다.

"가봐야 하는 거겠죠?"

손자의 질문에 김씨의 미간이 좁혀졌다.

"가봐야 하지 않겠니? 그쪽에서 보낸 걸 보면 그래도 와주었으면 하는 것 같은데."

"예."

굳어 있는 손자의 얼굴을 김씨가 조용히 살피다가 별말없이 안방으로 들어갔다. 도준도 다시 걸음을 옮겨 이층으로 올라갔다. 방 안에 있는 탁자 위에 청첩장과 가방을 내려놓곤 그가 양복 상의를 벗어 의자에 걸쳤다. 그리곤 탁자에 있는 청첩장을 잠시 뚫어지게 응시하는가 싶더니 욕실로 들어가 가벼운 샤워를 했다. 은수와 바람을 쐬고 한결 가벼웠던 마음이 언제 그랬냐 싶게 무겁다. 사람들과의 분명치 않은 관계가 지그시 머리를 아프게 한다. 연락 한 번 없던 사람들이 청첩장을 보낸 건 무슨 뜻인가? 아직도 그에 대한 원망을 풀지 않는 아내의 가족들이 이 청첩장을 보낸 건 왜인가? 물기 젖은 머리를 수건으로 탈탈 털어내며 그가 탁자 위에 있는 청첩장을 지그시 들여다본다. 담백했던 그의 눈동자가 어느새 날카롭고 예리하다. 찬찬히 봉투를 열어 카드를 열어본 그가 장인, 장모의 이름에 시선을 고정시켰다. 서울에서 교장이었던 분이 갑작스레 시골 학교로 발령이 난 게 이상해 대충 조사를 해보았다. 지방에 뜻이 있던 분이 아니었기에 그가 국내에 없는 동안 무슨 일이 있었던 건가 할아버지에게 넌지시 물어보니 촌지 사건이 있었단다. 장인이 교장에서 물러나는 걸로 비리를 대충 내부에서 마무리 짓고 다시 지방으로 발령을 받은 눈치였다.

〈끈 떨어진 갓 신세, 호기를 부리고 싶으시다?〉

지방으로 발령난 늙은 교장의 주위에 누가 있을까? 하객들로 올 주위의 교직원들과 교직에 있는 친구 분들에게 그가 아직은 건재함을 과시하고 싶으신 게다. 그 건재함의 증거로 자신의 집안이 필요한 것이겠지. 가만히 카드를 응시하던 도준의 입술이 쓰게 비틀렸다. 냉정하게 상대의 숨겨진 마음을 헤아려 보며 분노의 일렁임을 지그시 들여다보다가 상념에 젖듯 자연스레 죽은 아내를 떠올린다. 아버지가 권력 싸움에 그의 집안을 이용하는 걸 지긋지긋하게 싫어했으면서도 그래도 아버지라 대놓고 뭐라 하지 못했던 아내.

〈너는 죽었는데, 그들은 내 슬픔은 필요없고 이름을 달라 하는구나. 진영아, 어떻게 해줄까?〉

뻑뻑하게 묵직한 눈가를 그가 손으로 문지른다. 어린 시절 보았던 아내의 동생이 머리 속을 스쳐 지나간다. 의도가 무엇이든 간에 그가 아꼈던 그녀의 동생, 그리고 아내의 유일한 남동생이 결혼한다는데 어떻게 모른 척할까. 불쾌함이 엄습하는 가슴 한 구석을 내리누르며 도준이 수첩을 꺼내 결혼식 날짜를 표시했다.

다음날 아침, 식사를 하고 일어서려던 도준이 맞은편에서 앉아 있는 할아버지에게 무뚝뚝하니 말을 건넸다.

"화환 보내지 마세요, 할아버지."

무슨 뜻인지 알 거 다 아는 김씨이기에 그의 할아버지가 말없이 손자의 얼굴을 응시했다. 남의 집 고운 딸, 손자 녀석이 데려다 지키지 못한 게 가슴 한구석 죄인처럼 느껴져 사돈댁이 원하는 대로 해줘야겠다 생각하고 있는 참이었다. 조용하고 부드러워 보여도 알게 모르게 냉정한 아이가 손자였다. 그러나 그렇게 이용당해 주는 것도 한편으론 축하 선물이 아닐까, 그런 생각이 들어 할아버지가 불퉁한 대답을 한다.

"그럴 것 없다. 그냥 화환 하나 보내는 일인데. 가보는 것도 아니고."

도준의 얼굴이 무표정하니 서늘했다.

"그러지 마세요, 할아버지. 제가 다녀오는 걸로 된 겁니다."

아내가 죽었다. 그것이 누구의 탓이든, 아니면 아무의 탓도 아니든. 설혹 그의 탓이라고 해도 아내의 죽음이 거래의 대상처럼 빌미로 잡힐 수는 없는 일이다. 아니, 차라리 거래의 대상임을 드러내며 힘이 되어달라 말했다면 이렇게까지 불쾌하지 않을 것이다. 상대가 갖고 있는 묘한 죄책감과 안타까움을 은근히 건드리는 이런 식의 행동은 더 이상 봐주고 싶지가 않다. 지방으로 발령되어 교직을 지키고 있는 것도 할아버지가 내키지 않는 마음을 누르고 뒤에서 힘을 쓰신 거라는 걸 알고 있었다. 다시금 불쾌감이 전신을 감돌고 분노가 요동 쳤다. 식사를 마친 도준이 가타부타 다른 말은 더 이상 하고 싶지 않은 듯 조용히 일어섰다.

*

"예쁘다."

하얀 면사포를 쓰고, 하얀 장미를 들고 있는 지예의 모습이 너무나 아름다워 은수가 문을 열고 들어서자마자 감탄을 내뱉었다. 단아하게 올려진 친구의 머리 위에 섬세하게 수놓인 면사포가 비칠 듯 안 비칠 듯 고왔다.

"왔구나."

머리에 잔뜩 꽂은 핀과 익숙지 않은 고운 화장에 지예가 입꼬리만 살짝 올리고 얼떨하니 은수를 반겼다. 드레스 자락이 지예가 앉아 있는 의자 주변에 넓게 퍼져 쉬이 다가설 수가 없었다. 결혼식이란 사회적 의미가 무엇이든 새하얀 웨딩드레스가 무엇을 상징하든 간에 생의 새로운 길을 걸어가려는 친구에게 축하를 건네고만 싶었다.

"축의금은 많이 냈냐?"

지예가 장난스레 묻자 은수가 시큰둥한 얼굴로 친구를 째려보았다.

"뭐, 있는 게 돈밖에 없어서. 아마 제일 묵직할걸."

"아이구, 그러셔?"

"천 원짜리니까 요긴하게 쓰일 거다."

축하한다, 잘살아라, 그런 진심 어린 마음을 그녀가 시시껄렁한 농담 속에 섞어 건네니 지예가 얼른 알아차리고 키득거린다. 가벼운 농담 건네며 긴장된 마음 풀고 있는데 결혼식장 직원이 들어와 신부에게 나오라고 한다.

"신부님, 결혼식 시작합니다. 나오세요."

친구는 멀쩡히 농을 하다가 갑자기 긴장한 듯 깊은 심호흡을 한다. 결혼식장 가득 신랑 입장을 알리는 음악이 울려 퍼지고 지예가 직원을 따라 천천히 밖으로 나갔다. 결혼식장은 시끌벅적했다. 신랑, 신부가 둘 다 선생이라 식장엔 아이들로 가득했다. 자기 선생님이 더 괜찮다고 서로 숙덕숙덕 수다를 떨며 요란한 결혼식장 분위기를 더 왁자지껄하게 만들었다. 그런 아이들 틈에 끼어 친구가 아슬아슬하게 드레스 자락을 안 밟고 걸으려 애쓰는 모습을 은수가 빙그레 웃으며 지켜보다가 대학 동기 누가 왔나 식장 안을 휘이 둘러보았다.

〈유진이가 왔네. 수연이도 왔고, 미정이도 왔고, 도준 씨도 왔고…….〉

엥? 낯익은 얼굴들을 하나씩 둘러보던 은수가 도준의 모습을 보고 눈이 휘둥그레졌다. 그녀의 시선을 느꼈는지 결혼식을 지켜보던 도준이 무심히 고개를 돌려 그녀가 있는 곳으로 시선을 주다가 은수를 알아보곤 그녀처럼 눈이 커졌다. 생각지도 못한 곳에서 그녀를 만나니 묘하게 굳어 있던 그의 얼굴이 부드럽게 풀렸다. 은수가 재잘대는 아이들과 사람들을 제치고 한쪽에 서 있는 도준에게 다가갔다.

"여길 어떻게 왔어요? 아는 분 결혼이에요?"

"네, 신랑이 처남이에요. 은수 씨는요?"

그녀가 새삼 신랑의 뒷모습을 쳐다보다가 이런 우연이 있나 싶어 기막힌 듯 웃는다.

"신부가 친구예요."

신랑, 신부가 근무하는 학교 교장 선생이 주례를 하고 있었다. 아이들 조례 때 끝나지 않는 교장 선생의 훈시처럼 주례는 끝날 듯 안 끝나 사람들이 이미 딴짓을 하고 있었다. 신랑이 신부에게 반지를 끼워주자 도준이 속삭이듯 은수의 귀에 대고 말한다.

"더 있을 거예요?"

"네, 식 끝나고 차 탈 때까지는 있으려고요. 왜요? 가시려고요?"

"아니에요."

인사를 했으니 중간에 조용히 가야겠다 생각하고 있었는데 은수를 만나니 같이 가야겠다 싶었다.

"식사는 했어요?"

그가 시선은 신랑, 신부에게 두고 나직이 묻는다. 은수도 앞을 보면서 대답한다.

"아뇨. 도준 씨는요?"
"저도 아직이요."
"먹고 올까요?"

결혼식장 아래층에 있는 식당으로 두 사람이 빠져나갔다. 신부 쪽과 신랑 쪽으로 식당이 나뉘어 있어 두 사람이 잠시 멈칫하고 섰다. 그의 입장에선 사위 입장으로 들어가는 건데 모르는 여자를 데려와 식사를 하는 건 보기 그럴 것 같아 은수가 먼저 가벼이 말했다.

"신부 쪽에서 먹어요. 제가 축의금 많이 냈거든요."
"그래요."

잠시 난처했던 그의 마음을 그녀가 알아서 챙겨준 게 고맙기도 하고, 한편으론 그녀의 존재를 숨긴 것 같아 미안한 마음에 그가 멋쩍은 얼굴이 되었다. 갈비탕과 여러 가지 잔치 음식들을 맛보던 그녀가 무슨 생각을 잠시 하더니 그에게 얼굴을 디밀고 중얼거렸다.

"도준 씨, 우리 결혼식 사진이라도 찍을까요?"

잡채를 입 안에 물고 도준이 눈을 껌벅이며 은수를 쳐다보았다. 그녀가 짧은 한숨을 뱉어내며 미간을 찌푸렸다.

"아무것도 안 하고 애 낳으려니까 갑자기 억울해지는 거 있죠. 웨딩드레스는 한번 입어보고 싶은데."

입 안에 있는 음식을 꿀꺽 넘기고 도준이 한쪽 눈썹을 치켜 올리며 뚱하니 대답한다.

"그러게 결혼하자고 했잖아요. 결혼식 보니까 마음이 달라졌어요?"

그녀가 고개를 설레설레 저으며 시니컬하게 대답했다.

"아뇨. 결혼은 아직 생각없는데 웨딩드레스만 입어봤으면 해서요. 예쁘잖아요."

입술을 부루퉁하니 내밀고 중얼거리던 그녀가 순간 눈을 동그랗게 뜨고 씨익 웃었다.

"나랑 웨딩드레스입고 사진 찍지 않을래요?"

그녀의 자유로움이 그를 자유롭게 하고, 그녀의 소탈함이 그를 시원하게 했지만 가끔은 그녀의 자유로움이 버거울 때도 있었다. 아니, 버겁다기보단 당황스럽다고나 할까? 그러나 장난 섞인 눈동자 안에 묘한 진지함이 자리 잡은 게 보였다. 그가 느릿느릿 성은을 베푸는 왕처럼 거드름을 피우며 말했다.

"뭐, 소원이라면 못 들어줄 거 없죠."

그녀가 인상을 구기며 도준을 노려보았다.

"알아요? 가끔 당신 얄밉게 굴 때가 있어요."

그가 전혀 몰랐다는 듯 눈을 크게 뜨고 되묻는다.

"그래요? 어, 이상하네. 나 얄미운 성격 아닌데."

은수가 기가 막힌 듯 입술을 비틀자 그가 더 진하게 웃음을 보였다.

식사를 마치고 나오니 결혼식이 끝나 있었다. 신랑, 신부 양쪽 부모들은 찾아온 하객들에게 인사를 건네느라 분주했고, 신랑, 신부는 옷을 갈아입으러 갔는지 모습이 안 보였다. 은수와 함께 나오던 그가 식당 복도에서 장인, 장모와 부딪쳤다.

"와줘서 고마웠네."

웃고 있지만, 웃지 않는 장인의 눈빛이 풀어져 있던 도준의 마음을 다시 딱딱하니 굳게 만들었다.

"아닙니다. 당연한 건데요 뭘."

그가 예의 바른 미소를 그리며 인사를 하는데 은수가 한 걸음 떼어 멀찍이 서 있는 게 느껴졌다. 그러나 그녀와 함께 걸어오는 걸 이미 보았던지라 그의 장인이 힐끔 은수를 보고는 묘하게 차가운 시선을 보냈다. 도준이 지그시 장인의 얼굴을 응시하다가 이내 딱딱한 얼굴이 된다.

"그럼 가보겠습니다. 다음에 기회 되면 뵙지요."

"그러게."

그의 장인, 장모 앞이라 멀찍이 떨어져 걷는 게 나을 것 같아 은수가 잠시 멀뚱히 서 있었다. 그런데 도준이 걸음을 옮기다 말고 은수에게 시선을 보냈다. 장인의 묘한 시선이 함께 서 있는 두 사람의 모습에 고정되어 있다가 이내 도준의 건조한 시선을 마주 보지 못하고 자리를 떠났다.

"친구 배웅해야 한다면서요?"

무표정하게 감정을 드러내지 않는 그의 얼굴을 은수가 조용히 쳐다보곤 싱긋 웃으며 고개를 저었다.

"괜찮아요. 차 타고 그러려면 정신없을 거예요."

그녀가 그와 함께 결혼식장을 나오자 도준이 은수의 손을 잡아 얽었다. 주말이라 차를 갖고 오지 않은 그가 택시를 잡았다. 두 사람을 태운 차가 시내를 가로지르는 동안 도준이 은수의 손을 잡고 있었다. 생각에 잠긴 듯 유리창 쪽으로 고개를 돌리고 있던 도준이 여전히 창밖으로 지나가는 시내를 응시하며 조용히 속삭였다.

"고마워요."

무엇이 고맙다는 건지 잘 모르겠지만 가라앉은 그의 마음이 느껴져 그녀가 대답없이 그의 손을 더 꽉 쥐었다.

6 … 은빛 날

4월, 목련이 물기를 담뿍 안고 봉우리를 돋아내고 있었다. 성미 급한 몇몇 꽃봉우리는 벌써 땅 아래로 꽃잎들을 떨어뜨렸다. 식목일이라고 관공서와 학교에 다니는 아이들이 곳곳에 나무를 심은 지 며칠 지난 어느 날 은수는 이사를 했다. 작은 방에 있던 물건들을 골라내느라 하루가 걸렸고, 책과 음반 사이로 그와의 기억이 튀쳐나와 고역이었다. 필요한 물건이니 써야 할까, 그가 썼던 이어폰을 손에 쥐고 멍하니 생각에 잠겨들던 그녀가 미련없이 쓰레기 봉투 속으로 던져 넣었다. 필요하기 때문에, 살아야 하기 때문에 용납하고 봐야 했던 인간관계는 얼마나 많았던가. 필요에 의해 기억을 떠올리는 물건들을 품에 안고 스스로를 상처 내는 짓 따윈 가능한한 하고 싶지 않았다. 생은 아무렇지 않게, 때마다 집요한 질문을 했다. 넌 무얼 선택하겠냐고, 넌 너의 생존을 위해 어디까지 용납하겠느냐고. 이어폰은 그녀가 오빠와 삼촌에게 당하고도 그 집에서 살아남기 위해 침묵해야 했던 그 선택의 순간을 떠올리게 했다. 물건에 깃든 사념에 얽매여 쓰일 수 있는 물건을 버리는 게 자꾸만 스스로에게 질문을 하게 만들었다. 마음의 휘돌림에 물건 그 자체를 받아들이지 못하고 쉽게 버리는 것에 대하여. 그러나 이젠 스스로의 성찰이나 비워짐이 힘든 것이라면 떠올리게 하는 매개체인 물건을 버리는 것도 현명한 짓이리라 생각도 들었다.

4월의 하늘이 푸르렀다. 이사 전날 봄비가 내려 세상은 촉촉이 젖어 있었다. 혼탁한 먼지를 봄비가 품 안에 안고 사라져 맑은 공기를 마시며 짐을 옮겼다. 어느덧 배가 불러 짐을 옮기는 아저씨들을 도와주지 못하고 옆에서 멀뚱히 지켜보기만 했다. 평일 이사라 도준은 출근을 했고, 친구 두어 명은 이사 당일 올 수가 없어 이사 며칠 전날 찾아와 짐 싸는 걸 도왔다. 맹숭맹숭하고 덤덤한 이사였다. 묵은 때를 털어내고 물건들이 하나씩 차에 올라 그녀와 함께 떠났다. 그의 이름으로 되어 있던 유선 방송과 인터넷, 그리고 자동 이체 통장이 정리되었다.

다른 데를 또 가야 한다며 아저씨들이 부리나케 짐을 내렸고, 은수가 정해주는 위치에 따라 열심히들 가구를 옮겼다. 별로 한 것도 없는데 아저씨들이 짐 다 내렸을 땐 이미 파김치가 되어 있었다. 첫 임신이라 그런지, 아니면 그녀의 몸이 원래 그런 성향인지 몰라도 눈에 띄게 배가 부푼 것은 아니지만 그럼에도 임신 육 개월이었다. 이제 며칠 있으면 칠 개월에 접어들 참이라 한나절 서 있는 것만으로도 힘에 겨웠다. 계산을 치르고 아저씨들이 이사에 관련된 도구를 하나씩 챙겨 떠나고 나니 집 안이 고요했다. 풀리지 않은 수많은 박스와 짐들을 멍하니 쳐다보던 그녀가 베란다가 있는 거실 쪽으로 걸어갔다. 아직은 초저녁 전이라 햇살이 쏟아져 들어왔다. 따사로운 봄볕, 아무 장애물 없이 곧바로 쏟아져 들어오는 햇살 조각들이 너무나 소중하게 느껴져 그녀가 가만히 눈을 감고 조각들을 마음 안에 쓸어담았다. 어느새 짐들로 가득 찬 거실 한곳에 그녀가 편히 잠들어 있었다. 공기 속을 떠돌던 온기가 그녀의 품에 안겨 함께 잠이 들었다. 치열했던 내면도 싸움을 멈추고 잠시 이 새로운 공간에 정신이 팔려 숨을 죽였다.

"왜 나와 계셨어요?"

유씨와 미술 재료를 사러 가기로 해 은수가 도준의 집 쪽으로 향하는 골목길을 걷고 있는 참이었다. 벙벙하니 부푼 배를 어떻게 해야 하나 한참을 고민하다 그녀가 품이 넓은 봄 코트를 걸치고 나왔다. 연한 파란색의 코트가 고왔다.

이사한 지 며칠이 지난 후 어느 정도 집이 정리되고 여유가 찾아왔다. 맡고 있던 잡지 일은 일 년 계약이 끝나 잠시 쉬겠다며 거절했고, 단행본 일은 출판사에서 시놉시스를 검토 중이라 일이 멈춰 있었다. 은수가 동양화 수업을 시작하고 싶다고 유씨에게 전화를 하니 재료를 사러 가자 약속을 잡았다. 그녀가 골목길을 돌아 도준의 집 근처에 다다랐을 땐 유씨가 연보랏빛 니트를 걸치고 봄 햇살 아래 서 있었다. 그녀를 기다리려고 나와 있는 건가 싶어 은수가 더딘 걸음을 재촉했다.

"천천히 와. 봄볕 좀 쐬려고 먼저 나와 있었네."

"예."

유씨의 차를 타고 간 곳은 인사동 어느 골목이었다. 화랑과 화방들이 인사동 뒤편 길로 숨어 있어 은수는 서울 구경 온 처녀처럼 연신 고개를 두리번거렸다. 항상 인사동에 놀러오면 가운데 나 있는 길을 따라 관광 상품 같은 걸 구경하다 화랑에서 그림 보고 가는 게 고작이었다. 그런데 유씨를 따라 좁은 골목길로 빠져나오니 그제야 그림쟁이들의 거리가 나왔다. 여기저기 붓과 물감이 진열되어 있었고, 어느 가게는 스님의 옷을 걸어놓았다.

붓끝을 매만지며 종류별로 붓을 사고 물감을 샀다. 두 사람은 화랑 두어 군데를 들러 그림을 보고 길가에서 파는 호떡과 꿀실타래를 사 먹었다. 유씨가 인사동에 나온 김에 감색으로 누빈 봄 옷을 샀고, 은수는 액자 하나를 샀다. 다듬지 않고 나무를 그대로 잘라 만든 액자였다. 그루터기 같은 나무의 옆 쪽으로 작은 가지 하나가 돋아 있었다. 좀 크기가 커서 살까 말까 하다가 생김새가 특이해 덥석 사버렸다. 나중에 웨딩드레스 사진을 찍으면 넣을까? 아니면 그림 그리는 친구가 이사 선물로 준 그림을 넣을까? 액자를 들여다보는 그녀의 눈길이 봄을 닮아 있었다.

뉘엿뉘엿 해가 지고, 봄볕이 서늘하게 식어갈 즈음 두 사람이 양손에 가방을 쥐고 도준의 집에 도착했다. 은수의 짐이 많아 유씨가 그림 재료가 든 종이 가방 하나를 들어주었다. 잠시 차 마시고 가라는 유씨의 말에 은수가 빙그레 웃으며 유씨를 뒤따랐다. 걸어서 십여 분 거리에 그녀의 집이 있지만 얼른 앉아 쉬고 싶었다. 임신 팔 개월, 구 개월 된 엄마들은 어떻게 다니는 걸까? 조금 부푼 배만으로도 이렇게 피곤하니 말이다.

현관을 열고 들어서려는데 주방에서 물을 마시고 있던 도준이 소리를 듣고 거실로 나왔다. 금방 퇴근했는지 정장 차림이었다. 도준이 얼른 물 컵을 탁자에 내려놓곤 빠른 걸음으로 다가오더니 은수가 들고 있는 액자와 종이 가방을 받아 들었다. 옆에서 가방을 내려놓고 신발을 벗던 유씨가 그 순간 불퉁하게 도준을 노려보더니 비아냥거리듯 입술을 삐죽였다.

"어이구, 잘한다, 내 손주. 할머니보단 은수가 먼저 눈에 들어오는구만."

두 손에 가방과 액자를 받아 든 도준이 민망한 듯 눈을 끔벅이며 웃었다.

"아니…… 저기, 은수 씨는……."

도준이 얼떨결에 임신해서 그랬다는 말을 하려다 급히 멈췄다. 그리곤 그냥 실없이 웃으며 고비를 넘기려는데 유씨가 삐진 사람처럼 입술을 내밀고 콧방귀를 끼었다.

"흥, 이래서 키워 놔봤자 소용없다 이거여."

화난 사람처럼 일부러 투덜투덜대며 손자를 놀려대니 손자의 당황하는 얼굴에 유씨는 속으로 웃음이 나왔다. 은수가 빤히 도준을 쳐다보자 그가 싱긋 웃으며 고개를 젓는다. 화나신 게 아니고 놀리시는 거다, 이런 뜻의 눈빛이었다.

"어이구, 더워. 밖에 있을 땐 몰랐는데 이제 날씨가 한여름일세."

유씨가 니트 카디건을 벗으며 주방 아줌마에게 소리쳤다.

"수원 댁, 시원한 것 좀 주게!"

"예."

은수가 코트를 입은 그대로 거실에 앉았다. 봄볕에 그을린 그녀의 얼굴이 복사빛처럼 붉게 달아올라 있었다. 그녀를 무심히 쳐다본 유씨가 덥지 않냐는 듯 인상을 찌푸렸다.

"안 더운가? 난 땀이 다 나는데. 어려워 말고 더우면 벗어둬."

두 사람이 앉은 곳으로 걸어오던 도준이 유씨의 뒤에서 잠시 걸음을 멈칫했다. 이사한 날 퇴근하자마자 은수의 집에 들렀던 그가 오랜만에 본 그녀의 배는 벙벙하니 이제야 임신한 여자처럼 부풀어 있었던 것이다. 도준의 시선과 은수의 시선이 짧은 순간 마주쳤다. 무표정한 그의 얼굴에 얼핏 웃음이 묻어 있었다.

은빛 날

"아, 아니요. 전 괜찮은데요."

그녀가 땀으로 젖은 등허리를 느끼며 억지스레 입꼬리를 올렸다. 이야기를 하긴 해야 하는데 막상 아이를 가진 게 드러날 상황이 되니 곤혹스럽고 당황스러웠다. 창피하거나 부끄럽다기보단 쉬운 사람으로 비쳐지는 게 아닐까 염려되었다. 아이를 가졌다고 하면 바로 결혼이 갈 길인 것처럼 소 몰아대듯 몰지 않을까 심히 걱정스러운 은수는 긴장으로 얼굴이 더 화끈거렸다.

시원한 매실차를 꿀꺽꿀꺽 시원하게 들이킨 유씨가 붉어진 은수의 얼굴을 무심히 쳐다보며 툭 하니 한마디를 내뱉었는데, 그 말에 도준이 웃음을 참으려고 입술을 꽉 깨물었다.

"근데 안 본 사이에 살이 많이 쪘네그려. 한 달 전에 봤을 땐 얼굴이 퀭하더니 이젠 통통하니 보기 좋으네. 사람이 살집이 있어야 품이 넉넉한 법이거든. 꼬챙이처럼 마르면 어디다 쓰누."

요즘 젊은 사람들 다이어트다 뭐다 살찐 것에 민감한지라 유씨가 뒷말에 가선 오히려 은수를 치켜주었다. 그녀가 쓴웃음을 지으며 웅얼거렸다.

"예, 제가 요즘 좀 많이 먹어서……."

할머니를 속이는 게 마음을 불편하게 해 그녀가 말을 다 마무리 짓지 못하고 그냥 헛웃음을 흘렸다. 어디선가 웃음을 참아내는 끅끅거림이 들려오는 듯했다.

"그렇게 재밌어요?"

아직도 입가가 실룩거리는 도준을 노려보며 은수가 눈에 날을 세웠다. 그제야 도준이 무표정한 얼굴이 되어 퉁명스럽게 대꾸한다.

"뭐, 그럭저럭이요."

결혼을 하는 것도 싫다, 같이 사는 것도 싫다, 어느 것 하나 들어주는 것 없는 은수에 대한 불만이 담겨 있는 듯했다. 두 사람이 손에 가방을 들고 터벅터벅 은수의 집을 향해 골목길을 걷고 있었다. 가만히 할머니의 말을 떠올리던 은수가 깊은 한숨을 뱉어냈다.

"휴우…… 도준 씬 걱정도 안 돼요? 아시게 되면 분명 좋게 보시진 않을 텐데."

그가 웃을 듯 말 듯 시큰둥하니 대답했다.

"글쎄요, 아마 알게 되면 일단은 기뻐하실 것 같은데요."

그녀의 목소리가 낮게 잦아졌다.

"알게 되시면 결혼하라고 성화시겠죠?"

굳어 있는 그녀의 얼굴을 가만히 응시하던 그가 걸음을 멈추었다. 그녀는 자신의 생각에 빠져 타박타박 느린 걸음을 걷고 있었다. 그녀의 뒷모습을 물끄러미 응시하던 그가 무채색이지만 조금은 예민한 목소리로 말했다.

"나랑 결혼하는 게 그렇게 싫어요?"

얼핏 묻어나온 감정은 분노일까, 섭섭함일까? 아니면 냉정함일까? 그의 눈빛이 묘하게 차갑다. 아니, 뜨겁다. 그녀를 배려하느라 덤덤했던 그가 아주 잠시 속마음을 비추인 것 같은 느낌이었다.

은수가 그 진중한 목소리에 이끌리듯 천천히 고개를 돌려 그를 바라보았다. 그의 등 뒤로 노을이 지고 있었다. 노을이 지면 다음날 아침이 맑은 것처럼 그가 노을처럼 서 있었다. 맑은 하늘을 약속하는 노을은 동시에 그녀에게 공포였던 밤을 가져다주었다. 오늘 밤에도 오빠가 자고 있는 그녀를 만질까, 아니면 삼촌이 찾아와 만질까. 공포를 심어주었던 노을. 노을을 보고 무서운 건 노을 때문이 아니라 그녀 자신의 현실이 만들어내는 두려움.

반듯하고 곧은 그가 사실은 누구보다 격정적인 눈길로 그녀를 바라보고 있다는 걸 알기에 더 그 두려움이 뼈아프다. 그녀의 눈빛이 무거웠다.

"아뇨, 싫지 않아요."

날카로웠던 그의 눈빛이 그녀의 대답에 조금 부드러워졌다.

"그럼 두려운 거예요? 다시 반복될까 봐? 아니면 날 믿을 수가 없어서?"

가끔은 홀가분하게 떠나 버릴 것만 같은 그녀였다. 얽매이지 않고 모든 걸 놔버릴 것 같은 느낌에 사로잡혀 도준은 문득문득 설명할 수 없는 묘한 감정에 사로잡혔다. 세상의 기준으로 삶을 끼어 맞추지 않겠다 생각했지만 한편으론 그런 감정조차 상대가 가볍게 이 관계를 생각하는 건 아닌가 자꾸만 불안해졌다.

끊임없이 이유를 만들어 둘의 이 미약한 관계를 방치하고 있는 게 아닐까 하고 말이다.

"아뇨. 당신을 못 믿어서가 아니라 날 못 믿어서 그런 거예요."

아주 작은 감정의 일렁임도 버거워 하루하루가 힘이 겨웠다. 설명할 수 없는 감정의 편린들. 신문에 난 작은 기사에도 울음을 터뜨리고, 스치듯 지나쳐 가는 작은 뉴스에도 금방이라도 누군가를 죽이고 싶은 격한 충동을 느낀다. 과연 그녀 자신에게 누군가와 지속된 관계를 맺을 수 있는 뿌리가 있을까? 어느 한 순간 스스로의 감정을 제어 못해 손에 쥔 모든 것을 부숴 버릴지도 모른다는 공포가 도사리고 있어 타인과의 관계를 정할 수 없었고, 한편으론 과연 인간에게 관계를 무언가로 정해놓는 게 좋은 방향인지 회의가 들었다.

그녀의 표정이 어두웠는지 멀찍이 떨어져 서 있던 그가 그녀에게 다가왔다. 그리곤 짐을 안 들고 있는 그녀의 한쪽 손을 잡고는 다시 걸음을 옮겼다.

"하루에도 몇 번씩 생각이 오락가락이에요. 그냥 원하는 대로 살면 된다 싶으면서도 이대로 지내는 게 과연 괜찮을지 걱정도 되고요."

그 마음 무엇인지 잘 알기에 그녀가 말없이 그를 따라 걷기만 했다. 그는 미간을 찡그리며 무언가를 생각하는 듯했다.

"9월에 멕시코로 가면 아마 보름 정도는 체류해야 될 거예요.

갔다 와도 곧장 FTA 협상 때문에 계속 밖으로 다녀야 되는데 그때쯤이면 은수 씨 해산하고 집에서 몸 추슬러야 할 때예요."

상황을 설명하는 그의 차분한 어조에 은수가 가만히 고개를 끄덕인다.

"그러니까 할머니에게 될 수 있으면 빨리 알려야 될 것 같아요. 당신 해산하고 몸조리하는 거 할머니한테 부탁해 놔야 내가 편하게 일을 할 수 있는 것도 있고, 아무것도 모르는 할머니가 괜히 당신 임신인 거 모르고 실수하실까 걱정도 되고요. 아까도 봤죠?"

오랫동안 속에 품고 있었던지, 그의 말은 끝나지가 않았다. 그녀가 그 걱정스러운 마음을 알겠다는 듯 고개를 끄덕였다.

"다음 주 주말에 같이 얘기해요. 나도 이제 배가 불러와서 더 이상 숨기기도 힘들어요."

시원했다. 도준이 속이 뻥 뚫린 것처럼 시원한 얼굴이 되어 있었다. 하지만 시원하게 대답한 당사자가 난감한 얼굴로 이마를 찌푸리고 있자 그가 걱정을 덜어주려는 듯 온화한 웃음을 머금었다.

"걱정 말아요. 분명히 두 노인네 좋아서 난리일 거예요. 오히려 아시고 나서 당신을 꽁꽁 묶어 밖에 못 나가게 할까 그게 걱정입니다."

설마 그렇기야 하겠어? 그런 얼굴로 은수가 이마를 찡그린 채 웃었다.

사실 그의 말대로 은수의 임신 사실을 알았다면 김씨 내외는 그녀를 꽁꽁 묶어 안방에 모셔두고 신주 단지에 절하듯 할 사람들이었다. 젊은 나이에 사고를 당해 요절하는 게 집안 내력이라 집안에 자식이 생기는 게 더없이 중한 일이었다. 손자 하나 달랑 남겨두고 떠나 버린 아들 부부도 그렇거니와 뱃속에 아이 품고 어이없는 사고로 훌쩍 떠나 버린 손주며느리도 그랬다. 김씨 자신도 전쟁 때 형제를 잃어 외아들 아닌 외아들로 자랐던 것이다. 그러나 세상살이 맛이 그렇게 매운 것일까? 유씨와 김씨가 은수의 임신 소식에 놀랄 일도, 좋아라 난리칠 일도 결국 없었다. 차라리 도준의 할머니가 사실을 알고 화를 내는 걸 보는 게 더 나았을 것을 말이다. 생은 연속 선상에 있으며 스스로를 추스르는 것만으로 다 감당되는 게 아니라는 것을 다시금 확인할 뿐이었다.

　"은수가 그리고 싶은 사진 하나 가져와."
　"사진이요?"
　"으응, 처음엔 사진 보고 붓으로 일단 마음대로 그려보는 게 어떨까 싶다."
　"다른 동양화 작품을 모사부터 해볼 줄 알았어요."
　"기교를 배울 땐 그 방법도 좋긴 한데 은수가 자신의 선을 찾아내려면 힘들더라도 시행착오를 많이 거쳐 봐야 할 것 같네."
　"예."

여유로운 토요일 정오, 며칠 동안 시나리오 작업에 몰두하고 있던 그녀가 주말이 되자 갖고 있는 사진첩 하나를 꺼내어 들었다. 이사할 때 몇 안 되는 사진임에도 대부분은 버렸기에 사진첩은 품은 사진 없이 헐거웠다. 그 안에는 어머니 젊을 적 사진과 그녀가 대학 다닐 때 친구들과 찍은 두어 개의 사진이 전부였다. 고등학교 졸업할 때부터 고시원과 친구들의 집, 그리고 동거에 이르기까지 정처없이 떠돌며 지낸 그녀이니 어린 시절 사진 같은 게 그녀의 손에 있을 리 만무했다. 어머니에 대한 사랑을 끊을 수 없어 그저 생각하는 것만으로도 속이 쓰렸던 그녀, 사랑은 그녀 자신을 소외시켰고 그녀에 대한 억압을 그저 방관하게 만들었다. 그녀가 가만히 사진첩에서 어머니 사진을 꺼내어 든다. 한 사람만의 의지나 용기로 세상이 달라지는 게 아님을 이젠 잘 알기에 무턱대고 비난할 수도, 무시할 수 없는 어머니의 삶. 그러나 그 무기력과 외면을 용납하기엔 그녀에게 자해하는 길로 가는 거라는 걸 알기에 이제 거리를 두고 있었다. 이사를 하며 연락처를 바꾸었고, 회사 일과 관계된 거리가 먼 사람을 제외하곤 대부분에게 연락처를 알리지 않았다. 그녀가 단아하고 고집스레 보이는 어머니의 젊은 얼굴을 물끄러미 응시하며 마음을 들여다본다. 세상에서 가장 싫어하는 게 무엇이냐고 묻는다면 그건 인간, 그러나 가장 파고들어 알아보고 싶은 것도 인간, 그리고 가장 그리고 싶은 것도 인간이었다. 어머니는 딸을 버렸고, 그녀는 사촌 여동생을 버렸다. 죄인 아닌 죄인이 되어버린 현실과 자식과 같았던 여동생을 버린 자신이기에 그녀를 외면했던 어머니를 그저 무기력한 인간이라 치부해 버릴 수 없다. 그저 인간이 싫다 부정하기엔 아직도 삶과 인간에 대한 애정을 버릴 수 없기에 부정하고, 파괴해 버리고 싶은 자신의 마음을 다독이며 깊이깊이 파고들고 싶다. 그렇지 못한다면 스스로를 파괴해 버리고 인간인 자신을 부정하는 길, 그 하나가 눈앞에 펼쳐져 있을 뿐이다.

사진은 곱다. 빛 바래고 누렇게 변색된 종이 안에 맑고 결기어린 두 눈동자가 정면을 쏘아본다. 탁하고 흐려진 어머니의 눈이 한때는 이런 눈빛을 하고 있었다는 게 마치 자신의 미래를 보게 되는 것 같아 두렵고 무섭다.

인간을 그리고 싶다. 그리고 때가 되면 그를 그릴 것이다. 그날 새벽 그녀가 보았던 그 눈빛을 그릴 것이다. 사촌 여동생을 사랑하는 것 같다고 말하던 그 눈빛을, 자신에게 필요한 컴퓨터와 카메라를 챙겨 잘 있으라고 말하던 그 눈빛을 그릴 것이다. 먹먹한 어둠 속에 갇혀 있는 그 눈빛의 잔상을 때가 되면 낱낱이 파고들어 해부해 볼 것이다. 그 눈빛이 인간의 무엇을 의미하는지, 진실을 찾을 것이다.

〈사진을 괜히 버렸나?〉

괴롭더라도 그 사진을 갖고 있었어야 하는 게 아닐까 하는 생각에 문득 그녀가 머리를 긁적인다. 그리곤 베란다 문으로 들어오는 하늘을 멍하니 올려다본다. 햇살은 언제나 따사로웠고, 구름만 끼지 않는다면 그녀를 찾아와 살아 있는 걸 느끼게 해주었다. 구름만 끼지 않는다면. 구름이 끼고 비가 퍼붓고 어둠이 찾아오니 사람들 햇살 소중한 걸 아는 것이겠지만, 과연 구름 낀 그 나날들이 하루하루 살을 도려내듯 피를 토하듯 괴롭다면 곧 햇살이 내리쬐니 기다리자 할 수 있을까?

단행본 콘티 한 회분을 안 작가에게 보낸 그녀가 느긋하게 가벼운 아침 겸 점심을 먹고 사진을 챙겼다. 그리곤 유씨와 함께 사두었던 미술 재료를 하나하나 소중하게 가방에 챙겨 넣었다.

"예, 저 은수예요. 할머니 계신가요?"

가기 전에 전화를 드려야겠다는 생각에 그녀가 전화를 걸었지만 아줌마의 말이 그녀를 놀라게 했다.

[어르신 지금 병원에 계세요.]

"예? 할머니 어디 안 좋으세요?"

그녀의 다급한 말에 수원 댁이 얼른 상황을 설명했다.

[아뇨, 할머니가 아니라 할아버지가 그저께 쓰러지셨어요. 그래서 병원에 입원 중이시라 어르신이 같이 계시거든요.]

"아...... 예."

어느 정도 은수와 도준의 관계를 짐작했는지 아줌마는 좀 더 구체적인 설명을 하며 집안사람처럼 그녀를 대했다.

[당뇨를 앓고 계셨는데 갑자기 악화돼서 새벽에 난리도 아니었다고 하더라고요.]

"예, 그랬군요. 알겠습니다."

급하게 통화를 끝낸 은수가 도준에게 전화를 걸었다. 문득 시계를 확인하니 퇴근할 무렵이었다. 신호음이 채 울어대기도 전에 그가 전화를 받았다.

[아, 은수 씨. 지금 연락하려고 했는데 잘됐네요.]

그의 목소리가 불안하지 않아 그녀가 내심 안도의 한숨을 내쉬었다.

"할아버지 병원에 계시다면서요?"

걱정스런 그녀의 목소리에 도준이 한바탕 회오리에 휩쓸렸다 나온 사람처럼 털털하니 대답했다.

[이제 괜찮으세요. 며칠 더 안정 취하고 퇴원하면 된다네요. 지금 퇴근하는 길이라 병원에 들를 생각인데 같이 갈래요?]

잠시 후 도준의 차가 그녀의 집 앞에 도착했고, 둘은 별다른 말 없이 병원으로 향했다. 예전에 두 사람이 만났던 그 병원이었다. 새벽에 김씨가 쓰러져 당황하고 급박했던 그날의 일을 도준이 이야기했고, 은수는 묵묵히 들었다. 병원 근처에 도착한 두 사람이 과일 가게에 들러 이것저것 군것질거리를 샀고, 할아버지께서 심심할까 책 몇 권을 사러 서점에 들렀다. 깨어나시자 병원 밥도 입에 안 맞고 심심하다며 난리를 치는 통에 유씨와 말다툼까지 했으니 김씨의 까탈스런 성격도 알 만했다.

두 사람이 바리바리 짐을 들고 병원 복도를 걸었다. 진료 시간이 끝나 병실엔 입원한 사람들과 그 가족들로 한산했다. 할아버지가 입원한 병실로 가기 위해 두 사람이 엘리베이터가 있는 곳으로 걸어가려는데 엘리베이터 하나가 일층을 향해 천천히 내려오고 있었다. 그녀가 걸음을 빠르게 움직이려 하자 그가 말렸다. 그녀가 빙그레 웃으며 일층에 도착한 엘리베이터 쪽으로 시선을 돌렸다. 그리고 세상은 무채색으로 변해 버렸다. 언뜻언뜻 눈을 부시게 했던 햇살이 묘하게 인식되지 않는 무채색의 세상으로 그렇게 일순간 변해 버렸다. 도착한 엘리베이터 문이 열리고 몇몇 사람들이 쏟아져 나왔다. 그 속에 그 사람이 있었다. 어딘가로 향하려던 그 남자가 은수를 발견하곤 걸음을 늦추며 그녀를 쳐다보았지만 이미 은수가 시선을 돌려 외면했다. 눈에 담는 것조차, 아니, 한공간에서 숨 쉬는 것조차 싫은 듯 그녀가 빠른 걸음으로 엘리베이터에 올랐다. 천천히 걷고 있던 도준이 그녀를 뒤따라 함께 올랐다.

"뭐가 그렇게 급하다고 뛰어요?"

너무나 두려운 일이 눈앞에 닥치면 사람은 원래 그렇게 무표정하게 되나 보다. 가면을 뒤집어쓴 듯 유리 질감처럼 단정한 얼굴을 한 그녀에게 도준이 영문 모르고 묻는다.

"그냥, 놓치기가 아까워서요."

은수가 멍하니 중얼거리며 닫힘 버튼을 눌렀다. 열린 틈 사이로 그가 들어올까 공포에 휩싸여 버튼을 누르는 그녀의 손이 바르작거렸다.

"혹시 유설주 선생님 아니세요?"

"응?"

 의사와 몇 마디 이야기를 나누고 병실로 돌아가던 유씨가 자신의 이름을 부르는 소리에 고개를 돌렸다. 젊을 때나 들었던 자신의 이름을 생각지도 못한 곳에서 듣자 생경하니 낯설었다. 고개를 돌려보니 중년의 여인네가 다가오며 반가운 듯 웃음을 그리고 있었다. 불안함을 주는 공간에서 아는 사람을 만났다는 안도감이 눈동자에 깃들어 있었다.

"누구신가?"

 알 수가 없어 유씨가 조심스레 여인네를 뜯어보며 물었다.

"저 모르시겠어요? 고등학교 2학년 때 선생님 반 학생이었는데."

 이야기를 듣고 나니 어쩐지 낯이 익다. 앞에 있는 여인의 얼굴에서 예전에 가르쳤던 콧대 높던 어떤 학생의 얼굴이 비치는 듯했다. 기억 속의 아이들을 찬찬히 헤아려 보던 유씨가 이제야 알겠다는 듯 눈을 동그랗게 떴다.

"아니, 자네…… 최희자?"

 주름이 깃든 중년의 여인네가 마치 고등학생 때로 돌아간 듯 수줍게 웃었다. 번듯한 어른이 된 모습을 선생님 앞에 보여준다는 만족감도 어려 있었다. 잠시 서로의 상황을 따져 가며 옛날을 추억하던 두 사람이 병원에 오게 된 경위를 물으며 안정을 찾으려 했다.

"예, 남편이 고혈압으로 쓰러졌어요. 가끔씩 욱하는 성격이더니 기어이 일이 나더라고요."

"에구, 조심해야지. 아직 창창할 나인데."

"선생님은요? 어디 편찮으신 거예요?"

"아, 노친네가 당뇨라서."

어차피 서로 늙는 사이라 유씨가 때 아니게 제자와 서로 남편 흉을 보려 하고 있는데, 멀리서 도준의 목소리가 들려왔다.

"할머니, 저희 왔어요."

텅 빈 복도 가득 낮고 차분한 손자 녀석의 목소리가 들리니 유씨가 얼른 소리가 나는 쪽으로 시선을 돌렸다. 멍한 의식 속에 무심히 할머니에게 고개 숙여 인사를 하던 은수가 눈앞에 있는 중년의 여인을 보고 눈빛이 굳어졌다. 무언가가 빠져나간 듯 비워 있던 그녀의 멍한 눈동자에 서늘한 날이 세워졌다.

"먼저 들어가렴, 난 이 사람과 얘기 좀 하다 들어갈 테니."

도준이 할머니 옆에 있는 중년의 여인에게 그저 예의 바른 인사로 고개를 숙이고는 은수와 함께 병실로 향했다. 그녀가 눈을 껌벅이며 이 순간의 맞닥뜨림을 견디려 애쓰고 있었다. 그 사람의 어머니였다. 도준과 참 인연이구나 싶었는데, 그들을 다시 만나게 할 인연이었던 건가. 그와 그의 어머니를 만나게 되다니. 마음은 차분했지만 손끝은 차갑게 떨리고 있었다.

"아니, 저 아이가 어떻게……."

병실로 들어가는 도준과 은수의 뒷모습을 기가 막힌 듯 바라보고만 있던 최씨가 중얼거렸다.

"자네 은수를 아는가?"

유씨가 궁금한 듯 눈이 커졌다. 확실한 관계를 알 수 없어 최씨의 눈빛이 애써 조심스러웠다.

"선생님하고 어떻게 되는 거예요? 가족이세요?"

"우리 손주 녀석 짝일세."

"짝이요?"

차라리 딸이라고 하는 게 낫지, 짝이라는 말에 성씨의 얼굴이 불쾌하게 일그러졌다. 이보다 더 기막힐 수 없다는 최씨의 얼굴에 유씨가 놀란 듯 제자를 쳐다보았다.

"왜 그러는가?"

"우리 아들하고 결혼 직전까지 갔던 아이예요."

집안의 허물이나 과오를 밖으로 잘 드러내지 않던 최씨가 아들의 과거를 헤아려 볼 새도 없이 불쾌함에 일순 속에 있는 말을 터뜨렸다. 그래도 차마 아들이 오 년 동안 동거를 했다는 이야기는 하기 싫어 쏙 빼놓는다.

"상견례하고 예식장까지 잡아놓고는 말도 없이 결혼식 엎은 애란 말입니다."

아직도 분이 풀리지 않는 듯 최씨의 목소리가 날카로웠다.

"그래 봐야 작년 일인데 선생님 손자며느리가 된다고요? 잘 알아보신 거예요?"

조용히 제자의 말을 듣고 있던 유씨는 걱정하는 말투를 가장한 제자의 도를 넘는 행동에 퉁명스레 대답을 했다.

"다 이유가 있었겠지. 사람이 괜히 그러겠는가?"

유씨의 말에 최씨의 표정이 차갑게 변해 있었다. 자신의 아들이 그런 대우를 받았다는 게 억울하고 분한지, 아니, 자신의 집안이 그런 경우를 당했다는 게 기가 막힌지 최씨의 목소리가 거칠어졌다.

"우리 집 재산 보고 온 애예요, 저 애가. 하지만 지 맘대로 안 되니까 아주 가관이더군요."

"무슨 소린가? 재산을 보고 오다니? 그럴 애로는 안 보이던데."

"저희도 그렇게까지 막돼먹은 애라고 생각하지 않았으니까 결혼시키려고 했죠. 애가 어떤가 싶어 반대하고 오 년을 넘게 내버려 두었는데 그래도 변하지 않고 헤어지지 않길래 어쩔 수 없다 그랬어요."

"그런데?"

그때의 기억이 떠올랐는지 최씨의 눈빛이 냉소적으로 비틀렸다.

"쟤가 어떻게 나오나 보려고 결혼식만 올려주고 아파트 하나 작은 거 전세로 해준다 그랬더니… 세상에, 기가 막혀서 그때 생각하면 제가 말이 안 나와요, 선생님. 쟤가 그러고 나서 가타부타 말도 없이 사라져 버린 거 아세요?"

유씨의 얼굴이 서서히 굳어져 갔다. 당사자에게 들은 이야기도 아니고, 어쨌든 입장에 따라 생각하는 게 다른 법이니까 은수에게도 이유가 있으려니 애써 마음을 다독였지만 이런 말을 들을 정도라면 문제가 있기 있는 건가 싶어 마음이 헝클어졌다. 유씨의 침묵이 이야기를 받아들이는 걸로 생각했는지 최씨가 걱정스레 물었다.

"아니, 어쩌다가 손자 분이 저 아이랑 만나게 된 거예요?"

그걸 모른다고 말하고 싶지 않아 유씨가 냉정하니 말을 끊었다.

"됐네, 당사자 이야기를 들어보면 되는 일이고. 자네가 오해해서 그런 걸 수도 있는 일이니까 일단은 여기서 이야기 접으세."

"선생님, 잘 알아보고 하세요. 저희야 이미 끝난 일이니까 상관없지만 집안에 여자 하나 잘못 들어오면 큰일이잖아요."

유씨가 대답없이 입술을 꽉 물고 병실로 향했다. 뒤에서 잠시 바라보고 서 있던 최씨도 고개를 저으며 자신의 남편이 입원한 병실로 걸음을 옮겼다. 입원 수속을 하러 간 아들이 왜 안 오나 싶어 엘리베이터 쪽을 살피다가 혹시나 은수와 부딪힌 게 아닌가 그녀의 미간이 못마땅한 듯 찌푸려졌다.

병실에 먼저 들어갔던 은수와 도준은 원래의 병실 풍경이 그렇듯 나른하게 소소한 대화를 하는 어느 사람들과 별반 다르지 않았다. 할아버지의 투덜거림을 받아내며 도준이 툭 하니 말을 맞받아치고, 출강하시는 강의 문제를 어떻게 처리해야 할지 상의하는 동안 은수는 말없이 옆에 앉아 과일을 깎았다. 그녀가 손자 녀석과 함께 나타났기에 할아버지 힐끔힐끔 은수를 뜯어 보았다. 할머니 수업 때문에 집에 갔다가 도준과 같이 오게 된 거라고 말을 했지만 눈치를 보아하니 보통 사이가 아니었다. 은수가 과일을 깎는다고 하니 손자 녀석이 과도와 접시를 갖다 주며 다정을 떠는 게 아닌가.

그녀가 사과와 배를 깎아 가지런히 접시에 담아내 할아버지에게 내미는데 유씨가 병실로 들어왔다. 무표정했던 그녀의 얼굴이 유씨의 모습을 보곤 짙은 그늘이 드리워졌다. 내색하지 않지만 뭔가 불쾌한 일이 있었던 사람처럼 할머니의 얼굴이 묘하게 굳어 있었다.

"뭐 하려고 과일까지 사 왔냐? 지금 있는 것도 충분한데."

하얀 조각배처럼 둥실둥실 놓여 있는 사과와 배를 유씨가 힐끔 보더니 도준에게 말을 건넸다.

"은수 씨가 빈손으로 오기가 그렇다고 해서요."

"으응. 그랬는가?"

유씨 억지스레 입꼬리를 올리며 고개를 끄덕였다. 그리곤 말없이 맞은편에 앉아 종이 가방에 있던 김씨의 속옷을 챙겼다. 그런 할머니의 모습을 은수가 빤히 바라보는가 싶더니 부스스 자리에서 일어났다.

"저기, 저 먼저 가볼게요."

도준이 의아한 얼굴로 그녀를 쳐다보았다.

"왜요? 이따가 저랑 같이 가지 않고……."

그녀가 얼굴을 살짝 찌푸리며 입가를 올렸다.

"죄송해요. 오늘 마감할 게 있어서 가봐야 할 것 같아요."

도준이 묘한 은수의 얼굴을 짧은 순간 뚫어지게 응시하는가 싶더니 알았다는 듯 함께 일어났다.

"아뇨, 계세요. 저 혼자 가도 돼요. 그럼 할아버지 몸조리 잘 하시고요, 다음에 또 뵐게요."

"그려, 잘 가게."

"할머니, 저 가볼게요."

묵묵히 옷가지를 챙기고 있던 유씨가 고개를 들어 은수를 지그시 바라보더니 고개를 끄덕였다.

"나중에 보세."

"예."

마지막까지 예의 바른 모습을 잃지 않으려고 남아 있는 최대한 기운을 끌어모았다. 아무것도 듣고 싶지 않고, 들리지도 않았으며, 대답할 여력도 없었다. 간신히 평온한 모습을 가장했던 은수가 뚜벅뚜벅 병실을 걸어나오더니 문을 닫고 복도에 우두커니 서 있었다. 어서 빨리 이 병원을 나가고 싶은데 다리가 움직이질 않았다. 천근만근 돌덩어리를 발목에 매달고 있는 것처럼 금방이라도 자신을 땅속으로 이끌고 들어갈 것 같은 느낌이 온몸을 타고 흘렀다. 이제야 억눌려 숨을 죽이고 있던 그녀의 심장이 거칠게 박동을 하며 튀어나올 듯 뛰어댔다. 그녀가 부들부들 떨리는 손을 가만히 그러모아 주먹을 쥐고는 천천히 한 걸음을 떼어 발을 내디뎠다. 의식하지 못한 사이 이미 그녀는 엘리베이터를 타고 있었다. 여전히 건강하게 잘살아 있는 그의 얼굴이 머리 속에 가득 차 나가려 하질 않는다. 그저 위에서 내려다보듯 사람을 재어보는 그의 어머니의 시선도 꾸물꾸물 눈앞의 잔상처럼 맴돌았다.

〈그래, 너…… 잘살아 있구나. 예상대로 잘살고 있구나.〉

그녀의 눈동자가 날 선 칼처럼 예리했다. 웃기는 건 죄지은 사람이 아닌데 오히려 덜덜 떠는 건 자신이었다. 엘리베이터 문이 열렸는데도 은수가 밖으로 나가지 못하고 넋을 놓은 듯 앞에 있는 허공을 뚫어지게 응시했다. 깊은 물속에서 구명줄을 찾아 헤매듯 그녀가 손바닥으로 차가운 엘리베이터 벽을 짚더니 후들후들 떨리는 다리에 억지로 힘을 주어 걸음을 옮겼다.

몇 걸음이나 걸었을까, 일층 로비를 가로지르고 있는데 어디선가 그녀를 부르는 목소리가 들려왔다. 그녀를 기다린 듯 로비 의자에 앉아 있던 그가 은수를 향해 다가왔다.

"오랜만이다."

그녀가 사물을 바라보듯 눈앞에 있는 재열에게 시선을 고정시켰다. 대답없이 굳어 있는 그녀의 얼굴에 그가 난감한 듯 머리를 긁적이며 어떻게든 말을 이으려고 한다.

"아버지가 입원하셨어. 혈압이 갑자기 올라서 쓰러지셨거든."

"……"

그녀의 눈이 인형처럼 껌벅였다. 스산하고 건조한 이 목소리가 그녀의 목소리인가? 중얼거리듯 입술을 달싹이는 그녀 자신의 말이 왠지 다른 세상에서 들려오는 것만 같다.

"축하해."

담담한 그녀의 목소리에 재열이 당황스레 자신의 속내를 더 털어낸다.

"아니야, 그땐 결혼을 반대하니까 악에 받쳐서 그랬던 거고, 막상 쓰러지시니까 괴로워."

사람이 벼랑 끝에 다다르면 눈물이 나올 것 같지만 경험상 웃음이 나왔었다. 아니면 그녀의 허세가 만들어내는 웃음인 건지 알 수 없지만. 가만히 재열의 말을 듣고 있던 은수가 씨익하니 웃음을 배어 물었다. 검은 흙 속에 독이 퍼지는 것처럼 그녀의 눈동자가 진해졌다. 그는 은수의 얼굴을 빤히 쳐다보며 무언가를 살폈다.

"어떻게 지냈어? 아직도 회사 다니니?"

묻고 있는 그의 얼굴이 의식 속에서 지워져 갔다. 그녀가 존재하지 않으면서도 존재하는 텅 빈 허공을 응시하듯 눈앞에 있는 재열을 바라보다가 또 다른 허공으로 눈을 돌렸다. 그리곤 그를 내버려 둔 채 병원 문을 향해 걸었다.

밖으로 나왔지만 별 소용이 없었다. 같은 공간에서 빠져나오기만 하면 다시 숨을 쉴 수 있을 거라고 생각했는데, 문을 밀어젖히고 입을 벌렸지만 공기가 안으로 들어오지 않았다. 4월의 봄 햇살이 뜨겁다. 아지랑이가 피는 걸까. 눈앞이 어질하니 빙빙 세상이 돌았다. 그녀가 눈동자를 불안스레 굴리며 무언가를 찾아 거리를 두리번거렸다. 얼른 숨어야 하는데 발이 움직이질 않았다. 그녀의 내면 깊숙이 심어진 무기력이 온몸을 감쌌다. 비척거리는 걸음으로 그녀가 숨을 곳을 찾아 도로를 가로질렀다. 이런 순간에도 차가 오나 두리번거리는 자신에게 웃음이 나 그녀가 키득키득 미친 사람처럼 헤실거렸다.

"재밌어. 너무너무 재밌어. 킥킥킥킥……. 아이, 재밌어."

재밌는 일이 있는 사람처럼 은수가 이를 드러내고 키득거리더니 누군가에게 말을 거는 사람처럼 중얼거렸다.

"재밌잖아. 안 그래? 얼마나 재밌니. 오빠 손가락과 재열이 손가락이 그 속에서 만났을 거 아니야. 인사했을까, 아니면 영역 다툼을 했을까?"

고개가 스스로 움직인다. 그녀가 얼굴을 이리저리 움직이며 길거리 한쪽 구석에 있는 카페로 걸어갔다.

〈살려줘. 나 좀 살려줘.〉

미치지 않은 채, 그녀를 걱정하는 자아가 그녀의 몸을 피신시키듯 제멋대로 움직이게 했다. 도로로 뛰어들까 가만히 달려오는 차를 기다리는 그녀를 살고 싶은 누군가가 뜯어말리며 악을 쓰는 양 오열하며 땅 위를 기었다.

〈살려줘.〉

"지랄, 웃기네. 미친년. 봤잖아, 이년아. 어떻게 지냈냐 그러잖아. 미친년. 넌 그러니까 걸레인 거야. 넌 그러니까 안 되는 거야."

 살고 싶어 땅을 기며 그녀를 어두운 동굴로 피신시키는 누군가에게 은수가 비아냥거리며 욕을 해댔다.

 분위기가 이상했다. 혹시나 할아버지가 기운 빠져 시무룩할까 봐 다른 때보다 더 툭툭 쏘아대는 말로 할아버지를 자극했던 할머니가 오늘따라 조용했다. 무슨 생각에 빠진 사람처럼 깊이 가라앉은 얼굴로 침묵을 지켰다. 그리고 은수도 묘하게 굳어진 얼굴로 도망가는 사람처럼 갑자기 자리를 떴다. 김씨와 맡고 있는 일에 대해서 몇 마디 주고받으며 이 이상하게 어긋나는 분위기를 지켜만 보고 있던 도준이, 어느새 꾸벅꾸벅 졸고 있는 할아버지를 확인하곤 조용히 유씨가 있는 곳으로 다가갔다. 유씨는 과일을 먹고 남은 흔적을 치우곤 접시와 과도를 닦아 제자리에 갖다 놓고 있었.

 "할머니, 무슨 일이에요?"

 마음이 심란해 손자의 말을 그냥 대충 얼버무려 넘어갈까 꾹 입 다물고 접시의 물기를 털어내던 유씨가 어느 순간 깊은 한숨을 내뱉었다. 도대체 이런 이야기를 그의 손자가 알고는 있는 건지, 아니면 알면서 말하지 않은 건지 알 수가 없어 유씨가 손자의 얼굴을 지그시 노려보았다.

 "자네……."

기막히고 황당한 심사에 유씨가 벌컥 말을 뱉어내려다가 고개를 돌려 김씨의 잠든 모습을 확인했다. 그리곤 따라오라는 듯 병실 밖으로 나갔다. 그가 할머니를 따라 나와 문을 살며시 닫자마자 유씨가 심란하니 그의 이름을 불렀다.

"도준아……."

낮게 깔려 있는 진중함에 그가 할머니의 얼굴을 뚫어지게 응시했다.

"무슨 일인데 그러세요? 혹시 은수 씨와 관련된 일인가요?"

조급하고 헝클어진 심사로 손자에게 꼬치꼬치 캐묻고 닦달할 것만 같아 유씨가 잠시 숨을 가다듬었다.

"아까 병실에 들어올 때 봤던 여자 분 말이다."

묘한 느낌이 가슴을 스쳐 지나갔다. 도준이 애써 그 느낌에 붙잡히지 않으려고 덤덤함을 가장했다.

"그 여자 분이 왜요?"

"내가 교사 시절 가르치던 학생이란다."

"그런데요?"

"……그 사람 아들이 은수와 결혼까지 가려던 사이였다는구나."

그의 미간이 미세하게 꿈틀거렸다.

"그래서요?"

손자의 서늘한 목소리에 유씨의 얼굴에 날카로운 번뜩임이 스쳐 지나갔다.

"알고 있었던 거니?"

그의 입매가 굳어졌다.

"그렇게 따지면 저는 결혼을 했던 사람입니다. 진영이와 결혼했던 게 오점이 되는 겁니까?"

은수의 과거를 갖고 책잡으려 하는 걸로 손주 녀석이 보고 있다는 생각에 유씨가 노화가 난 듯 입술을 깨물었다.

"자네, 은수에 대해 다 알고 있는 게야? 왜 헤어졌는지, 어떻게 헤어졌는지 다 알고 선택한 거라면 나도 군말하지 않겠네."

"그 여자 분이 무슨 소리를 했는지 모르지만, 그 사람도 그렇게 믿을 만한 사람은 아닌 것 같더군요."

도준의 눈은 차갑고 냉정했다. 그러나 불안스레 흔들리는 눈동자 안엔 다시 누군가를 잃게 되는 것에 대한 두려움이 깃들어 있어 유씨의 목소리가 한숨과 함께 잦아들었다.

"나도 그 사람 말을 다 믿는 건 아니네. 단지 그런 말까지 듣는 거라면 그래도 이유가 있으니까 그런가 싶기도 하고 그런 거여. 내 맘 모르겠는가?"

은수가 예뻤어도, 그래도 이 순간 그 아이보단 손주가 먼저 걱정되는 게 인지상정이었다. 혹시라도 일이 잘못돼 손자가 마음을 다칠까 그게 더 염려되니 어쩌겠는가. 누군가를 해코지하고 싶어 이러는 게 아닌데 그럼에도 이런 이야기를 꺼내서라도 짚고 넘어가고 싶은 게 솔직한 마음이었다. 도준이 침착하게 유씨의 말을 받아들이곤 무언가를 헤아리듯 엘리베이터 있는 쪽을 응시했다.

"나중에 다시 이야기해요, 할머니."

위태롭게 불안해 보였던 은수의 얼굴이 떠올랐다. 그가 복도 한가운데에 할머니를 세워둔 채 급하게 복도를 가로질렀다.

"커피 주세요."

습관처럼 커피를 주문했다. 값을 치러야 허락되는 동굴이기에 가장 익숙한 차를 주문해 버렸다. 카페 한쪽 구석에 몸을 숨기듯 앉아 있는 은수가 점원이 가져다 준 물 컵을 떨리는 손으로 움켜쥐었다. 가만히 차가운 물을 입으로 흘려 넣었다. 인공적인 베이지 빛 조명이 몸을 감쌌다. 어느새 날뛰던 가슴이 차갑게 가라앉아 저 깊은 심연으로 가라앉았다. 깊은 심연에 얼음처럼 차가운 물이 흐른다. 유리 조각처럼 훑고 지나가는 섬뜩한 냉기가 가슴에 흘렀다. 부들부들 떨려오는 손으로 쥐고 있는 유리컵을 깰까 두려워 그녀가 조심스레 탁자에 내려놓았다. 두렵다, 지금 휩쓸고 있는 감정이란 놈의 광기가. 그것이 언제나 공포였다.

『언니, 일어나 봐.』

어디선가 환청이 들리듯 생생한 목소리가 귓가를 두드렸다. 홀로 잠이 들 때면 찾아왔던 환청처럼 너무나 생생해서 무서워 떨게 만들었던 목소리들. 그녀가 두 손으로 머리를 감싸 환청에서 도망가려는 듯 두 눈을 질끈 감았다. 머리를 감싼 한쪽 손에 감각이 없었다. 많이 나아졌다고 생각했는데 다시 무감각하고 에이듯 조여오는 느낌이 찾아왔다. 한동안 마비였던 왼쪽 팔이 다시 굳어져 가고 있었다. 무섭다. 인식하지 못하는 사이, 몸은 스스로를 망가뜨리고 있다. 아니, 그녀에게 살려달라고 비명을 지른다. 왼쪽 손목이 시큰거리며 누군가가 활시위를 잡아당기듯 팽팽하게 아파왔다.

『언니, 일어나 봐.』

눈을 감고 피해도 소용이 없다. 환청은 귓속을 파고들어 잘게 부수어 찢어버리고 싶은 기억을 그녀 앞에 데려왔다. 너덜너덜 살점이 흔들리고 썩은 내를 풍기며 기억이 그녀의 몸을 에워쌌다. 동생이 잠들어 있는 그녀를 깨우던 그날로 다시 돌아가고 있었다. 잠에서 깨어났을 때 동생은 그녀 뒤로 숨었고, 그는 말없이 앉아 있었다.

"그동안 고마웠어. 당신 만나서 나 많이 행복했어. 잘 가."

왜 그토록 차분한 인사밖에 나오지 않았을까?

"상담소 같은 데서 자리 만들어도 갈 생각 없으니까 그런 걸로 연락하지 마."

그녀가 여성 단체와 끈이 있는 걸 알고 있는 그가 마지막 통보를 했다. 이 사회에서 여자가 고소를 한다는 게 얼마나 어려운 일인지 너무나 잘 알고 있는 남자의 계산이 깔려 있었다.

머리를 감싸고 떠오르는 기억에 떨고 있던 은수가 어느 순간 고통스러운 듯 얼굴을 일그러뜨렸다. 숨을 쉴 수 없다.

"고소할지 안 할지 결정하면 연락할게. 기다리고 있어."

은수의 대답에 짐을 싸고 나가려던 그가 다시 앉았다.

"은서를 사랑했던 것 같아."

그 눈을 어떻게 표현해야 할까? 그 모습을 어떻게 그려야 할까? 방법을 찾을 수가 없다. 해석할 수 없는 미궁의 어둠이 그녀의 숨통을 죄어오는데 그걸 알아낼 방법을 모르겠다. 그저 언제나 떠오르면 떠오르는 대로 잊으려고 발버둥 치며 그렇게 살아가야 하는 걸까? 뒤에 앉아 있던 동생이 너무 기가 막히니 아무 소리도 못 내고 입만 벙긋거렸다.

"그래, 알았어. 우린 고소할 테니 너는 계속 사랑을 하렴."

그녀는 대답했고, 그는 그 길로 나갔다.
〈왜, 왜, 왜! 왜 그때 그의 얼굴 한 번 후려갈길 생각을 못했을

까? 왜 그 순간에도 옳게 행동해야 한다고 생각했을까. 왜…….〉

분노가 뼈에 시리다. 아니, 분노를 넘어 광폭한 살의가 눈앞에 어른거려 작은 분노조차 내지 못한다. 한 번 터져 나오면 그 살의가 튀어나올 것 같아 어떠한 분노도 내보일 수 없다. 한바탕 그녀를 휩쓸고 갔던 기억이 똬리를 틀고 가슴속에 길고도 긴 칼질을 했다. 암흑처럼 조용한 침묵이 찾아왔다. 은수의 얼굴이 마치 평온한 인형처럼 무감했다.

고개를 들어보니 재열이 카페 안으로 들어와 그녀를 향해 조심스레 걸어오고 있었다. 움츠러든 얼굴 안에 숨어 있는 한 인간의 비열함이 그녀의 눈을 파고들었다. 조용히 매끄러운 미소를 그리고 있는 은수에게 그가 다가오더니 맞은편에 앉았다.

"은수야, 나 많이 후회하고 있어. 다시 시작할 수만 있다면 얼마나 좋을까 매일 그 생각만 해."

비통한 얼굴로 읊조리는 그의 얼굴을 그녀가 침묵으로 바라만 보자 재열이 얼굴을 일그러뜨리며 괴로운 듯 하소연했다.

"그땐 내가 제정신이 아니었어. 그냥 은서가 옷을 벗고 자고 있길래……."

"그래? 그럼 충동적으로 그런 거겠네?"

그녀의 대답이 차분했다.

충동적으로 두 번이나 그랬단 말인가? 충동적으로 입막음하려고 돈까지 쥐어준단 말인가?

"그때 내가 일이 안 풀렸잖아. 그래서 나도 모르게⋯⋯."

그는 그녀를 통해 너무나 많은 걸 알고 있었다. 어떻게 스스로를 합리화해야 하는지, 어떤 가해자가 동정심을 끌어낼 수 있는지 너무나 많은 걸 봐왔다. 아⋯⋯ 그녀의 고통을 봐왔던 그 시간이 이렇게 사용되다니. 가슴속으로 차 오르는 분노는 이미 그녀의 한계를 넘어섰다. 끝나지 않고 이어지는 그의 말은 그냥 허공에 내버려 두고 그녀가 사뿐하게 소파에서 일어나 그에게로 다가가 섰다. 그리곤 무슨 일이 일어나는지 생각할 겨를도 없이 유리컵이 깨어졌다. 피를 머금고 깨어진 유리 조각 하나가 그녀의 손에 들려져 있었다.

말을 뱉어내던 그가 파삭 유리 깨지는 소리를 듣고 황급히 고개를 들었을 땐 이미 그의 목에 유리 조각이 닿아 있었다. 그는 놀랐는지 아무런 말도 못하고 눈만 껌벅였다. 어두운 골목길 그 아래에 깔려 있는 짙은 어둠처럼 그녀의 눈이 새까맣다. 그의 목줄기에 닿아 있는 유리 조각을 힘 주어 잡으니 피가 새어 나와 뚝뚝 바닥으로 떨어졌다. 손은 차가웠고, 목줄기는 뜨거웠다. 자신이 사람인 양 혈관이 꿈틀거리고 있었다. 그녀가 씨익 재밌다는 듯 웃음을 지으며 팔딱대는 혈관을 유리 날로 쿡 하니 찔러댔다. 어디선가 급하게 숨을 들이키는 소리가 들려오는 듯했다.

"그래, 성폭력 고소 기간이 다 끝났다 이거지?"

성인 여자의 성폭력 고소 기간은 일 년. 그게 며칠 전 끝났다.

그녀를 괴롭히며 마지막까지 그녀를 죄인 취급했던 동생 은서는 결국 고소하지 않았다.

〈너는 고소보다 이 남자와 내가 만나는 게 더 신경 쓰였니? 왜? 네 걸 걸고 싸울 엄두는 안 나고 잘살아가는 나는 못 보겠든? 하지만 은서야, 너 그거 아니? 내가 너보다 더 어린 나이에 당하고 있을 때, 난 너처럼 고소하자며 옆에서 거들어주는 사람 하나 없었다. 아니, 최소한 못하게 막아준 사람도 없었다.〉

어안이 벙벙한 듯 두려움에 떨던 그가 멍하니 서 있는 은수를 보곤 어느 순간 눈을 번뜩였다. 그녀가 그 눈빛을 가만히 응시하며 그의 목줄기를 찌르고 있는 유리 조각을 더 힘껏 쑤셔 넣었다. 그가 단말마 같은 비명을 질렀고, 사람의 붉은 피가 목줄기를 타고 거침없이 흘러나왔다.

〈너에게도 빨간 피가 흐른단 말이야?〉

"기억나, 내가 너에게 마지막으로 했던 말?"

속삭이듯 부드럽게 웃으며 말하는 은수의 얼굴을 재열이 죽일 듯이 노려보고 있었다. 독기 어린 그 눈을 보며 그녀가 속삭였다.

"내가 그랬지, 널 다시 만나면 죽여 버릴 것 같으니까 내 앞에 나타나지 말라고."

유리의 날이 그의 목에 반쯤은 파묻혔다.

"내가 그랬지, 방구석에 짜져 있으라고. 아니면 자살을 좀 하든지."

살기 어린 그녀의 얼굴이 어느 순간 광기 어린 눈을 하고 입술을 일그러뜨렸다.

"죽어."

그녀가 재열의 목줄기에서 유리 조각을 빼내더니 미친 듯이 그의 목과 얼굴에 대고 유리 날을 휘둘렀다. 빠져나온 목줄기 틈으로 쿨럭쿨럭 피가 흘러나왔다. 유리 날에 얼굴이 그어진 그가 급하게 자신의 손으로 목을 감싸더니 은수를 거칠게 떠밀었다. 평일 한낮, 손님이 없어 조용하고 고즈넉했던 이층으로 일층에 있던 점원이 뛰어올라 왔지만 두 사람을 말리지 못하고 얼어붙어 있었다. 재열이 아직 어린 나이의 점원을 미친 듯이 밀어젖히고 카페를 뛰어나갔다. 그는 병원으로 달려가는지 비명을 지르며 뛰고 있었다.

바닥에 널브러져 있던 은수가 멍하니 고개를 들어 그가 나간 곳을 쳐다보니 도준이 서 있었다. 믿기지 않는 듯 얼굴을 찌푸리며 그가 뚫어지게 그녀를 응시하고 있었다. 여기저기 피가 묻어 있는 자신을 은수가 멍하니 쳐다보곤 손에 쥔 유리 조각을 물끄러미 바라보았다. 손바닥 가득 피가 흘렀다. 방금 전까지 맑고 깨끗했던 유리컵은 피에 얼룩진 채 위험한 날을 세우고 있었다. 작은 살점 하나가 유리 끝에 매달려 대롱거렸다. 그녀가 힘없이 유리 날을 바닥에 떨어뜨리자 유리 조각이 챙강이는 맑은 소리를 내며 울었다.

그는 우두커니 서 있었다. 땅에서 발이 안 떨어지는지 눈앞에 널브러져 있는 은수를 쳐다만 보고 있었다. 그녀가 무뚝뚝하니 멍한 얼굴로 그의 시선을 피하더니 천천히 바닥에서 일어났다. 그리곤 손에서 피를 떨어뜨리며 그를 지나쳐 카페를 나갔다. 삐걱이는 계단 소리가 카페 안에 울려 퍼졌지만 도준은 석상처럼 굳어 움직이지 못했다. 눈앞에서 보았던 그녀의 모습에 아무런 생각도, 행동도 할 수 없었다.

카페를 나간 그녀가 우는지 웃는지 기묘한 눈물을 떨어뜨리며 어딘가로 걸어갔다. 건물들이 그녀를 향해 달려들었고, 사람들은 시체처럼 그녀의 곁을 스쳐 지나갔다.

"은수 씨……."

뒤늦게 그녀를 따라 나온 도준이 터벅터벅 길을 걸어가는 은수를 불렀다. 그가 놀란 가슴을 진정하고 카페 밖으로 나왔을 땐 그녀가 보이지 않았다. 점원이 부른 경찰이 이제야 카페 안으로 들어가고 있었다. 그가 길 양쪽을 급하게 둘러보다가 문득 땅에 떨어진 핏자국을 발견했다. 드문드문 떨어져 있는 혈흔 자국들이 그녀가 걸어간 길을 알려주고 있었다. 흔들거리며 불안하게 걸어가는 그녀를 발견하곤 그가 이름을 불렀지만 걸음은 멈춰지지 않았다. 그녀는 들리지 않는지 그저 어딘가로 걸어가고 있었다.

"은수 씨!"

그가 소리치듯 크게 그녀의 이름을 부르며 그녀에게 달려갔다. 그가 어깨를 잡아 세우고 나서야 그녀의 걸음이 멈춰졌다.

"집에 데려다 줄게요."

그의 목소리에 언뜻 낯선 거리감이 묻어 나왔다. 걱정스러우면서도 묘하게 굳어진 그의 얼굴빛을 그녀가 공허한 눈동자로 응시했다. 그의 시선에 놓인 지금의 자신이 싫었다. 보여주고 싶지 않다. 보고 싶지도 않았다, 이런 자신을. 하지만 어쩌겠는가, 이것이 진실인 것을. 결국 그가 보고 말았다. 그도 이제 다른 사람들처럼 그녀를 대단하다 치켜세우며 은근히 성적인 여자로 바라볼까? 이겨내라고 다독이며 결국엔 그녀를 우습게 볼까? 싱긋 그녀의 입가에 웃음이 배어 나왔다.

〈무슨 상관이랴, 그렇게 보든 말든. 보고 싶은 대로, 보이는 대로 보는 거지. 다 부질없다.〉

그녀의 눈동자가 뿌옇게 흐려지더니 텅 비워진 유리구슬처럼 차가워졌다. 그의 손이 닿아 있는 어깨를 빼내더니 한 발자국 뒤로 물러났다. 도준이 피를 흘리고 있는 그녀의 한쪽 손으로 시선을 가져가니 그녀가 숨기듯이 주머니 안으로 집어넣었다. 근육의 움직임에 흘러나오던 핏방울이 울컥 방울져 후두두 땅으로 떨어졌다.

"괜찮아요. 택시 타고 가면 돼요."

그는 담담하고 차분하게 대답하는 그녀가 아까 보았던 그녀와 같은 사람인지 혼란스러웠다. 금방이라도 어딘가로 사라질 것 같은 이 여자가 방금 전 미친 사람처럼 난동을 부렸던 사람인가? 그럼에도 그가 아는 은수였다. 지독히도 낯설지만 분명 그가 알고 있는 은수였다.

"병원에 들러서 치료하고 갑시다."

"귀찮아요. 나중에 괜찮아지면 연락할게요. 가세요."

녹음해 놓은 기계에서 흘러나오듯 그녀의 목소리에 색이 없었다. 무표정한 얼굴로 모든 것이 귀찮다는 듯 그녀가 툭 하니 할 말만 건네고는 도로 근처로 걸어가 택시를 잡았다. 그녀가 걸치고 있는 코트가 차 문 사이로 사라졌다. 크림 빛이 감도는 파란색 옷자락에 검붉은 피가 아직 마르지 않고 젖어 있었다. 택시는 망연하게 서 있는 도준을 내버려 두고 쏜살같이 도로를 달려 사라져 갔다. 우두커니 택시가 사라져 간 도로를 바라보던 도준이 괴로운 듯 자신의 손을 들어 힘껏 주먹을 쥐었다. 묘한 느낌이 등을 훑고 지나갔다. 두려움. 그는 모든 것이 망가져 가는 것만 같은데 자신의 손으로 어떻게 풀어내야 할지 알 수 없는 막연하고 먹먹한 무기력감이 몸을 타고 흘러 두 눈을 질끈 감았다.

어느 순간 그가 눈을 떴다. 무언가라도 해야 한다는 절박한 심정으로 그가 병원을 향해 달렸다. 목을 움켜쥐고 병원으로 달려가던 그 남자를 찾아 도준이 병원 안으로 급하게 뛰어들어 갔다. 일층을 두리번거리며 걷던 그가 지나가는 간호사를 붙잡았다.

"방금 전에 다쳐서 온 남자 어디에 있는지 아십니까?"

간호사가 그 환자를 안내했는지 누군지 알겠다는 듯 고개를 끄덕였다.

"지금 응급실에서 치료받고 있어요."

응급실을 찾아 문을 열고 안으로 들어갔을 땐 그 남자의 목에 붕대가 감겨 있었다. 그리고 할머니의 제자라는 그 여자가 옆에서 누가 이렇게 한 건지 말하라며 난리를 펴대고 있었다. 그 남자는 자신이 당했던 그 일이 나름대로 충격적이었는지 정신이 없어 보였다. 도준은 그러든지 말든지 그 남자가 앉아 있는 침대로 걸어갔다. 옆에서 시끄럽게 지껄이고 있는 할머니의 제자라는 사람이 도준을 보고 삿대질을 하려 했다. 아마도 은수와 결혼할 남자이니 그가 그랬으리라 생각했는지 최씨의 목청이 더욱 커졌다.

"이봐, 그 애한테 무슨 소리 듣고 이랬는지 모르지만 내가 그냥 당하고 있을 줄 알아?"

그의 옷깃을 잡아채려는 최씨의 손을 도준이 탁 하니 쳐내고는 피로 물든 재열의 셔츠를 움켜쥐었다.

"당신...... 다시 한 번 은수 씨 앞에 나타나면 내 손에 당할 줄 알아."

그가 경고하듯 입으로 씹어뱉었다. 그의 손아귀에 의해 재열의 목줄기에서 다시 피가 스며 나왔다. 그도 분노 어린 눈으로 눈앞에 있는 도준을 쏘아보며 말했다.

"당신이 은수랑 결혼한다고 눈에 뵈는 게 없나 본데 나야말로 기가 막힌 사람이야. 알아아아?"

재열의 말에 일언반구 대꾸할 가치도 없다는 듯 도준이 마지막 경고를 뇌까렸다.

"훗, 그런 짓을 하고도 잘난 부모 덕에 잘도 빠져나가 살았겠지만 이건 알아둬. 너, 내 눈에 띄면 아무 일이나 엮어서 감옥에 처넣어주겠어."

재열이 이를 갈며 도준의 손아귀에서 빠져나갔다.

"당신이 뭘 안다고 그래? 은수랑 내가 어떻게 살았는지, 어떤 고생을 했는지 당신이 뭘 알아? 은수가 갈 곳 없고 힘들 때 도와준 게 나야. 내가 죽을 고생 해가며 도와줬다구. 근데 회사 취직하고 돈 좀 벌게 되니까 나한테 헤어지자고 그런 게 은수야. 내가 그때 꼭지가 돌아서 실수 한 번 한 걸 가지고 이러는 거란 말이야야야!"

억울하다는 듯 씩씩거리며 분통을 터뜨리던 재열이 냉기 어린 눈을 번뜩이며 도준을 노려보았다.

"당신도 조심해. 걔는 지가 필요할 땐 사랑한다고 하고 필요 없으면 가차없이 주인을 무니까. 이제 보니 더 돈 많은 놈 찾아서 기어간 모양인데 나야말로 이용당했다 이거……."

재열이 말을 다 끝맺기도 전에 도준의 손이 그의 얼굴을 후려갈겼다. 그의 목소리가 싸늘했다.

"너나 조심해, 이 자식아!"

옆에서 얼어붙어 있던 최씨가 그제야 번쩍 깨어난 사람처럼 도준에게 달려들자 그가 최씨를 뿌리치고 응급실을 나섰다.

왜 이제야 기억이 난 걸까? 그가 느꼈던 분노로 재열을 찾아 뭉개고 싶단 충동에 그 생각을 미처 하지 못했다. 언제나 어떻게든 스스로를 추스르고 다시 웃던 그녀였기에 이번에도 그렇겠지, 그냥 쉽게 생각했다. 아니, 어쩌면 그가 보았던 은수의 모습을 감당하기 버거워 그녀를 외면했는지 모른다. 불현듯 기억이 떠올랐다. 처음 그녀를 산장에서 만났던 날, 어두컴컴한 숲속에서 그가 보았던 장면이 주마등처럼 스쳐 지나갔다. 깊은 물속으로 달빛을 받으며 걸어 들어가던 그녀의 뒷모습이 허공으로 흩어지는 달빛처럼 공허했다. 무언가를 깨달은 사람처럼 그의 눈동자에 섬광 같은 빛이 지나갔다. 알 수 없는 한기가 등골을 훑고 지나갔다.

〈설마, 설마…….〉

달칵!

집에 도착한 그녀는 현관문을 열고 집 안으로 들어왔다. 잠시라도 어둠을 대하는 게 싫어 낮에도 환하게 불을 켜놓아 집은 이미 어스름한 저녁임에도 밝게 빛나고 있었다. 그녀가 지친 듯 가방을 내려놓고 가스레인지 위에 물을 올렸다.

어느 정도가 지났을까? 그녀의 시선을 받고 있던 주전자가 뚜껑을 들썩이며 파르르 떨었다. 가지런히 정리된 컵 중에 가장 아끼는 진줏빛 머그잔에 그녀가 커피를 한 숟갈 넣고 뜨거운 물을 부으니 맑은 고동색의 향이 공기 중에 맴돌았다.

"호로록……."

커피 한 모금을 마신 그녀는 피가 묻은 코트를 벗어 세탁기에 넣고는 방으로 들어갔다. 다시 만화 작업을 하려고 정리한 책상 위에 그녀가 자주 쓰던 사무용 칼이 놓여 있었다. 은빛 날이 예뻤다. 도로록, 쇳소리를 내며 칼날이 몸통을 빠져나와 불빛을 받고 반짝였다. 그녀가 칼날을 왼쪽 손목에 대고 가만히 들여다본다. 제대로 핏줄 하나 끊어내지 못했던 부실하고 여린 은빛 날. 괜스레 붕대만 감고 남은 시간을 버티게 만들었던 칼날이 원망스럽다. 자살에 쓰이는 도구는 자살자가 평소에 애용하던 물건이나 자신의 정체성이 깃든 물건이라 했다지. 농부는 낫을 쓰고, 샐러리맨들은 넥타이로 목을 매고, 사냥을 즐기던 사람은 총을 쏜다고 하더라. 자살 도구는 사회적 요인을 드러낸다고도 하더라. 선진국은 총기가 허용돼 총기자살이 많고, 가난한 나라에선 총이나 수면제를 구할 수 없어 음독자살이 많다고 한다.

〈그래, 그래도 네가 나에게 가장 친했나 보다.〉

만화를 하면서 톤을 깎아야 했기에 오래도록 그녀의 손에 길들여져 있던 칼이다. 하지만 소용없는 칼이다. 줄무늬만 실컷 남겨놓고 칼은 그녀가 원하는 걸 들어주지 않았다.

그녀가 다시 주방으로 나갔다. 음식을 만들 때 쓰는 주방기구들이 싱크대 앞에 가지런히 매달려 있었다. 주걱, 국자, 뒤집개, 거품기, 그리고 과도. 과도, 작은 칼날이 앙증맞다. 혹시 언젠가 절실하게 죽고 싶은 날을 위해 저 칼을 자주 썼다. 수면제를 사는 것도 여의치 않고, 총을 구하는 것도 불가능하고, 아파트에 살지 않으니 옥상이 어딘지 알 게 뭔가? 고통없이 죽을 수 있는 방법을 찾아 서적을 뒤지고 인터넷을 뒤졌다. 그러다 괜히 지하철 기관사들의 후유증만 읽게 됐다. 선로로 뛰어드는 사람들 때문에 우울증으로 힘들어하는 기관사 기사를 읽고 차마 선로로 뛰어들 수는 없었다. 남들은 틈 사이로 발이 잘만 빠진다는데, 남들은 길 가다가 정신 병자가 차로 친다는데, 정작 죽고 싶은 그녀는 말짱하게 살아남아 이 길고 긴 고통의 생을 감당해야 한다. 도대체 누가 자살 사이트를 폐쇄한 거야? 염병맞을 새끼들.

죽음으로 내모는 사회다. 강간과 살인이 판을 치고, 아비가 딸을 따먹는 세상이다. 아니, 그냥 그녀 개인이 팔자가 사나워 그렇다고 치자. 어차피 개인주의 사회라니 그냥 그녀가 운이 없어 그런 거라고 치자. 상관없다. 시스템이 뭔지, 구조가 뭔지 알 게 뭔가. 이유를 알아내려고 발버둥 치며 고민했던 지난 시간들, 다 부질없더라. 그런 시간이 생의 고통을 덜어주진 않더라.

그녀가 손에 쥔 과도를 허공에 올려 칼날을 살폈다. 형광등 불빛에 칼날이 번뜩이며 은빛 노래를 한다. 그러나 노래가 뭉툭하다. 간결하고 예민한 노래가 필요하다. 그녀가 칼을 툭 하니 내려놓고 싱크대 서랍을 뒤지기 시작했다. 어느 순간 칼을 가는 작은 기계를 찾아낸 그녀가 찌직 쇳소리를 내며 칼을 갈아댔다. 칼은 이제 리듬에 맞춰 예민한 노래를 했다. 미세하게 작은 쇳

가루가 칼날에 묻어 있어 그녀가 맑은 물에 흘려 씻어냈다. 새로 갈아준 칼날은 은빛을 넘어 햇살을 흉내 내고 있었다. 기원하듯 그녀가 칼날을 올려다보았다.

〈날 편안하게 해줘. 제발······.〉

아픔은 살아 있을 때 느끼는 것, 칼이 스치고 지나간 자리는 처음엔 긴장으로 아픔이 느껴지지 않는다. 수많은 칼질에도 끄덕없던 왼쪽 손목은 그녀가 회사로 출근을 하자 그제야 욱신거리며 쓰라렸다. 살아나면 살려달라는 비명조차 결국엔 자신이 감당해야 하는 짐이라는 걸 알기에 이번만큼은 깨끗하게 끝낼 것이다. 그녀가 빛을 흩뿌리는 과도를 손에 쥐고 욕실로 들어갔다. 잠시 새로 이사한 자신의 집을 스윽하니 둘러보았다. 함께한 물건들에게 인사하듯 그녀가 싱긋 웃어주었다. 물건들이 하나씩 인사를 하는 듯했다.

〈그동안 고마웠다.〉

그녀가 욕실 문을 닫았다. 그리곤 욕조에 물을 틀어 채워 넣었다. 시냇가의 물소리처럼 포로롱 물줄기가 떨어지며 욕조 안에 넘실거렸다. 멍하니 가득 채워진 물을 바라본 그녀가 손으로 따스한 물을 휘젓더니 왼쪽 손목을 가만히 넣어놓는다. 마비로 감각이 없는 팔 안으로 엷은 온기가 타고 흘렀다. 따스한 물에서 잠시 휴식을 취한 손목이 붉게 풀어져 있었다. 그녀가 손을 꺼내어 물기를 슥슥 닦아내고는 칼을 집어 들었다. 그리곤 그었다. 힘 주어 그었지만 피가 흐를 정도는 아니었다. 가는 줄 사이

은빛 날 355

로 피가 방울져 나왔다.

〈아…… 이것이 생이라면, 이런 것을 봐야 하는 게 생이라면…….〉

그녀가 부들부들 떨리는 손으로 칼을 힘껏 잡았다. 그리곤 다시 있는 힘껏 손목을 그었다. 서걱이며 살이 베어지는 소리가 허공을 맴돌았다. 피가 흘러나왔다. 손목은 쿨럭쿨럭 피를 토해내며 물속으로 들어갔다. 붉은 피가 물속으로 퍼졌다. 그녀가 눈을 감고 몸속에 있는 피가 다 흘러나오기를 기다렸다. 무언가가 허벅지를 타고 흘러나왔다. 미끈거리는 액체가 살을 간질였다. 눈을 감은 채 그녀가 과도를 떨어뜨리곤 허벅지 안쪽을 매만졌다. 피인지 양수인지 알 수 없는 액체가 흘러나오고 있었다. 그녀의 입술이 비틀린 웃음을 머금더니 감은 눈 사이로 눈물을 떨어뜨렸다. 피도 흐르고, 양수도 흐르고, 눈물도 흐르고, 지난날의 악몽도 흘러라.

꿈을 꾸었다, 한 사람을 진정으로 사랑해서 알콩달콩 한가족을 꾸려 살게 되기를. 꿈을 꾸었다, 행복해지기를. 하지만 언제나 꾸는 꿈은 아비가 돈을 주고 다른 여자를 사고, 오빠가 펠라치오를 시키고, 삼촌이 손가락으로 보지를 훑고, 남편이 딸을 따먹는 꿈.

그래, 세상살이 다 그런 거라고 치자. 원래 세상은 좆같고 더러운데 유독 그녀만 못 이겨내는 거라고 치자. 하루에도 강간과 살인, 폭력과 사기가 한두 건이겠는가. 원래 인간사가 다 그런 거라고 치자. 서로가 서로를 잡아먹고 잡아먹히는 그런 거라고 받아들이자. 어차피 이 세상이 괴로워 다양하고 기발한 방법으로 자살하는 사람들도 수천이요, 자기보다 약한 사람 등치고 간 빼먹고 뒤통수 후려갈기는 게 수만이다. 무엇이 문제인가? 무엇이 원인인가? 무엇이 해결책인가?

부질없다. 부질없는 발버둥에 지나지 않음을 이제는 안다. 그냥 다 그녀의 탓이라고 치자. 누구 말대로 왜 동생을 데리고 살았냐고 하니, 언제든 따먹을 준비가 되어 있는 남자라는 인간 앞에 동생을 갖다 바친 그녀가 잘못이다. 누구 말대로 손뼉이 맞아야 일이 생기는 거니 그녀 자신의 후유증으로 그를 성폭행하게 만들었다고 치자. 누구 말대로 왜 오빠에게 반항하지 않았냐고 하니, 그냥 그녀가 반항 안 해서 오빠가 계속해도 되는 건지 착각하게 만든 거라고 치자. 그래, 그러자. 힘없는 엄마를 탓할 것도, 힘없이 당했던 동생이 잠시 떼를 쓴 것에 서운할 것도 없다. 호기심을 들이대며 그녀의 삶을 대상화시키는 사람들의 시선에 상처받는 것도 다 그녀 자신의 피해의식이라고 치자. 그래, 그러자. 그냥 다 그녀가 만든 고통이고, 스스로 불러들인 상처라고 치자. 상관없다. 다 부질없는 생의 농간이다. 그 농간을 견딜 수 없는 자가 자연사할 뿐이다.

뱃속에 있는 아이가 떠나기 싫은 듯 배를 차며 꿈틀거렸다. 그녀가 의식을 잃어가며 마지막으로 배를 쓰다듬었다. 투둑, 뜨거운 눈물이 볼을 타고 흘렀다. 환청인지 마지막 미련이 만들어낸 속삭임인지 어디선가 도준의 목소리가 들려오는 듯했다.

"은수 씨이이……."

의식 너머 어둠으로 끌려가는데 찬바람이 혹하니 불어왔다. 욕실 문이 벌컥 열리더니 도준이 서 있었다. 그가 경악에 찬 얼굴로 그녀를 쳐다보더니 욕실 안으로 들어와 그녀를 안았다. 도준의 얼굴이 고통스럽게 일그러졌다. 거의 정신을 잃은 그녀를 품에 안고 도준이 울음을 쏟아냈다. 그녀의 몸이 차가워 그가 필사적으로 끌어안았으나 그녀의 몸은 너덜거리는 걸레처럼 힘없이 흔들렸다.

"은수야. 은수야야야야……."

여기가 어딜까? 그녀가 있는 곳이 어디인가를 알아보려고 주위를 두리번거렸지만 한 치 앞도 내다볼 수 없는 어둠만이 존재했다. 흑연 같기도 하고, 흙과 같기도 한 윤기없는 검은 공간이 경계없이 그녀 주위에 펼쳐져 있었다. 은수가 한 발자국 걸음을 내딛다 묘한 느낌에 사로잡힌다. 몸이 가벼웠다. 땅속으로 가라앉는 듯 힘없이 늘어지기만 했던 몸이 이 순간 금방이라도 날아오를 듯 가벼웠다. 그녀가 가뿐하게 한 걸음을 내디디니 검은색 바닥이 물결처럼 퍼져 나갔다. 물 위를 걷는 걸까? 잠시 갸우뚱거리며 아래를 바라본다. 잔잔하게 퍼지던 검은색 바닥이 이내 파장을 멈추고 다시 움직이지 않는 사물처럼 침묵을 지켰다. 어둠은 마치 새벽처럼 맑은 기운을 담고 있었다. 그녀가 서늘한 공기를 느끼며 가느다란 숨을 내뱉었다.

어디선가 바스락거리는 소리가 들려 그녀가 고개를 돌려 그쪽을 응시했다. 어둠의 공간 틈 사이로 이부자락 한 귀퉁이가 눈에 들어왔다. 그녀가 한 걸음 가까이 다가가니 이부자락의 윤곽이 어둠 속에서 경계를 드러냈다. 이불은 불룩하니 누군가를 덮고 뒤척이고 있었다. 굳이 저 이부자락을 들추어내지 않아도 알 수 있었다. 그 안에서 무슨 일이 벌어지고 있는지, 누가 누워 있는지. 그러나 이불은 들춰지지 않은 채 투명하게 그 안을 은수에게 보여주고 있었다. 열 살 정도 되어 보이는 어린 소녀가 오빠의 성기를 입 안에 가득 물고 있었다. 역겨움과 구역질, 성기 주변에 난 털들이 주는 까슬거리는 느낌. 소녀는 이미 다른 세상에 간 듯 무표정하게 성기를 입에 물고 핥았다. 남자는 성기에 타고 흐르는 느낌이 좋은지 미묘하게 얼굴을 일그러뜨리며 누가 들어올까 긴장을 놓치지 않고 있었다. 소녀가 입 안에 가득 들어찬 성기에 짓눌려 숨을 쉴 수 없어 고통스러워했지만 남자는 계속 끝까지 밀어 넣었다. 은수가 두 사람을 조용히 응시했다. 아직 때 구정물도 씻지 못한 어린 소녀, 의식을 멈춘 듯 넋이 나간 얼굴의 소녀를 그녀가 지그시 쳐다보았다.

〈저 소녀가 '나'? 저 아이가 '나'라고?〉

그녀가 스윽하니 자신의 몸을 쳐다본다. 자신이라고 생각했던 육체가 어린아이의 몸과 이십 대 후반의 몸으로 구분되고 있다.

〈무엇이 '나'지?〉

은수가 고등학생으로 보이는 남자 아이를 쳐다본다.

〈네가 대상화시켜 놓고 있는 저 아이는 누구니? 그게 나였던 거니? 아니면 여자의 성기를 갖고 있는 어린아이의 몸이니? 네가 자신의 힘을 행사하며 내리누르려던 저 아이는 누구인 거니? 너는 누구를 대상화시켰니? 네가 대상화시킨 그 아이는 누구니?〉

그녀가 두 사람을 내버려 둔 채 천천히 등을 돌렸다. 어둠의 공간 속으로 이불은 사라지고 한 아이를 상대로 성적인 폭력을 하고 있는 남자 아이도 어둠 속으로 사라져 갔다.

그녀가 다시 걸음을 옮기니 다시 이부자락이 보였다. 아까와는 또 다른 이불, 어둠 속이라 색은 안 보이고 윤곽만이 어슴푸레했다. 열세 살 되는 어린 여자 아이가 아빠의 부재와 오빠를 피해 삼촌의 뒤에 숨었다. 엄마는 이불을 깔아줬고, 팔베개를 해준다며 삼촌 되는 중년의 아저씨가 그 아이를 부른다. 아이는 망설이다 오빠를 피하기 위해 삼촌의 옆에 눕는다. 아직 잠이 들지도 않은 아이의 몸속으로 남자의 손이 슬그머니 들어간다. 아이의 얼굴이 일순 굳더니 어느 순간 다시 넋이 나간 듯 무표정하다. 남자의 손이 여자의 성기를 매만지며 손가락으로 아이의 성기 안을 후비고 들어간다. 아이는 방금 전보다 키가 크고, 머리가 길었다. 월경을 시작했는지 가슴도 봉긋했다. 은수가 그 아이를 응시했다.

〈너는 누구? 네가 나?〉

술에 취한 듯 붉은 눈을 한 남자를 은수가 조용히 응시한다.

〈당신이 후비고 들어간 저 여자 아이는 누구지? 당신은 누구를 상대로 그런 거지?〉

다시 어둠이 내려앉았다. 주위는 온통 어둠, 그녀가 터벅터벅 밤길을 걸어가듯 어딘가로 향했다. 주위로 사람들이 스쳐 지나간다. 지하철에서 다른 여자를 만지는 어떤 남자, 동생의 옷을 어둠 속에서 벗기고 있는 재열, 친구인 양 다가오며 가슴을 만지고 가는 대학생, 그녀를 앞에 두고 하염없이 아빠 욕을 해대는 엄마, 그리고 그녀가 불쌍하다며 위로를 건네던 사람들.

그녀가 걸음을 멈추고 서니 사람들이 그녀의 주위에서 하던 일을 계속한다.

〈당신들이 보고 있는 그 여자는 누구?〉

〈재열아, 네가 보고 있는 은서는 누구니? 이제 갓 피어나는 스무 살의 여자? 여자 성기를 가진 육체? 네가 짓누르며 상대하고 있는 그 여자가 은서인 거니? 너는 누구를 상대로 그러는 거니?〉

그녀가 사람들이 하는 짓을 가만히 응시하다 이내 내버려 두고 걸음을 옮긴다. 그녀의 뒤로 다시 어둠이 내려앉아 사람들은 검은 어둠 속으로 사라져 갔다. 그녀가 팔을 들어 자신의 육체를 응시했다. 그리곤 손가락과 팔을 천천히 움직여 본다.

〈이것이 나?〉

〈내가 나라고 생각한 너는 누구인 거니?〉

그녀의 눈앞에 이십 대 후반의 어떤 여자가 침대에 누워 있었다. 죽은 듯이 잠이 든 여자는 하얗고 창백한 얼굴이 되어 손목에 붕대를 감고 있었다.

〈이것이 나?〉

삼십 대의 여자가 컴퓨터 앞에 앉아 콘티를 쓴다. 여자는 책을 뒤적이며 자료를 찾는다.

〈이것이 나?〉

낯선 노인네가 그녀 옆을 지나갔다.

〈저 노인이 나?〉

육체는 변해가고, 그녀가 주변을 맴도는 수많은 여자들을 응시했다.

〈누가 나인 거지?〉

〈내가 나라고 생각한 나는 누구인 거니?〉

그녀 자신이라고 생각했던 어린 여자 아이가 그녀 곁을 무표정한 얼굴로 걸어갔다. 아이는 말없이 책을 읽고 있었다. 아이는 노을을 힐끔 쳐다보더니 괜스레 길을 뱅뱅 돌아 걷는다.

그녀의 눈에서 눈물이 흘러나왔다. 눈물은 볼을 타고 흘러 바닥으로 떨어지더니 검은 공간 속으로 스며들어 갔다.

〈너희가 대상화시킨 저 아이는 누구인 거니? 나였던 거니? 아니면 여자 성기를 가진 육체인 거니?〉

그녀가 침대에 누워 있는 여자의 볼을 가만히 쓰다듬는다. 눈물 한 방울이 여자의 얼굴 위로 떨어졌다.

〈네가 나라고?〉

침대에 누운 여자는 말이 없다. 기진맥진 지친 기색이 역력한 얼굴빛으로 깨어나지 않으려는 듯했다. 조용히 여자의 얼굴을 쳐다보던 은수가 문득 은빛 조각이 너풀거리는 걸 보고 고개를 퍼뜩 들었다. 어디에선가 햇살이 쏟아져 내렸다. 진줏빛 같기도 하고 은빛 같기도 한 햇살 조각들이 허공에서 두둥실 떠다니고 있었다. 은수가 침대에 누운 여자를 내버려 두고 그 진줏빛 조각이 있는 곳으로 걸음을 옮겼다.

어둠 속에 무수히 많은 사람들이 있었다. 그 어둠 속에서 그런 일들이 계속되었다. 은수가 진줏빛 조각에게 이끌리듯 걸음을 내딛자 어둠은 그 사람들을 데리고 어딘가로 조금씩 사라져 갔다.

그녀가 눈앞에서 반짝거리는 햇살 조각에 눈이 부셔 코를 찡그렸다. 소중한 듯 햇살 조각을 두 손 안에 그러모으니 그 안에서 두둥실 떠다니며 반짝거렸다. 즐겁고, 예쁘고, 기쁜 마음에 그녀가 빙그레 웃음을 짓다가 가슴 한구석 어딘가에서 아파오는 묵직함에 울음을 삼켰다. 비늘처럼 진줏빛 조각이 춤을 춘다. 금세라도 아련하게 사라질 것처럼 가볍게 흐느적거리며 그녀의 몸 주위를 빙빙 맴돌았다.

〈이 몸이 나? 이 육체가 나? 검은 머리카락에 젖가슴을 가지고 여성 성기를 가진 이십 대 후반의 이 육체가 나라고?〉

그녀가 엷은 미소를 지으며 잠시 빌려온 자신의 육체로 그 은빛 조각을 잡는 데 사용했다. 눈이 부셨다. 영롱했다. 맑았다. 기분 좋은 마음이 생기더니 육체가 입가를 올리며 그 마음을 표현한다.

"정신이 들어요?"
그녀가 잘 떠지지 않는지 두 눈을 찡그리며 가늘게 눈을 떴다. 유리창으로 햇살이 쏟아지고 있었다. 눈을 떠보니 도준이 그녀를 응시하며 걱정스러운 듯 어두운 얼굴을 하고 있었다. 그녀가 괜찮다고 대답을 하려 했지만 목 안이 잠겨 목소리가 나오지 않았다. 그녀가 손을 움직여 목을 감싸니 도준이 물 한 잔을 가져와 그녀의 입술을 축여주었다. 물을 넘기느라 비스듬히 일어났던 은수가 멈칫 자신의 배를 쳐다봤다. 어느 정도 부풀어 올라 묵직했던 배가 푹하니 가라앉아 있었다. 순간 손에서 미끈거렸던 액체의 촉감이 기억났다. 자신 스스로가 했던 행동의 결과라 차마 용기있게 묻지 못하고 그저 작게 입술을 달싹였다.
"아이는……."
그의 얼굴이 어두웠다. 물 컵을 받아 들던 도준이 말없이 제자리에 컵을 갖다 놓더니 잠시 망설인다. 그러나 명확하게 대답을 바라는 은수의 눈동자에 그가 쓴웃음을 머금었다.
"사산됐어요."
그녀가 현실을 거부하듯 두 눈을 질끈 감았다. 그녀의 귓가로 도준의 부드러운 음성이 들려왔다.

"당신이라도 살아나서 다행이에요. 산모와 아이 둘 다 위험하다고 했거든요."

그녀가 깨어나지 않는 시간 동안 초조하게 속이 타 들어가던 그였기에 지금 이 순간은 그래도 평온했다. 그녀가 천천히 눈을 뜨더니 차마 그를 쳐다보지 못하고 시선을 내려 자신을 감싸고 있는 이불을 응시했다. 미안하다는 말이 나오질 않았다. 텅 비어진 배가 허전하고 먹먹할 뿐이었다. 그녀가 울음을 참으려고 입술을 깨물었지만 눈물은 비집고 흘러나왔다. 그 따뜻하고 사랑스러웠던 아이를 잃었다. 초음파 사진으로밖에 볼 수 없었던 그 작은 생명체가 이렇게 떠나 버렸다. 이름도 지어주지 못했는데, 숨 한 번 밖에 나와 쉬지 못했는데. 은수가 눈물을 보이는 것도 미안해 두 손으로 얼굴을 가렸다. 도준이 무표정한 얼굴로 그녀를 응시하다가 괴로운 듯 어금니에 힘을 주었다. 그가 소리 없는 한숨을 삼키며 조용히 말을 건넸다.

"은수 씨 몸부터 챙겨요. 지금은 아이 생각 하지 말고요. 알았죠?"

그녀가 눈물을 삼키며 그의 시선을 마주 보았다. 그의 눈동자가 무거웠다. 그녀의 입술에서 까칠하고도 메마른 목소리가 흘러나왔다.

"미안해요, 도준 씨."

"……."

그는 무슨 생각을 하는지 가라앉은 눈으로 그녀를 물끄러미 응시했다. 그의 눈 속에 깊은 어둠이 흐르고 있었다.
 "미안해요."
 "……."
 5월의 햇살이 쏟아져 내리는 병실 안에 은수의 작은 중얼거림만 떠다녔다.

7 … 신발

['김영진 농림부 장관, 유럽 인도 순방.'

김영진 농림부 장관이 세계무역기구(WTO) 도하 개발 아젠다(DDA) 농업 협상에 대한 우리 나라 입장을 알리고 국제 협상 동향을 파악하기 위해 25일부터 6월 1일까지 유럽 두 나라와 인도를 방문한다. 김 장관은 먼저 스위스 제네바에서 수파차이 WTO 사무총장을 만나 농산물 관세 및 보조금 감축 수준 재조정 등 각국 농업의 공존 방안에 대해 협의하고 향후 협상 추진 계획도 들을 예정이라고 농림부가 25일 밝혔다. 김 장관은 또 벨기에 브뤼셀에 들러 휘슬로 유럽연합(EU)농업 집행위원을 면담하고, 우리 나라와 EU 등 농산물 비교역적관심 그룹 국가(NTCs) 간의 공조 강화 및 공동 대응 방안에 대해 의견을 교환할 계획이다.

이어 DDA 농업협상 개발도상국 리더격인 인도의 뉴델리에서는 싱 농업 장관을 만나 양국간 공동 관심사와 협조 방안에 대해 논의한다고…….]

─다음 역은 성북역입니다.

지하철 한쪽 구석에서 기사를 읽어 내려가던 은수가 위에서 들려오는 안내 방송에 퍼뜩 고개를 들어 정차역을 확인했다. 덜거덕거리며 미세하게 흔들리던 지하철이 어느새 내려야 할 곳에 그녀를 옮겨놓았던 것이다. 그녀가 읽고 있던 신문을 반으로 접어 한쪽 손에 쥐고는 옷가지와 잡동사니들이 들어 있는 가방을 어깨에 둘러멨다. 일주일 동안의 입원을 끝내고 퇴원을 하는 길이었다. 출판사와의 협의와 수정 때문에 멈춰 있던 만화 콘티 일이 다시 재개되면서 오늘 아침 그녀에게 전화가 왔다. 시간이 없으니 콘티 작업을 될 수 있으면 빨리 들어갔으면 한다는 내용이었다. 그녀가 퇴원 수속을 마치고 짐을 챙겨 병원을 나설 때쯤엔 회사에서도 전화가 왔다. 이번 잡지에 들어갈 도하 아젠다 콘티를 그녀가 써주었으면 하는 내용이었다. 얼마 전에 그녀가 콘티를 수정했기에 이번엔 아예 그녀에게 일이 떨어진 것이다.

병원 문을 나선 그녀가 습관처럼 신문을 사서 버릇처럼 기사를 읽어 내려갔고, 일처럼 꼼꼼하게 기사의 내용을 정독하며 상황을 헤아린다. 일이란 그랬다. 숙달되고 책임진다는 건 그랬다. 어느 정도 감정에 휘둘리지 않고 일을 받아 안는 것. 예전엔 전문인이 된다는 게 할 수 없는 상태나 할 수 없는 감정일 때 그걸 억누르고 어떻게든 쥐어짜서 해내는 거라 생각했지만, 그런 것과는 약간 달랐다. 뭐랄까, 감정을 느끼지 않고 그저 일 자체를 수용한다고나 할까. 어찌 보면 그녀의 상태나 감정에 충실하지 않고 외부의 무언가에 스스로를 언제라도 맞출 수 있게 무감각한 상태로 만들 수 있는 능력인 것 같기도 하다.

삶도 이런 것일까? 살아간다는 게 이런 것일까? 외부의 변화나 흐름에 스스로를 그냥 놔두고 수용하는 과정이 삶인 걸까? 자유의지와 기대심리는 어떻게 다른 걸까? 수용과 무기력은 어떻게 다른 걸까? 답은 알 수 없고, 알고 싶지도 않고, 알아도 별 소용이 없을 것 같다.

지하철 유리창으로 들어오는 햇살이 따사롭고, 눈이 부시게 밝다는 느낌이 들 뿐이다. 그녀를 괴롭히던 고민은 사그라지기보단 휙 하니 바람결에 같이 실려가 버렸고, 한곳을 향해 파고들기보단 허공으로 흩어졌다. 왠지 그랬다. 오랜 어둠 끝에 눈을 떴을 때 왠지 모든 것이 비워져 귀찮았다. 그저 고민은 고민으로 남았고, 더 이상 그 고민을 끌어안을 의욕이 없었다. 스스로를 괴롭히며 질문의 답을 요구하는 것도, 옳은 길과 옳지 않은 길, 건강한 길과 파괴적인 길을 끊임없이 고민하며 답을 구하는 그 모든 것이 이젠 다 귀찮다.

그녀 자신이 무기력해진 건지, 아니면 수용을 하게 된 건지 알 수 없고, 알고 싶지도 않으며 그저 귀찮다. 그냥 내버려 두는 심정이랄까. 소용돌이치던 폭풍은 감쪽같이 사라져 언제 그랬냐는 듯 파란 하늘을 보이며 웃고 있었고, 그녀 또한 언제 그랬냐는 듯 하늘을 보며 멍하다.

햇살이 찬란하다. 이 순간만이 대할 수 있어 더욱더 눈이 부시다. 그녀가 손끝에서 스르르 떨어지려는 신문을 힘 주어 잡다 어느 순간 미간을 찌푸린다. 신문을 잡고 있는 왼손에 빛처럼 한순간의 아픔이 전해져 온다. 붕대를 감고 있던 손목은 이제 폭이 좁은 붕대로 두어 번 감겨진 채 가벼웠다. 햇살을 마주 보는 눈동자처럼 손목이 부시다. 그녀가 손목에 스쳐 지나간 아픔에 반응하듯 눈동자 안으로 쏟아져 들어오는 햇살에 눈을 찡그렸다.

다시 살아났다. 다시 살아남았다. 시간은 또 흐를 것이고, 스스로 즐겁고자 하는 자유의지와 살아내고자 하는 생존 사이에서 갈등하며 매순간을 다시 고민할 것이다. 의도한 바는 아니지만 상처를 줘버린 도준을 보며 가슴 아파하고, 그녀의 뱃속에서 더 이상 견디지 못하고 떨어져 나가 버린 아이를 생각하며 눈물 짓고 미안해하며 그러다 어느 순간엔 스스로의 생을 비난하며 울컥울컥 서러움에 북받쳐 하는 날도 있겠지. 그래, 그렇게 흘러가겠지. 그때그때 일어나는 일들에 반응하고 울고, 웃으며 그렇게 생은 다시 흘러가겠지.

덤덤한 얼굴로 창밖으로 흐르는 건물들을 응시하던 은수의 눈동자가 흐릿하게 흔들거렸다. 전철은 흔들거리며 다음 역에 정차했고, 은수는 그녀에게 기약되지 않은 시간 동안 주어진 유한한 육체를 움직여 전철을 나왔다. 전철 계단을 걸어 올라가는 그녀의 걸음이 느릿느릿했다.

바람이 시원하다. 햇살이 부시다. 하늘이 파랗다. 개나리는 노란색이다. 그리고 땅바닥은 딱딱하다. 날은 더우니 땀이 흐른다. 곧장 안 작가의 사무실을 향해 걸음을 옮기던 은수가 위에 걸친 재킷을 벗어 신문과 함께 쥐어 들고는 다시 걸음을 옮겼다. 대로변에 있는 길을 따라 한 걸음 한 걸음 햇살을 좇아 걷다 그녀가 잠시 걸음을 멈추고 한쪽으로 나 있는 골목을 응시한다. 도준의 집으로 향하는 골목이 햇살처럼 눈이 부시고, 바람결처럼 사라질 듯 멀게 느껴졌다. 금방이라도 골목 안쪽에서 그가 걸어나와 그녀를 향해 싱긋 웃을 것만 같았다. 그의 할머니가 노란 니트를 걸치고 그녀를 기다리고 서 있을 것만 같다. 이기적인 자기연민과 독선이 금방이라도 그 골목길로 걸어가 그의 집 근처를 서성이게 할 것만 같았다. 응석을 부리며 자신 안의 슬픔만 봐달라고 할 것만 같았다. 5월의 햇살은 뜨거웠고, 쨍알거리는 아이들의 목소리처럼 귓가를 간질였다. 바람은 흥얼거리는 아이의 입술처럼 보드라운 입맞춤을 했다. 이 아름답고 따스한 골목길은 그대로 놔두어야 한다. 그녀가 무언가를 받아들이듯 옅은 미소를 입가에 그리며 골목길을 지그시 바라보았다.

〈울고 싶니, 은수야? 너…… 울고 싶은 거구나.〉

눈가에 뜨거운 무언가가 부옇게 차 올랐다. 눈물이 따뜻해 기분이 좋았다. 볼에 흐를 듯 떨어지려는 물기를 그녀가 손으로 스윽하니 닦아내고는 다시 걸음을 옮겼다. 그녀가 깨어난 날 바닥을 알 수 없는 깊은 곳으로 가라앉아 있던 그의 눈빛이 떠올라 그녀가 더 걸음을 재촉했다. 병원에 있는 내내 매일 저녁 찾아와 그녀를 살피고 가던 그였지만 그는 침묵을 지켰고, 그녀 또한 조용했다. 퇴원을 해도 된다는 의사의 말을 전하던 그의 얼굴은 말하고 있었다. 그녀와 그가 메울 수 없는 거리로 떨어져 있고, 그걸 다시 회복하는 건 힘들다는 걸.

"그렇게까지 힘든 상태인 줄 몰랐어요."

퇴원하기 전날, 그는 그의 탓으로 이렇게 된 것처럼 자책하듯 말했다. 아니, 그냥 그런 상황이었구나 다시금 헤아려 보는 말인 것 같기도 했다. 그가 무슨 생각을 하는지 알 수 없다. 다만 느낄 수 있는 건 그가 지금 힘들어한다는 것이다.

"당신이 알았다고 해서 달라지진 않았을 거예요. 그저…… 내가 스스로를 지키지 못한 거예요. 그러니 그러지 말아요."

은수의 대답은 차분했고, 담담했다. 그리고 그의 대답은 흔들렸고, 아팠다.

"그동안 아이를 낳아달라고 고집 부려서 미안해요. 힘든 사람을 더 힘들게 했어요."

차분했던 은수의 얼굴이 도준의 그 말에 일그러졌다.

"그러지 말아요, 도준 씨. 물론 내가 아이를 살지 못하게 만든 거지만, 그래도 난…… 그 아이를 갖고 행복했어요. 그러니 처음부터 아닌 일이었다는 식으로 말하지 말아요. 자책하지 말아요. 내 탓이니까."

그의 눈은 어디를 바라보고 있는 걸까? 정처없이 허공을 맴도는 공기처럼 그의 눈빛이 허허로웠다. 적막한 밤하늘이 그의 눈동자에 있었다. 별도, 달도 뜨지 않는 캄캄한 어둠이 그의 눈 속에 차 있어 언뜻 차갑기까지 했다.

"아뇨. 처음부터 욕심을 부렸어요. 당신의 상황이 어떤지 알아볼 생각도 없이 그저 내 욕심에 급급해서 당신을 몰아붙였어요."

그는 차라리 자신의 탓이라도 찾아내 자신의 잘못이라도 확인하고 싶은 사람 같았다. 그래, 어쩌면 그게 더 속 편한 일일지도 모른다. 스스로를 자책하고 괴롭히는 게 일어난 일을 그대로 받아들이는 고통보다는 더 나을는지도 모른다. 자신의 탓이 있어야 자신의 행동으로 상황이 바뀔 가능성이 있었는지도 모른다는 일말의 희망. 누구의 탓도 아닌 그냥 일어나는 일 그 자체인 걸 받아들이는 꽤 힘든 일이다. 다시금 소중한 존재를 아무 이유 없이 그냥 생의 폭력으로 잃게 됐다는 걸 어떻게 있는 그 자체의 일로 받아들일 수 있을까. 차라리 그녀의 탓과 그의 탓으로 그렇게 된 거라고 생각하는 게 더 낫다. 열쇠 없는 자물쇠보단 열쇠가 어딘가에 있을 거라고 찾아다니는 게 더 낫다.

무엇을 잃어버렸는가 따위의 후회 같은 건 하고 싶지 않았다.

후회를 하기엔 그 순간이 견디기 힘들 정도로 괴로웠기에 추억하고 회상하며 그 순간의 고통을 단지 과거라고 해서 가볍게 바라볼 생각은 없었다. 아이는…… 죽었다. 그와 그녀가 그토록 감사하며 지켜내려고 했던 아이가 죽었다.

그녀가 침묵으로 도준의 자책을 쓰디쓰게 바라보고 있는데 그는 스스로에게 부여했던 무언가를 거둬들이는 사람처럼 정갈했다.

"당신을 놓아줄게요."

그의 입에서 흘러나온 말을 그녀가 가만히 듣고 있더니 빙그레 엷은 웃음을 머금었다.

"놓아…… 주는 건가요? 놓아…… 버리는 건가요?"

납덩이처럼 무거운 그의 목소리가 툭 하니 뱉어졌다.

"둘 다예요."

햇살은 눈이 부셨고, 골목길은 따스했다. 그녀가 그 골목길에서 멀어져 갔다.

은수가 지나쳐 간 그 골목길에 짙은 땅거미가 한참 지나 새벽 기운이 감돌 즈음 도준의 차가 들어섰다. 쥐와 고양이도 잠이 든 휑한 골목길에 그의 차가 어둠에 스미듯 움직였다.

"이제 오냐?"

"예."

얼핏 잠에서 깬 유씨가 안방에서 나오다 현관으로 들어오는 도준을 보곤 안타까이 바라보았다. 요즘 들어 자정이 넘어야 들어오는 도준이었다. 맡고 있는 일이 이제 본격적으로 들어가 바쁜 것도 있고, 눈치를 보아하니 일에 더 매달리는 것 같았다. 은수에게 무슨 일이 있는 건지, 아니면 협상 준비가 힘이 드는 건지 손자는 요즘 들어 얼굴이 굳어 있었다. 굳이 화를 내는 얼굴은 아니었지만 감정을 내보이지 않는 무감각한 얼굴빛이 더 걱정스러웠다. 며칠 전 김씨가 퇴원할 즈음 은수가 몸이 안 좋아 병원에 입원했다는 말만 간단하게 전하곤 그 이후로 별다른 말이 없었다. 무슨 병인지, 혹시 심각한 건지, 지금은 어떤지 묻고 싶은 게 가득이었지만 손자의 지친 낯빛에 차마 붙잡지 못하고 있었다. 유씨가 이층으로 올라가는 손자의 뒷모습을 물끄러미 바라보았다.

〈아이야, 무엇이 너를 그렇게 힘들게 하니?〉

안타깝고 걱정스런 마음에 유씨의 시선이 손자의 등에서 떠나질 못했다. 노인네의 시선이 느껴졌는지 말없이 계단을 터벅터벅 올라가던 도준이 걸음을 멈추고 돌아섰다. 차분하지만 가라앉은 도준의 목소리가 흘러나왔다.

"할머니, 보름 정도 나갔다 와요."

"그래? 어디로 가는데?"

"스위스랑 벨기에…… 뭐, 여러 군데 다녀와야 돼요."

틈틈이 신문을 읽고 국내 돌아가는 상황을 알아보는 유씨기에 손자의 출장이 어떤 맥락인지 알아들었다.

"농림부 장관이 간다더니 외교부에서도 같이 가는 거냐?"
"예."

도준이 목이 마른지 계단에서 내려와 주방으로 갔다. 유씨가 컵에 물을 따라 건넸다. 그가 꿀꺽꿀꺽 찬물을 들이키고 깊은 숨을 토해냈다. 그리곤 잠시 침묵을 지키며 무언가를 생각하던 도준이 조용히 할머니를 부른다.

"할머니."
"왜?"

병원에서 들었던 은수에 대한 이야기를 그 이후 꺼내지 않았고, 무엇이 잘못된 건지 일이 어떻게 된 건지 묻지 않았다. 다만 은수가 쓰러져 병원에 입원했단 말에 유씨의 마음이 무거웠다. 무슨 일이 있었든 간에 몸이 아플 정도로 그 사람들을 만난 게 충격이었다면 그 아이도 그 아이 나름대로 힘들었구나 그런 생각이 들었다. 풀리지 않는 찜찜한 마음과 은수에 대한 짠한 마음이 유씨 안에 공존했다. 그러나 세월을 따라 나이를 먹은 게 유씨에게 여유로움으로 작용했다. 닦달하고 시시비비를 따지며 달려드는 게 가장 최선이 아님을, 이럴 땐 그저 손자와 은수가 그 문제를 어떻게 대하는지 지켜보는 게 나을 것도 같았다. 때가 되어 두 사람 다 여유를 찾고 스스로 그 문제를 거론할 때까지 기다리자, 그렇게 마음먹고 있었다. 도준이 부르는 할머니란 소리에 불안한 속내가 깃들어 있어 유씨가 평온을 건네듯 손자를 쳐다보았다. 그 마음을 느꼈는지 도준이 속내를 드러냈다.

"저 나가 있는 동안 은수 씨 좀 부탁드릴게요. 지금 몸이 많이 안 좋아요. 할머니가 은수 씨 좀 챙겨주세요."

자신이 하기엔 괴롭지만 그럼에도 그녀에 대한 마음을 끊을 수 없었던 듯 그의 얼굴이 묘했다. 은수의 몸이 많이 안 좋다는 도준의 말에 유씨의 눈이 커졌다. 퇴원하고 휴식을 취하고 있는 김씨가 안방에 잠들어 있기에 유씨의 목소리가 애써 작았다.

"어디가 안 좋은 거여? 그냥 피곤이 겹쳐서 쓰러진 게 아니었던 거여?"

도준이 귀띔한 대로 믿고 있었던 유씨는 갑자기 심장이 덜커덩 내려앉았다. 가뜩이나 김씨 일도 그랬거니와 진영이를 먼저 보낸 이 사람에게 다시 그런 일이 생기는 건 아닌가 겁이 났다. 도준이 안심을 시키려는 듯 착잡하게 굳어 있는 얼굴에 희미한 미소를 만들었다.

"지금은 치료가 끝났어요. 그런데 몸이 많이 축나서 힘들어할 거예요."

마지못해 고개를 끄덕이는 유씨를 말없이 바라보던 도준이 누군가를 붙잡고 쏟아낼 것 같은 울컥한 마음을 안으로 밀어 넣었다. 이제 와 죽은 아이 이야기를 꺼내 속상하게 만들어서 뭐 할 것이며 심란한 노인네 붙잡고 눈물이라도 흘리면 마음이 편해질까 회의가 들었다. 그가 소리없는 한숨을 삼키며 터져 나오려는 고통스런 신음을 꿀꺽 삼켰다. 그렇게 꾹꾹 눌러담고 이층으로 올라갔다.

신발 377

달칵, 문이 열리고 자신의 공간으로 들어선 그가 그제야 깊은 숨을 토해냈다. 그의 어깨가 추욱 하니 늘어졌다. 그가 가방을 툭 하니 바닥에 내려놓고 욕실로 들어갔다. 뜨거운 물속에 푹 잠기고 싶었다. 어깨 위에서 누군가가 지신밟기를 하는지 움직일 때마다 뻐근하고 묵직했다. 욕조에 물을 틀어놓고 물이 쏟아지는 걸 멍하니 바라보던 그가 밖으로 나가 담배를 꺼내 물었다. 멀리서 물소리가 들려온다. 그를 대신해 무언가를 쏟아내듯 물소리가 쏟아졌다. 찰방찰방 물이 물속으로 잠기며 욕조를 가득 채워갔다. 그 물소리가 마음속으로 비집고 들어와 막아놓은 마음의 둑을 건드렸다. 물은 흐르고, 담배 연기는 흩어졌다. 물소리가 찰방였으며 담배를 뿜어내는 그의 입에서 신음 같은 탄식이 새어 나왔다.

손가락 사이에 자리 잡은 담배가 어느새 다 타 들어가 손가락 근처가 뜨거웠다. 그가 탁자에 있는 재떨이를 가져와 담배를 껐다. 그리곤 수북이 쌓인 재떨이를 응시한다. 이제 욕조 안에 물이 어느 정도 차 올랐을 텐데, 움직여지지 않았다. 몸이 땅속으로 가라앉을 듯 무거웠다. 정신을 놓아 그냥 내버려 두었더니 무언가가 비집고 들어와 속을 쑤신다. 가슴 언저리가 뭉툭하니 아팠다. 그는 찾아온 마음의 울음을 더 이상 외면하지 못하고 가만히 눈을 감고 내버려 두었다. 욱신, 무언가가 가슴을 할퀸다. 그가 손으로 욱신거리는 부근을 움켜쥐고 고통스러운 듯 고개를 숙였다. 이미 벌어진 일이다. 이미 지나간 일이다. 스스로에게 되뇌어도 추스르지 못하는 마음의 혼돈. 은수가 욕실 바닥에 쓰러져 있던 그때 느꼈던 두려움과 절망이 아직도 생생하게 살아 그를 옥죈다. 그래, 그녀의 탓도 아니고, 그의 탓도 아니다. 그게 더 참을 수 없다. 그게 더 아프다. 그저 일어나 버린 일, 그는 다시 아이를 잃었다. 다시 그때와 같은 상황을 보고야 말았다. 피를 흘리던 그녀의 손목이 그가 안았을 때 너덜거렸다. 죽은 시체처럼 화색이 돌지 않는 그녀의 창백한 얼굴이 다시금 그때의 공포를 불러일으킨다. 죽은 아내와 똑같이 멍이 든 것처럼 보랏빛으로 메말라 있던 은수의 입술을 보며 그는 애써 묻어두었던 공포와 대면하고 말았다.

도준이 무언가를 억제하듯 몸을 떨며 두 손으로 얼굴을 가렸다. 일그러진 그의 얼굴이 손에 의해 가려졌다. 눈물은 나오지 않고 가슴만 옥죄어 그가 아픈 신음을 흘렸다. 욕조에서 차 오른 물속으로 물은 찰방거리며 쏟아져 내렸다.

"으으으으······."

신음 소리가 섞인 미약한 울음소리가 방 안을 떠돌았다. 은수가 퇴원하는 날까지 긴장을 풀 수 없었던 그이기에 이제야 뒤늦은 울음을 삼키며 자신의 내면과 맞닥뜨렸다. 눈물은 멈춰지기는커녕 이제 손바닥 사이로 흘러내려 그의 옷을 적셨다.

그도 이렇게밖에 안 되는 자신이 싫고, 화가 났다. 이럴 때 그녀 곁에 있어주지 못하는 나약한 자신이 마음에 들지 않았다. 든든한 동반자가 되어 이 아픔을 함께했으면 좋으련만 마음은 그렇게 따라주질 않았다. 깊숙이 묻어 있던 그의 가슴속이 헤집어져 불안하게 흔들렸다. 스스로를 세우는 것조차 하루하루가 버거웠다. 지독한 무기력과 다시 그때의 상황으로 돌아갈지도 모른다는 섬뜩함이 그를 에워쌌다. 한 발자국도 움직일 수 없는 먹먹한 어둠, 그 한가운데 서 있는 듯했다. 어느 날, 어떤 순간에 그의 뜻과는 전혀 상관없이 모든 것이 무참하게 파괴될 수 있다는 것, 그리고 그 순간에 그가 할 수 있는 건 아무것도 없다는 절망을 어떻게 하면 받아들일 수 있을까. 그는 치욕스러웠고, 고통스러웠으며 두려웠다.

살아가는 게 지독하게 무서웠다. 은수를 사랑하는 게 무서웠다. 누군가를 사랑하는 게 무서웠다. 그리고 아무것도 할 수 없는 무기력한 자신과 대면하는 게 무서웠다. 생이 무서웠다.

그의 울음소리가 희미하게 방 밖으로 새어 나왔다. 주인의 울음이 깃든 방문은 달빛을 받아 처연했고, 무거웠다.

계단을 오르던 발자국 소리가 그 소리에 걸음을 멈추었다. 은수가 퇴원을 했는지, 병원에 있는 건지, 집에 있는 건지 도통 상황을 알 수 없어 손자에게 물으려 올라오던 유씨가 멈칫 방문을 응시했다. 혹시나 잘못 들은 건가 싶어 유씨가 눈을 가늘게 뜨고 뚫어지게 방문을 쳐다보았다. 정적이 감도는 이층에 묵직하니 내리누른 울음소리가 새어 나오고 있었다. 유씨의 미간이 찌푸려졌다.

〈이…… 무슨 일이고.〉

무뚝뚝하고 차분한 손자 녀석이 울음이라니. 어지간한 일에 그럴 성품이 아닌 걸 알기에 유씨의 얼굴이 더 어두워졌다. 괜찮다고 하더니 은수에게 큰 병이 생긴 건가. 아니면 자신이 모르는 무슨 일이 생긴 건가. 그 아이를 챙겨달라던 손자의 얼굴이 묘하게 굳어 있어 은근히 신경이 쓰이는 참이었는데 이 새벽녘 장성한 손자의 울음소리를 들으니 노인네는 순간 어찌해야 할지 몰라 우왕좌왕 정신이 없다. 그러다 크게 숨 한번 들이키고는 방문을 열었다. 조심스레 여는 유씨의 손길에 문은 소리도 내지 않고 스르르 주인을 보여주었다. 도준이 의자에 앉은 채 고개를 숙여 얼굴을 가리고 있었다. 그의 어깨가 감정을 참지 못하고 흔들렸다.

"자네, 무슨 일로 그러는 거여? 응?"

도준이 멍하니 고개를 들어 침묵을 지켰다. 물기 어린 그의 눈동자가 붉게 충혈되어 아무것도 담지 않고 비워 있었다. 그 모습이 더 애처로워 유씨가 조심스레 다가가며 물었다.

"왜 그러는가? 응? 아니, 무슨 일이길래 자네가 이러는 거여?"

까칠하고 건조한 그의 입이 힘없이 달싹였다.

"할머니……"

장성한 사내의 눈물을 보는 것만큼 민망하고 당혹스러운 게 어디에 있을까. 유씨가 어찌할 줄 모르고 손으로 그의 어깨를 쓸어 내렸다.

"그래, 무슨 일이여? 무슨 일이 있길래 이러는 거여?"

그의 눈동자가 허공으로 향했다. 넋이 나간 사람처럼 먹먹한 손자의 눈에 유씨의 얼굴이 무거웠다.

"은수가 사산을 했어요."

손자의 입에서 나온 말이 생각지도 못했던 일이기에 유씨의 눈이 휘둥그레졌다.

"그...... 그 아이가 자네 애를 품고 있었단 말이여?"

도준이 말없이 고개를 끄덕였다. 할머니의 격한 반응에 그의 마음이 오히려 차분해졌다. 그가 희미하게 웃음을 배어 물었다. 그의 눈에 물기가 차 올랐다.

"예, 또 잃었어요. 또 그렇게 됐어요."

"아이구......"

유씨가 무슨 말을 해야 할지 몰라 기가 막힌 탄식과 한숨만 연신 내뱉었다. 내려앉는 손자의 마음을 어찌하나, 어떻게 해야 괜찮아지려나 아무 생각이 안 나고 그저 짠하고 기가 막힌다. 한숨을 내쉬며 기막힌 이 밤의 꿈결 같은 이야기를 꾸역꾸역 받아 안은 유씨가 도준의 등을 손바닥으로 쓸어 내렸다.

〈어찌하누, 우리 손주를 어찌하누.〉

밤이 깊어 새벽이 다가왔다. 몇 시간 후에 동이 트면 다시 출근을 할 도준이기에 유씨가 자리를 비켜주었다. 몇 시간의 잠이라도 재워야겠다는 생각에 멍하니 지쳐 있는 손자의 등을 연신 쓸어 내리며 마음을 가라앉혔다. 며칠 후면 외국으로 돌아다니며 이리저리 진을 뺄 텐데 혹여 몸이라도 상할까 걱정이었다. 유씨가 조용히 도준의 방을 나와 멀겋게 파란 기가 감도는 어둠을 응시했다. 그리곤 밤하늘에 떠 있는 별들을 하나씩 헤아려 보듯 유씨가 은수의 부풀어 있던 배나 도준이 은수에게 무거운 짐을 받아 들던 예전 일들을 하나씩 떠올리며 한숨을 내쉬었다.

"할머니, 은수 씨 좀 부탁해요. 제가 그릇이 작아서 힘이 드네요."

나지막이 중얼거리던 손자의 말이 유씨의 가슴에 파고들어 애잔하니 아팠다. 더운 날 옷도 벗지 못하고 불안해하던 은수의 모습을 가만히 떠올려 본다. 배접지를 만져 보며 빙그레 웃던 그 아이의 얼굴이 가만가만 다가왔다. 유씨의 눈이 잔잔하니 쓰라렸다.
〈그것이 말도 못하고, 얼마나 속을 끓였으면 아이까지 놓쳤는고.〉

그가 출국하던 날, 은수는 녹신한 잠에 빠져 있었다. 새벽녘까지 콘티 일에 집중하려고 애쓰며 거실을 이리저리 서성이다 동이 터올 때쯤 잠이 들었다. 생각이 멈춰진 건지, 아니면 감정이란 놈이 스스로 지쳐 나가떨어진 건지 이상하게 아무런 생각도 들지 않았다. 어쩌면 스스로를 보호하려고 생각을 멈춘 것인지도 모른다. 하루 종일 밥 먹고, 일하고, 자고, 다시 먹고 그렇게 시간이 흐르고 있었다. 차라리 이럴 때 할 일이 있다는 게 고맙기도 하다. 촉박한 마감 일정에 그녀가 욱신거리는 왼쪽 손목을 신경 쓸 새도 없이 긴장된 하루하루를 보냈다. 도준이 출국하는지도 모르고 그녀는 깊은 잠에 빠졌다. 괜스레 핸드폰을 흘긋 쳐다보기도 했지만 핸드폰은 울지 않았다.

한낮의 햇살이 베란다를 통해 폭포수처럼 쏟아져 내릴 때쯤 그녀가 어슬렁어슬렁 거실로 나왔다. 그리곤 담배를 한 개비 물고 현관문을 살짝 열고 신문을 집었다. 다시 담배를 피웠다. 마음은 평온한 것처럼 요동이 없는데 일어나면 담배부터 찾아 입에 문다. 잠시라도 비어 있는 시간을 참을 수 없다. 빨래든 걸레질이든, 아니면 독서든 아무거나 시간을 채워야 했다. 일 때문에 읽는 건지, 도망가려고 읽는 건지 이젠 알 수도 없다. 그녀가 신문을 들추며 관심있는 분야를 정독하고, 신문사의 어조를 버릇처럼 유심히 뜯어본다. 그러다 사회면에 성폭력 기사를 보곤 얼른 종이를 넘긴다. 더욱더 들여다보고 그들과 함께해야 하는데, 손길은 가지 않았다. 접하는 것만으로도 고통이 꿈틀거린다.

한참 동안 햇살 아래서 신문을 읽어 내려가던 은수가 어디선가 들려오는 낯선 음악에 고개를 들었다. 이사를 하면서 핸드폰 번호를 바꿨고, 일에 관련된 사람과 소수의 마음 편한 사람에게만 번호를 알렸기에 핸드폰은 거의 노래하지 않았다. 하루 종일 침묵을 지키거나 광고성 메시지가 다였다. 핸드폰 기계음이 얼렁풍땅 음악을 흉내 내며 나름대로 열심히 노래를 했다. 귀찮은 듯 가만히 방 안에서 흘러나오는 기계음을 듣고 있던 은수가 끈질기게 노래하는 핸드폰의 노력을 저버릴 수 없어 천천히 자리에서 일어섰다. 열흘 정도가 지났지만 몸은 완쾌되질 않았다. 아랫배는 차가웠고, 차가운 냉을 가득 쏟아냈다. 누군가에게 흠씬 두들겨 맞은 것처럼 몸은 무겁게 처져 있었다. 하지만 그게 좋았다. 차라리 그게 더 마음이 편했다. 아무 일도 없던 것처럼 몸마저 멀쩡했다면 정말 그녀 자신만 미친 건가 착각이 들었을 것이다. 이젠 더 이상 표현하지 못하고 차라리 밑바닥으로 가라앉아 평온해져 버린 마음 대신 몸이 울어주고, 아플 만큼 힘들었다고 말해 주는 것 같아 위로가 되었다.

천천히 일어나던 은수가 어느 순간 빨라졌다. 도준일지도 모른다는 생각에 염치없게도 마음은 급히 핸드폰이 있는 곳으로 달려갔다. 작은 숨을 토해내며 그녀가 폴더를 확인하니 도준의 집이었다. 평일이라 그는 출근했을 텐데, 그녀가 갸우뚱거리며 이 질기고 질긴 노래에 답했다.

"예……"

[아니, 전화를 왜 이리 늦게 받는 거여? 늙은이 숨넘어가는 줄 알았네.]

마치 어제도 만났던 사람처럼 친근하게 말을 꺼내는 유씨의 목소리에 은수가 순간 당황한 듯 어색해했다.

"하, 할머니세요?"

[그려, 이 사람아. 병원에서 퇴원했다면서 연락도 않는가?]

유씨가 어디까지 알고 있는 건지 알 수가 없었다. 하지만 할머니의 목소리를 들으니 모르는 것 같았다. 은수의 얼굴이 묘하게 굳어졌다.

"예, 몸이 좀 안 좋아서 쉬고 있었어요."

[밥은 먹었는가?]

대뜸 꺼내는 유씨의 물음에 은수가 얼떨결에 답했다.

"아뇨. 늦게 일어나서 이제 아침 먹으려고요."

한숨 소리가 얼핏 들려오는 듯했다.

[집이 어디여? 나 한번 보세.]

"아, 아닙니다. 제가 그리로 갈게요."

[됐네, 이 사람아. 퇴원한 지 며칠 지났다고 바깥바람을 쐬었어?]

도준의 집에서 십여 분 떨어진 거리라 근처에 무슨 가게가 있는지만 알려주어도 유씨가 알 수 있었다. 통화를 끝낸 은수가 획 하니 집 안을 둘러보았다. 요즘 들어 청소를 열심히 해서 집 안은 깨끗했다. 그래도 이런저런 잡동사니로 어지럽혀진 거실이라 그녀가 물건 하나씩 제자리에 갖다 놓았다. 그리곤 재떨이와 담배를 물끄러미 바라보다 서랍 안에 넣었다. 여기까지 오시겠다고 하는 걸 보니 어느 정도 상황을 알고 있는 게 아닌가 싶기도 하고, 혹여 모른다 해도 도준과 멀어졌음을 말해야 할 것 같았다. 만약 아이를 아쉬워하며 그녀를 탓한다면 어떤 표정을 지어야 할까. 그 사람들에게 안 좋은 소리를 들었을 텐데 미운 털이 박혔겠구나, 그런 생각이 먼저 들어 은수의 마음이 서서히 움츠려들었다. 어차피 도준과 멀어진 마당에 할머니와 앞으로 관계를 맺을 가능성은 적었지만, 그녀 개인적으로 유씨에게 애정을 가지고 있었기에 상실감이 몰려왔다.

그릇 두어 개와 컵을 설거지하던 은수에게서 낮은 한숨이 새어 나왔다. 죄인처럼 납작 엎드려 사과하고 싶지는 않았다. 그녀가 살아온 지난날을 마치 안 좋은 과거처럼 부끄러워할 생각도 없었다. 누구보다 속이 쓰리고 가슴 아팠지만, 그것이 지난 세월을 부정하는 것으로 결론짓고 싶지 않았다. 혹여 할머니라 할지라도 말이다.

삼십여 분 후, 은수가 장롱 안에 있던 방석 두 개를 꺼내 거실에 놓고 있는데 초인종이 울렸다. 조금은 초조하게 기다리고 있던 그녀가 얼른 현관 쪽으로 걸어가 문을 열었다. 그러다 보자기에 싸인 무언가를 가득 들고 있는 유씨를 보고 그녀가 우물쭈물하며 짐을 받아 들었다. 당황하는 은수의 마음을 알았는지 유씨가 편하게 해주려는 듯 말을 건넸다.

"이것저것 좀 가져왔네. 입맛이 좀 돌 게야."

"……감사합니다."

거리를 두고 예의 바르게 행동하는 은수를 유씨가 지그시 쳐다보다가 손에 든 짐 하나를 바닥에 내려놓았다. 유씨가 거실 한번 휭 하니 보고는 가운데 있는 상으로 걸어갔다. 은수가 가스 불에 물을 올려놓고 예쁜 컵 두 개를 꺼내 차를 탔다.

달그락, 달그락.

찻잔이 상 위에 올려지는 순간까지 거실엔 정적이 감돌았다. 은수가 내민 찻잔을 유씨가 조심스레 한입 마시고는 침묵을 지키고 앉아 있는 은수를 지그시 쳐다보았다. 은수는 고개를 숙이고 멍하니 상 위에서 반들거리는 나뭇결을 응시했다. 어떤 말이라도 꺼내서 자연스럽게 이야기를 할 수 있게 만들어야 하는데, 아무 말도 나오지 않았다. 솔직히 말하면 유씨가 생각하고 싶은 대로, 쏟아내는 대로 그냥 받아주고 말자는 그런 생각도 들었다. 일일이 왜곡되지 않으려고 자기 변명 식으로 말하고 싶지도 않았고, 그럴 여력도 없었다. 모든 것이 귀찮고, 귀찮을 뿐이었다. 조금만 더 그녀가 기운을 차리고 만났다면 이 상황에 좀 더 충실할 수 있었을 텐데 아쉬움도 들었다. 입을 다물고 시선을 내리고 있는 은수를 보며 유씨 또한 쉽게 말을 꺼내지 못하고 있었다.

"할아버지는 괜찮으세요? 퇴원하셨다는 얘기는 들었어요."

불편한 침묵에 은수가 문득 생각난 듯 김씨의 병세를 물었다. 유씨가 두어 번 고개를 끄덕이는 걸로 대답을 대신했다.

"은수야."

나지막이 그녀의 이름을 부르는 유씨의 목소리에 은수가 퍼뜩 고개를 들어 시선을 마주 보았다.

"도준의 아이였다며?"

은수의 고개가 다시 숙여졌다. 회한에 젖은 유씨의 목소리에 그녀의 얼굴에 미묘한 냉기가 깃들었다. 그냥 아무 생각 없이 저절로 입술이 움직였다.

"죄송합니다."

아무리 그녀를 예뻐했고 잘해주었다 해도 도준의 할머니다. 서로의 입장이 다른 것이다. 당연한 거다. 도준의 아이를 잃은 게 더 뼈아프고 가슴 아프리라. 은수가 혼날 차례를 기다리는 사람처럼 가만히 유씨의 시선을 받아냈다.

이 며칠 동안 너무나 많은 생각에 속이 답답한 유씨였다. 잠을 자다가도 어이없게 잃어버린 아이 생각에 눈이 떠졌고, 밥을 먹다가도 다시 이런 일을 겪는 손자 생각에 목이 꽉 막혔다. 그런데 막상 은수를 마주 보니 그런 섭섭하고, 아쉬운 노인네 자신의 마음은 비워지고 홀쭉하게 거칠어진 은수의 얼굴이 속을 후볐다. 불고기며 잡채며 해산한 사람에게 좋다는 연뿌리와 조기를 챙기면서도 은수에 대한 걱정보다는 부탁을 했던 도준에 대한 걱정이 먼저 앞섰다. 그런데 은수의 얼굴이 퀭했다. 눈 밑은 그림자가 져 푹 꺼졌고, 입술은 까칠했다. 그게 눈에 박혔다.

"몸은 괜찮니?"

긴장한 듯 미동없이 앉아 있던 은수가 숙이고 있던 고개를 들어 유씨를 쳐다보았다.

"해산한 것과 매한가지니까 찬물로 목욕하지 말고 바깥바람 쐬지 말게."

은수의 눈이 부옇게 흐려졌다. 외롭고 힘들면 작은 말 한마디에도 애틋한 거라는 걸 스스로 알면서도 눈가에 차 오르는 눈물을 참을 수 없었다. 하염없이 눈물줄기가 볼을 타고 흘렀다. 목 안에서 뜨거운 무언가가 치밀어 올랐다. 가슴을 적셔줄 것 같은 뜨거운 물줄기가 펑펑 흘러나왔다. 그녀가 가득 잠긴 목으로 중얼거렸다.

"……네, 그럴게요."

터져 나오는 눈물이 민망스러웠다. 그래도 그녀의 잘잘못을 가려 탓을 하기보단 따뜻한 말 한마디를 건네준 유씨의 마음에 울음을 그칠 수가 없었다. 그녀가 고개를 숙이고 얼굴을 가리자 유씨가 안쓰럽게 쳐다보며 손을 내민다. 주먹을 꼭 쥐고 울음소리를 내지 않으려는 은수를 보며 유씨가 그 주먹 쥔 손을 잡았다. 쪼글쪼글하고 거친 나이 든 여인의 손이 생에 대한 두려움으로 주먹을 쥔 그 손을 어루만졌다.

"그래, 네가 오죽하면, 오죽하면…… 휴우, 누구보다 아이를 품었던 어미가 제일 속이 쓰릴 텐데."

은수는 유씨가 잡아준 손에 얼굴을 묻고 참아왔던 눈물을 쏟아내며 오열했다. 그런 상황에 직면해야 했던 자신의 생이 다시금 넌더리가 났고, 한편으론 자신이 저지른 일로 아이를 잡았다는 생각에 마음 편히 울 수도 없었다. 그저 담담하게 생각을 멈춘 채 죽은 고목나무처럼 다시 살아나 버린 자신의 생을 무기력하게라도 받아들이려 애썼다. 눈물은 강처럼 흘러 고목을 어루만졌고, 새살이 돋아날 수 있는 물기로 흠뻑 적셔주었다. 이 울음이, 이 비통하고 가슴 깊은 울음이 다시 살고 싶다는 생의 의욕을 불어주기를, 생의 아름다움과 진실을 다시 찾을 수 있게 힘을 주기를 그녀 스스로 기원하며 울음을 쏟았다.

 도준이 수행원으로 여러 외국을 돌아다니는 동안 은수는 유씨의 보살핌을 받아 몸을 추슬렀다. 혼자 삼시 세 끼 제때 챙겨 먹으며 일하는 것도 만만치 않아 몸에 좋은 음식까지 찾아 먹지는 못한 그녀였다. 유씨가 하루 걸러 한 번씩 그녀를 찾아왔고, 미역국이며 갈비며 몸에 좋은 걸 계속 해 먹였다.
 도준이 귀국할 즈음이 되었을 땐 은수의 얼굴이 한결 나아져 있었다. 창백하게 까칠했던 얼굴에 홍조가 돌았고, 퉁퉁 부어 있던 몸이 제 모습을 찾았다. 그는 은수의 이런 모습을 아는지 모르는지, 귀국하고 나서도 보이지 않았다. 아마도 유씨에게서 간간이 소식을 듣는 것 같았다. 도준의 소식을 유씨에게서 들으며 그를 헤아려 보는 건 은수도 마찬가지였다.
 두 사람이 유씨를 가운데 두고 서로에게 연락하지 않는 동안 봄은 이제 여름으로 향했다. 햇살은 뜨거웠고, 사람들의 옷을 가볍게 만들었다. 과일 가게에 진열된 여름 과일들이 향을 내뿜으며 사람들을 유혹했다. 그렇게 여름이 오고 있었다.

 "그럼 가볼게요, 할머니."

"그려."

찌는 듯한 한여름의 토요일, 그림을 그리던 은수가 문득 시계를 쳐다보더니 자리를 정리했다. 가볍게 에어컨을 틀어놓고 선풍기도 틀었지만, 세필로 가는 선을 그리고 있었던지라 땀이 송골송골 맺혀 있었다. 먹으로 농담을 조절하고, 여러 가지 굵기와 재료로 만들어진 붓으로 강약 조절을 하며 붓에 익숙해져 갔다. 그리고 지금은 사물 하나를 묘사하며 채색을 해보고 있었다. 여린 듯 강한 하얀 배접지 위에 하얀색 의자가 홀로 그려져 있었다. 가는 선으로 형태가 그려진 의자는 옅은 순백색을 띠고 하얀 배경 속에서 그 윤곽을 드러냈다. 얼핏 보면 그저 새하얀 의자는 땅을 짚고 서 있는 다리 부분에 미약한 회색과 거친 선으로 자신의 존재를 드러내고, 자세히 들여다보면 가는 선으로 수많은 나뭇결이 새겨져 있었다. 기초적인 재료 사용하는 법을 배운 후 유씨가 그리고 싶은 사물을 사진으로 가져오라는 말에 은수는 자신의 집에 있는 하얀색 의자를 사진으로 찍었다. 이제는 시간의 흔적을 안고 때가 탄 의자는 그녀가 이 년 전 길에서 주워 직접 페인트를 칠했었다. 지나온 시간을 떠올리게 하는 많은 물건을 버렸지만 유독 이 의자만은 버릴 수 없었다. 으슬으슬 서늘한 어느 날 색을 칠하느라 반나절을 걸려 고생했던 기억 때문인지, 아니면 하얀 의자를 좋아하는 그녀 자신의 기호 탓인지 의자는 어떤 징표처럼 그녀에게서 버려지지 않았다. 거실 한 구석에 그 의자는 앉혀지고 무언가로 쓰이기보다는 조각 작품처럼 응시의 대상으로 놓여 있었다.

좋아하는 무언가를 온 신경을 다 기울여 그린다는 것, 일순 무념무상의 경지에 오르듯 정신이 맑아진다. 세필로 나뭇결을 그리고 있노라면 숨을 정지시키고, 하나의 정점에 다다를 듯 날이 세워진다. 선 하나를 그리고 난 후마다 온몸에서 기운이 빠져나가는 게 느껴질 정도로 힘이 들었지만 어떤 것에서도 잘 겪어볼 수 없는 지극히 맑은 쾌락이었다.

하얀색 의자에 매달린 지 한 달째였다. 틀을 만들고, 먹을 갈고, 형태를 그리고, 색을 입히고, 이제 나뭇결만 다 넣으면 완성이었다. 의자가 고요하게 종이 안에서 윤곽을 드러내는 그동안 은수와 도준은 마주치지 않았다. 그가 그녀를 피하는 건지 얼굴을 볼 수 없었고, 은수 또한 평일 낮에 왔다가 해가 떨어지기 전에 집으로 돌아갔다.

중간에 유씨가 가져온 화채를 맛있게 먹고 세 시간째 선을 그리는 데에 푹 빠져 있던 은수가 마지못한 얼굴로 자리를 정리했다. 농담을 시험하려 붓으로 찍어놓은 화선지가 어지러이 펼쳐져 있었다.

토요일 한낮, 조금 있으면 그가 퇴근할 시간이다. 그녀 자신이 피한다기보다 그가 스스로 원할 때까진 피해주는 게 예의인 것 같았다. 그게 그녀가 최소한 해줄 수 있는 배려일 것 같았다. 사실 유씨와 이렇게 관계를 지속시키는 게 이기적인 행동이 아닐까 마음이 무거웠지만 깊은 심중에 그가 다시 그녀에게 다가와

주기를 바라는 마음에 끊지 않은 걸지도 모른다. 그러나 의자가 완성되어 갈수록 그녀의 눈은 쓸쓸했고, 정결하게 비워져 갔다.

　작은 산속에 옹달샘이 있다. 옹달샘은 채워져 있어 물이 고여 있는 그 모습이 옹달샘 같지만 사실은 흐르는 물을 잠시 품고 있다가 끊임없이 아래로 흘려보낸다. 그 옹달샘이 된 것 같았다. 그녀 자신의 육체를 부정하는 것이 아닌, 또 하나의 시선으로 응시했던 그 경험은 그녀를 옹달샘으로 만들었다. 감정은 고이지 않고 잠시 품었다가 어딘가로 흘러갔다. 그를 사랑하지만 사랑한다는 마음을 더 이상 가슴 안에 고여놓고 스스로를 괴롭히지 않게 되었다. 그에 대한 여러 감정은 흘러 들어왔다 흘러 갔다. 다만 안타까운 건 그 마음이 계속 흘러 들어온다는 것, 흘려보낼 곳을 찾듯 그를 바라보지만 그것도 어리석은 행동이 아닐까 이젠 반문하게 되었다. 그녀 자신의 생명을 끊으려 했던 그날, 그녀가 마음을 주었던 모든 사람들과의 인연도 끊긴 게 아니었을까. 그걸 받아들이지 못하고 미련을 떠는 게 아닐까. 여름 밤에 찾아오는 서늘한 바람에 쓸려가듯 그녀 안에 있던 사랑이라는 감정이 횅하니 어딘가를 향해 부는 듯했다.

　유씨에게 인사를 건넨 은수가 가방을 들고 현관을 나섰다. 문을 여니 멀리서 들렸던 매미 소리가 찌를 듯 귓가를 파고들었다. 후텁지근한 열기가 얼굴에 달려들었다.

　〈아…… 덥다.〉

　정원에 있는 나무들은 짙은 녹색으로 푸르렀다. 새들은 둥지를 틀었는지 언젠가부터 날아다니는 모습이 눈에 띄었다. 어제 내린 소낙비로 잔디는 아직 물기를 안고 싱그럽게 녹색 향을 풍겼다. 그녀가 말간 얼굴로 여름날의 정원을 멍하니 응시하다가 문득 자신의 집으로 가야 한다는 걸 깨달은 사람처럼 걸음을 옮겼다. 그녀의 발이 지나가고 뒤에 남겨진 돌이 땡볕에 지글지글 타올랐다. 대문을 열고 밖으로 나갔다. 몇 걸음 걷지도 않았는데 뜨거운 열기에 벌써 숨이 턱턱 막혔다. 어깨에 둘러멘 가방이 살에 찐득찐득하게 느껴져 그녀가 가방을 내려 손으로 잡고 다른 손으로 손사래를 치며 얼굴에 부채질을 했다.

"왔어요?"

은수의 손이 멈칫 정지했다. 골목을 지나는 차라고 생각했는데 어느 날의 그때처럼 그가 차에서 내려 그녀를 응시하고 있었다. 항상 곁에 있었던 사람처럼 그가 평이한 어조로 말을 걸어와 순간 굳어 있던 은수가 자연스런 미소를 입가에 그리며 애써 태연한 척을 했다. 애쓰지 않아도 그의 눈이 이미 정지한 듯 멈춰 있는데, 왜 아무렇지 않은 사람처럼 애를 쓸까.

"퇴근한 거예요?"

만나지 않은 요 두어 달 동안 그의 얼굴은 약간 살이 빠져 있었다. 여유롭게 입가에 볼우물을 만들던 살이 빠져 그의 얼굴선이 날카로웠다. 은수의 물음에 그가 고개를 끄덕이더니 어색한 침묵을 지켰다. 그 침묵에 은수가 묘하게 아린 미소를 잠시 입가에 머금더니 조금은 시원하게 말을 건넸다.

신발

"나랑 얘기 좀 해요."

도준이 그녀의 얼굴을 가만히 응시하더니 차 문을 열었다. 은수가 차에 오르자 두 사람을 태운 차는 근처에 있는 공원으로 향했다. 강을 끼고 조성된 공원은 한여름이라 한적했다. 몇몇 사람이 자전거를 타고 길을 따라 달렸고, 멀리 야외 수영장에서 물장구치는 아이들의 시끌벅적한 소리가 들려왔다. 차 안에 감도는 에어컨 바람이 싫어 은수가 차 유리를 내렸다. 강가라 언뜻 시원한 바람이 차 안으로 들어와 머릿결을 어루만졌다. 그는 무슨 생각을 하는지 정면에 있는 강을 응시하며 담배를 꺼냈다. 문득 담배를 피워도 되는 상태가 되었구나, 달라진 현실이 새삼 가슴을 후볐다. 그가 피우는 담배를 물끄러미 응시하던 은수가 나직이 입을 열었다.

"날 보는 게 많이 괴로운가요?"

담배를 입가에 가져가던 그의 손이 순간 멈춰졌다. 그러나 그의 반응에 상관없이 이미 하고 싶은 말을 한다는 듯 은수가 한결 개운한 얼굴로 말을 이었다.

"미안해요. 할머니가 좋아서 당신을 괴롭히는 짓이라는 걸 알면서도 끊지를 못했어요."

그래도 스스로 힘이 들었는지 말을 잇던 은수가 잠시 입을 꾹 다물고 유리창 밖으로 시선을 돌렸다. 잡고 싶었던 무언가가 의지와 상관없이 파괴되는 것처럼, 놓아야 할 무언가를 놓지 못하는 그녀 자신의 어리석음을 다시 스스로에게 되새긴다. 도시에 인공물처럼 놓여 있는 강물도 스스로가 자연이라는 걸 증명하듯 끊임없이 흘러 고이지 않는다. 사람들이 아무리 어떤 틀 안에 강물을 끼워 넣으려 해도 도도한 강물의 흐름을 막을 수는 없는 일이었다. 강물의 흐름을 들여다보며 미세한 떨림으로 숨결을 들이 내쉰 그녀가 조용히 입을 열었다.

"이제 정리할게요. 계속 미련을 버리지 못해서 꾸물거렸어요. 괴롭게 해서 미안해요."

담담하니 말갛게 창밖을 응시하며 그의 시선을 외면하는 은수를 도준이 어떻게 하지 못한 채 바라보고만 있었다. 은수가 천천히 고개를 돌려 앞에 있는 그를 소중한 듯 애틋하게 바라보았다.

"잘살기를 바라요. 나 때문에 힘들었던 거 미안하긴 하지만 그래도 나 안 잊었으면 좋겠어요. 잠시 맺은 인연이었지만 그래도 가슴 한구석 날 기억해 주면 안 될까요?… 좀 무리한 부탁인가요?"

스스로에게 자조하듯 그녀가 피식 쓸쓸한 웃음을 흘리더니 무언가를 참듯 입술을 깨물었다. 그녀가 하는 말을 조용히 듣고만 있던 도준이 천천히 손을 올려 그녀의 얼굴을 어루만졌다. 그리곤 그녀의 손을 잡았다. 여름이라 그런 건지, 아니면 그의 가슴을 닮아 있어 그런 건지 그녀의 손을 움켜쥔 그의 손이 뜨거웠다.

"당신을 사랑해요."

그를 응시하는 은수의 눈동자가 흔들렸다. 그의 눈이 깊은 빛을 띠며 그녀를 마주 보았다.

"그런데 당신을 보면 괴로워요."

그녀가 힘겨운 듯 눈을 감았다. 해줄 게 없다. 이럴 때 무엇을 어떻게 해줄 수 있는 게 아무것도 없다는 걸 잘 알고 있어 더 괴로웠다. 도준이 은수를 가까이 끌어당겨 품 안에 안았다. 그가 그녀의 귓가에 얼굴을 묻고 그녀의 살 내음을 힘껏 들이마셨다. 여름 햇살을 머금은 그녀의 몸이 그의 존재 안에 생생하게 흔적을 남겼다.

"날 기다려 줄 수 없나요? 당신 때문에 힘든 게 아니라 내 스스로가 힘이 들어서 그래요. 내 스스로 흔들리고 있기 때문에 당신에게 다가가질 못하는 거예요. 알고 있죠?"

그의 목소리는 잠겨 있었고, 그의 품 안에 안겨 있는 은수의 얼굴은 미약하게 일그러져 있었다.

때로는 스스로가 힘들어서 괴롭더라도 스스로를 힘들게 하는 타인이 있다면 그 타인을 멀리해야 하는 법이다. 인간 스스로 모든 걸 혼자 해결하기엔 쉽지 않은 게 인간관계고, 특히나 사랑이라는 이름이었다. 그를 기다리는 게 다시 그를 괴롭히는 결과를 낳는 게 아닐까. 그럼에도 기다리고 싶은 감정을 어찌할 수 없어 그녀가 작은 한숨을 토해냈다.

두 사람의 관계는 별반 달라진 게 없었다. 도준은 여전히 출퇴근을 하며 일에 매달렸고, 은수는 은수 나름대로 맡고 있는 콘티 일에 매달렸다. 아이를 사산한 후 한동안 일을 쉬어서 다시 생활이 옥죄었다. 감정이란 놈을 들여다보는 것도 여유가 있을 때나 가능한 걸 잘 알기에 그녀는 단행본 콘티 일을 맡았다. 법을 만화로 다룬 게 경력이 되었던지, 인권이나 노동법 등 시민단체가 의뢰한 일이 그녀의 몫이었다. 생은 끊임없는 투쟁이라고 누군가는 말했다는데, 가끔은 전적으로 동감하고 싶어진다. 견디기 힘든 아픔이 찾아오든 목구멍에 들어가는 음식과 생활에 필요한 물건, 즉 생활을 영위하고 이어가게 하는 무언가를 소비하기 위해선 노동을 해야 했다. 생존하기 위해 존재하면서 동시에 존재하기 위해 생존을 꾸려 나간다. 양면의 거울처럼 생은 구차함과 경이로움을 동시에 갖고 있었고, 비끗하면 속되고 비끗하면 성으로 다가가는 경계에 있었다. 이젠 직업이 되어 속된 도구로 전락하는 게 아닐까 속상해했던 일, 그 일 속에서 끊임없이 성스러운 무언가를 찾아 자신을 불어넣는다.

일주일에 두어 번은 유씨에게 동양화 수업을 배우고, 가끔씩 도준과 마주치면 가벼운 식사를 하고, 또 어쩌다 한 번은 책을 읽고 영화를 보고, 나머지 대부분의 시간은 맡고 있는 일에 쏟아지고 있었다. 돈을 벌기 위해 일하면서 동시에 아닌 일, 그 미묘한 경계에서 그녀가 한여름의 더운 날들을 그렇게 보냈다.

마지막 회분을 보내고 나니 여름은 한풀 꺾여 스산한 공기를 머금고 있었다. 오랜만에 대형마트에 가니 추석 준비로 점원들이 새로 물건들을 배치하느라 부산하게 움직였다. 화려하게 성곽을 쌓은 선물 세트를 보고 나서야 추석이 다가온다는 걸 인식했다. 그녀가 물끄러미 선물 세트를 바라보다가 잠시 어머니를 떠올린다. 그리곤 화려한 성곽을 내버려 두고 반찬거리를 파는 쪽으로 걸음을 옮겼다. 잠시 후 배가 불룩한 비닐 봉투를 들고 자전거가 있는 곳으로 다가가다 은수가 문득 드높은 하늘을 올려다보았다.

하늘은 파랗고, 맑았다. 한껏 드높아져 있었다. 그녀가 멀찍이 서 있는 자신의 자전거를 응시했다. 작년 가을 여행을 갔다 온 후 자전거는 가끔씩 시장을 보러 갈 때 쓰였을 뿐 오랫동안 정지되어 있었다.

"당신을 사랑해요."

꽉 잠겨 있던 도준의 낮은 목소리가 가슴에 따리처럼 남아 아프게 했다. 그녀가 시린 두 눈을 들어 하늘을 흠뻑 자신의 몸 구석구석에 담았다. 주머니 안에 있는 핸드폰이 소리를 내며 그녀를 일깨웠다. 그녀가 무심히 핸드폰을 여니 문자 메시지가 보였다.

[오빠다. 이번 추석에 올 거지? 엄마가 네 전화 기다리더라.]

핸드폰을 바라보는 은수의 눈이 무감각하게 정지했다가 다시 하늘을 향해 시선을 돌렸다.

 보름 전쯤 그녀를 걱정하고 있을 엄마가 못내 신경이 쓰여 전화를 했다. 잘살아 있다고, 건강하다고, 그러니 걱정 말라고. 전화번호를 알려달라는 엄마의 말을 거절하지 못하고 번호를 알려주었다. 아이를 잃은 후 마음이 흔들렸다. 그리고 그 작은 틈 사이로 사람들은 다시 비집고 들어왔다. 은수가 비틀린 웃음을 머금다가 이내 무언가를 결정 내린 듯 정갈한 얼굴로 하늘을 응시했다. 하늘은 높고 푸르렀다.

"어어, 은수 왔구나."

 부스럭거리는 소리를 들었는지 잠들어 있던 허씨가 부스스 자리에서 일어났다. 잠을 깨울까 싶어 조용조용 주방에서 설거지를 하던 은수가 엄마를 보고 빙그레 웃어 보인다.

"일은 어쩌고 이 시간에 왔어? 안 바빠?"

"추석 때 일이 있어서 미리 왔어."

"그러다 몸 상하겠다. 추석 때 일하려면 힘들 텐데 그냥 쉬지 그랬어."

"괜찮아."

〈안 오면 전화할 거 아니우.〉

 은수가 마지막 그릇을 물에 헹구어 선반에 올리고는 고무장갑을 빼 물기를 털어냈다.

"밥은 드셨수?"

"아니."

그녀가 행주로 상을 말끔하게 닦아내고는 냉장고에 있는 반찬 그릇을 꺼냈다. 가스레인지에 올려놓은 된장찌개가 보글보글 끓어 다 됐다는 듯 구수한 향을 풍겼다. 일어나자마자 이래저래 준비하는지라 그녀 자신이 더 배가 고팠다. 그래서 군말없이 상을 차려 안방으로 들어갔다.

"네가 한 음식 오랜만에 먹어본다."

"그러게."

허씨가 된장찌개를 한 숟갈 떠먹으며 새삼 입맛을 다셨고, 은수가 멋쩍은 듯 피식 웃고는 밥을 떠 입 안에 넣고 씹었다. 찌개 안의 호박과 두부가 두둥실 떠다니며 다소곳하게 수저 안으로 들어왔다. 고춧가루로 붉은 김치를 손으로 쭉쭉 찢어 엄마의 밥에 올려주고 자신의 밥 위에도 올렸다. 혼자 있을 땐 그냥 가위로 잘라 통 안에 넣어놓지만, 그녀의 엄마가 그렇게 먹는 걸 좋아하는지라 그렇게 했다.

밥그릇이 거의 다 비워질 때쯤 문지방 옆에 놓아둔 종이 가방을 엄마가 힐끔 쳐다보곤 궁금한 듯 시선을 보냈다.

"뭐냐?"

"엄마 신발 하나 샀어."

나이 든 엄마는 막내딸이 무언가를 사 왔다는 게 마음이 불편했는지 이내 얼굴을 찡그린다.

"왜 사 왔어, 힘들게 번 돈 네 거 사지."

"내 것도 샀어. 걱정 마."

그녀가 대충 남은 밥 한 숟갈을 입 안에 넣고는 가방을 가져와 상자를 꺼냈다. 상자 안에서 편하게 신을 수 있는 단화가 나왔다. 세무로 만들어진 신발은 속 안이 양털로 되어 있어 한겨울에도 따뜻할 것이다. 좋은 신발 하나를 사주고 싶었다. 발이 큰 엄마는 몸까지 건강하지 못해, 편한 신발을 찾다 보니 시장통에서 파는 값싼 운동화를 신고 다녔다. 거동이 불편한 사람이라 운동화 뒤축이 구겨져 있었고, 쉽게 때가 타고 형태가 어그러졌다. 가끔 들를 때마다 현관에서 신발을 벗다가 엄마의 신발을 보게 되면 마음이 불편했다. 자식의 아픔을 다 헤아렸든 아니든, 왜곡된 집착과 사랑으로 자식을 옥죄었든 아니든 한평생을 자식에게 쏟아 부은 한 여자가 신기엔 볼품없고 초라한 신발이었고, 그 여자의 자식들이 사회생활 한다며 때깔난 신발을 엄마의 신발 옆에 아무렇지 않게 벗어두는 게 민망한 일이었다. 한겨울에도 따뜻하고 편하게 신을 수 있는 신발이 어디 없을까 오랫동안 찾았지만 잘 보이지 않았다. 대부분은 아가씨들이 신는 구두나 샌들이 태반이었다. 그러다 돈을 벌고 외국에서 수입하는 신발 사이트를 알고 나서야 찾고 있던 신발이 실제로도 있음을 알게 되었다.

"비싸 보인다, 이거."

엄마는 조심스레 신발을 만지며 눈을 떼지 못했다. 은수가 피식 웃으며 이젠 돈을 벌고 있음을 자랑하고 싶은 듯 고개를 끄덕인다.

"응, 조금 비싸. 그러니까 아껴 신어."

"난 밖에 잘 안 나가는데 네 걸 좋은 걸로 사지 그랬어."

엄마는 신발 안쪽에 있는 복실거리는 양털을 손으로 매만지다가 한쪽에 가지런히 내려놓았다.

"신어봐, 발에 맞나 보게."

"발 닦고 신으려고."

"아이구 참. 맞는지 봐야 돼. 안 맞으면 반품해야 돼."

"그래?"

신발은 엄마의 발에 꼭 맞았다. 꼭 죄는 것도 아니고, 헐겁지도 않고 적당했다. 몸이 안 좋아 누구보다 따뜻하게 옷을 입고 다니는 엄마인지라 가을이 깊어지고 겨울이 올 즈음에 유용할 것이다.

"이거 되게 푹신푹신하다."

엄마의 얼굴에 자부심 비슷한 게 스쳤다. 은수가 가고 나면 이 신발을 신고 동네 아줌마들한테 자랑하러 시장을 보러 가겠지. 그녀의 얼굴에 잠시 그늘이 스치다 이내 맑아진다. 그녀가 가방 안에 있는 흰 봉투 하나를 꺼내 엄마에게 내밀었다.

"얼마 안 돼. 용돈 써요."

젊은 게 돈 벌어서 지 앞가림하는 것도 버겁다는 걸 잘 아는 엄마는 머뭇거리며 봉투를 쳐다본다.

"무슨 돈이 있다고……. 됐어."

"요즘에 돈 잘 벌어. 걱정 마."

엄마는 항상 돈이 궁했다. 남편 없는 여자가 자식의 돈을 받아쓰는 게 항상 눈치고, 장성한 아들의 돈을 쓰는 게 눈치였다. 시집간 언니의 삶은 녹록치 않아 가끔 힘들 때마다 엄마에게 손을 벌렸다. 그녀 또한 여의치 않을 땐 엄마에게 달려오곤 했었다. 가져간 돈의 백 분의 일도 안 되는 돈이었다. 그녀 자신에게 쓰는 돈은 넘쳐흘렀고, 이렇게 엄마에게 쥐어주는 용돈은 옹색했다. 아이들의 교육을 내팽개친 아버지 아래서 막내딸 대학 보내려고 아등바등 돈을 모아 책을 사주었던 엄마에게 딸은 옹졸하고 궁색한 돈을 내민다. 엄마는 언니가 떠올랐는지 내키지 않지만 돈을 받는다. 그게 영 미안한 듯 계속 불편한 얼굴로 앉아 있었다.

〈돌고 도는 거지, 엄마. 언니 주어서 엄마 마음이 편하면 그것도 엄마를 위해 쓰는 거지. 안 그래요?〉

동네 아줌마 한 분이 놀러왔고, 은수는 자리를 비켜주었다. 밥상을 치우고, 그릇 몇 개마저 말끔히 씻어낸 그녀가 집을 나섰다. 대문을 나서다 삼촌과 마주쳤다. 삼촌은 반가운 듯 인사하는 은수의 어깨를 손으로 쓰다듬는다. 그녀가 무표정한 얼굴로 삼촌의 얼굴을 지그시 응시하며 어깨를 뺀다. 그리곤 다른 말 주고받을 새도 없이 휙 하니 골목길을 빠져나갔다. 검은 요동은 잠시 휘돌다 이내 썰물처럼 빠져나간다. 이것이 회피인지,

아니면 스스로를 방치하는 것인지, 아니면 정말 극복인지 알 수 없지만. 마음은 정지한 듯 무감했다. 그녀의 얼굴은 지친 사람처럼 탁했다. 올려다본 하늘은 여전히 파랬고 맑았다. 가을이 깊어져 가고 있었다.

〈엄마, 당신의 막내딸은 돈으로 감정을 해결하는 나쁜 년이 되어버렸어요. 그러니 그렇게 미안해하지 말아요. 그렇게 고마워하지 말아요. 당신의 막내딸은 사랑을 담아 그 돈을 드린 게 아니에요.〉

어느 동네, 어느 골목길, 어느 집에 한 어머니와 아들과 언니와 삼촌, 그리고 어딘가에서 살아 있을 아버지를 모두 두고 그 집의 막내딸은 어딘가로 떠났다.

집에 다녀온 은수가 평소의 습관처럼 커피를 타고, 담배 한 개비를 피웠다. 그리곤 텔레비전을 켜고 아침에 읽지 못한 신문을 읽었다. 텔레비전에서는 추석이 코앞인데도 불경기라 물건이 안 팔린다고 상인들의 걱정과 한탄이 쏟아져 나왔고, 그 와중에서 추석 준비에 바쁜 특이한 직업인들의 모습이 생생하게 취재되었다. 그녀가 대충 신문을 훑어보고 다이어리를 열어본다. 한참을 생활비와 지금 있는 돈을 계산하더니, 다음 달에 있을 일의 일정을 따져 본다. 단행본 일을 끝낸 직후라 여유 돈이 있었고, 깊어져 가는 가을이 그녀를 유혹했다. 어차피 추석이라고 혼자 있을 가능성이 컸다. 가족과 거리가 먼 친구들조차도 추석이면 집에 있었고, 또 굳이 만나서 할 일도 없었다. 오랜만에 홀가분히 여행이나 해야겠다 생각하곤 그녀가 거실에 있는 자전거를 꼼꼼히 살펴본다. 어디 잘못된 부분은 없는지 바퀴와 체인에 흠집난 부분은 없는지 이리저리 뜯어보았다. 텔레비전에서는 세상 돌아가는 이야기를 끊임없이 뱉어내며 사람들이 각자 바쁘게 살고 있음을 알려주었다.

―허상만 농림부 장관과 협상에 관련된 각 부처 준비단이 10~14일 멕시코 칸쿤에서 열리는 제5차 WTO 각료회의에 참석하기 위해 오늘 출국했습니다.

헐거워진 나사를 드라이버로 조이고 있던 은수는 앵커가 전하는 소식에 퍼뜩 고개를 들어 텔레비전을 응시했다. 화면 안으로 농림부 장관과 얼굴을 알 수 없는 수행원들이 공항으로 우르르 걸어가고 있었고, 취재진들이 너도나도 마이크를 들이대며 가는 길을 막고 있었다.

저 사람들 속 어딘가에 도준이 있을지도 모른다는 생각에 은수가 뚫어지게 화면을 응시했지만, 도준은 화면에 비치지 않았다. 뉴스가 전한 소식이 오늘 아침에 있던 일을 전하고 있는지라 아마도 도준은 지금쯤 비행기에 있거나 멕시코라는 먼 땅에 도착했는지도 모른다.

―그러나 이번 각료회의에서 논의될 협상안이 진전을 보이기 힘들 것이라는 전망이 커지면서 WTO는 이미 후속 장관급 회담 개최 논의에 착수했다고 영국의 BBC 뉴스가 보도했습니다. 특

히 한국의 쌀 시장 개방과도 연관이 있는 농산물 시장 부문 협상은 개도국들의 심한 반발이 예상됩니다. 그래서 비농산물(공산품) 분야의 세부 이행원칙 수립을 둘러싸고 수출입국간 입장 차이가 커 타협점을 찾기가 쉽지 않을 전망입니다.

뉴스는 이번 협상에서의 각국의 동향을 알려주더니 멕시코로 함께 출국한 농민 단체 대표들의 소식을 전해주었다. 반세계화를 표방하는 국제단체와 긴밀하게 협력하겠다는 농민대표의 인터뷰가 비장하게 가슴을 울렸다. 그녀가 무표정한 얼굴로 화면에 보이는 농민의 거친 얼굴을 응시했다. 따가운 햇살과 고된 노동에 농민의 얼굴은 새까맣게 그을렸고, 입술은 부르터 있었다. 방향의 옳고 그름과 국가의 이로움과 해로움에 대한 판단을 모두 미루어두고 그녀가 화면 안에 보이는 사람들에게서 시선을 떼지 않았다. 그녀 자신이 정부의 입장에서 홍보하는 WTO를 콘티로 썼기에 뉴스가 전해주는 소식은 귓가를 파고들었고, 몸에 새겨지는 듯 알알이 박혔다.

〈잘 갔다 와요, 도준 씨.〉

그녀가 마음속으로 도준에게 인사를 건네고는 다시 자전거 나사를 조였다.

다음날 그녀는 길 위에 있었다. 작년 이맘때쯤 처음 자전거 여행을 했을 땐 길을 잘못 드는 건가 조바심이 나서 주변에 신경을 쓰지 못했다. 그저 앞에 펼쳐진 도로와 지도만을 번갈아 보다 여행이 끝났다. 한 번의 여행은 그녀를 한결 여유롭게 만들었고, 추석이라 사람들로 붐비는 도로 위는 그녀를 적적하지 않게 했다. 여름이 갓 지났기에 햇살은 지글지글 그녀의 살을 볶아댔다. 땀이 비 오듯 흘러 손수건에 물을 묻혀 이마에 묶고 모자를 썼다. 길을 가다 사찰 안내판이 있어 그녀가 자전거를 끌고 산으로 올라갔다. 작은 사찰에서 울려 퍼지는 풍경 소리가 귓가에 들려오자 그녀가 눈을 감고 시원한 공기를 들이마셨다. 스님에게 물어 수돗가에 가서 예전의 그날처럼 머리를 감고 세수를 했다. 산사의 공기가 달아오른 얼굴을 스치며 그녀를 감쌌다. 자연이 주는 평온함이 눈물겹게 고마웠다. 이른 새벽부터 내달렸는지라 다리가 저릿저릿했다. 아마도 내일 깨어나면 이곳저곳이 쑤실 것이다. 하지만 여행의 묘미는 그런 것 아니겠는가. 녹신한 피곤함도 잊을 만큼 상쾌한 바람을 따라 내달리고 싶은 충동, 그게 아니겠는가.

잠시 쉬는 김에 사찰 주변을 산책하듯 걷던 그녀가 경내로 걸음을 옮겼다. 삐걱삐걱 발소리에 맞추어 소리 내는 마룻바닥이 그녀를 경건하게 만들었다. 죽은 사람들의 영정을 모시고 있는지 경당 안에 이름이 붙어 있는 서랍장이 있었고, 살아 있는 사람들이 두고 간 꽃과 사진들, 그리고 여러 징표들이 놓여 있었다. 그녀가 '오진영'이라고 써 있는 서랍장을 신기한 듯 물끄러미 응시했다. 어떤 사연으로 죽었는지 어떤 삶을 살았던 사람일까 잠시 추측해 보던 그녀가 문득 죽은 아이를 떠올린다. 그러나 죽은 사람 천지인 납골당이 있는 공간이라 죽은 아이에 대한 슬품이 자신만의 것은 아닌 듯했다. 아이의 육체를 이렇게 납골당에라도 두었더라면 좀 나았을까, 괜스레 생각해 본다. 괜히 스치고 가는 생각들. 그 끄트머리를 부여잡고 잠시 적막한 침묵에 빠져 있던 은수가 불상으로 다가가 무언가를 기도하듯 눈을 감았다. 대상을 향한 기도가 아닌 스스로의 마음을 한곳으로 모아 비우는 기도가 산사에 잠시 찾아왔다 사라졌다. 그녀의 자전거는 다시 길을 떠났고, 가보지 않았던 새로운 길이 그녀를 반겼다.

  가는 길 중간마다 호기심이 나면 구경하고 둘러보느라 이틀이 지났음에도 멀리 가지 못했다. 방향에 상관없이 굽이굽이 국도를 돌았던 것이다. 은수는 경기도 어느 근처, 길 한가운데에 덩그러니 놓여 있는 여관에서 하룻밤을 자고 새벽에 다시 길을 떠났다. 새벽 공기를 맡으며 그녀가 여관을 나섰을 땐 국도도 차들로 가득이었다. 본격적으로 귀성이 시작된 것이다. 그럼에도 길가에 놓인 여관은 사람들로 북적였다. 이 세상 사람들 모두 가족과 함께 지낼 거라고 굳게 믿게 만드는 방송과는 달리 세상과 단절된 듯 어느 길가의 바위처럼 모인 여관에는 정체를 알 수 없는 사람들이 그득그득 찾아들었다. 여관 밖은 자가용으로 가득했고, 그녀의 자전거만이 외계인처럼 우스꽝스럽게 놓여 있었다. 언젠가는 걸어서 다니는 노숙 여행을 해보고 싶다는 생각이 새록새록 피어났다. 여행을 하다 밤이 되어 잠 잘 곳을 찾아 여관을 들어가면 다시 어지러운 인간사에 휘말린 듯 찜찜했다. 나이 든 남녀의 불륜인지 사랑인지, 아니면 어딘가에서 여자를 유인해 성폭행을 하고 있는 건 아닌지 별의별 생각이 다 들게 만들었다. 여관은 그랬다. 여관방에서 익숙한 텔레비전을 틀다가 어김없이 나오는 에로 비디오가 사람을 웃기게 만들었고, 맑았던 마음이 한숨을 내쉬게 했다. 어쩌면 그런 것조차 여행의 묘미인가 갸우뚱하며 은수는 여관을 치장한 화려한 조명을 구경했다. 새벽이슬이 내려 축축하고 서늘한 공기가 그녀의 몸속으로 가득 스며들어 왔다. 빨갛고 노란 원색의 거침없는 작은 전구 알들은 아직 밤이라는 듯 새벽 하늘에 대고 열심히 반짝이고 있었다.

뒤돌아보지 않고 그녀가 자전거를 내달렸고, 이천의 도자기 마을을 쌩하니 지나쳤다. 여기저기 이천 쌀로 지은 밥을 광고하는 식당들이 즐비했고, 곳곳마다 도자기들이 유리창에 어른거렸다. 이천의 경계에 다다랐을 땐 이천의 상징 캐릭터가 신라 복장인지 고구려 복장인지 알 수 없는 옛 삼국시대의 옷을 입고 잘 가라는 듯 인사를 했다. 그녀가 잘 있으라고 인사를 하고 이천을 벗어났다.

한참을 내달리다 보니 서늘한 새벽 공기가 어느덧 아침 공기로 변해 있었다. 그녀가 해장국집 하나를 발견하곤 자전거를 멈추었다. 귀성하는 사람들도 배가 고팠는지 해장국 집은 사람들로 북적였다.

"해장국 하나 주세요."

아줌마는 모자를 쓰고 이른 아침에 홀로 나타난 여자의 모습이 생경했는지 주문을 받으면서도 이리저리 살펴댔다. 그녀가 아줌마의 시선을 거두어들이라는 뜻으로 식당 가운데에 놓인 큰 텔레비전으로 시선을 가져갔다. 멀뚱히 뉴스를 보고 있던 은수의 눈이 휘둥그레졌다.

―멕시코 칸쿤에서 열린 WTO 각료회의 반대시위에 나섰던 한국농업경영인 중앙연합회 전 회장인 이경해 씨가 시위 도중 할복해 사망했습니다. 외교통상부에 따르면 이경해 씨는 현지 시각으로 오후 한 시쯤 세계 농민행동의 날을 맞아 반세계화 시위를 벌이던 연합시위대가 회의장 쪽으로 진입을 시도하던 과정에서 갑자기 할복을 시도했다고 합니다. 외교통신부의 한 관계자는 현재 정확한 경위를 파악 중이며, 곧 대표단 명의의 성명서를 발표할 예정이라고 밝혔습니다.

〈안 돼애애애애!!〉

소리없는 비명이 그녀 안에서 터져 나왔다. 은수의 눈이 텔레비전 화면을 뚫어지게 응시하고 있었다. 화면은 긴급속보로 허둥지둥 소식을 전하더니 귀성 길로 가득 찬 도로 상황을 알려주었다. 그녀가 주먹을 그러쥐고 무언가를 참듯 입술을 깨물었다.

〈아…… 안 돼. 이건 아니야.〉

그녀의 얼굴이 일그러졌다. 심장이 욱신거리고 눈물이 차 올라 그녀가 고개를 숙이고 손으로 얼굴을 가렸다. 눈물이 억누르는 손길을 비집고 볼을 따라 흘러내렸다. 세계화와 자본이라는 거대한 손이 있음을, 역사가 바로 서지 못한 이 나라가 무엇보다 착취하고 밟아온 건 농민이라는 걸 알고 있지만, 그를 자살하게 만든 수많은 손길 속에 그녀가 작은 손길이 되었던 것이 아닐까 괴로웠다. 힘있는 권력에 대부분의 사람들이 여러 방식으로 기생해 살아오지만 그저 일이라고 스스로를 무감각하게 만들려 애썼던 지난 시간이 칼처럼 그녀의 목에 비수를 들이댔다. 작가와 기술인의 경계에서 피할 수 없는 일이었다고 스스로의 혼란을 유기했다.

그녀는 해장국을 목 안으로 쑤셔 넣고 다시 휘청휘청 길 위를 달렸다. 세상은 추석날 아침 들려온 충격적이고 가슴 아픈 소식에 술렁였고, 그녀의 자전거는 다시 길을 내달렸다.

열흘 후, 그녀가 도착한 곳은 작년에 묵었던 산장이었다. 전라도 광주까지 내려간 그녀가 어느 순간 방향을 돌려 다시 위로 올라왔다. 열흘 동안의 여행으로 그녀의 얼굴이 홀쭉했고, 햇빛에 그을려 칙칙했다. 광주의 어느 휴게소에서 신문을 읽던 그녀가 죽은 농민의 사진을 보고 길을 돌렸다. 사진은 이경해 씨가 죽은 그 순간을 포착했고, 생명이 꺼진 한 인간의 시신이 그녀의 걸음을 멈추게 했다. 자신도 모르게 텔레비전으로 시선이 갔고, 끊임없이 도준의 모습을 찾고 있었다. 외교부 관계자로 언뜻 얼굴이 나올까 그녀가 속을 태웠다. 괴로움과 동시에 그 괴로움을 함께 맛보고 있는 그를 찾고 있었다. 그에 대한 생각이 자전거를 자주 멈춰 세웠고, 홀로 가는 길을 내달릴 수 없게 만들었다.

서울로 돌아가 그를 만나야겠다 생각하며 그녀가 여행을 마무리 지었다. 왔던 길과 또 다른 길로 되돌아온 그녀가 천안에 있는 산장에 도착한 건 저녁놀이 붉게 내려앉을 때였다. 일 년 전 그녀를 맞이해 주었던 아줌마와 아저씨가 어김없이 산장 밖에 나와 그녀를 반겨주었다. 은수가 긴장이 풀렸는지 산장에 도착하자마자 잠이 들었다.

그녀가 깨어났을 땐 다음날 새벽이 되어 있었다. 깊은 잠에 빠져 있던 그녀가 부스스 일어나 창밖을 응시하니 하얀 산 안개가 드리워져 있었다. 몸은 무겁고 욱신거렸지만 정신은 맑았다. 담겨진 무언가도 없고 그릇조차 없는 것처럼 모든 것이 텅 비워졌다. 그녀가 욕실에 들어가 간단하게 세수를 하고는 카디건을 챙겨 입고 산장 밖으로 나갔다. 싸늘하고 차가운 새벽 공기가 폐부 깊숙이 들어와 때처럼 남아 있는 무언가를 쓸어냈고, 바스락 바스락 나뭇잎 밟히는 소리가 귓가에 맴돌아 춤을 추었다. 발길 닿는 대로 길을 걸으며 그녀가 눈앞에 펼쳐진 산새를 응시했다. 안개 속에 산등성이들이 천의 끝자락처럼 주위를 감싸고 있었다. 산은 아직 잠에서 깨어나기 전이라 맑은 향을 내뿜었다. 그녀가 눈을 감고 깊은 숨을 들이마셨다. 어디선가 바스락거리는 소리가 들려와 그녀가 숨을 내뿜는 걸 잊어먹고 고개를 돌렸다.

"혹시나 해서 와봤는데…… 여기 있었군요."

도준이 그녀가 있는 곳으로 걸어오고 있었다. 바스락 바스락, 나뭇잎이 잠을 깨우는 것에 항의하듯 투덜거렸다. 그녀가 예상치 못한 조우에 잠시 멍하니 서서 그를 바라보다가 이내 그가 있는 곳으로 걸음을 옮겼다. 그리고 누가 먼저랄 것도 없이 서로를 안았다. 입에서 내뿜어지는 하얀 김이 하나가 되어 두 사람의 입술에서 맴돌았다. 그녀가 도준의 얼굴을 손으로 감싼 채 뜨거운 입맞춤을 퍼부었고, 도준이 그녀의 입술을 놓지 않고 붉은 흔적을 남겼다. 한동안 서로의 체온과 흔적을 찾아 확인하던 두 사람이 다시 서로를 힘 주어 껴안았다.

"괜찮아요?"

　은수가 그의 목을 두 팔로 감싸고 아픈 마음으로 안부를 물었다. 그가 그녀의 목에 얼굴을 묻고 침묵을 지켰다. 그의 입가에 씁쓸한 미소가 어렸지만 은수는 볼 수 없었다. 하지만 그의 침묵이, 그녀를 안는 그의 두 팔이 말하지 않아도 그 마음을 말해 주는 듯했다. 그녀가 더 힘 주어 그를 안는 걸로 위로를 대신했다.

"체코로 발령났어요."

　그의 목소리가 그녀의 목 언저리에 닿아 따스했다. 도준이 그녀의 팔을 내려 두 손을 잡았다.

"나랑 함께 가지 않을래요?"

　그녀가 흔들림없이 간결한 그의 눈을 똑바로 마주 보았다.

　한 달 후, 두 사람을 태운 비행기가 체코로 향했다. 비행기가 이륙하고 잠시 귀가 멍멍하더니 작은 유리창 밖으로 도시와 산천이 구름 속에 기웃거렸다. 은수는 처음 타보는 비행기에 신기한 듯 유리창에서 시선을 떼지 못하고 있었다. 도준이 그녀의 행동을 보곤 피식 웃어 보이더니 피곤함이 몰려오는 듯 눈을 감고 잠을 청했다. 인수인계도 그렇고, 이래저래 정리할 일이 많았던 듯 출발하기 전날까지 바쁘게 돌아다녔던 것이다. 조금은 잠에 취한 듯한 그의 목소리가 들려왔다.

"은수 씨, 낯선 곳에 가는 게 겁나지 않아요?"

그는 일 때문에 간다지만 오로지 그 한 사람을 보고 가기엔 두려운 곳이라는 걸 잘 알기에 그가 조금은 걱정스러운 듯 그녀의 마음을 물었다. 여전히 유리창에서 시선을 떼지 못한 그녀가 배시시 웃었다.

"겁나요. 근데 재밌을 거 같아요."

그녀의 대답에 도준이 입가에 엷은 웃음을 그리며 그녀의 손을 잡아 자신의 무릎에 가져갔다. 그리곤 깊은 잠 속으로 빠져들었다. 유리창 밖으로 어른거리던 건물들과 산과 들이 이젠 보이지 않았다. 은수가 유리창에 손바닥을 가져가 가만히 쓸어 내렸다.

〈잘 있어라, 은수야.〉

에필로그

[안녕하세요. 저희는 수출 회사입니다. 품목은 Fashion Jewellery(귀고리, 목걸이, 팔찌, 반지) Importer 또는 wholesaler 리스트 찾고 있습니다. 항상 Kotra에게 문의하라는 성의없는 답변은 원하지 않습니다. 수출만이 한국이 살길입니다. 애국하는 길이며 저희와 같은 중소기업을 도와주시는 거라 생각하시고 바쁘시겠지만 많은 리스트 기대하고 있겠습니다. 리스트를 받게 된다면 정말로 기쁠 것입니다. 부탁드릴게요.]

"아아아, 내가 미쳐."
인터넷 업무를 보고 있던 한 젊은 직원이 짜증 섞인 신음을 내지르자 서류를 읽고 있던 도준이 고개를 들어 그 직원을 쳐다 보았다. 열성적이지만 감정 기복이 심해 작은 일에도 짜증을 부리는 직원이라 이번엔 또 무슨 일인가 관찰했다. 상사가 자신을 쳐다보고 있다는 걸 느꼈는지 직원이 조금은 희극적으로 손짓을 하며 짜증을 중얼거렸다.

"아니, kotra에서 하는 게 더 자세하니까 그쪽 알려주는 거지, 누가 귀찮아서 그러냐고. 아, 사람 환장하겠네. 수출하는 지들만 애국자인 줄 아나."

말을 내뱉을수록 더 감정이 상해가는지 마침내 꾹 참는 듯했던 직원이 매서운 눈으로 컴퓨터 화면의 글씨를 노려보았다. 도준이 고개를 설레설레 흔들며 다시 서류로 시선을 가져갔다. 올해 체코가 EU에 가입되면서 체코 시장의 변화 추이를 국내에 알려야 했다. 그 자료 조사로 오랜 공산주의에서 자본주의 시장으로 변화해 가는 체코의 상황을 살피는데 그의 시간이 모자랐다.

"흥분하지 말고, 최대한 정중하게 답해요."

도준의 말이 원론적으로 느껴졌는지 직원이 뚱한 얼굴로 대답했다.

"네, 압니다."

도준이 서류를 넘기며 피식 웃었다. 생각해 보니 그도 처음 일을 할 때 국내에 있는 기업이나 여행객들에게 비꼬는 질문을 들었을 때 섭섭함에 화가 치밀기도 했었다. 우리 나라 대사관들은 다들 놀러가는 거라는 둥, 재외국민들 보호할 생각 안 하고 놀고 먹는 다는 둥 그런 편견이 잊을 만하면 그를 괴롭혔다. 어찌 보면 다른 사람에게 인정받고 싶다는 욕구가 그런 말 한마디를 더 쉽게 지나치지 못하게 했던 것이리라. 잠시 예전의 자신을 떠올리며 빙긋이 쓴웃음을 머금고 있던 그가 핸드폰 벨소리에 회상을 멈췄다. 그의 아내였다. 그도 모르게 입가에 감돌던 엷은 웃음이 진해졌다.

[오늘 늦게 퇴근해요?]

아내의 퉁명스럽지만 부드러운 목소리가 그의 귓가에 파고들었다.

"아뇨. 왜요?"

[나 지금 시내에 나와 있거든요. 일찍 퇴근할 수 있으면 외식하자고요.]

"그래요, 그럼. 어디에 있어요? 그리로 갈게요."

[아, 여기 서점이에요. 책 읽다가 바츨라프 광장으로 갈 생각인데 그리로 와요.]

"알았어요. 근데 나 도착하려면 두 시간 정도 걸리니까 너무 빨리 나가진 말아요."

전화기 안에서 한숨 섞인 웃음이 들려오는 듯했다.

[아휴, 걱정도 팔자셔.]

아내가 바츨라프 광장에서 사람들을 관찰하고 크로키를 하는데 재미가 붙었다는 걸 알고 있는지라 도준이 핸드폰을 내려놓으면서 걱정스러운 듯 미간을 찌푸렸다. 사람들로 가득한 광장인만큼 좀도둑과 앵벌이들이 득실거려 혹여나 사고가 날까 걱정스러웠다. 그의 아내는 요즘 체코의 동화를 각색해 만화로 만드는 작업을 하고 있어, 이곳저곳 다니며 크로키 하느라 바빴다.

전화를 한 후 삼십여 분도 안 돼 도준이 대충 서류를 정리하고 자리에서 일어났다. 여권 분실 때문에 한 국내인과 입씨름을 하고 있던 직원이 부리나케 퇴근을 하는 도준을 보고 살짝 노려보았다. 그리곤 마지막 발목을 붙잡듯 등 뒤에 대고 소리쳤다.

"대사님, 내일 인도 독립기념일인 거 아시죠?"

"아…… 맞다."

걸음을 옮기던 그가 잠시 멈춰 서서 기억난 듯 직원을 향해 고개를 끄덕였다. 내일 아침, 대사관으로 출근하지 않고 바로 체코의 한 공장을 방문하기로 되어 있어 그 일이 끝나면 바로 인도대사관으로 가야 했던 것이다. 여하튼 산과 바다를 넘어 가듯 그가 수첩을 꺼내 내일 일정을 확인하곤 다시 주차장으로 걸음을 옮겼다.

시내 도로의 자가용 정체 때문에 한 시간이 넘게 소요된 후에야 바츨라프 광장이 눈에 들어왔다. 체코의 시내 곳곳은 음악이 들려와 음악 축제의 한가운데를 걷는 기분이었다. 재즈부터 클래식까지 다양한 장르의 음악들이 다양한 악기들로 길 곳곳에서 연주되고 있었다. 그의 귓가로 새미클래식을 연주하는 바이

올린 소리가 들려올 때쯤 그의 아내가 시야에 들어왔다. 그의 아내는 다른 음악가의 음악을 들으며 서 있었다. 도준이 가까이 가기 위해 걸음을 옮기다 잠시 멈추어 서서 아내를 응시했다. 물끄러미 음악가의 손길을 보고 있던 그의 아내가 고개를 흔들며 발을 탁탁 땅에 대고 리듬을 맞추더니 이내 흥겨운 듯 춤을 추고 있었다. 연주가는 낯선 동양인의 호응에 신이 났는지 체코의 민속음악을 의기양양 연주하기 시작했다. 체코의 햇살이 아내의 머릿결에 부딪쳐 잘게 부서졌다. 이곳에 도착했을 때 귀밑에 가지런히 넘겨 있던 머리카락은 이제 등 뒤에 닿을 만큼 길어 신나게 춤을 추고 있었다. 복숭아색 원피스가 그녀의 무릎에서 찰랑이며 음악과 함께 리듬을 탔다. 아내는 기분 좋은 마음을 참지 못하겠는지 이젠 그 자리에서 깡충깡충 아이처럼 뛰었다. 체코의 여름은 시원했다. 아니, 시원하기보다는 서늘했다. 한국의 초여름처럼 뜨거움과 시원함이 공존했다. 세월을 품은 녹슨 청동에 붉은 지붕의 체코는 예스러운 동시에 젊게 빛났다. 그의 아내는 음악보다는 햇살에, 연주가보다는 건물에 깃든 세월을 음미하듯 지그시 눈을 감고 선율 속에 몸을 움직였다.

그가 멀찍이 서서 자신의 아내를 재밌다는 듯 구경하고 있는데, 그의 아내가 다시 빠른 템포의 음률에 맞추어 깡충깡충 뛰다가 발목을 삐끗하며 흔들렸다. 도준의 눈이 휘둥그레졌다. 순간 그의 걸음이 넓은 포물선을 그리며 아내를 향해 뜀박질을 했다. 휘청이며 넘어질 뻔하는 아내를 도준이 간신히 손으로 잡아

채 품 안에 넣었다.

"제발 조심 좀 해요. 뱃속에 있는 애가 지진난 줄 알고 놀라겠어요."

그녀가 자신을 잡아챈 도준을 보곤 민망한 듯 볼을 붉히다가 그의 엉뚱한 비유에 깔깔거리며 웃음을 터뜨렸다.

"미안해요. 나도 모르게 흥분을 해서……."

그가 눈을 가늘게 뜨고 아내를 노려보자 그녀가 쑥스러운 듯 머리를 긁적였다. 두 사람은 연주가의 음악이 다 끝날 때까지 그 자리에 서 있다가 박수를 한껏 쳐주었다. 앞에 놓인 연주가의 모자에 그녀가 얇게 접힌 천 원짜리 지폐 한 장을 넣었다. 연주가는 다음 곡을 준비하는 듯 눈을 감았다.

"한국 돈을 주면 어떡해요?"

도준이 그녀의 귀에 대고 속삭이자 그녀가 그의 귀에 대고 대답했다.

"재밌잖아요. 오늘 집에 가서 이게 어느 나라 돈인지 궁금해할 거 아니에요."

그녀가 키득거리며 걸음을 옮기자 도준이 아직도 흥겨운 듯 사뿐사뿐 춤추듯 걸어가는 아내의 뒷모습을 물끄러미 응시했다. 그녀가 예약해 놓은 레스토랑을 향해 두 사람이 함께 걸었다. 골목길 안쪽에 있는 레스토랑을 찾아 걷고 있는데, 도준이 힐끔 골목길을 두리번거리다 주변에 사람이 없자 아내의 손목을 잡아끌었다. 그녀가 '어!' 하며 눈을 휘둥그레 뜨는 동안 그의 입술이 벌써 그녀의 입술에 닿았다. 나풀나풀 방방 뛰며 춤추던 아내에게 느꼈던 새삼스런 감정이 그를 더 이상 참지 못하게 만들었다. 그의 뜨거운 혀가 아내의 입속을 헤집으며 뜨거운 키스를 퍼부었다. 그녀가 헐떡거리며 그의 입술에 대고 속삭였다.

"어어어, 어째 가면 갈수록 대담해지네요."

그가 쉰 웃음을 흘리며 그녀의 입을 다시 막았다. 그녀가 두 팔을 들어 올려 도준의 목을 감싸자 그가 묘한 신음을 내뱉으며 아내의 머리카락을 움켜쥐었다. 햇살을 닮은 비늘 조각들이 손가락 사이로 가득 들어오는 듯했다. 그녀의 입술이 붉게 부풀어 오를 때쯤이 되어서야 그의 입술이 떨어졌다. 가쁜 숨을 내뱉으며 도준이 중얼거렸다.

"2부는 밥 먹고 집에 가서 합시다."

아내의 눈이 장난스럽게 반짝였다.

"에이, 지금 보여주지."

"어허, 보는 사람이 많아요."

짐짓 그가 점잖은 얼굴로 훈계를 하고는 아내의 손을 잡고 다시 걸음을 옮겼다. 어느 나라, 어느 골목길, 어느 여름에 두 사람이 걸었다.

글을 마치고……

언제나 그렇듯 글을 쓸 땐 무수히 많은 생각들이 오고 가지만 정작 완결을 짓고 나면 할 말이 없다. 글에서 표현되면 표현된 거고, 표현하지 못한 것은 표현하지 못한 것대로 받아들이게 된다.

『반려』는 뜨겁고 지독했던 아픔에서 막 헤어나왔을 때, 내 인생에 찾아왔던 지독한 지진의 여파를 쓸어 담고 있을 때 쓴 글이다. 장르소설인 로맨스 소설에서 과연 이걸 써도 되는가 고민했고, 어디까지가 장르소설의 성격에 부합하는가 고민했었다. 결국 다른 글을 여러 개 시도하다 이 심상을 쏟아내지 않고서는 한 발자국도 내디딜 수 없다는 생각에 결국 이 반려라는 글에 손을 댔다. 쓰는 내내, 심상을 토해낼 수 있어서 행복했다. 마지막 출구인 듯 나는 손목과 손등에 칼질을 해대며 미처 응시할 수 없었던 내 아픔과 기억들을 떠올려야 했다. 고통스럽더라도 이 과정을 거치지 않는다면 아무것도 창작할 수 없는 상태였다. 목구멍까지 무언가가 쌓여 있어 밥 한 숟가락을 넘기지 못해 약을 먹고 분유를 마시며 그렇게 이 글을 써야 했다. 과연 이 글이 로설에서 어떤 역할로, 어떤 의미로 남게 될까 사뭇 궁금하기도 하지만 글을 다 쓴 지금은 그저 한바탕 회오리가 휩쓸고 지나간 느낌뿐이다.

솔직히 나는 무섭다.『반려』라는 글을 책으로 낸 후『반려』가 뒤틀린 채 세상 속을 유영할까 나는 무섭다.『그림자의 사랑』과 『얼어죽을 놈의 나무』가 내 뜻과 고민과는 다르게 재단되고 이해되는 걸 보면서 나는 주체와 객체 사이의 간극을 바라보며 씁쓸했다. 글에 무언가를 담는 게, 특히나 사랑 이야기를 써야 한다는 로설에서 삶의 지리멸렬함을 담는 게 헛된 짓을 하는 건 아닌가 하는 회의와 싸워야 했다. 어쩌면 그 싸움은 단지 로설이라서 아니라 삶 자체의 회의와 덧없음에 귀결되는 듯했다. 그리고 제대로 담지 못하는 나 자신에 대한 되새김질로 이어졌다.

콘크리트에 삽질을 하듯 나는 오 개월의 시간 동안 이게 삽질일 수도 있다는 것을 알면서도 도망갈 수 없어 삽질을 해야만 했다. 피할 수도, 도망갈 수도 없는 내 무게에 대한 응시가 어쩌면 누구 말대로 독자에게 덤터기를 씌우는 행위로 이해될지라도 나는 이 삽질을 해야만 했다.

삽질이 정말 삽질로 끝나지 않기를 바랄 뿐이다. 이제 세상에 이 글이 나왔고, 독자와 『반려』 사이에 내가 끼어들어 갈 여지는 없다. 반려는 내가 뱃속에 품고 임신중독에 걸린 임산부처럼 힘겨워했지만 이젠 세상에 내보낸 자식으로 저 스스로 세상을 걸어갈 것이다. 그저 그 자식이 예쁨받기를 기도하지만, 설혹 미움을 받는다 해도 어쩌겠는가, 그 녀석 팔자지.

이제, 나는 내가 27년 동안 살았던 서울을 떠났다. 그리고 그 한 고비를 이 『반려』에 담았다. 내 27살에 바라보는 사랑이란 이런 것이었다고 그렇게 말하고 싶었다.

산책을 하고, 장을 보고, 강아지들을 데리고 길을 걸으며 그렇게 내 하루하루가 가고 있다. 희망이나 꿈보다는 하루하루 보게 되는 맑고 고운 하늘이 더 가슴속을 파고드는 날들이다.

『반려』를 쓴 후 나는 훨씬 자유로워졌고, 편해졌다. 가슴속에 품고 있던 더러운 걸레를 어느 냇가에 가서 빡빡 비벼 빨고 몽둥이로 두드려 묵은 때를 벗겨낸 느낌이다. 걸레는 구멍이 나고 흐느적거렸지만 햇살에 내걸려 바싹바싹 말라 예뻤다. 그 과정을 『반려』에서 쓰는 게 내 나름대로 어떤 의미인지 갖고는 있지만 그 의미를 말하고 싶지는 않다. 그저 반려를 읽은 독자 분들의 각자의 삶에서 해석되고 이해되어 의미를 찾게 되기를 바랄 뿐이다.

하늘이 파랗다. 구름은 허공으로 흩어진다. 햇살이 쏟아진다. 꽃은 지고, 잎은 피어나고, 바람은 불어 내 볼에 닿다가 흔적없이 사라진다. 『반려』가 이 자연의 피고 짐과 같이 독자에게 닿았다가 흔적없이 사라지길 바란다.

2004. 4. 13
—대전에서 연두

hungeoram romance novel

지호

나이 : 34세(女)
경력 :
넷상에서 〈RED HOT〉과 〈화려한 꽃〉연재, 완결
〈제1회 영언문화사 공모 연재〉 '베스트 유' 상 수상
현재 〈RED FOX〉, 〈검은 옷의 비너스〉 집필 중

러브 이즈 http://www.soloveis.com

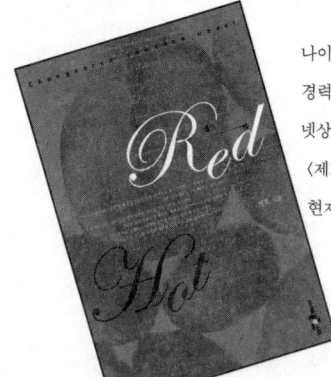

『Red Hot』

"미안해, 대헌 씨. 나도 어쩔 수가 없어. 숨이 막혀.
한 사람에게 매인다는 생각만 해도 숨을 쉴 수가 없어.
있지도 않는 사랑타령이나 해대면서 위선을 떨고 싶지도 않아.
자유롭고 싶어. 노력해 봤지만 언제나 실패하고 말았어.
그리고 그때마다 상처받는 건 다른 누구도 아닌 바로 나야."
진진의 말이 끝나기가 무섭게 대헌은 벽을 내려쳤다.

"책임져."

● 지호 지음 값 9,000원

편편

나이는 3, 주민등록번호는 7, 학번은 9로 시작
달과 지구 사이, 냉정과 열정 사이,
이상과 현실 사이를 시계추처럼 오가는 이야기꾼
주요 작품 〈파일 넘버 제로〉, 〈이런 사랑을 원하십니
까〉 등

『로맨틱 코미디 선생님』

유진, 나 이제 알 것 같아.
그 속에 담긴 네가 전한 메시지,
이제 그에 대한 답변을 할 때가 된 거 같아.
Out of sight, out of mind.
눈에서 멀어지면 마음에서도 멀어진다는 뜻이지.
하지만 오늘부로 이렇게 바꾸려 해.

Out of sight, into the mind.

● 편편 지음 값 9,000원

도서출판 청어람
부천시 원미구 심곡1동 350-1 남성빌딩 3층 우420-011

E-mail : eoram99@chol.com
☎ 032-656-4452 FAX 032-656-4453

hungeoram romance novel

김이현

1976년생
완결작 - 그, 그녀에게 복수하다(출간예정),
　나를 찾아서, Rainbow Love Story(러비앤 전자출판),
　그 외 다수의 단편들연재
러브이즈에서 『그대의 연인(戀人)』과
푸른 달을 걷다에서 『판도라의 상자』를 연재 중

LOVE IS http://www.soloveis.com
푸른 달을 걷다 http://bluemoon21.net/sub

『불처럼 뜨겁게』

소영의 맞은편에 앉아 있는 여자는 분명 얼마 전 수영장에서 마주쳤던 그녀다.
시시때때로 그녀의 모습이 떠올라
지혁을 곤혹스럽게 했던 바로 그 여자.
아무것도 아니라 치부하려 했지만 그녀를 떠올릴 때마다
가슴 한쪽을 싸하게 만들었던 여자······.

"빌어먹을! 뭐야, 이거? 도대체 누구야, 저 여자는!"

● 김이현 지음 값 9,000원

한시윤

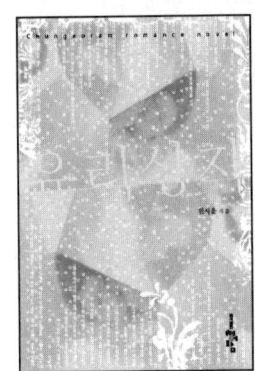

198*생 꽃띠.
그러나 외모는 40대. 건강 나이는 70대
로맨스 월드에서 활동했고, 지금은 홈페이지나
운영하며 연재하고 있다
정말 좋아하는 아르바이트를 하면서
홈페이지 운영비를 벌고 있는 반백수이며,
부양가족인 햄스터 세 마리와 함께 부모님께
부양되고 있다
좌우명 : 어떻게든 되긴 된다

종이하늘 http://www.paper-sky.net

『유리 상자』

"여긴 내 집이 아닌걸요. 단 한 순간도 내 집인 적이 없었는걸요."
"당신은 내 아내고 이 집의 안주인이야.
그것 말고 여기가 당신 집이라는 이유를 더 들려줘야겠어?"
준혁이 흥분해서 고함을 내질렀다.

"난 당신의 아내가 아니에요."

● 한시윤 지음 값 9,000원

도서출판 청어람
부천시 원미구 심곡1동 350-1 남성빌딩 3층 우420-011

E-mail : eoram99@chol.com
☎ 032-656-4452 FAX 032-656-4453